SAMEN ONDER DE KERSTBOOM

EERDER VERSCHENEN IN DE WHISKEY CREEK-SERIE:

Eindelijk zomer

Nieuwe dromen

Kerstmis in Whiskey Creek

Een zonnige lente

Beter dan ooit

Brenda Novak

SAMEN ONDER DE KERSTBOOM

Vertaling Femke Pos

HarperCollins

FSC
www.fsc.org
MIX
Paper | Supporting responsible forestry
FSC® C021394

Voor het papieren boek is papier gebruikt dat onafhankelijk is gecertificeerd door FSC®
om verantwoord bosbeheer te waarborgen.
Kijk voor meer informatie op www.harpercollins.co.uk/green.

HarperCollins is een imprint van Uitgeverij HarperCollins Holland, Amsterdam.

Oorspronkelijke titel: *The Heart of Christmas*

Vertaling: Femke Pos
Omslagontwerp: HarperCollins Holland
Omslagbeeld: © Canva
Zetwerk: Mat-Zet B.V., Huizen
Druk: ScandBook UAB, Lithuania, met gebruik van 100% groene stroom

ISBN 978 94 027 1375 6
ISBN 978 94 027 6958 6 (e-book)
NUR 302
Eerste druk in deze editie oktober 2023

Originele uitgave verschenen bij MIRA Books ®, Toronto, Canada.
Deze uitgave is uitgegeven in samenwerking met Harlequin Enterprises ULC.
HarperCollins Holland is een divisie van Harlequin Enterprises ULC.

www.harpercollins.nl

Hoofdstuk 1

Er lag een naakte man in haar bed.

Eve Harmons maag kromp samen en haar hart sloeg een slag over, al was ze er vrij zeker van dat ze hem had uitgenodigd. Uit de manier waarop hun kleren nonchalant door de kamer verspreid lagen, bleek dat ze, nog niet zo lang geleden, heel erg blij met hem was geweest.

Terwijl ze haar blik over hem heen liet gaan, kreunde ze bijna hardop. Wat had ze gedaan? Ze ging niet met Jan en alleman naar bed. Sinds Ted Dixon – een oude vriend die een jaar geleden kortstondig iets meer was geworden – was ze met níémand meer naar bed geweest. En voor hem had ze nog veel langer droog gestaan. De meeste mensen, tenminste degene die jonger waren dan haar ouders, zouden haar lange perioden van seksuele onthouding nogal treurig vinden voor een vrouw van haar leeftijd. Maar ze woonde in een klein stadje, gaf om haar reputatie en wilde wachten op de ware – de liefde die hoorde bij huisje-boompje-beestje.

Ze had gewoon de juiste man nog niet gevonden, en ze begon te denken dat dat misschien nooit meer zou gaan gebeuren. De kans erop was in elk geval niet groot. Nu de meeste van haar vrienden getrouwd waren, ging ze niet vaak meer uit.

Toch had ze, ondanks haar bedroevende liefdesleven, veel om dankbaar voor te zijn, vond ze. Hoewel ze nooit het type was geweest dat werk als het belangrijkste in het leven beschouwde, vond ze haar baan erg leuk. Ze was manager van Little Mary, een bed and breakfast in een verbouwd victoriaans huis dat in het bezit was van haar gepensioneerde ouders. Zelf woonden zij zo'n honderd meter van Eves eigen kleine bungalow vandaan, tenminste wanneer ze niet met hun camper op reis waren, zoals nu. Dankzij hen, en de pittoreske, landelijke omgeving waarin ze was opgegroeid, was haar leven altijd plezierig en veilig geweest... En heel erg voorspelbaar.

Tot nu dan. Mijn hemel, ze was niet eens met iemand naar bed gegaan die ze kende. Aangezien er maar zo'n tweeduizend mensen in Whiskey Creek woonden, was het moeilijk om iemand te vinden die ze niet kende.

Terwijl ze voorzichtig een stukje verschoof, zodat ze de man naast zich niet wakker zou maken – ze moest er eerst achter komen wat er gebeurd was, voordat ze een gesprek met hem aankon – probeerde ze een blik op zijn gezicht te werpen, maar een knallende koppijn maakte het moeilijk rechtop te gaan zitten. Die koppijn verklaarde ook hoe ze in dit lastige parket terecht was gekomen. Gisteravond had ze de vergissing begaan om haar vijfendertigste verjaardag buitenshuis te gaan vieren. Vanavond zou ze het pas met haar vrienden gaan vieren. Kennelijk had ze te veel gedronken. Ze was vastbesloten geweest iets te doen wat wild en gek was en wat helemaal niet bij haar paste, voordat ze die belangrijke leeftijd bereikte, een leeftijd waarop je volgens sommige dokters maar beter geen kinderen meer kon krijgen.

Nu betaalde ze de prijs voor haar avondje zonder grenzen. Hadden ze wel condooms gebruikt?

Haar ogen dichtknijpend, zond ze een schietgebedje omhoog dat ze in ieder geval dáár nog aan gedacht had. Het zou absoluut té ironisch zijn voor iemand zoals zij – iemand die zo voorzichtig was – om zwanger te worden na een onenightstand.

Wat heb je gedáán, vroeg ze zich weer af. En wat moest ze nu doen? Moest ze hem wakker maken? Wat moest ze zeggen, wanneer hij haar aankeek? Nooit eerder had ze zich in deze situatie bevonden. Maar ze kon hem niet langer laten slapen. Ze moest hem de deur uit zien te krijgen, zodat ze kon gaan douchen voordat ze aan het werk ging.

Godzijdank hadden haar ouders motorproblemen gehad en waren ze nog niet van haar broers huis teruggekeerd. Gisteren had ze dat nog erg gevonden, toen ze zich had verveeld en zich eenzaam had gevoeld terwijl ze haar kleine kerstboompje optuigde. Vandaag was ze er blij om.

Zich heel langzaam bewegend, vanwege de kater, slaagde ze erin zich omhoog te werken. Toen ze eenmaal overeind zat, bekeek ze haar bedgenoot nog eens goed.

Wie was hij in vredesnaam? Ze had geen idee, maar ze was opgelucht dat hij zo te zien geen schooier was. Hij was niet eens van het type van wie je kon zeggen dat hij de avond tevoren er veel beter uit had gezien. Dit was echt een knappe kerel. Zou hij niet al bezet zijn? God verhoede het! Ze zag geen ring aan zijn linkerhand, die op het kussen boven zijn hoofd lag. Toch klopte er iets niet. Als hij er met verwarde haren en verkreukeld gezicht van de slaap al zó goed uitzag, hoe zou dat dan niet zijn als hij de kans had gehad zich op te knappen? Het kwam vast door die geprononceerde jukbeenderen en die smalle brug boven zijn fraai gevormde neus. Hij had ook een sterke kin en een ferme kaaklijn, die allebei zeker niets aan zijn uiterlijk afdeden.

Dus misschien had hij zijn knappe voorkomen niet slechts aan een of twee uiterlijke kenmerken te danken. Met zijn lange zandkleurige haar dat op het kussen lag uitgespreid, leek hij op een gevallen engel, en zijn lichaam versterkte dat beeld nog eens. Hoewel het beddengoed zijn onderste helft bedekte – godzijdank – kon ze zijn bovenlichaam zien. Hij had een sportief postuur: slank, gespierd en perfect geproportioneerd met heel weinig lichaamshaar. Het lichaamshaar dat hij had, was zacht, goudkleurig en net zo aantrekkelijk als zijn gebruinde huid.

Hij zou een mooi model voor een schilder zijn, bedacht ze. Een schilder die op zoek was naar verfijnde mannelijke schoonheid, een man die zelfs elegant genoemd kon worden.

Toch was niet alles aan hem verfijnd. Toen ze hem wat beter bekeek, zag ze dat hij een aantal heel ongebruikelijke littekens had.

Wat voor soort verwondingen zouden die veroorzaakt kunnen hebben, vroeg ze zich af. Het leek alsof hij beschoten was, meer dan eens zelfs. Over zijn borst verspreid, zaten verschillende ronde littekens ter grootte van een kogel. Dan zat er ook nog een lang gekarteld litteken op zijn zij dat door iets anders veroorzaakt moest zijn.

Uit het niets – hij opende niet eerst zijn ogen, dus ze had geen waarschuwing gekregen – pakte hij ineens haar polsen beet in een vermorzelende greep. In een beweging gooide hij haar op haar rug.

Naar adem happend, keek ze naar hem op. Weg was het beeld van een engel, gevallen of niet. Geschokt dat ze zo gemakkelijk en onverwacht overmeesterd was, kon ze niet eens gillen. Zijn felle gezichtsuitdrukking, alsof hij erop uit was haar pijn te doen, of erger, maakte haar nog banger. Had ze een moordzuchtige maniak mee naar huis genomen? Ging hij haar vermoorden?

De doodsangst die in haar opkwam, moest op haar gezicht te zien zijn, want plotseling kwam hij bij zinnen. Hij schudde zijn hoofd. Zijn gelaatsuitdrukking verzachtte, waarna hij van haar af ging en terug naar zijn kant van het bed schoof.

'Sorry. Ik dacht...' Zijn woorden stierven weg, en hij bedekte zijn ogen met zijn onderarm, alsof hij een moment nodig had om zichzelf bij elkaar te rapen.

Haar hart bonkte nu even hard als haar hoofd. Maar toen ze weer enigszins op adem was gekomen, wilde ze weten wat hij had willen zeggen. 'Dacht wát?'

Zijn mondhoeken gingen naar beneden. 'Laat maar zitten. Ik was aan het dromen.'

Ze drukte een hand op haar borst, alsof ze daarmee haar razende hartslag kon vertragen. 'Dat kan geen prettige droom zijn geweest.'

'Dat zijn ze nooit,' mompelde hij.

Hij liet zijn arm zakken en keek haar aan. Hoe intrigerend zijn laatste opmerking ook was, ze maakte zich te veel zorgen over haar naaktheid om aan te dringen op een uitleg. Snel trok ze het laken omhoog, maar hij leek niet in haar lichaam geïnteresseerd. Zijn blik ging spiedend door de kamer. De gaasachtige stof die boven haar hemelbed was vastgemaakt, de kerstcadeautjes in de hoek die ze al ingepakt had, de vele foto's van vrienden en familie op de ladekast en de houten zonwering die ze onlangs had laten installeren; alles nam hij in zich op. Vooral de kast en de deur naar de gang hadden zijn interesse, alsof hij daar gevaar verwachtte.

'Waar ben ik?' Zijn stem, alhoewel krachtiger dan daarvoor, klonk nog steeds een beetje schor, zoals bij de meeste mensen die net wakker zijn geworden.

'In Whiskey Creek.'

Hij drukte drie vingers tegen zijn voorhoofd. Waarschijnlijk had hij ook hoofdpijn, gokte ze, hoewel zijzelf daar plotseling nauwelijks meer iets van voelde dankzij die recente adrenalinestoot.

'Ik kan me de plaats waar ik ben nog wel herinneren,' zei hij droog. 'Ik dacht echt niet dat ik in China zat.'

Gelukkig klonk hij net zo normaal als hij eruitzag. 'Echt? Is Whiskey Creek de plek waar je hoort te zijn? Want ik woon hier al mijn hele leven, en ik kan me niet herinneren je ooit gezien te hebben.'

'Je zegt dat alsof je iedereen hier kent.'

'Dat is ook zo. Of in ieder geval bijna iedereen.'

Terwijl hij over zijn gezicht bleef wrijven, wenste ze dat hij zich zou bedekken. Het beddengoed was van hem afgegleden toen hij boven op haar was gerold. Ze kon veel meer van hem zien dan ze wilde. Tenminste, nu ze weer nuchter was. Maar hij leek zijn ontklede staat niet op te merken, of het kon hem niet schelen.

'Ik ben nieuw hier,' zei hij.

'Wanneer ben je hier komen wonen?'

'Ik woon hier niet. Ik bedoelde dat ik op vakantie ben.'

Er kwamen veel toeristen in het stadje, vooral in de zomer. Ze werden onder andere aangetrokken door de aparte winkeltjes achter de begraafplaats naast haar B&B. Dus een onbekend gezicht in de stad, zelfs in het begin van de winter, was niet heel opmerkelijk, en niemand zou zich er druk over maken.

'Waar verblijf je?'

Hij aarzelde. 'Ik kan me de naam niet herinneren,' mompelde hij. Het moest bij haar concurrent zijn of in een van de kleine hotels of bed and breakfasts buiten de stad. In haar bed and breakfast had ze hem niet gezien. 'Hoelang blijf je hier?'

'Heel kort maar.'

Zijn antwoorden waren afgemeten en bevatten opvallend weinig details. Ze zou hem kunnen vragen waarom hij hier was. Maar hij gaf zulke ontwijkende antwoorden, dat ze het er maar niet op waagde. Wilde hij haar duidelijk maken dat ze geen vervolg kon verwachten op de nacht die ze samen hadden doorgebracht?

Eve hield zichzelf voor dat het haar niet kon schelen dat de eerste romantische ontmoeting die ze had gehad sinds haar grote vergissing met Ted Dixon, net zo weinig veelbelovend leek te zijn als de eerdere valse starts die ze had meegemaakt. Ze wilde er alleen zeker van zijn dat haar avondje uit – alleen maar omdat ze op haar verjaardag niet thuis tv had willen kijken – haar geen soa had opgeleverd. Zodra ze zich daarvan had overtuigd, konden ze weer ieder hun eigen weg gaan. En dan zou ze proberen te vergeten dat ze wanhopig genoeg was geweest om met een onbekende naar bed te gaan.

'Ik zie hier niets wat van een man is,' zei hij.

Bevreemd keek ze hem aan. 'Een man?'

'Ik mag aannemen dat je niet getrouwd bent? Je hebt geen ring om, maar niet iedereen doet dat.'

Vooral vrouwen die een man in een bar hopen op te pikken niet. Nu snapte ze het. Ze had het te druk gehad met zichzelf bestraffend toe te spreken, anders zou ze meteen hebben begrepen waar hij op doelde. 'Is het een gewoonte van je om met getrouwde vrouwen naar bed te gaan, dan?'

'Niet wanneer ik mijn hoofd erbij heb. Maar gisteravond was ik niet echt bij mijn volle verstand. Ik herinner me niet eens hoe ik hier ben gekomen.' Hij stak zijn hand op. 'Wacht, jawel, nu weet ik het weer. Er was een serveerster in die achterlijke kroeg die –'

'Sexy Sadie.'

'Wat?'

Toen hij zijn ogen op haar richtte, merkte ze op dat de kleur daarvan een verrassend soort groen was, veel lichter dan het normale groenbruin. De kleur van zijn wimpers en wenkbrauwen kwam overeen met de donkerder lokken in zijn haar.

'Dat is de naam van de bar,' verduidelijkte ze.

Hij haalde zijn schouders op. Kennelijk vond hij die informatie irrelevant, alsof een bar een bar was en hij er heel veel had bezocht. 'Hoe dan ook, ik herinner me dat een of andere serveerster ons hierheen heeft gereden en ons heeft afgezet op iets wat op een heel lange oprit leek, maar dat is dan ook alles.'

Toen Eves geest dezelfde herinnering tevoorschijn toverde, slaagde ze er nauwelijks in een kreun te onderdrukken. 'Noelle Arnold.' Dat nota bene Noelle zou weten wat ze hadden gedaan, maakte het allemaal nog veel erger.

'Mag je haar niet?'

Haar toon had meer verraden dan haar bedoeling was geweest. 'Niet erg. Niet sinds ze het vriendje van haar zus verleidde en daarna beweerde dat ze zwanger was, zodat hij met haar zou trouwen.'

'Kleine stadjes...'

De manier waarop hij dat zei, beviel haar niet. Het leek te impliceren dat ze te achterlijk waren om zich net zo beschaafd te gedragen als mensen uit de grote stad. 'Ik ben toevallig goed bevriend met Kyle, de man die ze in de val heeft laten lopen. Dus is het logisch dat ik argwaan tegen haar koester.'

'Koester jij maar zoveel argwaan als je wilt, maar deze Noelle heeft ons een dienst bewezen. Ze had ons ook aan ons lot over kunnen laten. Dat had ík zeker verdiend. Ik ben in jaren...' Zonder het te vragen pakte hij een van haar elastiekjes van het nachtkastje, zodat hij zijn haar naar achteren kon trekken. '...niet zo zat geweest.'

Ze had hem erop kunnen wijzen dat als Noelle haar écht een dienst had willen bewijzen, ze ervoor gezorgd zou hebben dat ze veilig thuis was gekomen, alleen. Maar toen herinnerde ze zich ineens dat ze op de achterbank van Noelles auto met deze man had zitten vrijen. Geen wonder dat Noelle hen samen had afgezet. Nu was ze waarschijnlijk aan het rondrennen om iedereen die ze maar kon bedenken te vertellen dat nota bene Eve Harmon een onbekende man had opgepikt en hem mee naar huis had genomen.

Hij vernauwde zijn ogen. Kennelijk had iets in haar reactie zijn aandacht getrokken. 'Wat is er?' vroeg hij.

Met haar vingers kamde ze door haar haren in een poging ze te ontwarren. Terwijl ze veel grotere zorgen had dan haar uiterlijk, kon ze haar ijdelheid niet helemaal onderdrukken. Omdat haar haren inktzwart waren en haar ogen blauw, zeiden mensen haar vaak dat ze hen deed denken aan de Disney-versie van Sneeuwwitje. Wat rode lippenstift versterkte dat effect, iets waar ze vaak gebruik van maakte wanneer ze een verkleedfeest had.

Misschien vond hij Sneeuwwitje echter helemaal niet zo aantrekkelijk. Hij leek niet erg onder de indruk.

'Niets. Waarom?'

'Je bloost.'

'Nietwaar.'

'Absoluut wel. Heb ik iets gezegd wat je in verlegenheid heeft gebracht?'

Ze stopte met te doen alsof de ontdekking dat hij in haar bed lag haar niets deed. 'Deze hele situatie brengt me in verlegenheid,' gaf ze toe. 'Ik heb nog nooit iemand uit een bar mee naar huis genomen. In tegenstelling tot jou blijf ik hier wonen. Dat betekent dat ik alle mensen die van mijn losbandige gedrag getuige waren, onder ogen zal moeten komen.'

Hij trok één wenkbrauw op. 'Losbándig?'

'Wild, onzedig, liederlijk... Hoe je het ook maar wilt noemen. Wakker worden naast een onbekende is niet iets wat normaal voor mij is.'

Peinzend bestudeerde hij haar. 'Gisteravond vertelde je me dat het je verjaardag was.'

'En?'

'Je moet niet zo hard zijn voor jezelf. Uit wat ik begreep, was het een moeilijke verjaardag voor je. En met de feestdagen in het vooruitzicht en de wetenschap dat je weer een jaar in je eentje moet doorbrengen, zei je dat het er niet makkelijker op zou worden.'

Verdorie! Had ze hem dat verteld? Had ze al niet genoeg onthuld door haar kleren uit te trekken? 'Mijn verjaardag was prima. Ik vind het prima om Kerstmis weer als alleenstaande door te brengen. Alles is prima.' Hoe kon ze klagen wanneer ze het altijd zo goed had gehad?

Ze hoorde een schurend geluid toen hij met zijn hand over de baardstoppels op zijn kin wreef. 'Hoe ging dat citaat van Shakespeare over te heftig protesteren ook al weer?'

'Ik protesteer niet.'

'Als jij het zegt.'

Terwijl ze het laken op zijn plaats hield, schoot ze nog een paar centimeter van hem vandaan. Ze kon niet verder opzij, want dan zou ze uit bed vallen. Hij was niet dik, maar hij had brede schouders en het kwam kennelijk niet in hem op haar meer ruimte te geven. 'Als je wist dat het mijn verjaardag was, herinner je je meer dan dat we hier werden afgezet,' zei ze.

'Het komt langzaam terug.'

Eve herinnerde zich ook steeds meer stukjes en beetjes. Dat hij naar haar had zitten kijken vanaf zijn eenzame kruk aan de bar, bijvoorbeeld. Dat ze op een heel verleidelijke manier voor hem had gedanst, genietend van de bewondering die ze in zijn ogen had gezien. Dat hij uiteindelijk was opgestaan, naar haar toe was gelopen en samen met haar had gedanst. Heel behoedzaam en respectvol, hoewel de vonken die tussen hen oversprongen de hele bar in vuur en vlam hadden kunnen zetten. Dat ze zich door de mensen op de dansvloer een weg naar buiten had gebaand om op adem te komen en dat hij haar was gevolgd...

Toch waren er nog steeds dingen die ze zich niet kon herinneren, en zijn naam was daar een van. Had hij haar die verteld?

'Hoe heet je?' vroeg ze.

Zonder zich even uit te strekken of haar een afsluitend kusje op de wang te geven, stapte hij uit bed en begon zich aan te kleden.

In ieder geval hoefde ze hem niet te vragen om te vertrekken, hield ze zichzelf voor. Het leek alsof hij van plan was zo snel mogelijk in de nacht – of eigenlijk de vroege ochtend – te verdwijnen. Dit was echter niet New York of Los Angeles. Hij kon niet gewoon een taxi aanhouden. Ze woonde aan de voet van de Sierra Nevada-heuvels van Noord-Californië in een van de vele stadjes langs de Highway 49 die anderhalve eeuw geleden plotseling overal waren verrezen toen er goud was ontdekt. Het was een gemeenschap die niet zoveel was veranderd als je zou verwachten in zo'n moderne, technologisch geavanceerde wereld. En als het gebrek aan moderne gemakken in Whiskey Creek zelf al een probleem was, zij woonde ook nog een aantal kilometers búíten de stad. Er was hier heel weinig verkeer en er waren geen bussen of ander openbaar vervoer. Hij zou een lange wandeling voor de boeg hebben, als hij zonder een lift van haar terug naar Whiskey Creek wilde.

Of misschien was hij van plan iemand te bellen. Hij had een mobiel, en meestal was hier wel bereik.

'Krijg ik geen antwoord?' vroeg ze.

'Wat maakt het nou uit hoe ik heet?' zei hij uiteindelijk.

Dat deed alarmbellen bij haar afgaan, aangezien een van de andere dingen die ze zich niet kon herinneren, was of ze condooms gebruikt hadden. Hij was toch niet een van die gestoorde figuren die mensen doelbewust met hiv besmette, hè?

'Wil je niet dat ik weet wie je bent?'

Nadat hij zijn onderbroek had aangetrokken, stak hij eerst zijn ene en daarna zijn andere been in een versleten spijkerbroek. 'Ik zie er de zin niet van in om persoonlijke informatie uit te wisselen.'

Dus hij had al besloten dat hij haar niet nog eens zou zien. Zelf was ze er niet helemaal zeker van of ze hém nog eens wilde zien. Tot nu toe was hij niet zo vriendelijk geweest, maar toch was ze een beetje teleurgesteld. Ze had genoten van wat ze zich kon herinneren van de afgelopen nacht, en wat ze zich het beste kon herinneren, was de manier waarop hij kuste. Dat was zo goed en zo goddelijk geweest, dat ze alleen al door eraan te denken helemaal warm werd.

'Stel dat ik je moet bereiken?' vroeg ze. Om hem te vertellen dat ze door hem herpes had opgelopen, bijvoorbeeld.

Hij liet zijn stem dalen. 'Het spijt me, maar gisternacht... Ik had het niet moeten laten gebeuren. Ik wist beter en... ik was het niet van plan, maar... mijn god, jij kan dánsen.'

'Dus je weet wél iets aardigs te zeggen.'

'Ik heb je verteld dat je het niet serieus moest nemen wat we deden, maar dat ben je hoogstwaarschijnlijk vergeten. Dus ik zal het nog een keertje zeggen: ik ben niet geïnteresseerd in een relatie.'

Kon hij haar niet eens een keer mee uit eten nemen voordat hij haar aan de kant zette? 'Waarom?' vroeg ze. 'Ben je getrouwd?' Zijn afwijzing was zo ondubbelzinnig dat ze dat bijna hoopte. Dan hoefde ze het niet te wijten aan iets wat zij fout had gedaan.

'Nee.' Hij keek haar niet eens aan, toen hij antwoordde.

'Heb je een vriendin dan?' Jared. Ineens was ze er bijna zeker van dat hij had gezegd dat zijn naam Jared was.

'Nee. Ik mag dan van alles en nog wat zijn, maar ik ben nooit een bedrieger geweest.'

Geweldig. Ze moest zich gisteravond als een wanhopige idioot hebben gedragen. Of misschien was ze bij lange na niet zo goed in kussen – of andere handelingen – dan in dansen.

'Komt het door iets wat ik heb gedaan?' Normaal gesproken zou ze dat niet gevraagd hebben. Het was moeilijk om haar trots te laten varen. Maar goed, als hij haar sowieso afwees, kon het toch geen kwaad om de reden te weten? Misschien zou die informatie haar helpen om erachter te komen waarom ze Mr. Right maar niet kon vinden.

'Nee.'

Dat was het? Dat was alle feedback die hij haar wilde geven? 'Wat ben je toch aardig. Bedankt voor de geruststelling.'

Bij het horen van haar sarcastische toon keek hij op. 'In ieder geval meende ik wat ik zei. Het heeft niets met jou van doen.'

Toch was hij niet geïnteresseerd. Waaróm? 'Vertel me dan alsjeblieft alleen dat we condooms hebben gebruikt, Járed,' zei ze. 'Dan kun je ervandoor gaan.'

'Natuurlijk hebben we condooms gebruikt.' Zijn gezicht vertrok, maar ze wist niet of dat een reactie was op het feit dat ze zich zijn naam herinnerde of op de aard van haar vraag. 'Ik zou geen van ons tweeën blootstellen aan wat er zonder bescherming zou kunnen gebeuren.'

Ze sloeg het laken nog wat steviger om zich heen. 'Hoe weet ik dat je de waarheid vertelt?'

'De folieverpakking ligt op de vloer. Ik laat het aan jou over om hem weg te gooien, als je je daardoor zekerder voelt. En om je nog verder gerust te stellen, ik heb geen geslachtsziekte.'

Toen ze de verpakking half onder het nachtkastje op de vloer zag liggen, slaakte ze een zucht van verlichting. 'Niet dat je je zorgen lijkt te maken maar voor het geval dat... ik ook niet.'

'Hoe bedoel je?' Hij was de rest van zijn kleren aan het zoeken.

'Ik heb ook geen geslachtsziekte. Nou ja, om helemaal eerlijk te zijn, heb ik me nooit laten testen. Ik zou niet eens weten waar ik dat moest laten doen. Maar ik ben maar met drie andere mannen naar bed geweest. Mijn eerste keer was op de middelbare school, en hij had het toen ook nog nooit gedaan.'

Nadat hij onder het bed had gekeken, kwam hij weer omhoog met een vermiste sok in zijn handen. 'Afgaand op wat je me gisteravond hebt verteld, kwamen ze alle drie hier uit de buurt.'

'Wat voor verschil maakt dat nou uit?'

'Deze regio komt op mij niet over als een kweekvijver voor geslachtsziektes.'

Ze keek toe, terwijl hij ging zitten en zijn stevige wandelschoenen aantrok. Zonder zijn veters vast te maken, stond hij op. 'Zeg alsjeblieft niet dat ik je mijn hele seksuele geschiedenis heb verteld,' zei ze.

‘Hoezo? Het was maar een kort verhaal.’

‘Het klinkt alsof ik alles eruit heb gegooid wat in me opkwam.’ Dat was niet bepaald aantrekkelijk. Waarschijnlijk was ze niet ervaren genoeg voor hem.

‘Je probeerde uit te leggen waarom je zo naar een man verlangde.’

Er klonk geen veroordeling of beschuldiging door in zijn toon. Het klonk meer alsof hij alleen haar geheugen probeerde op te frissen. Maar ze wilde niet als seksueel agressief gezien worden. De meeste mensen beschouwden dat niet als een positieve karaktertrek, vooral niet wanneer het een vrouw betrof. ‘Het spijt me als ik te... ongeremd, of... of te enthousiast was.’

‘Je was eerlijk over je behoeftes. Daarom dacht ik dat ik ze kon vervullen. Het was een simpele deal. Rechtdoorzee. Daar is niets mis mee.’

‘Ik ben blij dat je tevreden bent.’

Hij pakte zijn overhemd. ‘Jij niet?’

Ze wist dat hij verwees naar de vele orgasmen die hij haar had bezorgd en veranderde van onderwerp. ‘Waarom ben je hier? In Whiskey Creek, bedoel ik. Wat heeft je naar deze regio gebracht?’

‘Ik wilde rust en hoorde dat het hier mooi was.’

‘Dus het is niet vanwege je werk.’

‘Ik heb een tijdje vrijaf genomen.’

Haar oog viel op nog een litteken, op zijn rug. ‘Heb je een auto-ongeluk gehad of zo?’

De vraag leek hem niet te verbazen. Waarschijnlijk kreeg hij die elke keer te horen wanneer hij zijn bovenlichaam ontblootte. ‘Nee.’

‘Wat is er dan gebeurd?’

‘Ik ben aangevallen door een haai.’

Wat ze zag, leek echter niet op een haaienbeet. Eerder dat iemand hem met een mes had gestoken, of dat hij misschien in prikkeldraad was gevallen. ‘Echt waar?’

‘Nee.’

Om een of andere reden wilde hij niet dat ze ook maar iets over hem te weten kwam. 'Gedraag je je altijd zo tegenover vrouwen – of komt het door mij?'

Hij gaf geen antwoord. Nadat hij zijn overhemd had aangetrokken, knoopte hij het dicht, waarna hij even aan het voeteneind van het bed bleef staan. 'De afgelopen nacht was...' Hij leek moeite te doen om de juiste woorden te vinden. '...een welkome afleiding. Dank je wel.'

'En jíj bedankt voor het feit dat je me het gevoel geeft dat ik een afgedankt voorwerp ben.' Die woorden vlogen uit haar mond voordat ze ze tegen kon houden. Ze was beledigd dat hij haar niet eens zijn naam wilde vertellen, dat ze zich die zelf had moeten herinneren zonder enige hulp van hem, maar ze kon zichzelf alleen maar de schuld geven van deze situatie. Zij was degene die hem had uitgenodigd. Eigenlijk had ze zelfs meer dan dat gedaan, ja, ze had hem verléíd. Nog nooit was ze zo uit de band gesprongen.

Ze dacht dat hij zou vertrekken, maar dat deed hij niet. Terwijl hij naar haar stond te staren, bewoog er een spiertje in zijn wang. 'Heb je ooit wel eens gedachten die je niet meteen uitspreekt?'

Ze stak haar kin in de lucht om hem te laten weten dat het haar niets kon schelen of ze zijn goedkeuring kon wegdragen of niet. Het feit stak dat de afgelopen nacht werkelijk niets voor hem had betekend, niet eens genoeg om samen een kopje koffie te willen drinken. Daar ging ze zich niet voor schamen. 'Niet vaak. Hoezo, botst mijn openhartigheid met je gevoelige karakter?'

'Sommige dingen kunnen beter niet gezegd worden.'

De teleurstelling en woede die hij in haar opwekte, borrelde weer naar de oppervlakte. 'Als ik er net zo goed in was om niets te voelen als jij, zou ik er geen moeite mee hebben om mijn mond te houden. Dan zou ik niet zeggen wat ik op mijn hart had. Misschien word je er door oefenen beter in om nergens om te geven.'

'Dit is niet mijn fout. Je had gisteravond net als ik afleiding nodig.'

'Dat zeg jij.'

Toen zijn blik over haar heen dwaalde, kreeg ze de indruk dat hij overpeinsde of ze nu weer afleiding nodig had. Ze voelde vlinders in haar maag, haar adem stokte in haar keel en het leek alsof de tijd even stilstond. Alsof... Ze wist niet zeker wat. Ze mocht hem niet, nam het hem kwalijk hoe hij haar deze ochtend had behandeld, en toch... de knetterende aantrekkingskracht die hen samen had gebracht, was niet verdwenen. Dat was plotseling heel duidelijk.

Door zijn doordringende blik kreeg ze het gevoel dat hij terug naar bed zou keren. Maar toen beheerste hij zich, en de hongerige uitdrukking op zijn gezicht werd verborgen achter een stoïcijns masker. 'Dat ik niet alles zeg wat jij wilt, betekent niet dat ik niets voel.'

Het duurde even voordat ze zichzelf onder controle had, maar toen hij naar de deur liep, riep ze: 'Het is een lange wandeling naar de stad. En het is december. Weet je zeker dat je geen lift wilt?'

'Nee, ik red me wel,' antwoordde hij.

Hoofdstuk 2

Dat was een vergissing geweest. Rex McCready had beter moeten weten dan iets te beginnen met een vrouw zoals degene met wie hij net de nacht had doorgebracht. Maar gisteravond had hij naar iets meer dan een oppervlakkige ontmoeting gehunkerd. Hij had de schrijnende eenzaamheid willen verlichten en had gehoopt op een intiemer niveau een band met iemand te krijgen.

Het was zo lang geleden dat hij zich met iemand verbonden had gevoeld. Wat het nog erger maakte, was dat hij al een week van stad naar stad was gereisd, wat betekende dat hij Thanksgiving alleen in een hotelkamer had doorgebracht. Feestdagen waren altijd zwaar, waar hij ook was.

Als hij echter niet oppaste, zou hij opnieuw een onschuldige partij betrekken bij de puinhoop die hij had veroorzaakt. En dat kon hij niet doen. Vier jaar geleden was hij de enige vrouw van wie hij ooit had gehouden bijna kwijtgeraakt aan de mannen die naar hem op zoek waren. Door zichzelf toe te staan om iemand anders te geven, zou hij weer in dezelfde situatie terechtkomen, een situatie die hem – en degene om wie hij gaf – kwetsbaar maakte.

Gisteravond had hij zich egoïstisch gedragen en was hij dronken geworden om een excuus te hebben. Maar hij had een stiekem vermoeden dat het zelfs zonder de whisky onmogelijk zou zijn geweest om de prachtige vrouw te weerstaan die hem in de bar had uitgekozen.

Eve. Dat was haar naam. Hij had gehoord dat de serveerster, die hen naar haar huis had gereden, haar zo noemde, en hij had die naam toen al net zo ironisch gevonden als nu. Ze had hem verleid, en hij was voor haar gevallen, hoewel hij wist dat het verkeerd was. Ze was veel te onschuldig, te naïef en te behoudend in haar idealen. Ze liet de mensen in haar leven nooit los; dat had hij begrepen uit wat ze hem had verteld.

Hij keek om naar haar bungalow met een gevoel van spijt dat hij niet wilde hebben. Als hij iets langer had kunnen blijven, de liefde met haar had kunnen bedrijven terwijl ze allebei nuchter waren, zou dat veel meer geholpen hebben het gapende gat in hem te vullen. Maar hij maakte zichzelf alleen maar gek door stil te staan bij wat hij niet kon krijgen. Hij wilde er niet verantwoordelijk voor zijn dat iemands leven in gevaar kwam. En als hij iets had geleerd sinds hij uit de gevangenis was gekomen, dan was het wel dat een associatie met hem heel gevaarlijk kon zijn.

In ieder geval hadden de uren die ze samen hadden doorgebracht hem de broodnodige afleiding bezorgd, ook al was het dan veel te kort geweest.

Er kwam een vrachtwagen achter hem aan rijden. Hij stak zijn duim op, in de hoop een lift te krijgen, maar de chauffeur keek met samengeknepen ogen door de smerige voorruit naar hem, alsof hij niet kon geloven dat een normaal iemand in de ochtendkou op een achterweggetje zou lopen liften, en hij reed door.

Mensen op het platteland hadden niet meer vertrouwen in hun medemens dan die in de stad woonden, dacht Rex. Tijdens zijn reizen had hij ontdekt dat vaak juist het tegenovergestelde het geval was. Maar hij maakte zich geen zorgen over de lange wandeling naar het stadje. Hij kon acht kilometer per uur lopen. Volgens zijn smartphone lag Whiskey Creek zes-en-een-halve kilometer ten noorden van waar hij nu was. Bovendien hield hij ervan in beweging te zijn. Het voelde zuiverend aan om met snelle, doelbewuste stappen afstanden af te leggen. Het kalmeerde de rusteloze zwerver in hem die nooit tevreden leek te zijn, zich in stilstand nooit op zijn gemak voelde. Zelfs wanneer hij zat, wipte hij voortdurend met zijn been op en neer om overtollige energie kwijt te raken.

Als hij echter niet opschoot, zou zijn assistente in het park waar hij met haar had afgesproken, moeten blijven wachten, en hij wilde niet dat ze in paniek zou raken, omdat ze dacht dat hem iets overkomen was. Hij had nog nooit op deze manier moeten verdwijnen, niet sinds zij voor hem was komen werken, dus was ze nu vast al een beetje van slag.

Hij belde haar thuis, in de hoop dat ze nog niet vertrokken was. 'Marilyn?'

'Hoe staat het met de prospectie?'

Veel mensen kwamen naar deze regio om in de rivieren en kreken van de Sierra Nevada naar goud te zoeken. Sommigen hadden geluk. Hoewel dat zogenaamd zijn reden was om deze plek voor zijn 'vakantie' uit te kiezen, was het te koud in december en wist hij niet echt wat hij aan het doen was. 'Ik heb het één keer geprobeerd.' Waarbij zijn ballen er bijna vanaf waren gevroren. 'Niks gevonden. Over vanochtend –'

'Ik ben blij dat je belt,' onderbrak ze hem. 'Ik kom een beetje later. Mijn man heeft de binnenverlichting van mijn auto aan gelaten, en hij wilde niet starten, zelfs niet met behulp van een startkabel. Mijn man zet er nu een nieuwe accu in.'

Marilyn klonk gefrustreerd. Ze hield ervan om vroeg op het werk te komen, zodat ze om halfvier naar huis kon. Maar het feit dat ze vandaag laat was, kwam hem heel goed uit. 'Maak je geen zorgen, want ik haal het ook niet op de tijd die we hebben afgesproken.'

'Waarom niet? Is alles in orde?'

Ze wist dat hij het roer van zijn bedrijf nooit verlaten zou hebben, en al helemaal niet van het ene moment op het andere, tenzij hij geen keus had. Alleen wist ze niet in wat voor soort gevaar hij zich bevond. Aangezien hij al een paar jaar in de beveiliging werkte, had hij met een aantal heel zware jongens te maken gekregen die nog wel een appeltje met hem te schillen hadden. Marilyn nam waarschijnlijk aan dat het nu ook om zoiets ging. Maar dit probleem was veel groter en het stamde uit de tijd voordat hij All About Security, Inc. had opgestart. Dit ging terug naar een periode waarin hij een heel ander soort man was geweest.

'Op het moment is er niets aan de hand.' Hij grimaste bij het zien van de weg die zich door de heuvels voor hem kronkelde en blies in zijn handen om ze op te warmen. Er lag geen sneeuw op de grond, maar die was wel diep bevroren. 'Dus wanneer denk je er te zijn?'

'Dat hangt ervan af of de nieuwe accu werkt.'

'Oké. Stuur me een sms'je wanneer je vertrekt.' Aangezien ze uit de Bay Area, waar zijn kantoor zat, moest komen, zou hij vanaf dat moment nog twee uur hebben.

'Zal ik doen.'

'Mooi.'

'Spreken we nog steeds af in dat parkje, waarover je me vertelde?'

'Ja. Naast het gigantische standbeeld van een goudwasser.' Hij gaf de voorkeur aan openbare plekken, voor het geval ze gevolgd werd. Dat was voor haar veiligheid én de zijne; het idee dat iemand zijn deur zou intrappen en hem neer zou schieten voordat hij zijn eigen wapen kon trekken, beviel hem niet zo. Hoewel het in Californië niet legaal was voor een ex-veroordeelde om een vuurwapen in zijn bezit te hebben, laat staan bij zich te dragen, was hij lang niet zo bang voor de politie als voor de andere kant. Wanneer hij vond dat de situatie dat rechtvaardigde, trok hij zich niets van die wapenwet aan. Hij vocht al zo lang om in leven te blijven dat hij simpelweg deed wat hij moest doen.

Op dit moment had hij echter zijn pistool niet bij zich, hoe kwetsbaar hij zich daardoor ook voelde. Hij wist wel beter dan ermee een kroeg in te lopen. Mensen werden tegenwoordig op heel veel plekken gescreend voordat ze naar binnen mochten, en gisteravond had hij zo'n behoefte gehad om er even tussenuit te gaan, dat hij het risico had genomen.

'Ik weet zeker dat ik het kan vinden,' zei Marilyn. 'Tot later.'

Net toen hij zijn telefoon wegstopte, hoorde hij een auto aankomen. Die ging al langzamer rijden voordat hij zijn duim omhoog kon steken, en de chauffeur, een oude man, boog zich over de passagiersstoel en liet het raam zakken.

'Hé, heb je een lift nodig?'

'Heel graag.' Terwijl hij de kerel een dankbare glimlach schonk, stapte Rex in.

'Waarom ben je vanochtend geen koffie komen drinken?'

Toen Eve zich omdraaide, zag ze Cheyenne, haar hoogzwangere hartsvriendin, het kleine kantoortje achter in de B&B binnenwaggelen en vooroverbuigen om haar tas onder het bureau te zetten. Hoewel Cheyenne minder was gaan werken, eerst toen ze was getrouwd en daarna toen haar zus naar het stadje was teruggekeerd, zodat ze op haar peuterneefje kon passen, kwam ze nog steeds vier dagen per week. Wanneer ze eenmaal was bevallen, zou haar rooster echter weer veranderen. Hoe erg Eve het ook vond, ze zou waarschijnlijk een vervangster moeten zoeken, in ieder geval tijdelijk. Om dat te compenseren, werkte ze nu al zoveel als ze kon.

'Ik ben laat wakker geworden.' Het kostte Eve moeite haar aandacht bij de te betalen rekeningen te houden. Sinds haar concurrent, A Room with a View, even verderop in de straat was opengegaan, was het een worsteling om het hoofd boven water te houden. Maar ze was niet van plan het bijltje erbij neer te gooien. Niet alleen zou deze B&B ooit haar erfenis worden, hij maakte deel uit van haar familie. En aangezien haar twee broers bijna vijftien jaar ouder waren en in Texas woonden sinds ze allebei bij de luchtmacht waren gegaan, had ze niet het gevoel dat ze nog meer familieleden kon missen.

'Zonder jou was het niet hetzelfde,' merkte Cheyenne op.

'Wie waren er?'

'Dylan natuurlijk.'

Cheyennes echtgenoot was er altijd bij, al sinds de twee iets met elkaar hadden gekregen.

'En Ted en Sophia,' vervolgde Chey. Zoals ze altijd deed, nadat Eve afgelopen Kerstmis even een relatie met Ted had gehad, slikte ze de namen half in. 'Brandon en Olivia, Callie en Levi, Noah en Addy...'

Allemaal stelletjes. In de afgelopen paar jaar was de dynamiek van de hele groep veranderd.

'O, en Presley kwam even langs,' voegde Cheyenne eraan toe. 'Om uitnodigingen voor haar bruiloft uit te delen. Die van jou zit in mijn tas.'

Nadat Eve haar stoel had omgedraaid, pakte ze de uitnodiging aan. Wéér een bruiloft. Presley was geen lid van hun oorspronkelijke vriendenclub. Ze was Cheyennes twee jaar oudere zus. Dat deed er echter niet toe. Eve had het gevoel dat ze binnenkort de enige alleenstaande in Whiskey Creek zou zijn, afgezien van hun vrienden Kyle en Riley. Godzijdank waren zij geen van beiden getrouwd. Hoewel Kyle wel even met Noelle getrouwd was geweest, de serveerster die haar en haar geheimzinnige minnaar gisternacht een lift had gegeven. En Riley was een keer verloofd geweest.

Zo dicht bij het altaar was Eve niet eens gekomen.

'Waar waren Kyle en Riley?' vroeg ze, Presleys kaart opzijleggend. 'Ze komen bijna net zo vaak als ik.'

'Ik weet het niet, maar we vonden het gek dat jullie alle drie niet kwamen opdagen.'

De drie alleenstaanden. Krankzinnig hoe snel ze de minderheid waren geworden.

'Ik laat niet vaak verstek gaan.' Eve was een van de stuwende krachten achter hun wekelijkse koffie-uurtje. Ze keek ernaar uit om bij te kletsen met de mensen die ze al eeuwen kende, hoewel ze, als ze hen zag, meer en meer het gevoel kreeg buitengesloten te worden. Tegenwoordig draaide het gesprek om baby's, huizen kopen en de voor- en nadelen van getrouwd zijn, in plaats van over wie met wie ging en wat ze van plan waren in het weekend te gaan doen.

Toch zou ze gegaan zijn als ze er niet zo tegenop had gezien dat iedereen vragen zou stellen over wat ze op haar verjaardag had gedaan. Deze avond zou de hele groep haar mee naar San Francisco nemen om uit eten te gaan, in niet minder dan een limousine. Eve gaf er de voorkeur aan om te doen alsof ze niet naar Sexy Sadie was gegaan en haar verjaardag nog helemaal niet gevierd had.

'Ik zie iedereen vanavond wel. Het spijt me dat ik er niet was, maar... ik voelde de druk van het werk dat hier op me lag te wachten.'

Cheyenne fronste haar wenkbrauwen. 'Is er een probleem?'

Gedroeg ze zich vreemd? 'Nee, gewoon de dagelijkse dingen,' antwoordde ze. 'Je weet hoe moeilijk het is om buiten het seizoen te overleven.'

'Maar ik dacht juist dat je het rooskleurig inzag. We hebben bijna elk weekend vol gezeten, en we hadden gisteren, op een donderdagavond, ook geen plek meer. Dat is beter dan een jaar geleden. Dat we nu 's middags een high tea aanbieden, heeft onze bezettingsgraad duidelijk goed gedaan.'

De high tea was Eves idee geweest. Naast de oppepper die haar B&B erdoor had gekregen, genoot ze ervan om in tweedehands winkels naar spulletjes op zoek te gaan die ze op een aparte manier kon gebruiken. Recentelijk was ze begonnen met oude borden te verzamelen en die aan kandelaars en andere standaards vast te maken om zo elegante taartplateaus of etagères te creëren.

'Met een beetje geluk praten mensen erover en krijgen we er echt meer gasten door.' Zoals Cheyenne al had gezegd, hadden ze al gemerkt dat de high tea meer mensen aantrok. 'Maar tot dat gebeurt, moeten we het zien te redden.'

Gelukkig vroeg A Room with a View niet langer lagere prijzen dan zij. De eerste maanden nadat haar concurrent was opengegaan, hadden de eigenaars – een Europees stel dat relatief nieuw in de regio was – geprobeerd haar weg te concurreren. Uiteindelijk hadden ze het opgegeven, maar ze had niet de illusie dat ze dat uit vriendelijkheid of medeleven hadden gedaan. Waarschijnlijk hadden ze gewoon niet genoeg geld meer gehad om ermee door te gaan.

Godzijdank. Ze had het niet veel langer kunnen volhouden. Zoals het er nu voorstond, hadden alleen het negentiende-eeuwse mysterie van de moord op Little Mary en het gerucht dat haar geest nog steeds in het huis rondspookte, ervoor gezorgd dat de B&B zijn deuren niet hoefde te sluiten. Het programma Unsolved Mysteries had er een aflevering opgenomen, en door de publiciteit die dat had opgeleverd, had Eve de hypotheek weer een tijdlang kunnen betalen.

'Hoe ver is Deb met het ontbijt?' vroeg Cheyenne.

Vanwege haar kater en haar slaapgebrek zat Eve te gapen. 'Toen ik een paar minuten geleden ging kijken, liep alles op rolletjes.' Gelukkig werkte hun 'nieuwe' kokkin al bijna zes maanden bij hen, dus wist ze onderhand wat er van haar werd verwacht.

Cheyennes stoel kraakte toen ze ging zitten. 'Ik ben vergeten wat er op het menu staat.' Ze snoof. 'Wat het ook is, het ruikt zalig.'

'Ricottaflensjes met limoenkwark en verse frambozen. Een vruchten- en yoghurtparfait met zelfgemaakte granola. Twee worstjes en versgeperst sinaasappelsap.'

'O, oké.' Cheyenne moest even schamper om zichzelf lachen dat ze dat vergeten was. Zij was degene geweest die dit ontbijt had gepland; ze had de ricottaflensjes vorige week uitgekozen. 'Ik neem aan dat de "proeftest" gisteren geslaagd was?'

'Die flensjes zijn zalig!'

'Ik kan niet wachten om ze ook te proeven.'

Eve wierp een blik op haar horloge. 'De meeste van onze gasten hebben op het ontbijt van halftien ingetekend. Over een minuut of twintig kunnen we het beste Deb even in de keuken gaan helpen.' Ze hadden maar zeven kamers, maar met zo weinig personeel – overdag drie mensen om te koken, uit te serveren, boodschappen te doen en schoon te maken, en nog twee mensen die afwisselden als nachtportier en vervanger voor Eve wanneer ze er niet was – kon het lastig zijn om iedereen gelijktijdig te bedienen.

'Ontbijten de meeste van hen in de eetzaal?' vroeg Chey.

'Allemaal, behalve 1 en 5.' Kamer 1 was de kleinste kamer. Hij bevond zich aan de achterkant van het gebouw, met uitzicht op de tuin, het prieel en de jacuzzi. Kamer 5 was hun bruidssuite, of in ieder geval, daar konden ze hem in veranderen als ze een bruid en bruidegom als gasten hadden.

'Misschien zouden we een intekenlijst moeten maken met twee tafels voor elk halfuur zodat we nooit meer dan –'

De beltoon van Cheyennes telefoon onderbrak haar. Toen ze op het schermpje keek, viel ze stil.

Eve draaide zich naar haar toe om te zien waarom.'Wat is er?' vroeg ze.

'Kyle heeft me ge-sms't.'

'Waar was hij vanochtend?'

'Bij Noelle om haar alimentatie te betalen.'

Eve verstarde bij het horen van Noelles naam. Ze wilde niet dat Kyle contact had met zijn ex-vrouw. Niet zo snel na de afgelopen nacht. Ze hoopte dat Noelle, als er wat tijd overheen was gegaan, zou vergeten wat ze had gezien, of dat ze zou vergeten er iets over te zeggen. 'Hij heeft ons meer dan eens verteld dat hij die pas halverwege de maand hoeft te betalen.'

'Ze probeert het altijd eerder te krijgen. Deze keer zei ze tegen hem dat haar elektriciteit afgesloten ging worden.'

'Is hij in die oude truc getrapt?'

'Kyle is een goedzak. En hij voelt zich nog steeds schuldig dat hij überhaupt ooit iets met haar is begonnen.' Ze nam even een momentje om hem terug te sms'en.

Hopend dat het daarbij bleef, voerde Eve nog een paar cheques in, maar ze hoorde Cheyenne een paar seconden later verbaasd haar naam zeggen.

'Eve?'

Ze zette haar nagels in haar handpalm. 'Ja?'

'Noelle heeft Kyle iets krankzinnigs verteld.'

Er vormde zich een knoop in Eves maag, maar ze moest wel reageren. 'Wat?'

Ze kon de verandering in Cheyennes stem horen, ook al keek die haar kant niet op. 'Je bent gisteravond toch niet uitgegaan, hè?'

'Eventjes,' zei ze, waarna ze deed wat ze kon om de controle over het gesprek over te nemen. 'Maar als Kyle wil weten wat ik op mijn verjaardag heb gedaan, waarom stuurt hij míj dan geen sms?'

'Hij zegt dat hij dat heeft geprobeerd, maar dat hij geen reactie kreeg. Daardoor maakte hij zich zorgen.'

Nadat Eve haar bureau had bekeken, besefte ze dat ze haar mobiel in de auto had laten liggen.

'Hij wil weten of jij vanochtend koffie bent komen drinken. Wil zeker weten of alles in orde met je is.'

'Je kunt hem vertellen dat het prima met mij gaat.' En dat hij zich met zijn eigen zaken moest bemoeien. Maar ze wist dat dat niet zou gebeuren, toen Cheyenne een verraste kreet slaakte.

'Noelle beweert dat jij een of andere kerel uit Sexy Sadie mee naar huis hebt genomen!' Met haar dikke buik was het heel lastig voor Cheyenne om overeind te komen. 'Is dat waar?'

Die akelige Noelle! Eve wist al dat die haar klep niet zou houden. Dit was natuurlijk ook wel een heel smeuïge roddel. En nu ze had gekletst, zou iedereen in de stad over Eves misstap te horen krijgen.

'Nou?' vroeg Cheyenne.

Met een zucht blies Eve haar adem uit. Ze hield op met te doen alsof ze aan het werk was en draaide zich met haar stoel om. 'Ik ben bang dat ik een beetje te veel gedronken had.'

'Met wie was je?'

'Jared Weetikveel.'

'Weet ik veel? Ken je zijn achternaam niet?'

'Zo ver zijn we niet gekomen,' antwoordde Eve schouderophalend. 'Het was gewoon een... korte ontmoeting. Hij is bijna meteen weer vertrokken.'

'Maar niet voordat...'

Eve kwam in de verleiding om te liegen. Maar dit was Chey. Als ze haar hartsvriendin niet kon vertellen dat ze er een zootje van had gemaakt, wie dan wel? 'Nee.'

'Wauw, dat is niets voor jou.' Cheyennes ogen waren geschokt opengesperd, toen ze zich weer op haar stoel liet zakken. 'Volgens mij heb je nog nooit zoiets gedaan.'

'Klopt.'

'Waarom gisteravond wel?'

'Dat is moeilijk uit te leggen.' Ze wreef over haar slapen.

‘Probeer het eens.’

‘Je weet hoe ik dacht over mijn vijfendertigste verjaardag.’

‘Dat weet ik. En ik begrijp waarom. Maar heel veel vrouwen trouwen pas als ze wat ouder zijn. En ze krijgen ook nog kinderen.’ Cheyenne raakte haar buik aan. ‘Kijk maar naar mij.’

Dat was waar. Aan de andere kant was Cheyennes situatie verre van normaal. Als Aaron, haar zwager, in het geheim geen sperma had gedoneerd voor kunstmatige inseminatie, zou ze nooit zwanger zijn geraakt. Haar man wist niet dat hij niet de echte vader was. Dat zou Eve ook niet hebben geweten, als Cheyenne niet was ingestort en het haar had verteld toen ze rond de drie maanden zwangerschap wat licht bloedverlies had, waardoor ze doodsbang was geweest een miskraam te krijgen.

‘Ik was vastbesloten mijn verjaardag niet in mijn eentje te vieren, dus –’

‘Ik voel me vreselijk,’ onderbrak Cheyenne haar. ‘Ik had er voor je moeten zijn.’

‘Dat kon je niet. Je hebt nu een echtgenoot en andere verantwoordelijkheden.’ Niet dat ze het niet jammer vond. Eve was eenzamer dan ze ooit was geweest. Nu haar ouders zoveel reisden en haar vrienden het druk hadden met hun eigen levens, kon ze zich alleen maar aan de B&B wijden. Sinds ze vorig jaar iets met Ted had gehad en hij haar aan de kant had gezet voor Sophia, had ze zich zelfs nog eenzamer gevoeld.

‘Het was niet Dylan die me nodig had,’ verduidelijkte Cheyenne. ‘Zijn broers hadden ruzie met hun vader en stiefmoeder, en wij probeerden als bemiddelaars op te treden.’

‘Nou, in zo’n situatie helpen is veel belangrijker dan de avond met mij doorbrengen,’ zei Eve. ‘Geloof me, wat ik heb gedaan, was niet jouw schuld. Het was mijn schuld. Zoals ik al zei: ik had gedronken. En deze kerel was...’

Er ontstond een bezorgde frons op Cheyennes voorhoofd. ‘Opdringerig? Hij heeft toch niet te veel druk uitgeoefend of...’

'Absoluut niet. Zodra mijn oog op hem viel, wilde ik hem – meer dan ik ooit iemand heb gewild. Het zal de drank wel zijn geweest. Normaal ben ik niet zo, niet als het een onbekende is. Maar alles, mijn stemming, de alcohol, het feit dat ik alleen was en dat de knapste man die ik ooit heb gezien aan de bar zat... Op een of andere manier heeft dat mijn gezonde verstand aangetast.'

Cheyenne beet op haar lip. 'Dus nodigde je hem uit met je mee te gaan.'

'Min of meer. We eindigden de avond samen. Laten we het daarop houden.'

'Ik ben blij dat je iemand hebt ontmoet tot wie je je aangetrokken voelde. Maar om een onbekende mee naar huis te nemen... Dat is zo gevaarlijk, Eve. Hij had je van alles aan kunnen doen.'

Eve had twee aspirines geslikt tegen haar kater. Daarna had ze zich beter gevoeld, maar de spanning van iets te moeten bekennen wat ze veel liever wilde vergeten, bracht de hoofdpijn terug. 'Hij heeft niets gedaan wat ik niet wilde, dus daar hoef je je geen zorgen over te maken. Ik heb een vergissing begaan. Zo simpel ligt het. Ik was dom en roekeloos, maar het is nu voorbij, en ik kan het niet terugdraaien.'

Ze keerde zich weer om naar haar computer, in de hoop dat het gesprek nu afgelopen was. Maar Cheyenne ging niet aan het werk.

'Dus alles is goed met je?'

'Zo goed als maar kan, wanneer je je rot schaamt en je vernederd voelt,' antwoordde Eve. 'Ik hoop dat mijn ouders het niet te weten komen, wanneer ze eenmaal thuis zijn. Ze zouden zich net zo erg schamen. En teleurgesteld zijn. Op hun leeftijd zou ze dat bespaard moeten blijven.'

'Is de camper gerepareerd?'

'Nog niet. Ze moesten een onderdeel bestellen.'

'Dan heb je geluk. Hopelijk is dit overgewaaid voordat ze terugkeren.'

'Van jouw lippen naar Gods oren.'

Kreunend strekte Cheyenne zich uit. Daarna vroeg ze echter, heel quasi-nonchalant: 'Denk je dat je deze man nog een keer zult zien?'

'Nee. Hij is maar eventjes hier.' Ze wilde er niet aan toevoegen dat hij het duidelijk had gemaakt dat hij niet geïnteresseerd was, wat haar diep raakte na Teds ontrouw. Tot een paar jaar geleden had zij de touwtjes in handen gehad wat de mannen betrof met wie ze uitging. Maar misschien was ze te lang te kieskeurig geweest en verdiende ze het dat de rollen werden omgedraaid. Daar leek het in ieder geval op, want Joe De Marco was slechts één keer – zijn keus – met haar uitgegaan, en Ted, die wel vaker met haar was uitgegaan, had het uitgemaakt op het moment dat ze had geconcludeerd dat ze eindelijk verliefd aan het worden was. Met deze laatste kerel meegeteld, was het nul uit drie voor haar.

'Wat heeft hem hiernaartoe gebracht?'

Eve voelde dat ze bloosde. 'We hebben niet veel gepraat.'

'Kennelijk niet.' Cheyenne probeerde een glimlach te onderdrukken.

'Hou op!' Eve wierp haar een boze blik toe. 'Dit is niet grappig. Laten we... gewoon doen alsof het nooit is gebeurd.'

'Dat kunnen *wij* doen. En ik ben ervan overtuigd dat we Kyle ervan kunnen overtuigen zijn mond te houden. Hij weet hoe het is om zo'n soort vergissing te maken. Maar Noelle? Als je iemand mee naar huis neemt, doe dat dan nooit waar zij bij is.'

Eve vertelde haar niet uit eigen beweging dat Noelle degene was die hun een lift had gegeven. 'Als ik nog steeds functionerende hersencellen had gehad, zouden we dit gesprek niet hebben!'

Nadat Cheyenne achter haar was gaan staan, begon ze haar schouders te masseren. 'Alles komt goed. Probeer je verjaardag er niet door te laten verpesten.'

Het was al erg genoeg dat ze al vijfendertig was geworden. Maar ze had meer om zich zorgen over te maken. Zelfs als ze kon vergeten wat ze had gedaan, kon ze niet ontsnappen aan het feit waardóór ze zich zo had gedragen. Er was een leegte in haar leven en die probeerde ze te vullen. Gisteravond had echter niet geholpen. Integendeel, het had alles nog erger gemaakt, omdat er opnieuw door werd benadrukt dat ze zich zo eenzaam voelde. 'Ik heb dit nooit aan zien komen.'

'Ik ook niet,' gaf Cheyenne toe. 'Maar misschien had je het nodig om even uit de band te springen.'

'Bedankt dat je het van de positieve kant bekijkt.' Eve schonk haar een dankbaar glimlachje. Toen verdrong ze alle verdere gedachten aan wat er de nacht ervoor was gebeurd. Ze moesten beginnen aan het meest uitdagende deel van de dag en voor alle B&B's betekende dat: een geweldig ontbijt serveren. 'We moeten nu echt even Deb gaan helpen.'

Cheyenne gaf haar een laatste kneepje in haar schouder, en ze begaven zich naar de keuken, waar Eve erop stond dat zij de dienbladen naar de gasten bracht die op hun kamer wilden ontbijten. Ze wilde niet dat Cheyenne de lange trap opliep, als dat niet per se nodig was.

Pogend niet te piekeren over wat Noelle nog meer over haar *faux pas* van de afgelopen nacht aan het rondvertellen was, haastte Eve zich naar kamer 1 met een enkel ontbijt voor Brent Taylor. Meestal zaten er stelletjes in B&B's, maar dat was niet per se het geval in Whiskey Creek. Omdat er geen gewone motels waren, kwamen er allerlei soorten gasten om een kamer vragen, zoals mensen die het huis uit waren geschopt of gestormd, goudzoekers, zakenreizigers en anderen die om een of andere reden op doorreis waren.

Met haar gedachten bij haar werk trok ze een beleefd gezicht, zodra de deur openging. Maar de woorden die ze wilde gaan zeggen 'goedemorgen, ik hoop dat het ontbijt u zal smaken' – bleven in haar keel steken.

Daar, fris onder de douche vandaan, stond de man die gisternacht het bed met haar had gedeeld.

Hoofdstuk 3

'Hoe heb je me gevonden?'

Toen ze zijn beschuldigende toon hoorde, besefte Eve dat haar mond openhing, en ze deed hem snel dicht. 'Wát?'

'Ik zei: hoe heb je me gevonden? Ben je me gevolgd?'

Afgaand op zijn gelaatsuitdrukking was hij niet blij met die gedachte. Misschien had hij iets met andere vrouwen gehad die zijn botte afwijzingen niet goed hadden begrepen. 'Natuurlijk niet! Ik zou me nooit aan jou of welke man dan ook opdringen.'

Zijn blik ging naar het dienblad dat ze vasthad. 'Hoe komt het dan dat je hier bent en dat je me mijn ontbijt komt brengen?'

'Ik ben hier de manager! Ik breng heel veel mensen ontbijt. Ik had geen idee dat jij een van mijn gasten was, Mr. Táylor. Tegen mij heb je gezegd dat je Jared heette.'

De meeste mensen die in Little Mary verbleven, zag ze bij het inchecken. Daarna kwam ze ze tegen als ze het terrein verkenden, van de tuin genoten, van en naar de jacuzzi liepen, in het prieel zaten waar ze de zon konden zien ondergaan of in de eetzaal aan het ontbijten of theedrinken waren. Maar de enige plek waar ze Mr. Taylor ooit had gezien, was in Sexy Sadie. Ze had aangenomen dat hij in A Room with a View zat. 'Wanneer ben je ingecheckt?'

'Gisteravond rond zeven uur.'

Dat verklaarde alles. Hij was gekomen toen Cecelia dienst had. 'Dat we elkaar zo weer ontmoeten, is... gewoon een ongelukkig toeval,' zei ze. 'Maar er is nog een B&B in Whiskey Creek, dus je hebt een andere optie. Hij heet A Room with a View en zit even verderop in de straat. Misschien wil je daarheen verkassen.' Ze gaf hem zijn dienblad. 'Als je naar beneden komt, wanneer je klaar bent, zal ik je uitchecken.'

Toen zijn ogen groot werden, kon ze zien dat ze hem had verrast, maar dat kon haar niet schelen. Ze meende wat ze had gezegd, namelijk dat ze wilde dat hij vertrok. Het verlies van zijn klandizie zou haar geld kosten, maar in ieder geval zou ze hem niet meer hoeven te zien.

'Wacht eens even, gooi je me er nu uit?' riep hij haar achterna.

Ze was al op weg naar de trap, maar ze draaide zich om en liet haar stem dalen, zodat hun woordenwisseling niet door andere gasten gehoord zou kunnen worden. Het verblijf in Little Mary draaide om rust en een mooie omgeving. Tenminste, voor de meeste mensen. Het gerucht dat het hier spookte, trok weer anderen aan. Maar ze verkocht een belevenis, en ze was vastbesloten om ervoor te zorgen dat die belevenis iets was waar haar clientèle op kon vertrouwen.

'Zo zou ik het niet willen noemen,' fluisterde ze, een bezorgde blik op de dichtstbijzijnde deur werpend. Hopelijk was het stel in kamer 3 beneden aan het ontbijten. Ze hadden immers voor halftien op het ontbijt ingetekend. 'Ik stel alleen voor dat je op zoek gaat naar een andere plek.'

'Omdat...'

'Ik zou je verblijf niet willen verpesten door je de hele tijd zwijmelend aan te kijken, zoals je kennelijk van me verwacht.' Het lukte haar heel overdreven te knipogen. 'Dit is je kans om te ontsnappen aan een van die op mannen beluste vrouwen.'

Hij trok zijn wenkbrauwen op, maar ze bleef niet staan wachten op nog een andere reactie. Ze wilde zo snel mogelijk weg. Er lag werk op haar te wachten. En hoe sneller hij zijn ontbijt opat en zijn spullen pakte, hoe sneller zij de afgelopen nacht achter zich kon laten en door kon gaan met haar normale leven. Een verliefdheid had ze niet nodig. Ze zou andere waardevolle dingen vinden om haar leven mee te vullen. Dingen zoals...

'Eve...'

Hij stond boven aan de trap, toen ze zich omdraaide.

'Ik ben in de receptie wanneer je klaar bent,' reageerde ze. Daarna liep ze snel weg, zodat hij niets meer kon zeggen.

Toen hij een halfuur later verscheen, had hij echter geen koffer of zelfs maar een weekendtas bij zich. En hij kwam niet naar haar toe om uit te checken. Hij liep door de eetzaal, knikte naar Deb toen ze goedemorgen tegen hem zei en beende de voordeur uit.

Wat was dát nou weer?

Eerst wilde Eve hem achterna lopen. Het was geen grapje geweest, toen ze had voorgesteld dat hij ergens anders heen ging. Maar hij liep zo snel, dat ze zou moeten gaan rennen om hem in te halen, en zo ver was ze niet van plan te gaan. Het laatste wat ze wilde, was een scène schoppen.

Misschien had hij plannen. Misschien zou hij later verhuizen.

Cheyenne kwam naast haar staan, terwijl ze achter de balie stond te aarzelen, zich afvragend of hij wel of niet zou gaan uitchecken.

'Ik ga de kamers beneden schoonmaken,' zei Cheyenne. 'Deb doet ze boven.'

'Prima.'

'Heb je de mensen in kamer 1 gezien? Denk je dat we daar snel terecht kunnen om het bed op te maken en zo?'

Ze had aan Cheyenne kunnen uitleggen dat het bed niet beslapen was, dat er maar één gast verbleef en wel de onbekende man die ze gisteravond mee naar huis had genomen. Dat deed ze echter niet, aangezien ze er de voorkeur aan gaf om dat allemaal uit haar gedachten te bannen. Daar kon ze maar het beste meteen mee beginnen, vond ze.

'Eve? Hoorde je wat ik zei?' vroeg Cheyenne.

'Er is niemand in kamer 1,' antwoordde ze.

'Oké. Ik vraag of Deb die kamer ook doet, terwijl ze boven is.'

'Heel goed,' mompelde Eve. Maar toen riep ze Cheyenne terug. 'Laat eigenlijk maar. Ik doe het zelf wel.'

'Weet je het zeker?'

'Ja, geen probleem.' Als Mr. Taylor niet vertrok, zoals ze had verzocht, zou ze haar nieuwe insteek in het leven beginnen door zo veel mogelijk haar nieuwsgierigheid te bevredigen.

'Jij wordt hier helemaal gek.'

Rex keek op van de picknicktafel waar hij de salarischeques voor de medewerkers van All About Security, Inc. zat te tekenen. 'Hoezo?'

Zijn assistente van middelbare leeftijd – een getrouwde moeder van drie kinderen, die hem deed denken aan Melissa McCarthy met haar grote bos rood haar en de halve bus haarlak die ze erop spoot – grijnsde hem toe, terwijl ze om zich heen keek. Sinds hij drie jaar geleden zijn bedrijf was begonnen, had ze voor hem gewerkt, en ze had altijd goed voor hem gezorgd. Maar hij had haar aanwezigheid nooit meer op prijs gesteld dan nu, nu hij uit zijn comfortzone was gehaald. Hoewel ze over alles en iedereen een mening had en zich in het algemeen vrij voelde daar uiting aan te geven, kon ze ook heel discreet zijn wanneer dat nodig was.

'Het is hier prachtig,' zei ze. 'Zo'n schattige kerstsfeer, met alle lichtjes op straat en die ouderwetse winkeltjes en zo. Maar jij houdt van de stad, en je werkt normaal gesproken áltijd. Als je je nog langer blijft verstoppen, zul je niet weten wat je met jezelf aan moet.'

Hij schonk haar een sardonische grijns. 'Verstoppen? Toe nou. Dit is mijn droomvakantie. Talloze mensen zouden het geweldig vinden om ertussenuit te kunnen knijpen en van de natuur te genieten terwijl ze goud zoeken.'

'Ach, rot toch op met je droomvakantie,' mompelde ze.

Het schokte hem altijd een beetje wanneer ze vloekte, maar hij vond haar taalgebruik eigenlijk wel grappig voor iemand die eruitzag als een huisvrouw uit de jaren vijftig met haar bloemetjesshirts en pantalons.

'Voor jou is dit de hel,' voegde ze er met nog meer overtuiging aan toe. 'Al meer dan een week reis je van de ene stad naar de andere. En het is te koud om veel buiten te doen.'

'In ieder geval ben ik nog helemaal heel.' Tot nog toe had hij de tijd verdreven door op zijn laptop te werken. Nadat hij een vacature op Craigslist had geplaatst, had hij verscheidene cv's bekeken, waarbij hij veel langer de tijd had genomen dan normaal. Hij moest de positie van Eric James opvullen, die was vertrokken nadat hij in zijn schouder was gestoken en zijn vrouw erop had gestaan dat hij veiliger werk zocht. Maar het was moeilijk om tot een goede evaluatie te komen, wanneer hij de sollicitanten niet in levenden lijve kon ontmoeten. Marilyn had de veelbelovende kandidaten geïnterviewd en daarna telefonisch verslag aan hem uitgebracht.

Hij had zich ook beziggehouden met zijn accountant. Eindelijk had hij zich eens aan zijn financiën gewijd, iets waar hij zelden tijd aan besteedde, wanneer hij zijn normale leven leidde. Hij gaf er de voorkeur aan om te telefoneren of vragen per e-mail te beantwoorden en werk voor zichzelf en de zes bodyguards die hij in dienst had, te genereren. Het bedrijf had nog nooit zo goed gelopen als nu, wat een van de redenen was waarom hij ernaar snakte om zich er weer helemaal mee bezig te kunnen houden. Er waren periodes dat hij zich zo normaal voelde, een normale zákenman, dat hij het verleden bijna kon vergeten.

Bijna, maar niet helemaal. Er waren incidenten die hij nooit zou kunnen vergeten, en mensen die hem andere dingen niet zouden láten vergeten.

'Je zou kunnen gaan mountainbiken,' stelde Marilyn voor. 'Mijn twee zoons zijn daar dol op.'

'Dat is ook buiten.'

'Maar je hoeft er niet voor in een rivier te staan. En als je hard genoeg rijdt, blijf je warm. Zij rijden het hele jaar door. We wonen tenslotte in Californië.'

Voorzichtig legde hij de cheque die hij net had getekend onder aan de stapel. 'Mijn vakantie zal niet zo lang duren dat ik aan een nieuwe sport kan beginnen.'

Ze keek naar de rij esdoorns en kornoeljes aan de andere kant van het park. Die bomen belemmerden het zicht op het victoriaanse huis waar hij verbleef, maar daar had Marilyn geen idee van. Hij vertelde niemand waar hij 's nachts sliep, zowel voor hun eigen veiligheid als de zijne.

Niet dat hij echt de nacht in Little Mary had doorgebracht... En dat zou hij vannacht ook niet doen. Eve had hem immers gevraagd te vertrekken.

'Hoe weet je dat?' vroeg Marilyn.

Klaar met de betalingen tikte hij tegen de randen van de cheques om er een net stapeltje van te maken. 'Wat bedoel je?'

'Hoe weet je hoelang je hier zal zijn? Je was in eerste instantie helemaal niet van plan om te gaan, maar je bent plotseling midden in de nacht vertrokken. Toch zijn we nu hier in dit park. Er moet dus wel iets mis zijn. Weet je zeker dat je het kunt oplossen?'

Misschien niet. Met deze zelfde strijd was hij al jaren bezig. Even had hij gedacht dat er eindelijk een eind aan was gekomen, totdat een vriendin van vroeger hem iets anders vertelde. In een andere tijd, op een andere plek, zou hij zijn bedrijf hebben gesloten, zijn huis hebben verkocht en naar een andere stad zijn vertrokken. Een minder rigoureuze stap zou betekenen dat hij zijn leven op het spel zette. Maar hij was niet van plan alles wat hij had bereikt nu hij eindelijk zijn weg had gevonden, op te offeren. Op zesendertigjarige leeftijd werd hij te oud om constant opnieuw te beginnen. Dat niet alleen, maar hij was bang wat het met hem zou doen als hij weer een vertrouwde omgeving achter zich moest laten. Hij was bang dat hij niet langer de vastberadenheid of energie had om opnieuw te beginnen en door te ploeteren.

Er was geen sprake van dat hij de bende waarbij hij zich in de gevangenis had aangesloten, zou toestaan hem het terrein te ontnemen dat hij gewonnen had. Hij moest zich gewoon een tijdje schuilhouden, ervoor zorgen dat The Crew hem nooit vond. Met een beetje geluk zou hij ze een stap voor blijven en zouden ze nooit wraak op hem kunnen nemen.

'Ik hoop op het beste.'

De blik die Marilyn hem toewierp – zoals ze haar volwassen zoons waarschijnlijk ook aankeek wanneer die haar om de tuin probeerden te leiden – drukte uit: maak dat de kat maar wijs. 'Ik wou dat dat me geruststelde,' zei ze, maar toen kreeg haar bezorgdheid de overhand. 'Ik weet dat je me niet wilt vertellen wat er aan de hand is, maar ik krijg de indruk dat je deze keer echt zwaar in de problemen zit.'

Al lang voordat hij haar kende, had hij in de problemen gezeten. Het was begonnen in zijn pubertijd, toen hij de weg was kwijtgeraakt, waarna het totaal uit de hand was gelopen. De mannen die hem dood wilden hebben, zaten ook in het zakenleven, als je het zo wilde noemen: prostitutie, wapen- en drugssmokkel, witwassen en diefstal. Alles wat geld opleverde. Hoewel het de gangster die hem zou vermoorden heel veel prestige zou opleveren, leverde de jacht op hem The Crew geen geld op. Als het lukte om ze te blijven ontlopen, dan zouden ze het uiteindelijk wel opgeven, toch?

Dat was mogelijk. Maar het tegenovergestelde was waarschijnlijker. Hoe langer hij leefde, hoe beter zijn reputatie werd en hoe liever ze hem een kopje kleiner zouden willen maken. Wat hen betrof, was wat hij en zijn beste vriend, Virgil Skinner, hadden gedaan – uit de bende stappen en daarna de autoriteiten assisteren – onvergeeflijk. Die actie schreeuwde om wraak. Het bendelid dat daarin slaagde, zou een held zijn, in ieder geval in húń verrotte wereld.

'Dat hangt ervan af hoe je het bekijkt,' zei hij. 'Is er nog iemand langsgekomen op kantoor om naar me te vragen? Heb je rare telefoontjes gehad?'

'Rare telefoontjes zijn er altijd. Je hebt een beveiligingsbedrijf voor particulieren. Sommige van onze klanten hebben waandenkbeelden, naast dat ze paranoïde zijn.'

'Dus niets ongebruikelijks.'

Ze bestudeerde hem even. 'Het zou helpen als ik begreep waar je mee te maken hebt. Misschien weet ik dan beter waar ik op moet letten.'

'Je weet dat ik je dat niet kan vertellen. Er zitten een paar mensen achter me aan. Dat is alles.'

'Er zijn geen rode vlaggen bij mij omhooggegaan.'

Hij haalde diep adem, hield die een paar seconden vast en blies hem toen weer uit. Nog een week of zo zou hij wegblijven bij de plekken waar hij vaak kwam, om te zien of er een teken was van zijn vroegere 'broeders'. Als alles rustig bleef, zou hij weer naar huis gaan. Mona Livingstone, de vriendin die hem had gewaarschuwd dat een aantal leden van The Crew beweerden nieuwe informatie over zijn verblijfplaats te hebben, gebruikte nog steeds drugs, dus hij wist niet of haar informatie wel zo betrouwbaar was. Misschien had ze het zich verbeeld. Of misschien kwam het neer op een paar straatsoldaten die indruk probeerden te maken door te zweren dat ze hem te pakken zouden krijgen. Die kans bestond, want door hem neer te schieten of Virgil, die nu met zijn vrouw en kinderen aan de oostkust woonde, zouden ze iedereen jaloers maken die ze bewonderden.

'Hoe is het met Frick gegaan?' vroeg hij.

'Dat is Jason, hè? Voor de baan? Fysiek is hij perfect. Hij is een absolute Goliath! Maar mentaal?' Ze klakte met haar tong. 'Hij is een beetje te schietgraag naar mijn smaak. Ik zou me zorgen maken dat hij iemand zonder geldige reden neerschoot.'

Diezelfde roekeloze karaktertrek was Rex ook al opgevallen, toen ze elkaar kort even over de telefoon hadden gesproken, maar hij wilde de kerel het voordeel van de twijfel geven. Het was niet gemakkelijk om iemand te vinden die bijna twee meter lang was en gebouwd als een tank. 'Hoe zit het met de anderen? Zit daar een goede tussen?'

'Peter Viselli lijkt de goede instelling te hebben.'

Hij trok een gezicht. 'Peter is wat... één meter negenenzeventig?'

'Ja, maar dat is maar een paar centimeter kleiner dan jij. Ook weeg je minder dan alle andere mannen in ons bedrijf en toch is niemand beter in beveiliging dan jij.'

Lengte en omvang waren niet de enige wapens van een man. Rex vond snelheid, behendigheid, ervaring en intelligentie belangrijker. Maar uiterlijkheden telden ook. Grote zware mannen bezorgden All About Security, Inc. de intimidatiefactor. Die factor was van belang omdat daardoor problemen afgewend konden worden voordat ze echte problemen werden. Gespierde reuzen hielpen ook vertrouwen bij de klant te kweken.

'Ik wil geen ongeleide projectielen in mijn team.' Naast de morele implicaties als iemand een vuurwapen gebruikte zonder dat er voldoende provocatie was, was er ook de kwestie van aansprakelijkheid. Rex gaf er de voorkeur aan beide te vermijden. 'Regel nog een tweede interview met Peter voor wanneer ik volgende week terug ben. Zeg maar op... vrijdag?'

'Denk je dat je zó snel terug bent?'

'Ja. Ik bel je als er wat verandert.'

Met getuite lippen stopte ze de cheques die hij had ondertekend in een map, die ze daarna in haar enorme tas liet glijden. 'We hebben je absoluut nodig. Jij bent degene die ons succesvol maakt.'

'Ik ben er binnenkort weer.'

'De vraag is... ben je zelf veilig?'

Hij knikte om haar gerust te stellen, maar hij was al jaren niet veilig meer geweest.

Brent Taylor had kennelijk niet veel spullen bij zich. Er lag een open leren tas op het bed. Zonder er echt in te gaan snuffelen, kon Eve zien dat hij een spijkerbroek, T-shirts en in ieder geval één trui had ingepakt.

Het bed was nog opgemaakt, zoals ze had verwacht. In de badkamer was het vochtig. Ze vond er natte handdoeken op de grond, en ze rook zijn deodorant en de shampoo die ze voor haar gasten neerzette.

Nu ze hier was, voelde ze zich een beetje stom dat ze zoveel aandacht besteedde aan zulke gewone dingen, dezelfde dingen die ze in de kamers van andere gasten zag. Ze wist niet zeker wat ze had verwacht te vinden of waarom dat belangrijk zou zijn. Als hij niet zo geheimzinnig en afstandelijk was geweest, zou ze waarschijnlijk geen moeite hebben gedaan.

Er was niets wat echt veel over hem onthulde, maar een paar aanwijzingen gaven haar iets meer informatie. Het type goudzeef dat werd gebruikt voor prospecteren lag op zijn nachtkastje. Dat vertelde haar waarvoor hij hier waarschijnlijk was. Op het kleine bureau bij het raam dat op de achtertuin uitkeek, bevond zich een laptop, en op het schrijfblok bij de telefoon had hij een paar namen en telefoonnummers geschreven.

Hij had een typisch mannelijk handschrift, concludeerde ze. Hoewel hij blokletters gebruikte, was het niet echt goed leesbaar. Boven aan de korte lijst stond de naam Jason Frick. Aan het netnummer te zien woonde hij in de Bay Area, slechts een paar uur rijden van Whiskey Creek vandaan. Ze herkende het, omdat veel gasten daarvandaan kwamen.

Was Frick een vriend van Brent Taylor of een zakenpartner? De andere namen waren ook van mannen en de netnummers waren hetzelfde. Peter Viselli en Dom Chandler, hoewel die laatste naam doorgekrast was.

Zogenaamd per ongeluk streek Eves vinger over het muisgedeelte van de laptop terwijl ze aan het stoffen was, in de hoop dat zijn screensaver zou verdwijnen en ze kon zien waaraan hij had zitten werken. Helaas kreeg ze alleen de vraag een wachtwoord in te voeren.

Haar eigen computers beschermde ze niet met een wachtwoord, zelfs degene niet waarop ze hier in de B&B werkte. Maar er werden nauwelijks misdaden gepleegd in Whiskey Creek, en zij had niets te verbergen. Dus wie was deze Mr. Taylor? Duidelijk iemand die in de stad woonde.

In de wetenschap dat ze niet lang had voordat Cheyenne of Deb haar kwamen zoeken, of Brent Taylor terugkeerde, verving ze zijn handdoeken, flaconnetjes zeep, shampoo en conditioner en gooide de dingen weg die hij had gebruikt. Daarna haalde ze een stofzuiger over het tapijt.

Toen ze klaar was, hoorde ze Deb met een paar gasten in de gang praten. Door de normale ochtendgeluiden schaamde ze zich een beetje omdat ze in Mr. Taylors kamer had lopen rondsnuffelen. Was ze te ver gegaan? Gedroeg ze zich als een stalker?

Doe normaal, zei ze tegen zichzelf. Voor het eerst in haar leven dacht ze erover na om iemand in te huren die haar een paar maanden kon vervangen, zodat zij iets anders kon proberen, voordat ze zich voorgoed zou settelen en voordat ze haar leven als cement zou laten opdrogen en hard liet worden. Misschien was de afgelopen nacht een teken dat ze haar horizon moest verruimen, veranderingen moest verwelkomen en nieuwe dingen moest proberen.

Misschien zou ze er later spijt van krijgen als ze dat niet deed. Cheyenne zou binnenkort bevallen. Dan zouden ze toch niet meer samen kunnen werken. In ieder geval een aantal maanden niet.

'Hé.'

Eve schrok. Toen ze zich omdraaide, zag ze de persoon aan wie ze had lopen denken bij de deur staan. 'Wat doe jij hier boven?' vroeg ze. 'Je moet geen trappen lopen.'

'Wie zegt dat? De beweging is goed voor me, zolang ik maar niet val.'

'Dat is nou precies waar ik bang voor ben.' Nadat ze twee jaar pogingen had gedaan om zwanger te worden en uiteindelijk haar toevlucht had genomen tot iets wat maar weinig mensen zouden begrijpen, zou Cheyenne compleet instorten als ze haar kind verloor.

'Ik ben voorzichtig, ik wilde je alleen laten weten...' Haar gezicht betrok, alsof ze wist dat wat ze ging zeggen, niet in goede aarde zou vallen.

'Wat?' wilde Eve weten.

'Je ouders zijn terug.'

Eves hand vloog naar haar mond, en ze sprak tussen haar vingers door. 'Nee!'

'Ja. Ze wachten beneden in de kleine zitkamer. Ze vinden het vreselijk dat ze niet op tijd terug waren voor je verjaardag, dus hebben ze het onderdeel voor de camper in laten vliegen, wat hun een hoop meer geld heeft gekost, en nu willen ze je heel graag je cadeau geven.'

Haar ouders waren te goed voor deze wereld. Ze waren de beste, behulpzaamste mensen op aarde, wat gedeeltelijk de reden was waarom Eve zich zo schaamde over wat ze had gedaan.

'Denk je dat ze over gisteravond zullen horen?'

'Nee! Natuurlijk niet! Wie zou het hun vertellen?' Cheyenne plakte een geruststellende glimlach op haar gezicht, maar daar keek Eve recht doorheen.

'Je denkt wel dat ze het van iemand zullen horen.'

Cheyennes glimlach verflauwde. 'Ik ben inderdaad bang van wel. We hebben het tenslotte over Noelle. Toen Kyle bij haar langskwam om haar de alimentatie te geven, was die andere serveerster op bezoek... Casey? Hij zei dat ze aan praten en lachen waren over... wat er is gebeurd.'

Casey had donderdagavond niet eens gewerkt.

Terwijl Eve in haar neusbrug kneep, sloot ze haar ogen. Ze moest echt weg uit dit stadje. Ze voelde zich gevangen, verstikt. Hoe dol ze ook was op Little Mary, Whiskey Creek en alle mensen met wie ze was opgegroeid, ze had iets nieuws nodig. Toch was het vreemd dat dit besef zo plotseling in haar was opgekomen. Vroegen andere mensen zich ook al op hun vijfendertigste af waar ze in het leven stonden? Had ze een midlifecrisis, lang voordat ze de leeftijd daarvoor had bereikt? Misschien kon ze haar spaargeld opnemen en op rondreis door Europa gaan...

'Ik maak het hier wel af,' zei Cheyenne. 'Wat moet er nog gebeuren?'

'Niets.' Terwijl Eve het snoer van de stofzuiger oprolde, dacht ze er nog een keer over na om Cheyenne te vertellen dat Brent Taylor de man was met wie ze naar bed was geweest, maar ze besloot weer om het niet te doen. Ze wilde niet dat Cheyenne erachter kwam dat hij tegen haar had gelogen over zijn naam. En zelfs als hij vandaag niet uitcheckte, zou hij niet lang in Whiskey Creek blijven.

'Wil je dat ik met je naar beneden ga?' vroeg Cheyenne. 'Zou dat helpen?'

'Nee. Ik moet eerst de stofzuiger wegzetten – en ik laat jou die niet de trap af dragen, dus bespaar je de moeite om dat aan te bieden. Zeg alleen tegen ze dat ik eraan kom.'

Cheyenne omarmde haar even. 'Je bent vijfendertig. Als ze iets over gisteravond horen, zullen ze waarschijnlijk niets zeggen.'

Natuurlijk zouden ze dat niet doen. Ze waren niet bemoeizuchtig en staken hun neus niet in andermans zaken. Eve maakte zich vooral zorgen over wat ze zouden dénken.

Opnieuw had ze dringend behoefte aan meer ruimte, verandering van omgeving, een kans om uit te vogelen of de persoon die ze was geworden ook de persoon was die ze wilde zijn. Misschien had ze een tijd alleen maar afgewacht, in de hoop dat ze het soort liefde zou vinden dat sommige van haar vrienden hadden gevonden, maar daar zag het niet naar uit. Tenminste niet hier...

Misschien was haar vijfendertigste verjaardag nodig geweest om haar te doen beseffen dat ze een andere richting op moest.

Ze hoorde Cheyennes voetstappen wegsterven. Toen tilde ze de stofzuiger op. Maar voordat ze de emmer met schoonmaakspullen pakte, merkte ze het bagagelabel aan Brent Taylors tas op en ze zette de stofzuiger weer neer.

Daar was zijn persoonlijke informatie. Ze kon die maar beter noteren, voor het geval er een of andere reden was waarom hij die niet wilde geven. Als de FBI bijvoorbeeld naar hem op zoek was. Als ze stom genoeg was om met een onbekende naar bed te gaan, een mogelijke voortvluchtige, moest ze doen wat ze kon om de politie te helpen als ze op haar deur kwamen kloppen.

Het label gaf echter niet aan dat de tas aan een Brent Taylor toebehoorde, of zelfs maar aan een Jared. Er stond 'Taylor Jackson' in hetzelfde handschrift als de namen op het schrijfblok. Geen adres. Alleen een telefoonnummer, dat ze in het notitieblokje van haar telefoon intoetste.

Had hij de tas van iemand anders geleend? Dat was mogelijk. Maar het feit dat hij al twee namen had gebruikt, gaf haar het gevoel dat er veel meer aan de hand was dan dat. Hoe zat het precies met deze kerel?

Gisternacht was hij de perfecte minnaar geweest. Gevend en nemend. Hoe meer ze zich herinnerde van hun nacht samen, hoe meer ze ervan overtuigd raakte dat hij haar de beste seks ooit had bezorgd. Hij leek er zelf ook van te hebben genoten. En toch had hij haar vanochtend, na alles wat ze samen hadden gedaan, nauwelijks een blik waardig gegund, had hij zich heel vreemd gedragen toen ze hem naar zijn volledige naam had gevraagd en had hij, hoewel hij had gezegd dat hij Jared heette, ingecheckt als Brent Taylor, terwijl het label aan zijn tas aangaf dat die van een Taylor Jackson was.

Omdat ze haar ouders moest gaan begroeten, pakte ze haar schoonmaakspullen, haastte ze zich naar buiten en sloot de deur achter zich. Terwijl ze de trap af ging, dacht ze dat ze waarschijnlijk geluk had dat deze Jared of Brent of Taylor – wie hij dan ook maar was – niets meer met haar te maken wilde hebben.

Hoofdstuk 4

'Liefje, het spijt ons zo dat we je verjaardag gemist hebben. Het is toch niet te geloven dat we een probleem met de motor hadden!' Eves moeder leek echt van streek toen ze haar omhelsde. 'We zijn zo snel mogelijk teruggekomen.'

'Jullie hadden dat extra geld niet moeten uitgeven om het motoronderdeel in te laten vliegen,' zei Eve. 'Dat jullie dat hebben gedaan! Het maakt toch niet uit dat we mijn verjaardag wat later vieren?'

Zodra haar moeder haar had losgelaten, omhelsde haar vader haar. 'Je verjaardag is in december, wat dus kan betekenen dat hij door de feestdagen opgeslokt wordt. Dat proberen we te voorkomen. Je bent te belangrijk voor ons.'

Bij de gedachte aan Noelle en het plezier dat die er waarschijnlijk in schiep om haar reputatie om zeep te helpen, kromp ze ineen. 'Bedankt, papa.'

Hij stak zijn handen in zijn zakken en liet het kleingeld daarin rinkelen. 'De B&B ziet er geweldig uit, trouwens. Een victoriaans kerstplaatje.'

Ze waren drie weken in Texas geweest, waar ze Thanksgiving met haar broers hadden gevierd, die nu samen een bar in Austin runden. 'Mooier dan anders?'

'Dat vind ik wel,' antwoordde hij.

'Dat komt door de nieuwe pegellampjes. Het is heel mooi als je die van zo'n steil dak naar beneden laat hangen.' Ze had een bedrijf ingehuurd om die lampjes, en alle andere versieringen aan de buitenkant, op te hangen. Maar verder hadden Cheyenne en zij alles gedaan. De boom alleen al had hun een volle dag gekost, de zondag na Thanksgiving, waarop het de traditie was om van het herfstdecor over te gaan naar dennentakken en hulst. De dag daarop had ze kransen met rode linten voor ieder raam gehangen, mistletoe boven de tafels in de eetzaal en guirlandes boven elke deur, op elke schoorsteenmantel en om elke trapleuning aangebracht. Normaal gesproken was dit Eves favoriete tijd van het jaar. Iedereen in de stad wachtte af om te zien wat ze met de B&B zou doen. Ze wilde per se een baken van hoop scheppen voor de vermoeide reiziger in een mooie kerstsfeer en ze was er trots op als dat lukte.

'Het is absoluut prachtig,' zei haar vader. 'We reden voorbij A Room with a View, en die haalt het hier niet bij.'

Omdat de eigenaars niet begrepen dat wat zij creëerde de inwoners van de stad stimuleerde even stil te staan om over het leven na te denken. Haar concurrent besteedde oppervlakkig aandacht aan het seizoen door plastic Kerstmannen en elanden neer te zetten en gigantische ornamenten aan de boom in de voortuin te hangen. Het geheel was tamelijk ordinair. Maar terwijl Eve haar vaders blik naar de kandelaars volgde die ze zo had neergezet, dat ze vanaf de straat konden worden gezien, had ze niet haar gebruikelijke gevoel van trots en betovering. Ze was bang dat ze de rest van haar leven steeds precies hetzelfde zou blijven doen, alleen dan zonder Cheyenne, omdat ze wist dat Cheyenne niet voor altijd in de B&B zou blijven werken.

'Je hebt ons verteld dat je van plan was om vanavond met je vrienden naar San Francisco te gaan,' zei haar moeder, 'dus ik hoopte dat je morgen na het werk bij ons kon komen eten. Als toetje maak ik je favoriete worteltaart met ijs.'

'Natuurlijk. Dank je. Dat klinkt zalig.'

'En...' Haar moeder zocht in haar grote tas en haalde daar een cadeautje uit. '...we willen je graag nu je cadeau geven, omdat het gisteren niet kon.'

Er ging weer een golf van schuldgevoel door Eve heen, omdat ze zich had gedragen op een manier die ook haar ouders in diskrediet zou kunnen brengen. Wat had ze zich gisteravond in vredesnaam in haar hoofd gehaald? Ze leek Noelle wel...

'Maak maar open,' drong haar vader aan, nadat haar moeder haar het cadeau had overhandigd.

Eve hoopte maar dat het niet te duur was. Haar ouders wilden vaak te veel doen. Zodra ze het cadeaupapier van het doosje af had gescheurd en dat had geopend, kon ze zien dat het inderdaad heel kostbaar was. Een gouden horloge, met diamanten rond de wijzerplaat. 'Wauw!'

'Vind je het mooi?' De glans in haar moeders ogen verraadde hoe opgewonden ze was over het feit dat ze haar dochter zo'n cadeau gaf.

'Ik vind het prachtig, maar... het is veel te veel. Jullie moeten een beetje gaan opletten nu jullie met pensioen zijn, vooral vanwege de problemen die we hebben gehad om de B&B draaiende te houden. Jullie hebben niet zoveel spaargeld meer als –'

'Maak je daar maar geen zorgen over,' onderbrak haar vader haar. 'Je verdient alles wat we je kunnen geven. Je hebt zo hard gewerkt. Je bent de perfecte dochter.'

De perfecte dochter... Hij moest eens weten. Dat woord prikkelde haar geweten, en ze liep naar de deur om die dicht te doen. 'Ik vind het horloge echt heel erg mooi.'

Haar vader en moeder wisselden een blik uit.

'Maar... Ik ben absoluut niet perfect. Eerlijk gezegd heb ik iets gedaan wat ik jullie moet vertellen, voordat jullie het van iemand anders horen.'

Eve voelde zich heel schuldig toen ze een angstige uitdrukking op hun gezicht zag verschijnen, terwijl ze zich langzaam op de bank lieten zakken. 'Ja, ik wilde net voorstellen dat jullie zouden gaan zitten.'

'Is het zo erg?' vroeg haar moeder.

'Het is niet iets om trots op te zijn.'

Haar vader leek verbijsterd. 'Wat kan het zijn? We kennen je.'

'Dit weten jullie niet. Ik ben gisteren uitgegaan... In mijn eentje, en... ik ben een beetje dronken geworden.'

Met knipperende ogen keken ze haar zwijgend aan. Ze wisten ongetwijfeld dat er nog meer zou volgen.

'En ik heb iemand ontmoet. Een... een onbekende man. Hij was knap en charmant, en hij had ook te veel gedronken.'

'Je hebt iemand ontmoet?' herhaalde haar moeder.

De hoop in die vraag maakte dit niet gemakkelijker. Haar ouders wilden bijna net zo graag als zijzelf dat ze zou trouwen en een gezin zou stichten. Regelmatig was het onderwerp kleinkinderen ter sprake gekomen. Aangezien haar broers – de een gescheiden zonder kinderen en de ander een verstokte vrijgezel – vijftig en tweeënvijftig waren, zouden haar ouders waarschijnlijk geen kleinkinderen krijgen. Dat konden ze alleen nog van haar verwachten.

'Nee. Niet echt. Het is niet wat jullie misschien denken.'

'Wat is het dan wel?' vroeg haar vader.

Haar rug rechtend, gooide ze de waarheid eruit. 'Ik heb hem mee naar huis genomen.'

Er viel even een ongemakkelijke stilte. Toen schraapte haar vader zijn keel. 'Eve, we hebben ons nooit bemoeid met je leven. Ik bedoel met dát gedeelte van je leven. Dit is niet iets wat je aan ons hoeft op te biechten, zeker niet op je vijfendertigste. Eerlijk gezegd, zou ik het liever níét weten, en ik denk dat ik wat dat betreft ook voor je moeder spreek.'

Onwillekeurig moest Eve glimlachen om zijn reactie. 'Ik wilde ook niets erover zeggen, maar... ik ben bang dat er stevige roddels gaan circuleren, en ik wilde niet dat jullie daardoor onaangenaam verrast zouden worden. Of teleurgesteld,' voegde ze eraan toe, 'maar dat valt nu niet meer te vermijden.'

'En waarom zou iemand het ons vertellen? Waarom gaat het iemand iets aan?'

'Het gaat niemand iets aan. Maar Noelle Arnold werkt bij Sexy Sadie en –'

'O, ik snap het,' onderbrak haar moeder haar. 'Olivia's zus is het nieuwtje aan het verspreiden.'

'Precies.'

Haar moeder fronste haar wenkbrauwen. 'Ik heb nooit een hoge pet van haar opgehad.'

Dat was een vernietigende opmerking voor haar lieve moeder. 'Ik denk er net zo over,' zei Eve.

'Dus... dat is het?' informeerde haar vader. 'Daarom ben je van streek?' Hij bestudeerde haar aandachtig. 'Erger dan dat is het niet?'

'Is dat niet genoeg?' vroeg ze, verbaasd dat ze zelf niet meer van streek waren.

'Liefje, iedereen maakt af en toe een fout. Het is niet aan ons om je te veroordelen of... of je te vertellen hoe je je leven moet leiden. We hebben onze kans gehad om je de weg te wijzen toen je klein was, en we hebben ons best gedaan. Nu heb jij de touwtjes in handen, en hoewel ik niet kan zeggen dat ik blij ben met wat je gisteravond hebt gedaan, begrijp ik hoe en waarom het is gebeurd.'

'Je vader was heus geen maagd meer, toen hij mij ontmoette,' merkte haar moeder op. 'Hij was al met tientallen vrouwen naar bed geweest.'

'Adele!' zei haar vader sissend, duidelijk ontzet.

Eve moest lachen, en toen ze eenmaal begonnen was, kon ze niet meer stoppen. Ze begreep het effect van haar bekentenis op haar ouders, omdat zij hetzelfde voelde ten aanzien van wat haar moeder net had onthuld. Ze wilde geen van beiden als seksueel actief voor zich zien, niet eens met elkaar.

'Het spijt me,' zei ze, de tranen wegvegend die over haar wangen stroomden. 'Ik wilde niet lachen, en ik wil niet dat jullie denken dat ik het niet serieus neem wat ik heb gedaan, maar –'

Haar moeder stond op om haar weer te omarmen. 'Ik ben blij dat je kunt lachen. Laat het los, liefje. We weten dat het niet makkelijk was om al je vrienden te zien trouwen. We waren net zo teleurgesteld als jij vorig jaar toen het tussen jou en Ted niet bleek te werken. Hij is een goede man. Maar er komt wel iemand anders, vast wel.'

Voordat Adele haar kon loslaten, pakte Eve haar moeders arm

vast. 'Wat vind je ervan als ik ergens anders heen ga en... iets nieuws probeer?'

'Je bedoelt dat je uit Whiskey Creek wilt vertrekken?' vroeg haar vader.

'Ik hou van dit stadje, maar ik weet niet zeker of dit het enige leven is dat ik wil kennen.'

Deze bekentenis leek haar ouders verdrietiger te maken dan haar verhaal over hoe ze de avond van haar verjaardag had doorgebracht. Haar broers hadden een beurs gekregen voor de Texas A & M University, waarna ze bij de luchtmacht waren gegaan. Ze waren nooit meer teruggekeerd naar Californië. Haar ouders klaagden vaak dat ze Darren en Dusty zo weinig zagen.

'We zouden je zeker missen,' zei haar vader. 'Maar we willen je hier niet vasthouden, als dit niet is waar je wilt zijn. Je moet je ook niet door Little Mary laten tegenhouden.'

Om zich heen kijkend, besefte ze dat ze bijna net zoveel van de B&B hield als van haar ouders. Maar er moest een manier zijn om de ontevredenheid weg te nemen die haar leven was binnengeslopen en die elke dag erger leek te worden. Ze wilde niet op haar vijfenzestigste 's ochtends wakker worden en zich afvragen waarom ze daar nooit iets aan had veranderd.

'Je wilt toch niet zeggen... Moeten we de bed and breakfast te koop zetten?' vroeg haar moeder.

'Nee, nee. Zo drastisch hoeft het nou ook weer niet. Ik dacht erover na om iemand voor een jaar of zo in te huren, zodat ik iets anders kan uitproberen, voordat ik me voor de rest van mijn leven vastleg, begrijp je?'

Haar ouders knikten somber. 'We begrijpen het. Het gaat ons erom dat je gelukkig wordt,' zei haar vader.

Eve kon zich eigenlijk niet voorstellen dat ze het fijn zou vinden om Whiskey Creek achter zich te laten. Naast haar ouders had ze zoveel vrienden hier, en ze zou peettante van Cheyennes baby worden. Van die gedachte alleen al werd ze helemaal blij. Maar zou dat genoeg zijn? Plotseling voelde het aan alsof ze op de kruimels van andermans leven leefde. ‘Na de feestdagen kunnen we het er verder over hebben.’

Haar moeder slaagde erin te glimlachen. ‘Dus er is geen haast bij?’

‘Absoluut niet.’ Eve hield het horloge omhoog. ‘Heel erg bedankt hiervoor. Ik heb nog nooit zoiets moois gezien.’

‘Vanbuiten en vanbinnen ben jij tien keer zo mooi,’ zei haar moeder lief.

Ze trok een gezicht. ‘O ja? Bereid je maar voor op het geroddel over mij.’

‘Niemand kan onze mening over jou veranderen,’ stelde haar vader vast.

Vlak nadat Eves ouders waren vertrokken, liep Cheyenne de zitkamer in. De kerstmuziek in de eetzaal werd luider toen de deur opengging, waardoor Eve opkeek. Gezeten op de antieke Eastlakestoel, die ze vorig jaar bij een inboedelverkoop in Sacramento op de kop had getikt, had ze haar nieuwe horloge zitten bekijken, terwijl ze bedacht wat een geluk ze had met zulke geweldige ouders. Ook vroeg ze zich af of het wel een goed idee was om weg te gaan. Ze had een verantwoordelijkheid ten opzichte van zichzelf, maar aangezien haar broers geen enkele verplichting ten opzichte van hun ouder wordende vader en moeder leken te voelen, moest zij er ook voor zorgen dat haar ouders gelukkig waren en goed werden verzorgd. Aan de andere kant hadden ze hun camper. Ze konden haar komen opzoeken.

‘Hoe is het gegaan?’ vroeg Cheyenne.

‘Ik heb ze verteld dat ik met een onbekende man heb geslapen.’

Haar vriendin keek haar geschokt aan. ‘Dat meen je niet.’

‘Jawel. Ik dacht dat het beter zou zijn als ze het van mij te horen kregen.’

‘Maar misschien zouden ze het helemaal niet te horen hebben gekregen!’

‘Daar durfde ik niet op te hopen.’

'Oké. Waarschijnlijk was dat een wijze beslissing. Hoe namen ze het op?'

'Veel beter dan ik verwachtte. Ik denk dat ik ze heb onderschat.'

'Of je legt jezelf een veel hogere standaard op dan zij doen.' Cheyenne ging tegenover haar zitten. 'Is dat je cadeau?'

Eve gaf haar het horloge, zodat ze het beter kon bekijken. 'Mooi, hè?'

'Prachtig!'

'Het zijn zulke geweldige ouders.'

'Dat met die man was gewoon een vergissing, Eve. We weten allemaal hoe je werkelijk bent,' zei Cheyenne, haar het horloge teruggevend.

Eve glimlachte vanwege dat compliment. Haar vrienden en familie dachten haar allemaal te kennen, maar ze wist niet zeker of ze zichzelf nog wel kende. Wie was die vrouw die alle remmingen liet varen en zich geheel had overgegeven aan seks met een onbekende man?

Rex stond in zijn kamer zijn spullen in te pakken, toen Marilyn belde. Misschien had hij per ongeluk een cheque vergeten te tekenen, dacht hij. In ieder geval hoopte hij dat ze niet weer problemen met haar auto had gekregen. Toen ze hem een lift naar Sexy Sadie had gegeven, zodat hij zijn Landrover kon ophalen, was er niets met de motor aan de hand geweest.

Hij ging op de rand van het bed zitten en nam op. 'Hallo.'

'Dit ga je nooit geloven,' zei ze.

Na wat hij in zijn leven had meegemaakt, kon hij zowat alles geloven. Maar hij werd gespannen, zich afvragend of ze bewijs had gekregen dat The Crew inderdaad achter hem aan zat. 'Wat?'

'Ik werd net gebeld door Scarlet Jones, de fotografe uit San Francisco.'

Langzaam blies hij zijn adem uit. 'Een paar jaar geleden heb ik voor haar gewerkt.'

'Dat herinner je je nog.'

'Natuurlijk.' Nadat hij bij Virgil in het oosten, die eenzelfde soort beveiligingsbedrijf had, was weggegaan, was hij hier in het westen voor zichzelf begonnen. Scarlet Jones was een van zijn eerste klanten geweest. 'Ze kreeg rare e-mails en had het gevoel dat ze werd gevolgd. Wat is er nu aan de hand?' Hij wist dat alles in orde was geweest nadat zijn contract was afgelopen, omdat hij van tijd tot tijd contact had opgenomen, alhoewel niet in het afgelopen jaar.

'Kennelijk wordt ze weer lastiggevallen. De eerste keer was een paar maanden geleden, in september. Toen kreeg ze een e-mail met een foto van een penis.'

'Dus dit is een nieuwe Anthony Weiner? Dat is niet erg origineel.'

'Ze heeft de mail naar mij doorgestuurd. Wat hij haar stuurde, was óók niet erg indrukwekkend.'

Rex grinnikte. 'Dat klinkt alsof hij meer had moeten stelen dan Anthony's idee, misschien iets van een pornosite. Maar als dit in september is gebeurd, waarom heeft Scarlet dan zo lang gewacht voordat ze contact met ons opnam?'

'De dreigementen die ze eerder had ontvangen, werden nooit uitgevoerd. Ze dacht dat dit ook wel over zou waaien als ze het gewoon negeerde.'

'Laat me eens raden: dat is niet gebeurd.'

'Nee. Het wordt steeds erger. Maar wat ik niet begrijp, is waarom degene die het was op een gegeven moment is gestopt.'

'Misschien werd hij opgepakt.'

'Dat zou het verklaren. Want hij gaat door waar hij gebleven was, behalve dat de brieven die ze krijgt nu zelfs nog persoonlijker zijn,' zei Marilyn. 'In een daarvan heeft hij het over een moedervlek op haar, eh...'

'Borst? Kont? Wat? Het gebeurt niet vaak dat je niet weet wat je moet zeggen.'

'Op een nog intiemere plek.'

'Dus degene die dit doet, moet heel dichtbij haar zijn geweest.' Hij haalde zijn vingers door zijn haren. 'Of hij heeft iemand gesproken die close met haar is geweest.'

'Dat is... eng.'

'In ieder geval beperkt dat het aantal mogelijke verdachten. Ze heeft nog steeds geen idee wie het zou kunnen zijn?'

'Nee. Ze zegt dat geen van haar ex-minnaars zoiets zou doen.' Marilyn schraapte haar keel. 'Jij, eh... wist niets van die moedervlek af?'

'Ik begin geen seksuele relaties met onze klanten. Dat weet je.'

'Ja, dat weet ik. Maar ik dacht dat deze klant misschien een uitzondering was. Ze is heel erg aantrekkelijk. En ze is niet getrouwd.'

Rex had inderdaad een zwak voor Scarlet, maar ze was meer als een jongere zus voor hem. Toen hij een aantal jaar geleden als haar bodyguard had gewerkt, was hij nog steeds verliefd op Laurel geweest, Virgils zus. Daardoor was hij nooit in de verleiding gekomen om zijn relatie met Scarlet te veranderen, en dat was hij nu ook niet van plan. 'Je zei dat het erger werd. Wat is er nog meer gebeurd?'

'Gisteren heeft er iemand in haar huis ingebroken en op haar bed gepiest. Daarom heeft ze uiteindelijk toch gebeld.'

'Is er iets verdwenen?'

'Een aantal slipjes en beha's.'

Door wat hij net had gehoord, jeukten Rex' handen om weer aan het werk te gaan. Het had hem altijd dwarsgezeten dat de politie de kerel die Scarlet had lastiggevallen niet had kunnen vinden. 'Wat heb je tegen haar gezegd?'

'Ik zei dat ik graag een bodyguard voor haar wilde regelen, totdat de politie erachter komt wie dit doet, maar toen ze even later begreep dat jij niet die bodyguard zou zijn, begon ze te huilen.'

Deze vorm van beveiliging kwam heel dichtbij en was erg persoonlijk. Hij begreep waarom ze iemand wilde die ze al kende en vertrouwde. Hoewel hij haar heel graag wilde helpen, wist hij dat hij niet van haar kon vragen om te wachten tot hij het veilig genoeg vond om naar de Bay Area terug te keren. Ook kon hij niet samen met haar door de heuvels van de Sierra Nevada rondtrekken, terwijl hij buiten beeld probeerde te blijven. Hij stond op het punt te zeggen dat het hem speet, maar dat er niets was wat hij kon doen, toen hem ineens een advertentie te binnen schoot die hij op een prikbord in het lokale koffiehuis had zien hangen. Er werden kamers te huur aangeboden in een privéwoning.

Waarom zou hij niet op die advertentie reageren? Hij kon zich samen met Scarlet in dit pittoreske stadje schuilhouden. Zo'n perfecte oplossing, die hij meteen kon regelen, zou hij nergens anders vinden, zeker niet tijdens de feestdagen.

'Sms me haar nummer maar. Ik neem aan dat ze het heeft veranderd sinds ik haar voor het laatst heb gesproken.'

'Wat ga je doen?' vroeg Marilyn verbaasd.

'Ik neem de klus aan.'

'Hoe dan?'

'Door haar uit te nodigen een tijdje samen met mij in Whiskey Creek door te brengen.'

'Denk je dat ze dat zal doen?'

'Als ze echt bang is, heeft ze volgens mij geen betere optie.'

'Maar hoe kun je haar vragen uit haar huis weg te gaan, nu de kerstdagen eraan komen?'

'Als de politie hun werk doet, is ze voor Kerstmis terug.'

Marilyn schraapte haar keel. Toen zei ze: 'Whiskey Creek, hè?'

'Waarom niet?Als we haar uit haar normale omgeving halen en haar stalker haar niet meer kan lastigvallen, raakt hij misschien gefrustreerd en doet hij iets waardoor hij zichzelf verraadt.'

'Maar ik dacht dat jij moest blijven rondtrekken. Dat dat voor jou nodig was, zodat jij in elk geval zelf veilig was.'

Rex keerde zich om naar zijn ingepakte tas. Wat hij nu ging doen, draaide om iets anders. Het draaide om wat hij gisternacht had gedaan. Hij wilde niet weer in bed belanden met Eve... Nou ja, eigenlijk wilde hij dat wél. Dat was het probleem. Wat hij alleen níét wilde, was haar hoop geven, haar laten denken dat ze misschien een toekomst samen hadden. Gegeven zijn beperkingen wist hij dat dat niet eerlijk was.

Als hij echter uit de B&B vertrok naar een andere plek met zijn klant – een klant die ook een goede vriendin van hem was – zou hij Eve zeker kunnen ontlopen, haar misschien zelfs kunnen vergeten. Zijn werk was tot nog toe altijd voldoende voor hem geweest.

Hoofdstuk 5

De ontmoeting met Ted was ongemakkelijk. Na hun mislukte poging een relatie te beginnen, was Eve eraan gewend geraakt om met de spanning tussen hen om te gaan, wanneer ze hem en de rest van hun vrienden op vrijdag in de Black Gold Coffee zag. Ze richtte zich zo veel mogelijk op de groep in zijn geheel en ging niet te dicht bij hem en Sophia zitten. Maar nu kon ze niet aan een directe confrontatie ontkomen. Hij had gevraagd of hij langs kon komen, omdat hij een boek wilde schrijven over de mysterieuze moord op het kind dat in 1871 in de kelder was gevonden. Omdat hij al een succesvolle thrillerschrijver was, begreep Eve eigenlijk niet waarom hij het niet bij fictie hield en haar met rust liet.

'Ik weet niet zeker of een boek over Mary voor jou de moeite waard is.' Ze zat tegenover hem in de zitkamer waar ze eerder ook met haar ouders had gesproken.

Hij keek op van zijn telefoon, waarop hij de opnamefunctie probeerde te vinden. 'Waarom niet? Het verhaal heeft me al sinds mijn jeugd geïntrigeerd.'

'Omdat je fictieboeken het zo goed doen. Is het niet logischer om nog een boek over een seriemoordenaar of zo te schrijven in de tijd die dit je zou kosten?'

'Ik doe het niet om het geld. De opbrengst gaat naar de historische vereniging, zodat ze meer gebouwen als dit kunnen behouden.'

Hij ging het geld doneren? Verdorie, nou kon ze niet eens gerechtvaardigd boos op hem blijven. Dat was altijd het probleem met hem. Hij was gewoon te aardig.

De blik die hij haar toewierp, verraadde dat hij haar weerstand wantrouwde. 'Zeg nou niet dat je nog steeds wrok koestert.'

'Heb ik daar geen recht op dan?'

'Jawel, maar daar ben je het type niet voor.'

Dat was waar. En hij had al een aantal keer gezegd dat het hem speet. Hij had ook heel erg zijn best gedaan om hun vriendschap in stand te houden. Toch had ze nog steeds het gevoel als een waardeloze prul aan de kant te zijn geschoven. Misschien als ze in staat was geweest door te gaan met haar leven zoals hij… Of als de man met wie ze de afgelopen nacht had doorgebracht haar niet op dezelfde manier had behandeld, dan zou het geen probleem zijn geweest.

'Natuurlijk ben ik blij voor jou en Sophia.' Ergens was ze dat ook echt. Ze kende Ted al vanaf haar kinderjaren. En ze moest deels de verantwoordelijkheid op zich nemen voor wat er was gebeurd. Op een gegeven moment had ze zich gerealiseerd dat hij nog steeds veel voor Sophia voelde. Ze had er gewoon voor gekozen haar intuïtie te negeren, in de hoop dat ze inderdaad een goede echtgenoot in hem zou vinden.

'Toen ik binnenkwam en ik je omhelsde, was je zo stijf als een plank,' zei hij.

'Ik heb een slechte dag. Nou en?'

Iets van zijn wantrouwen verdween en werd vervangen door bezorgdheid. 'Is er iets ernstigs aan de hand?'

'Niet echt.' Ze probeerde zijn vraag weg te wuiven. 'Rond de feestdagen sta ik altijd erg onder druk.'

'Je bent dól op de feestdagen.'

Ze zweeg. Dit jaar genoot ze er helemaal niet van.

'Wil je dat ik in januari terugkom?'

Waarom? Het is was beter dat ze het achter de rug hadden. Hij had al uitgelegd dat zijn nieuwste boek bij de uitgever lag en dat hij pas in januari met het volgende hoefde te beginnen. Door het feit dat hij tijdens de kerstperiode tijd had, wilde hij een beetje haast achter dit project zetten, en het was allemaal uit liefdadigheid. Zijn cadeau aan de stad waar ze allebei van hielden. 'Nee. Het spijt me. Kom maar op.'

'Maar dit gaat niet van harte, hè?'

'Zo bedoelde ik het niet. Het is gewoon dat zelfs Unsolved Mysteries, en alle misdaadanalisten die ze met zich mee hadden gebracht, er niet achter zijn gekomen wie Little Mary heeft vermoord, dus betwijfel ik wat jij nog meer zou kunnen doen.'

'Het gaat niet zozeer om het oplossen van de moord als wel het raadsel optekenen en mogelijke scenario's bedenken.' Met zijn hoofd schuin bestudeerde hij haar. 'Het zou goede publiciteit voor de B&B kunnen zijn.'

Ted had het er al jaren over dat hij een boek over Little Mary wilde schrijven. Moest hij daar nu echt op dít moment met haar over praten? De dag nadat ze met een totaal onbekende man naar bed was geweest? Ze maakte zich zorgen of hij er misschien iets over had gehoord en vroeg zich af of hij het net zo pathetisch vond als zijzelf.

Eerder had ze Brent Taylor zien terugkeren. Eve had hem naar binnen zien komen. Maar hij had net gedaan alsof hij haar niet zag. Hij was recht langs haar heen gelopen en de trap op gebeend. Kort daarna was hij weer naar buiten gegaan, zonder zijn tas. Aangezien gasten voor twaalf uur moesten uitchecken en het nu na tweeën was, kon ze niets anders doen dan aannemen dat hij van plan was nog een nacht te blijven.

Ze wist niet zeker wat ze daarvan vond, of ze haar verzoek dat hij vertrok kracht bij moest zetten, of dat ze gewoon moest doen, zoals hij: net alsof er de afgelopen nacht nooit iets was gebeurd. Het betekende waarschijnlijk zo weinig voor hem dat het hem niets kon schelen dat hij haar elke keer tegenkwam wanneer hij langs de receptiebalie liep.

'Het gaat nu beter met de B&B,' zei ze tegen Ted. 'Er komen een aantal mensen af op de high tea die we aanbieden. We krijgen veel dames van de Red Hat Society binnen, en er komen steeds meer stelletjes sinds we zijn begonnen met advertenties in bruidstijdschriften.'

'Blij om dat te horen, maar adverteren is duur, en dit is gratis. Als het boek een succes wordt, zou je doorlopend bezoekers kunnen krijgen die willen ervaren of het hier echt spookt. Dat gebeurde ook nadat Unsolved Mysteries was uitgezonden, toch?'

'Een tijdje.' Eigenlijk zou ze dankbaar moeten zijn dat hij dit deed – ten behoeve van haar en de stad. Dat zou ze ook geweest zijn als ze al niet zoveel aan haar hoofd had.

'Dus... zullen we beginnen?' vroeg hij.

Eve leunde achterover. 'Natuurlijk. Vraag maar op.'

'Laten we eerst even kijken of ik de basisinformatie goed op een rijtje heb.'

'De basisinformatie kent iedereen in deze stad, dus jij ook.'

'Ik weet dat Mary Hatfield zes jaar oud was, toen ze in december 1871 gewurgd werd aangetroffen in de kelder van dit huis. Haar geboorte- en sterfdatum staan in de grafsteen op de begraafplaats hiernaast gegraveerd. Maar jij hebt hier als kind ook gewoond. Ik hoop eigenlijk dat je me wilt vertellen hoe dat was.'

'We hebben hier maar een paar jaar gewoond, totdat de eerste renovaties waren afgerond. Toen hebben mijn ouders het terrein gekocht waar we nu wonen en toen zijn we daarheen verhuisd.'

'Ik weet nog wanneer dat gebeurde. We zaten op de lagere school. Maar jullie zijn niet verhuisd vanwege Mary's spookverschijning?'

'Nee, mijn ouders wilden een normaal gezinsleven, waarbij ze af en toe vrij hadden en we wat privacy als gezin konden hebben.'

'Ben je blij dat ze dat hebben gedaan?'

Ze knikte. 'Ja. Ik hou van dit huis, en ik hield er toen ook al van. Maar het zou moeilijk zijn geweest om je voortdurend met gasten bezig te moeten houden. En geen enkele moeder zou ervoor kunnen zorgen dat drie jonge kinderen zich de hele tijd perfect gedroegen.'

'Kun je me iets over je vroegste herinneringen aan dit huis vertellen?'

'Ik herinner me de muffe geur nog het best. En ik herinner me dat ik met de oude spullen op zolder speelde, dat ik verkleedspelletjes deed met de kleren die ik daar in koffers vond, mijn barbies mee naar boven nam, dat soort dingen. Zelfs toen al voelde ik me niet helemaal op mijn gemak daar, maar de zolder had de perfecte grootte voor een klein kind en het was de enige plek waar ik niet door mijn broers werd lastiggevallen. Ik heb er uren doorgebracht.'

'En de kelder?'

Ze huiverde. 'Daar heb ik nooit gespeeld. Maar ik herinner me dat mijn broers me er een keer hebben opgesloten om me bang te maken.'

'Daar is Mary's lichaam gevonden.'

'Ja. Dus je kunt je voorstellen hoe bang ik was. Ze riepen naar me door de deur, zeiden dat haar geest me zou komen halen, en ik was er absoluut van overtuigd dat ze gelijk hadden.'

'Hoe ben je eruit gekomen?'

'Mijn moeder hoorde me gillen en is me komen redden.'

Er speelde een vage glimlach om zijn lippen. 'Ik durf te wedden dat ze woest was.'

'Klopt.'

'Wat is er met je broers gebeurd?'

'Ze kregen huisarrest.' Eve schudde haar hoofd bij de herinnering. Ze hadden haar doodsangst heel grappig gevonden.

Snel maakte Ted een paar aantekeningen. 'Oké, dus Mary's ouders hebben dit huis laten bouwen, en de eerste keer dat het werd gerenoveerd, was toen je ouders het overnamen. Klopt dat?'

'Ja.'

'Hoe oud was Mary, toen John en Harriett hier introkken?'

'Ze was nog niet geboren. Ze is altijd enig kind gebleven.'

'Na haar dood zong het hardnekkige gerucht rond dat haar vader haar had vermoord. Omdat hij ook degene was die het lichaam had ontdekt en omdat het bijna Kerstmis was, zie ik het altijd als een negentiende-eeuwse versie van de zaak JonBenét Ramsey. Waren er bewijzen dat hij het had gedaan?'

'Niet echt. Hij stond bekend om zijn gewelddadige karakter en hij sloeg haar moeder regelmatig. Ook leek hij niet echt verdriet te hebben. Maar niet alle mannen laten hun pijn zien.'

Ze had de deur naar de zitkamer opengelaten. Dat deed ze bijna altijd, zodat haar medewerkers zich vrij zouden voelen om naar haar toe te komen, als dat nodig was. Maar vandaag betekende het dat ze Brent Taylor zag toen hij voor de tweede keer terugkwam. Hij zag haar ook en bleef even stilstaan alsof hij iets wilde zeggen, dus stond ze op en haastte zich naar hem toe.

'Je bent eigenlijk te laat om nog uit te checken, maar als dat is wat je wilt, dan is het geen probleem.'

Zijn blik ging naar Ted, voordat hij zijn ogen weer op haar richtte. 'Zou je het erg vinden als ik nog één nacht bleef?'

Kon er dan echt niets gaan zoals ze wilde? 'Had A Room with a View geen plek?'

Hij fronste zijn wenkbrauwen, alsof hij de teleurstelling in haar stem had gehoord. 'Ik kom er net vandaan. Ze zitten vol.'

Natuurlijk, ondanks hun prullerige decoraties. Het leek ze zo gemakkelijk af te gaan. Maar ze gaven wel veel geld uit aan reclame maken. Kennelijk hadden ze veel meer geld om uit te geven.

Eigenlijk wilde ze weigeren, maar Ted keek toe, en ze wist dat ze geen goed excuus zou kunnen verzinnen voor het feit dat ze gasten wegstuurde. Ted en de rest van haar vrienden waren op de hoogte van haar financiële problemen in de afgelopen paar jaar. 'Dan is het wel goed.'

'Bedankt. Weet je een goed restaurant in de buurt?'

'Just Like Mom's heeft heel lekker eenvoudig eten, als je daarvan houdt. Het zit verderop in de straat.'

Even aarzelde hij. Toen pakte hij haar bij de elleboog en trok haar naar zich toe, zodat hij in haar oor kon fluisteren. 'Zoals ik me vanochtend heb gedragen, was helemaal fout. Het spijt me,' zei hij, waarna hij de trap opliep naar zijn kamer.

'Waar ging dat over?' vroeg Ted.

Ondanks haar gebruikelijke beleid sloot Eve de deur, waarna ze weer ging zitten. 'Niets. Hij is gewoon een... een gast.'

'Fluisteren alle gasten op die manier in je oor? Het zag er een beetje intiem uit.'

'Dat was het niet.' Ze dacht erover na om te bekennen wat ze had gedaan, net zoals aan haar ouders, maar ze kon zich er niet toe zetten. Tegenwoordig was Ted gelukkig getrouwd en de trotse stiefvader van een prachtig tienermeisje. Eve wilde niet overkomen als iemand die nog steeds aan het worstelen was. Grote kans dat hij de roddel te horen zou krijgen, dus zou hij er sowieso wel achter komen. Maar dat zou ze dan wel weer zien. Ze hoopte alleen maar dat niemand het vanavond op haar feestje of op hun wekelijkse koffie-uurtje ter sprake zou brengen. Haar vrienden waren geweldig, maar ze kenden elkaar al zo lang en zo goed dat niets verboden terrein was.

'Ik heb nog maar een paar minuten,' zei ze, 'dus we moeten een beetje opschieten.'

Ze praatten over wat Unsolved Mysteries had ontdekt toen ze langs waren gekomen, wat praktisch niets was, voor zover het forensisch bewijsmateriaal betrof. Daarna bespraken ze de stukjes en beetjes informatie die waren opgetekend in de dagboeken van verschillende mensen die de Hatfields toentertijd hadden gekend. De meeste daarvan bevatten venijnige beschuldigingen tegen John Hatfield, die rijk, onvriendelijk en niet erg geliefd was geweest. Hoewel Eve niet kon zeggen of er concrete bewijzen in die dagboeken stonden, had ze kopieën bewaard van alles wat ook maar iets met de geschiedenis van de B&B te maken had. Ze had zelfs een gelamineerde kopie van een krant uit de late negentiende eeuw, waarin het verhaal werd opgerakeld, en een doos met onderzoeksmateriaal die ze van Unsolved Mysteries had gekregen toen ze klaar waren geweest met de opnames.

Ze liep het kantoor in om de doos te halen, maar ze kon hem niet vinden. Dus nam ze alleen de dingen mee die ze zelf gedurende de jaren had verzameld.

'Ik heb geen idee waar ik het materiaal van Unsolved Mysteries heb gelaten,' zei ze tegen Ted.

'Maar je gaat het wel een keertje voor me opzoeken?'

'Dat zal ik doen. Als ik even tijd heb, zal ik eens op zolder kijken.'

Hij pakte het materiaal wat ze wel had van haar aan. 'Even voor de zekerheid: denk je dat het hier spookt?'

Dat was altijd een moeilijke vraag voor Eve geweest. Ze wilde zichzelf niet vastleggen, omdat het, hoe gek het ook klonk, soms echt leek alsof Mary's geest hier nog ronddwaalde. Ze vertelde hem over de gordijnen die bewogen zonder aangeraakt te worden, deuren die dichtgingen en andere geluiden die ze had gehoord op momenten dat er niemand anders in de buurt was. Een keer was ze er absoluut zeker van geweest dat ze iemand in de kelder had horen jammeren. Dat was angstaanjagend geweest. Tenzij ze absoluut iets moest hebben, ging ze daar nooit alleen naar binnen.

'Ik weet het echt niet. Maar ik ben kwaad op degene die Mary heeft vermoord en ik hoop dat het recht op een of andere manier zal zegevieren, ook al is het dan zo lang geleden gebeurd.'

'Denk je dat de vader het heeft gedaan?'

'Ik denk dat Mary's moeder dat geloofde.'

Zijn wenkbrauwen schoten omhoog. 'Waarom denk je dat?'

'Na Mary's dood heeft ze geen woord meer gezegd.'

Ted boog naar voren. 'Dat heb ik nog nooit gehoord.'

'Ik ben er pas achter gekomen. Het stond in een e-mail die ik een paar dagen geleden kreeg van een stel dat hier elke zomer komt: een historicus en zijn vrouw, van wie ooit familie hier in de buurt woonde. Hij kwam een brief tegen van zijn over-overgrootmoeder, die een aantal jaar na Mary's dood was geschreven. Er staan verwijzingen in naar Harriett Hatfield en haar voortdurende zwijgen, en hij dacht dat ik er wel in geïnteresseerd zou zijn. Volgens deze brief werd Harriett een kluizenaar en ging ze na de dood van haar dochter nauwelijks nog naar buiten, wat waarschijnlijk de reden is waarom veel mensen er niets over zeiden. Ze hadden niet echt contact met haar.'

'Haar zwijgen en het feit dat ze zich terugtrok, kan uit verdriet zijn voortgekomen,' zei Ted bedachtzaam.

'Dat is waar, maar misschien was ze een mishandelde echtgenote, die op de enige manier in opstand kwam waarbij ze haar eigen leven niet op het spel zette.'

'Dat is iets om over na te denken.' Hij stond op en liet zijn mobiel in zijn zak glijden. 'Voor vandaag zijn we klaar. Ik bel je wel als ik nog iets anders nodig heb.'

Ze schonk hem een zwak glimlachje. 'Je weet me te vinden.'

'Kijk je uit naar je feestje van vanavond?' vroeg hij, van onderwerp veranderend.

Een uitje naar San Francisco klonk lang niet meer zo aantrekkelijk als het vóór gisteravond geklonken had. Hoewel ze Baxter weer eens zou zien, die vroeger deel van hun groep uitmaakte maar twee jaar geleden naar de stad was verhuisd, had ze genoeg van het vieren van haar vijfendertigste verjaardag. Maar ze loog om Teds gevoelens te sparen. Er viel niets bij te winnen door haar vrienden medelijden met haar te laten krijgen. 'Ja hoor.'

'Je klinkt niet erg enthousiast.' Hij hield haar tegen, toen ze de deur van de zitkamer wilde openen. 'Ben je van plan me te vertellen wat er aan de hand is?'

Hij kende haar beter dan de rest van hun vrienden, aangezien ze minnaars waren geweest. Maar dat was precies de reden waarom ze hem niet langer in vertrouwen wilde nemen. 'Nee. Maar bedankt.'

'Hoe je je op dit moment ook voelt, Sophia en ik geven om je,' zei hij. 'We geven allemaal om je.'

Hij bedoelde hun hele groep. 'Heel aardig dat je dat zegt.'

'Hmm... een beleefde ontwijking,' reageerde hij, terwijl hij haar bij haar arm bleef vasthouden. 'Ga je het me echt niet vertellen?'

'Nee. Maar vertel mij eens. Als jij uit Whiskey Creek zou vertrekken, waar zou je dan heen gaan?'

Hij liet zijn hand zakken. 'Denk je erover na om te verhuizen?'

'Waarschijnlijk niet voor altijd.'

'Waarschíjnlijk? Mijn god, Eve, Ik hoop dat dit niets met mij te maken heeft. Ik dacht dat we vorig jaar achter ons hadden gelaten, maar... jij lijkt weer boos.'

Ze was niet zozeer boos als wel gefrustreerd door haar eenzaamheid. En de kerstperiode had dat alleen maar erger gemaakt. ‘Dit gaat niet om jou. Het wordt tijd dat ik uitzoek wat ik met de rest van mijn leven wil doen.’

‘Twijfel je daarover? Ik heb altijd gedacht dat je je leven hier door zou brengen, met ons.’ Hij gebaarde naar de B&B. ‘Ik kan me niet voorstellen dat iemand anders deze tent runt. Je doet het zo goed.’

Voordat Eve kon reageren, kwam Cheyenne naar hen toe met een uitdrukking van verwondering op haar gezicht. ‘De baby is echt heel actief!’ zei ze, en ze drukte hun handen tegen haar buik.

Eve voelde het voetje van het kind. Of misschien was het een uitstekende elleboog. ‘O, wauw! Dat is opwindend, hè?’

‘Ik kan niet wachten tot...’

Teds woorden stierven weg, toen ze naar hem opkeek, maar die plotselinge hapering vertelde haar wat hij bijna had willen zeggen. Hij kon niet wachten tot Sophia en hij samen een kind zouden krijgen.

‘Dit kind is sterk.’ Cheyenne vulde de ongemakkelijke stilte. ‘Net als zijn papa.’

Ze bedoelde zijn papa’s broer, die ook de verloofde van haar zus was, maar ze zou nooit bekennen hoe ze zwanger was geraakt. Ze wilde niet dat Dylan geconfronteerd werd met het feit dat hij haar geen kinderen kon geven. Daarom had ze de kunstmatige inseminatie zonder zijn medeweten laten uitvoeren. Behalve Eve wisten alleen Presley en Aaron hoe ze zwanger was geworden, want zij hadden daarbij geholpen.

‘Je hebt het al je hele zwangerschap over een jongen,’ merkte Ted op, ‘maar Dylan wil een meisje. Weet je iets wat je ons niet hebt verteld?’

‘Nee,’ antwoordde Cheyenne. ‘Het is gewoon makkelijker om voor één geslacht te gaan dan de hele tijd te moeten switchen.’

Eve zou daar eindeloos hebben kunnen blijven staan, zich verbazend over de bewegingen van de baby. De creatie van leven was zó'n wonder, een wonder dat ze dolgraag zelf wilde ervaren.

Ze wilde een baby, maar niet in haar eentje. Plotseling zoog ze haar adem naar binnen.

'Wat is er?' vroeg Cheyenne.

Eve trok haar hand weg, maar ze kon niet meteen antwoorden. Er was haar iets te binnen geschoten, iets wat haar heel bezorgd maakte.

'Eve?' zei Ted.

'Niets aan de hand,' mompelde ze, maar daar was ze niet zo zeker van. Vanochtend had Brent Taylor naar de condoomverpakking op de vloer gewezen, toen hij haar had verteld dat ze bescherming hadden gebruikt. Maar dat was er maar eentje geweest, terwijl ze ervan overtuigd was dat ze meer dan één keer de liefde hadden bedreven. Zoveel kon ze zich absoluut herinneren. En toch... toen ze die verpakking had weggegooid, had ze geen andere zien liggen.

Hoofdstuk 6

Eves hart bonkte in haar keel, toen ze, nogal timide, op Brent Taylors deur klopte. Ze wilde hem niet weer lastigvallen. Hij had zich voor zijn botheid die ochtend verontschuldigd, en daar had ze het graag bij willen laten. Maar als er een mogelijkheid bestond dat ze zwanger was, moest ze hem op een of andere manier kunnen bereiken.

Ze hoopte dat hij haar zou zeggen dat er andere condooms waren geweest waarvan hij zich op een of andere manier had ontdaan, door ze door het toilet te spoelen of zo. Maar dat leek niet erg waarschijnlijk. Hoeveel mannen hadden meer dan één of twee condooms bij zich?

De deur ging op een kiertje open, en hij tuurde naar buiten.

'Ik ben het.' Zichzelf schrap zettend voor zijn reactie haalde ze diep adem. 'Ik moet je even spreken.'

Hij zei niets, gooide de deur alleen maar open en deed een stap achteruit.

Nadat ze de kamer in was gelopen, sloot ze de deur achter zich. De hemel verhoede dat iemand anders hoorde wat ze wilde bespreken.

'Wat is er?' vroeg hij, onmiddellijk in de verdediging. 'Kan ik vannacht niet hier blijven? Wil je dat ik nu meteen vertrek?'

'Nee.' Ze streek haar haren achter haar oren. 'Het is geen probleem als je hier blijft tot... morgen. Of wanneer je maar wilt.'

Iets opgewekter ging hij op het bed zitten. 'Je lijkt zenuwachtig.'

'Dat ben ik, een beetje,' gaf ze toe.

Hij bestudeerde haar aandachtig. 'Als je hier bent, omdat... omdat je meer wilt van wat we gisternacht hebben gedaan, hoef je niet zenuwachtig te zijn. Het antwoord is ja – zolang er niets aan vastzit. Ik heb bepaalde... beperkingen.'

Meende hij dat nou? Voor zover Eve kon zien wel. Maar hoe kon hij geloven dat ze terugkwam voor meer, na de manier waarop hij afstand had proberen te nemen? En waardoor dacht hij dat ze met zó'n aanbod genoegen zou nemen?

De schok moest van haar gezicht af te lezen zijn, want hij glimlachte. 'Ik neem aan dat je gelaatsuitdrukking die vraag beantwoordt.'

'Ik probeer je niet te verleiden,' legde ze uit. 'Ik ben niet het type meisje voor een losse relatie.'

'Maar je bent hier met een reden.'

'Ja.' Ze liep naar het raam, zodat ze het oogcontact met hem kon verbreken. 'Ik ben hier, omdat... omdat ik me afvroeg...'

Het bed kraakte toen hij opstond. 'Wat afvroeg?'

Ze dwong zichzelf ertoe zich om te draaien en hem aan te kijken. 'Herinner je je die condoomverpakking nog?'

'Moeten we daar weer op terugkomen?'

'Heb je vaak een aantal condooms bij je?'

'Ik kan er altijd een paar bij kopen,' antwoordde hij, terwijl hij zijn wenkbrauwen optrok.

Ze wreef met haar handen over haar benen. 'Ik vroeg me af hoeveel je er gisteren bij je had.'

Het was niet moeilijk om het precieze moment vast te stellen waarop hij doorkreeg waar ze op aanstuurde. Zijn blik werd duidelijk behoedzaam. 'Waarom?'

'Waarom denk je? Ik weet niet hoeveel je je van gisternacht herinnert, maar ik herinner me dat we drie keer de liefde hebben bedreven.'

'Weet je dat zeker?'

'Ja! Had je zoveel condooms bij je?'

Toen hij niet antwoordde, voegde ze eraan toe: 'En als dat zo is, hebben we ze dan gebruikt? Ik bedoel... misschien ga je zo vaak met verschillende vrouwen naar bed dat je een hele doos bij je hebt. Maar je was niet met de auto, dus dat betekent dat je er niet meer bij je had dan er in je portemonnee zaten.'

Tegen de muur leunend, boog hij zijn hoofd. 'Shit.'

Ze kromp ineen. 'Dat betekent nee, hè?'

'Ik had er maar eentje. En die was vrij oud. Maar weet je zeker –'

'Absoluut. Het begon...' Ze liet haar stem dalen. '...met die keer dat we de slaapkamer niet helemaal haalden, weet je nog? De tweede keer was wel in bed. Daarna weet ik vrij zeker dat we het nog een keer hebben gedaan, toen we een paar uur later wakker werden.'

'Dat was toen ik je naar beneden moest trekken, zodat je niet tegen het hoofdeinde aan stootte.'

Ze voelde haar gezicht rood worden. 'Ja. Dus ten minste drie keer.'

Ernstig knikte hij. 'Toen heb ik het condoom gebruikt.'

Er ontstond een knoop in haar maag. 'Maar daarvoor niets?'

'Dat kan niet.'

'En dat wist je niet meer?'

Hij stak zijn handen omhoog. 'Misschien maakte ik mezelf wijs dat het allemaal samen maar één keer was.'

Ze beet op haar lip. 'O, mijn god.'

'Dus ik begrijp dat je niet aan de pil bent of zoiets...' Hij onderbrak zichzelf. 'Laat maar zitten. Ik hoef er niet eens naar te vragen. Als je al een tijd met niemand naar bed bent geweest, is dat ook niet nodig.' Over zijn voorhoofd wrijvend, vervolgde hij: 'Waar ben je in je... je weet wel... je cyclus? Is er een kans dat je vruchtbaar was?'

Ze had de dagen al geteld, omdat ze zich wilde voorbereiden op dit gesprek. 'Ik ben bang dat we het niet beter hadden kunnen plannen als we zwanger hadden wíllen raken.'

Zijn gezicht verbleekte. 'Aha.'

'Dat betekent niet dat ik zwanger bén. De kans daarop is vijftig procent. We hopen er maar het beste van. Maar als ik inderdaad zwanger blijk te zijn... Ik laat me niet aborteren en ik sta de baby ook niet af voor adoptie.'

'O,' zei hij, alsof dat nieuws net zo ongewenst was als de mogelijkheid van een zwangerschap.

'Het spijt me als dat een tegenvaller voor je is.'

'Ik... Ik weet gewoon niet wat ik hierop moet zeggen.'

'Je hoeft niets te zeggen, totdat we zekerheid hebben. Als ik zwanger ben, zal ik in mijn eentje voor het kind zorgen. Maar aangezien jij binnenkort vertrekt, zou ik graag precies willen weten met wie ik te maken heb.'

Met zijn hoofd naar beneden begon hij te ijsberen. 'Ik heb mijn identiteitsbewijs laten zien toen ik incheckte,' mompelde hij, maar dat was nou niet echt overtuigend.

'Dus je bent Brent Taylor? Of ben je Taylor Jackson?'

Hij keek haar aan. Zijn gezicht stond strak. 'Heb je in mijn spullen zitten snuffelen?'

'Niet zoals je denkt. Maar iemand moest je kamer schoonmaken, en ik zag het label aan je tas.'

'Ik heb een reistas van een vriend geleend.'

'Dus Brent Taylor is je echte naam.'

'Ja!'

'Oké. Kun je me een adres of telefoonnummer geven waarop ik je kan bereiken? Voor het geval dat.'

Hij wreef weer over zijn voorhoofd alsof hij een moment nodig had om zich bij elkaar te rapen, of niet gecharmeerd was van het idee haar te geven waar ze om ze vroeg. Dat was tamelijk ontmoedigend.

'Ik beloof je dat ik geen contact met je opneem, tenzij het absoluut noodzakelijk is.' Haar toon maakte haar irritatie duidelijk.

'Je begrijpt het niet,' begon hij, maar toen stopte hij. 'Laat maar zitten. Ik ben op het moment niet goed te bereiken. Ik zit in een... overgangsperiode. Dus zal ik contact met jou op moeten nemen. Maar ik neem mijn verantwoordelijkheid. Maak je daar maar geen zorgen over.'

Verwachtte hij nou dat ze op zijn integriteit zou vertrouwen, terwijl ze niet eens wist of hij die wel bezat? Ze opende haar mond om hem te vertellen dat dat een beetje te veel was gevraagd, maar hij was haar voor.

'Ik besef dat het heel vertrouwen vereist. Maar ik hoop dat je dat kunt als... als ik jou ook vertrouw.'

Hoewel het niet koud was in de kamer, kreeg ze kippenvel, en ze wreef over haar armen. 'Op welke manier?'

Hij leek heel snel te denken. 'Heb je een ziektekostenverzekering?'

'Ja. En die betaal ik ook voor al mijn werknemers,' antwoordde ze. Dat was deels waarom het zo moeilijk was haar hoofd boven water te houden.

'De bevalling zou dus gedekt zijn?'

'Ja.'

'Dat is in ieder geval iets. Maar toch... er komen een heleboel andere uitgaven bij kijken. Wat vind je ervan als ik wat geld achterlaat? Als je zwanger bent, kun je het voor de baby gebruiken. En ik zal nog meer opsturen, natuurlijk. Zoals ik zei: ik probeer mijn verantwoordelijkheden niet te ontlopen.'

Eve vond het vreselijk dat ze er in vierentwintig uur zo'n puinhoop van had weten te maken dat haar leven tot dit soort onderhandelingen was gereduceerd. 'Wil dat zeggen dat je geen contact... met het kind wilt hebben?'

Hij sloot zijn ogen. 'Ik kan niet eens nadenken – dat meen ik – over wat ík wil. Ik moet me bezighouden met wat jij wilt. Over de rest maken we ons later wel zorgen, als er een baby komt.'

'Hoeveel geld ben je van plan om hier achter te laten?'

'Voldoende geld. Zodat je er vertrouwen in hebt – of er optimistisch over bent als vertrouwen te veel is gevraagd – dat ik me aan mijn woord hou. Zeg jij maar hoeveel.'

Ze had geen idee hoeveel ze moest vragen, maar er was iets heel vreemds aan de hand met Brent Taylor. Dit bewees het en het zorgde ervoor dat ze het bedrag dat ze in haar hoofd had met een paar duizend dollar verhoogde. 'Vijfduizend?'

Tot haar verbazing protesteerde hij niet. Hij haalde het geld zelfs meteen uit zijn reistas; stapeltjes van honderddollarbiljetten die gescheiden werden door paperclips – uit zijn reistas. Nadat hij haar twee van die stapeltjes had gegeven, telde hij nog eens duizend dollar van een andere stapel af. 'Alsjeblieft.'

'Ik kan niet geloven dat je dit gewoon contant bij je hebt!' Ze had geen idee hoe hij dit zou gaan uitleggen, maar ze hield hem tegen voordat hij het zelfs maar kon proberen. 'Laat maar zitten. Ik wil niet dat je tegen me liegt.' Hij moest wel een drugsdealer zijn of zo, niet precies het type vader dat ze voor haar baby voor ogen had, dus misschien was het maar goed dat hij vertrok. Ze kon alleen maar hopen dat hij geen contact zou wíllen.

Nadat ze de kamer was uit gegaan, verborg ze het geld in haar broeksband, zodat niemand het zou zien, en ze haalde diep adem. Er lag misschien een heel andere toekomst voor haar in het verschiet dan die waarover ze had nagedacht, toen ze in Europa had willen gaan rondreizen. Maar het zou niets veranderen als ze zich zorgen ging maken over wat wel of niet zou kunnen gebeuren. Ze kon maar beter naar de bank gaan om het geld dat ze net had gekregen op haar rekening te zetten. Daarna moest ze zich gaan klaarmaken voor San Francisco. Vanwege haar verjaardagsfeestje had ze de nachtmanager gevraagd eerder te komen. Wanneer de avond eenmaal begonnen was, zou ze misschien van het eten en dansen kunnen genieten en, in ieder geval voor een paar uur, Brent Taylor en de veranderingen die mogelijk in haar lichaam plaatsvonden, kunnen vergeten.

Als ze zwanger was, dan zou ze daarmee om weten te gaan. Ze kon een alleenstaande moeder zijn. Al enige tijd had ze ernaar verlangd om aan de volgende fase van haar leven te beginnen; ze had alleen nooit gedroomd dat ze dat zonder echtgenoot zou doen.

Die nacht was Rex ongeduriger dan normaal. Hij probeerde wat werk op zijn computer te doen. Hij had twee kamers gehuurd in het huis dat hij in de advertentie had gezien, zodat Scarlet zich morgen bij hem kon voegen. Hun hospita, een oudere weduwe, vond het goed dat ze er meteen introkken. Maar, terwijl de minuten langzaam wegtikten, leken morgen en zijn aankomende verhuizing naar de andere kant van de stad heel ver weg. Zijn gedachten dwaalden telkens weer af naar Eve.

Zou ze zwanger kunnen zijn van zijn kind? En wat zou hij dan doen? Hij zou haar natuurlijk geld sturen, zoals hij had beloofd. Maar hij kon zich niet voorstellen dat hij een zoon of dochter zou hebben, zeker niet wanneer hij het kind nooit zou leren kennen, wat het geval zou zijn als hij hem of haar niet in gevaar wilde brengen.

Dertig minuten voordat Just Like Mom's dichtging, begaf hij zich ernaartoe om een hapje te gaan eten. De serveerster had een naamkaartje met Tilly op haar shirt. Elke keer wanneer hij naar haar keek, bloosde ze, maar ze was jong. Te jong voor hem. Hij gokte dat ze ongeveer eenentwintig was.

'Waar verblijf je?' vroeg ze. Er verschenen kuiltjes in haar wangen, toen ze hem zijn rekening bracht.

'Little Mary.'

'O, Eves B&B. Die is geweldig.'

Hij speelde met de zout- en pepervaatjes, terwijl hij vroeg: 'Hoe goed ken je Eve?'

'Ik zat niet met haar op school of zo. Ze is tien jaar ouder dan ik, maar ik zie haar vaak in de stad. Ze is echt superaardig.'

'O ja?'

'Absoluut! Ik ken niemand die haar niet mag. Heb je haar ontmoet?'

'Ja.' Plotseling besefte hij dat Eve hem aan Laurel deed denken, ook al hadden ze een heel andere kleur haar en ogen. En god wist hoeveel hij van Virgils zus had gehouden. Dat moest de reden zijn waarom hij zich gisternacht zo tot Eve aangetrokken had gevoeld. 'Ze lijkt me inderdaad een heel aardige vrouw.'

'Dat is ze zeker.'

'Waarom is ze nog niet getrouwd, denk je?'

Terwijl Tilly een antwoord probeerde te verzinnen, beet ze op haar onderlip. De meeste mensen zouden dit een vreemde vraag vinden – te nieuwsgierig wanneer die van een onbekende afkomstig was – maar zij deed erg haar best om behulpzaam te zijn en er kritisch over na te denken. 'Ik weet het niet. Volgens mij is zij de knapste van de hele groep.'

'Groep?'

'Ze maakt deel uit van een hecht vriendenclubje dat hier is opgegroeid. De meesten zijn nu getrouwd, dus... ik heb geen idee waarom zij niemand heeft gevonden.'

'Misschien is ze moeilijk in de omgang,' suggereerde hij, alleen om te zien wat voor reactie dat zou opleveren.

Resoluut schudde Tilly haar hoofd. 'Onmogelijk. Als er al iets is, dan denk ik dat het komt doordat ze nog steeds verliefd op Ted is.'

'Ted is een ex-vriendje van haar?'

'Ze hebben vorig jaar heel kort iets gehad, ja. Maar hij was nog niet over Sophia heen, een meisje waar hij jaren eerder een relatie mee had gehad. Dus nadat Eve Sophia aan een baantje bij Ted had geholpen, koos Ted voor Sophia.'

Rex had Sophia of Ted nooit ontmoet, maar hij kon zich niet voorstellen dat iemand Eve zou laten gaan. Omdat hij wilde dat zijn volgende vraag heel nonchalant zou klinken, nam hij eerst een grote slok cola. 'Was ze daar kapot van?'

'Ze deed alsof dat niet zo was, maar iedereen had wel door dat hij haar hart had gebroken.'

'Dat is vreselijk.'

'Ted zou een goede vangst zijn geweest. Hij is een beroemde thrillerschrijver.'

'O ja?'

'Hij heeft al tien boeken gepubliceerd. Of misschien nog meer. Ik ben de tel kwijtgeraakt.' Het viel haar op dat hij zijn cola had opgedronken, en ze pakte het glas op. 'Nog eentje?'

'Nee, bedankt. Ik moet gaan.'

Ze aarzelde, schuifelde met haar voeten en schraapte toen haar keel. 'Ben je hier nieuw?'

'Op doorreis.'

'Oké. Nou, als je op zoek bent naar iets om te doen vanavond, ik ga na werktijd met een paar vriendinnen naar de lokale bar. Je zou ook kunnen komen.'

Rex zou willen dat ze half zoveel aantrekkingskracht op hem uitoefende als Eve, maar dat was niet zo. Bovendien had hij al genoeg problemen.

Omdat hij haar niet wilde kwetsen, verwerkte hij wat spijt in zijn glimlach en zei: 'Dat klinkt erg leuk, maar ik ben bang dat ik heel vroeg op moet.'

'Geen probleem. Als je van gedachten verandert, kan iedereen je vertellen waar Sexy Sadie is. En als ik je niet meer zie, hoop ik dat je het in Whiskey Creek naar je zin hebt gehad. Kom snel terug.'

'Bedankt.' Hij legde een briefje van twintig op de tafel voor zijn maaltijd en haar fooi, en liep naar buiten.

Toen hij in zijn Landrover stapte, was hij van plan om terug te rijden naar de B&B en te gaan slapen. Toch deed hij dat niet. Hij reed de afslag voorbij en bleef doorrijden, de stad uit naar de plek waar hij vanochtend was geweest.

Hoofdstuk 7

Omdat Eve het verst van de stad af woonde, werden haar vrienden eerst door de limousine afgezet. Het regende toen ze haar oprit op reden. Het was pas twaalf uur, wat helemaal niet laat was in vergelijking met de tijd waarop ze vroeger na een avondje stappen altijd thuis waren gekomen.

Een avondje uit met de vriendengroep was niet meer wat het was geweest. Nu Cheyenne zwanger was en niet lang kon staan, Addy een pasgeboren baby'tje had die ze niet langer dan een paar uur alleen wilde laten en Ted en Sophie een vijftienjarige thuis alleen hadden zitten, eindigde de pret een stuk sneller dan een paar jaar geleden op uitgaansavond. Tot Baxters consternatie gingen ze al weg voordat het uitgaansleven van San Francisco zelfs maar was begonnen.

Eve kon het haar vrienden niet kwalijk nemen. Als ze in hun schoenen had gestaan, zou ze ook naar huis willen. Alleen had zij geen enkele reden om zich naar huis te haasten. Daar zou ze zich alleen maar zorgen gaan zitten maken over de afgelopen nacht. En dat wilde ze echt niet. Ze had zichzelf de opdracht gegeven er zelfs niet meer over na te denken totdat ze wist of ze zwanger was. Maar ze had de hele avond aan weinig anders gedacht.

Haar mobiel piepte om aan te geven dat er een sms'je was binnengekomen.

Wat een fantastische fuif, hè?

Het bericht was van Baxter. Ze sms'te hem terug om hem te bedanken voor de oorbellen die hij haar had gegeven en schreef: Geen probleem. We worden allemaal ouder. Onze levens veranderen.

Baxter reageerde meteen. Ga toch weg! De anderen kunnen oud worden zonder onze hulp. Kom aanstaand weekend bij me logeren. Dan gaan we de bloemetjes eens goed buiten zetten.

Hij deed alsof zijn leven niet ook was veranderd, maar hij had tegenwoordig ook een partner, al kreeg Eve de indruk dat Scott niet echt geïnteresseerd was in Baxters 'oude' vrienden. Bax had een ander leven in de stad opgebouwd. Maar ze was blij voor hem, hoe verdrietig ze het ook vond om veel van zijn tijd en aandacht te zijn kwijtgeraakt. Hij had het heel zwaar gehad om over Noah heen te komen, die geen enkele homoseksuele neigingen had en nu met Addy was getrouwd. Eve hoopte dat Baxter in Scott iemand had gevonden die zijn interesses op álle niveaus kon delen. Ze schreef: Weekends zijn moeilijk tijdens de feestdagen. Het is dan erg druk in de B&B. Maar ik zie je in Whiskey Creek met de kerst. Ik mag Scott graag, trouwens. Goede keus.

Scott mag jou ook.

'Ja, hoor,' mompelde ze. Hij had niemand van hen nauwelijks een blik waardig gegund.

Er kwam onmiddellijk een sms achteraan, en het klonk alsof Bax afsloot, dus sms'te ze hem niet terug. Nog eens gefeliciteerd! En bel me als je iets nodig hebt, al is het alleen maar om over het leven te klagen.

Ze glimlachte naar haar telefoon. Hij had door hoe ze zich voelde, maar ze was er vrij zeker van dat ze de rest om de tuin had weten te leiden.

De chauffeur van de limousine zette de wagen stil en liep eromheen om haar portier open te doen. Haar vrienden hadden hem een fooi gegeven toen ze uitstapten – ze wilden niet dat ze ook maar íéts betaalde – dus bedankte ze hem alleen maar. Terwijl ze hem zag wegrijden, slaakte ze een zucht. Ze stond op het punt haar hoge hakken uit te trekken, zodat ze haar enkel niet op het grind zou verstuiken, toen ze een Landrover naast haar ouders' camper geparkeerd zag staan.

'Van wie is díé?' zei ze hardop. Niemand die ze kende, had een Landrover.

Omdat haar dikke wollen jas niet bij haar jurk paste, had ze deze avond alleen een vestje aangetrokken. Van die beslissing had ze nu spijt, want het was nat en koud, maar ze was te nieuwsgierig om meteen naar binnen te gaan. Deze Landrover hoorde hier niet.

Terwijl ze ernaartoe liep, ging het portier aan de bestuurderskant open. Brent Taylor stapte uit, maar hij kwam niet naar haar toe. Hij sloot het portier niet eens. Kennelijk wilde hij afwachten of hij welkom was.

'Wat... Wat doe jij hier?' vroeg ze verrast.

'Ik wou dat ik het wist,' antwoordde hij.

'Je moet toch enig idee hebben.'

Hij zond haar een blik die aangaf dat dat toch duidelijk zou moeten zijn.

'Je bent hier voor meer...'

'Waarom niet? We hebben het gisternacht allebei erg naar onze zin gehad.'

'Je was dronken. Dat waren we allebei. En ik dacht dat je me niet meer wilde zien, dat je een punt wilde zetten achter wat er tussen ons was gebeurd. Je pakte vanochtend je kleren en rende mijn huis uit, alsof ik misschien zou proberen je aan het bed vast te binden.'

'Ik weet het. Ik wilde er inderdaad een punt achter zetten.'

Ze vond dat hij wel een beetje meer berouw en schaamte mocht tonen, nadat hij het zo duidelijk had gemaakt dat hij niet wilde dat ze contact met hem opnam. Deze kerel deed echter niet aan berouw of schaamte. Dat zat niet in hem. 'Maar...' drong ze aan.

Hij legde zijn ene arm op het portier en de andere op het dak van zijn wagen. 'Ik kan je niet uit mijn hoofd zetten.'

Ze deed haar schoenen uit. De kiezels sneden in haar voetzolen, maar in ieder geval zou ze nu niet struikelen en op haar gezicht vallen. 'Ik zou nu al zwanger kunnen zijn.'

'Deze keer ben ik voorbereid.'

'Dus... je wilt met me naar bed. Je wilt alleen niet dat het iets betekent.'

Hij keek weg en wreef over zijn voorhoofd. 'Ik blijf niet lang in deze stad.'

Ik wil me niet binden, had hij eerder min of meer gezegd. Zou ze nóóit een man ontmoeten die bereid was echt verliefd te worden?

Het bekende gevoel van teleurstelling kwam in haar naar boven, waardoor ze hem wilde vertellen wat ze dacht van de betekenisloze seks waaraan hij de voorkeur leek te geven. Maar ze had het recht niet hem te veroordelen. Zíj was degene die hiermee was begonnen door hem gisteravond mee naar huis te nemen. Ze waren twee verschillende mensen die verschillende dingen wilden. Hoe dan ook, ze was vastbesloten vriendelijk te blijven. 'Bedankt dat je de moeite hebt genomen hier helemaal naartoe te rijden. Ik begrijp waarom. Waarschijnlijk klonk ik gisteravond als een wanhopige malloot toen ik je over mijn verjaardag vertelde en... en de rest. Maar er zijn andere vrouwen die je kunnen geven waarnaar je op zoek bent, en ik denk dat je het met hen veel meer naar je zin zult hebben.'

Hij ging rechtop staan. 'Zeg je nu dat ik op zoek moet naar iemand anders?'

'Ja. Ik kan je daar zelfs mee helpen, als je wilt. Noelle, de serveerster van Sexy Sadie die ons gisternacht heeft thuisgebracht, is er vast wel voor in. Iedereen weet dat ze met Jan en alleman naar bed gaat. En voor het geval het je niet is opgevallen, ze heeft enorme implantaten.'

'Dat zou heel opwindend moeten zijn voor een oppervlakkige kerel zoals ik, hè?'

'Voor een kerel die zich gewoon wil vermaken,' verduidelijkte ze. 'En als ze vanavond niet werkt, weet ik zeker dat je, als je maar lang genoeg in de bar blijft hangen, niet alleen naar huis zult gaan.'

Toen hij niets zei, haalde ze diep adem. 'Ik zal je vertellen hoe je er komt.'

Hij vloekte en liet zijn hoofd hangen. Daarna keek hij haar weer aan. 'Ik ben niet geïnteresseerd in Noelle of haar implantaten – of in wie dan ook in Sexy Sadie, Eve. Ik weet wat ik wil, en ik wil jou.'

Toen ze hardop lachte en haar hoofd schudde, keek hij verbijsterd. 'Nee, dat wil je niet. De manier waarop ik me gisteravond heb gedragen, lijkt dit tegen te spreken, maar ik ben eigenlijk heel ouderwets. Voor mij houdt de liefde bedrijven in dat je heel dichtbij iemand komt, dat je je kwetsbaar opstelt, je zorgen, angsten en je leven deelt, dat je je bindt. Je wilt écht niet met mij naar bed.'

Geen reactie.

'Noelle is veel geschikter voor waar je naar op zoek bent,' vervolgde ze, omdat ze niet wist of ze hem had overtuigd. 'Ik kan bellen om te zien of ze aan het werk is. Ze zal denken dat ze in de hemel is terechtgekomen, als jij naar binnen wandelt en vraagt of je met haar mee naar huis mag. Vooral als ze het gevoel krijgt dat ze mij van iets berooft.'

'Ik mag je dan geen toekomst kunnen aanbieden, maar dat betekent niet dat ik geen contact wil op de manier die jij bedoelt. Laat me je vannacht vasthouden.' Zachtjes voegde hij eraan toe: 'Alsjeblieft.'

Ze werden allebei zeiknat van de regen. Eve sloeg haar armen om zich heen, terwijl ze met haar ogen knipperde om de regendruppels te weren. 'Maar dit is krankzinnig. Ik kan al zwanger zijn...'

'Ik heb je verteld dat ik condooms bij me heb. Dus kan het niet erger worden dan het is.'

'Maar toch –'

'Wíl je met me naar bed?' vroeg hij. 'Wees eerlijk.'

Ze wilde geen ja zeggen, ook al was dat de waarheid, dus zei ze niets. Maar hij begreep wat haar zwijgen betekende.

'Stuur me dan niet weg. En hou op met over vrouwen als Noelle te praten. Mijn leven is al leeg genoeg.'

Rex hield zijn adem in, hopend dat hij erin was geslaagd haar te overtuigen. Hij had iets nodig om het gevoel te bestrijden dat hij voortdurend doelloos aan het rondzwalken was. Eve kon hem tijdelijk verlichting brengen. Dat wist hij. Hij voelde dezelfde connectie met haar als hij met Laurel had gevoeld. Maar Virgils zus was te vroeg in zijn leven gekomen, toen dat leven van hem nog een puinhoop was, toen hij nog een wrak was en zijn demonen niet leek te kunnen verslaan.

'Nou?' vroeg hij.

Ze stond hem in de regen aan te staren. 'Ik weet niet wat ik moet zeggen. Afgezien van gisteravond ben ik nog nooit... zoiets tijdelijks aangegaan. Ik weet niet eens of ik... aan je verwachtingen kan voldoen.'

'Wat voor verwachtingen? Je hoeft echt niet plotseling als een pornoster te presteren. Ik wil één keer nuchter en oprecht de liefde met je bedrijven. Meer niet. Morgen zal ik doen wat het beste voor ons tweeën is en je verder met rust laten.'

Ze wreef over haar armen om de kou te verdrijven. 'Waarom is dat het beste voor ons tweeën?'

'Ik heb bepaalde... praktische problemen, redenen waarom ik niet op één plek kan blijven.'

'Word je gezocht door de politie?'

'Nee. Ik kan je beloven dat ik geen misdadiger ben.' Op een gegeven moment had hij in het getuigenbeschermingsprogramma gezeten, maar daar was hij uitgestapt toen ze hem niet de bescherming konden bieden die hij nodig had. Hij was erachter gekomen dat het beter was als hij op zijn eigen gezond verstand vertrouwde. Niemand was gemotiveerder dan hij wanneer het erop aankwam zijn leven te redden.

'Wat dan?'

'Noem het *wanderlust*.' Hij moest haar íéts vertellen wat ze zou geloven, anders zou ze hem blijven uithoren, of zich in stilte afvragen wat er met hem aan de hand was. 'Hoe dan ook, ik zal nooit de man worden die jij nodig hebt.'

Als ze zijn achtergrond kende, zou ze daarmee instemmen. Elke dag vocht hij om alles wat hij had gedaan en was geweest, te boven te komen. Dat maakte hem voor niemand een goede liefdeskandidaat, laat staan voor zo'n ontzettend lief meisje. Ze verdiende iemand die net zo ongecompliceerd en onschuldig was als zij, geen man met de bagage die hij met zich meedroeg. Niet iemand die al jaren niet met zijn familie had gesproken. Geen ex-misdadiger, ex-bendelid, ex-verslaafde aan pijnstillers. Waarschijnlijk zou ze gillend naar binnen rennen, als hij haar dat allemaal vertelde. Gelukkig voor hem zag hij er niet uit als een man met dat soort geheimen. Dan zou hij nooit zijn bodyguardbedrijf hebben kunnen opzetten en daar zo'n succes mee kunnen hebben.

'Dus wat zeg je ervan?' vroeg hij.

Toen ze knikte, blies hij zijn ingehouden adem uit. Ik heb één nacht, hield hij zichzelf voor, één nacht om te doen alsof ik net zo normaal ben als andere mensen.

Ze ging dit echt doen. Eves hart dreigde uit haar borst te springen, toen Brent Taylor haar optilde om haar voeten van de scherpe kiezels af te halen en haar naar haar huis droeg. Iets krankzinnigers en riskanters had ze nog nooit gedaan. Haar ouders lagen nota bene slechts honderd meter verderop in hun huis te slapen. Maar het was ook heel opwindend. De geur van Brents huid, dat vleugje aftershave of deodorant of wat het dan ook was, riep herinneringen op aan de afgelopen nacht. Dat waren verdomd goede herinneringen...

Ze opende de deur met haar sleutel, terwijl hij haar in zijn armen bleef vasthouden, waarna hij met zijn schouder de deur openduwde. Ze dacht dat hij haar wel neer zou zetten wanneer ze eenmaal binnen waren, maar dat deed hij niet. In plaats daarvan droeg hij haar meteen de slaapkamer in.

'Zullen we eerst een fles wijn openmaken?' stelde ze voor, hopend dat alcohol haar net als gisteravond minder nerveus zou maken.

'Nee,' zei hij. 'Je zult je zenuwen het hoofd moeten bieden. Ik wil alles voelen, en ik wil dat jij ook alles voelt. En omdat het al na twaalven is, wil ik geen tijd verspillen.'

Hij klonk niet als een man die alleen op zoek was naar een warm lijf, voor wie elk warm lijf zou voldoen. Dat snapte Eve niet, omdat hij voor de rest een typisch schoolvoorbeeld daarvan was. 'Waarom? Waarom betekent deze nacht zoveel voor jou, terwijl je er tegelijkertijd geen consequenties aan wilt verbinden?' vroeg ze.

'Je doet me aan iemand denken,' bekende hij.

Eindelijk begreep ze het. Dát was de reden waarom hij niet in Noelle of een andere vrouw geïnteresseerd was.

De waarheid was niet erg vleiend, maar hij was in ieder geval eerlijk. 'Aha. Hoe heet ze?'

'Dat zeg ik liever niet.'

'Kun je me vertellen waar ze woont?'

Hij legde haar op het bed neer. 'Doet dat er iets toe?'

'Kennelijk vind je haar heel belangrijk.'

'Montana.'

'Heb jíj haar in de steek gelaten of –'

'Het werkte niet tussen ons. Ze is nu met iemand anders getrouwd.'

Op een of andere manier werd dit hierdoor veel minder angstaanjagend dan het een moment geleden was geweest. Door het feit dat hij met zijn gedachten bij iemand anders was, werd het echter ook minder opwindend. Maar mijn god, wat kon die kerel kussen. En toen hij eenmaal begon met haar te kussen, kon ze gemakkelijk vergeten dat ze niet de vrouw was die hij echt wilde.

Eve leek minder op Laurel dan Rex had gedacht. Ze praatte anders, bewoog zich anders, reageerde anders op de dingen die hij deed. In het begin was hij bang dat hij de overeenkomsten tussen de twee vrouwen zo had overdreven dat de liefde bedrijven met Eve niet zo bevredigend zou zijn als hij had gehoopt. Maar hoe meer hij haar aanraakte, hoe meer hij Laurel vergat en hoe meer hij ervan genoot deze nieuwe vrouw te ontdekken.

Lichamelijk was Eve perfect, maar om die reden was hij niet met haar naar bed gegaan. Hij was op zoek naar iets anders en ze hield, ook al was ze Laurel niet, een zekere... belofte in. Het beviel hem dat ze geen gezamenlijk verleden hadden, niets van alle onrust die uiteindelijk zijn relatie met Laurel had aangetast. Ondanks de twijfels die hij had opgeroepen door zo geheimzinnig te doen, behandelde Eve hem alsof hij was wat hij leek te zijn: een professionele, succesvolle zakenman van in de dertig. Dat gaf hem een gevoel van vrijheid dat hij nooit bij de zus van zijn beste vriend had gehad. Wanneer hij bij Eve was, leek het alsof hij nooit de 'Pretty Boy' was geweest, zoals The Crew hem hadden genoemd. Alsof hij nooit het kind was geweest dat er een puinhoop van had gemaakt en zijn kleine broertje had aangemoedigd van die richel af te springen toen ze van de rotsen doken, of de boze tiener die naar de drugs had gegrepen om de pijn te verdoven nadat zijn broer door zijn schuld was gestorven. Hier, in deze stad, kon hij bijna geloven in het beeld dat hij in Eves ogen weerspiegeld zag, voelde het bijna alsof hij net als alle andere mensen een goed leven verdiende.

'Ik kan me niet voorstellen dat de duivel ook maar iets beter kust dan jij,' zei ze tegen hem.

'Dat komt doordat de duivel me alles heeft geleerd wat ik weet,' zei hij, en hij moest haast grinniken vanwege het feit dat ze geen idee had hoe waar dat was.

Genietend van de zachtheid van haar huid liet hij zijn lippen over haar nek glijden.

'Waardoor doe ik je aan die andere vrouw denken?' vroeg ze.

'Vergeet dat. Het was stom van me dat ik erover begon. Jij maakt me blij.'

'Ik ben nieuwsgierig.'

'Je ruikt naar haar. Waarschijnlijk gebruiken jullie hetzelfde parfum.' Misschien was dat de reden waarom hij in eerste instantie de link had gelegd. Gisteravond was hij te dronken geweest om te beseffen dat het alleen een bekende geur was.

'Dus wil je dat ik... dat ik iets zeg wat die vrouw vaak zei? Of... Of iets doe wat zij deed?'

Hij hief zijn hoofd op. 'Nee. Wees gewoon jezelf.' Haar beha had hij al verwijderd, en hij omvatte haar borsten. 'Wat ik tot nu toe heb gekregen, bevalt me heel goed.'

Ze sloot haar ogen en zoog zachtjes haar adem naar binnen, toen hij zijn hoofd liet zakken. 'Dan zal ik... zal ik me ontspannen en hiervan genieten.'

Hij liet zijn hand over haar platte buik naar beneden glijden, op zoek naar nog gevoeligere plekken. 'Dat is het enige wat je hoeft te doen,' zei hij.

Hoofdstuk 8

Naarmate hun vrijpartij vorderde, nam Eves vastbeslotenheid om Brent die andere vrouw te doen vergeten steeds meer toe. Ze wilde geen invalster voor een oude liefde zijn. Ze wilde dat hij zich, lang nadat deze nacht voorbij was, háár herinnerde. Maar dat betekende dat ze alle remmingen overboord moest gooien. Iets waar ze niet erg bedreven in was, vond ze van zichzelf. Volgens haar hadden de meeste aardige, nette meisjes er problemen mee om zich te laten gaan. De enige reden waarom ze dat deze keer wel kon, was dat hij haar niet echt kende en dit tot een enkele nacht beperkt zou blijven. Of het goed ging of niet, ze zouden nooit meer de liefde bedrijven. Hij zou uit de B&B vertrekken, en dat zou het einde betekenen van wat in de bar was begonnen.

Ze vermoedde dat de seks zo spectaculair was doordat ze zich beiden compleet eraan overgaven. Hoewel ze niet dronken was, voelde ze zich ook niet helemaal nuchter. Ze kreeg de indruk dat wat Brent voelde, ook niet echt normaal voor hem was. Haar opwinding steeg in gelijke mate met de zijne, en toen ze uiteindelijk dat hoogtepunt van genot bereikten, was het zeker de beste seksuele ervaring die ze ooit had gehad.

'Kennelijk ben je niet alleen goed in zoenen,' zei ze, terwijl hij zich op de kussens liet vallen en op adem probeerde te komen.

'Dat was geweldig,' stemde hij met haar in.

Hij was niet het type om met onverdiende complimentjes te strooien, dus nam ze aan dat ze hem op zijn woord kon geloven, en ze glimlachte toen hij dicht tegen haar aan ging liggen.

Hij viel meteen in slaap, maar zij kon niet slapen. Het enige waaraan ze kon denken, was dat ze zwanger kon zijn van deze man.

Eve had verwacht dat Brent 's ochtends vertrokken zou zijn. Een dag eerder had hij ontzettende haast gehad om haar bed uit te komen. Maar gisteravond leek hij iets meer dan alleen seks nodig te hebben gehad. Of anders kon hij er geen genoeg van krijgen, want op verschillende tijdstippen waarop ze gedurende de nacht allebei wakker waren geworden, hadden ze steeds weer opnieuw de liefde bedreven.

Inmiddels was het volgens haar digitale wekker na tienen en stond er iemand op haar deur te bonken.

'Eve? Is alles goed met je? Er staat een onbekende auto aan het eind van de oprit. Weet jij van wie die is?'

Haar vader! Onmiddellijk schoot ze overeind. Hoe kon dat nou? Het was nog steeds donker. Waarom was het volgens haar wekker dan tien uur?

Toen besefte ze dat Brent de jaloezieën gisteravond naar beneden had getrokken, iets waar zij zelden de moeite voor nam. Behalve haar ouders woonde er niemand in de buurt, en haar slaapkamerraam keek op niets anders uit dan een aantal hectaren onbewerkt land.

'Verdorie,' mopperde ze, toen er weer werd geklopt.

'Wat is er?' Brent opende zijn ogen niet. Hij legde alleen zijn hand op haar borst.

'Eve?' riep haar moeder.

'Wie is dat?' mompelde hij, maar hij leek niet echt bezorgd.

Ze haalde zijn arm van zich af, zodat ze op kon staan. 'Adele en Charlie!'

'Wíé?'

'Mijn ouders!'

Meteen alert hief hij zijn hoofd op. 'Verwachtte je ze?'

'Nee, maar ze... ze wonen in het huis hiervoor. Ze komen vaak zomaar langs.'

'En dat heb je me niet vertéld?'

'Waarom zou ik? Ik had geen idee dat je zou blijven slapen!'

'Eergisteren ben ik toch ook blijven slapen?'

'Ja, maar je was bij zonsopgang al opgestaan! Dat is een paar uur voordat zij meestal uit bed komen. Bovendien hoefde ik me geen zorgen over hen te maken. Ze waren weg met de camper, die je waarschijnlijk hebt gezien toen je je auto parkeerde.'

'Ik vroeg me al af waar die vandaan kwam, dacht dat die van je buren was. Het is nooit in me opgekomen dat die buren je ouders waren.' Hij ging rechtop zitten en haalde een hand door zijn haar. 'Dus wat nu?'

'Ik weet het niet.' Ze rommelde in haar laden, op zoek naar een trainingspak om aan te trekken. 'Je kunt je niet verstoppen. Ze hebben je auto gezien.'

'We kunnen doen alsof we gewoon vrienden zijn. Alsof ik op je bank heb geslapen.'

'Mijn ouders kennen al mijn vrienden. Op het moment dat ze je zien, weten ze dat jij de man bent die ik eergisteren mee naar huis heb genomen.'

'Je zei dat ze weg waren. Dus hoe weten ze het dan van eergisteren?'

'Ik moest het ze vertellen.'

'Waarom?'

'Omdat ze het anders te horen zouden krijgen.'

'Shit!' Hij trapte de dekens van zich af. 'Misschien kan ik me het beste aankleden en via de achteruitgang naar buiten glippen.'

'Néé! Dat maakt het alleen maar erger. Doe gewoon... alsof we echt in elkaar geïnteresseerd zijn. Als je eenmaal uit de stad vertrokken bent, vertel ik ze dat je me hebt gedumpt.'

Hij was zijn kleren aan het aantrekken, maar stopte even om haar een bezorgde en twijfelende blik toe te werpen. 'En als je zwanger bent?'

'Dat zal ze blij maken. Ze willen kleinkinderen.'

'Ze zullen woest zijn!' verbeterde hij haar. 'Ze zullen willen dat ik met je trouw!'

'Dan vertel ik ze dat je me een niet-bestaand telefoonnummer hebt gegeven, maar dat je geld hebt achtergelaten.'

'O, godver...'

Ondanks alles moest ze bijna lachen. 'Doet het er iets toe wat ze van je denken? Na vandaag zie je ze nooit meer.'

'Eve, ben je daar?' riep haar moeder.

Meteen daarna zei haar vader: 'We komen naar binnen!'

'Nee, wacht!' riep ze terug. 'Geef ons even!'

'Ons?' echode Brent, duidelijk niet blij.

'Het is niet mijn schuld dat we ons verslapen hebben.'

'Wel die van mij?'

'Je hebt de jaloezieën naar beneden gedaan! Als straf kun je best een paar minuten met hen praten. Je hoeft alleen maar beleefd te zijn, zodat ze me niet voor gek verklaren, omdat ik met je naar bed ben gegaan. Misschien is dit zelfs wel goed,' voegde ze eraan toe, het van een andere kant bekijkend. 'Dan kunnen ze mijn kind, als ik zwanger blijk te zijn, later vertellen dat ze je hebben ontmoet. Dat zou ik fijn vinden, en het zou goed voor het kind zijn.'

Hij keek alsof hij op het punt stond weer te gaan vloeken, maar ze negeerde hem. Na een blik in de spiegel om zich ervan te verzekeren dat ze er normaal uitzag, haastte ze zich de kamer uit.

'Wacht!' hoorde ze hem zeggen. 'Ik ben nog niet aangekleed.'

Ze was halverwege de gang toen ze zich omdraaide en hem huppend op één been zijn spijkerbroek zag aantrekken. 'Doe de deur dicht en kom naar buiten wanneer je klaar bent.'

'Vertel me alsjeblieft dat je vader geen geweer heeft.'

Dat was niet echt serieus bedoeld, dus reageerde ze niet. Ze kon haar ouders' gezichten door het ovale glasraam in de deur zien en was te veel bezig met wat er in de volgende paar minuten zou gebeuren.

Met een glimlach op haar gezicht stak ze haar hoofd naar buiten. 'Hallo!'

Haar ouders staarden haar aan. 'Is alles in orde?'

'Natuurlijk.'

Haar vader, ofwel Charlie, gebaarde naar het eind van de oprit. 'Dus... van wie is die Landrover?'

'Van Brent.' Ze liet haar stem dalen. 'De man die ik op mijn verjaardag heb ontmoet.'

Haar moeders ogen werden groot. 'Ik dacht dat het maar eenmalig was,' fluisterde ze, 'maar hij is terug? Is hij met jou mee geweest naar San Francisco?'

Eve voelde een blos langs haar nek naar haar gezicht stijgen. 'Nee, hij is daarna langsgekomen.'

Een krakend geluid in de gang gaf aan dat Brent uit de slaapkamer tevoorschijn kwam, maar Eve bleef doorpraten. 'We stonden op het punt te gaan ontbijten.' Ze duwde de deur open. 'Hebben jullie ook trek?'

Ze hoopte dat ze nee zouden zeggen. Haar ouders zouden toch zeker doorhebben dat dit een ongemakkelijke situatie was. Maar ze was hun enige dochter, en ze waren veel te nieuwsgierig naar de nieuwe man in haar leven.

'Ja, lekker,' zei haar vader, en voor Eve het wist, was ze Brent en haar ouders aan elkaar aan het voorstellen.

'Erg leuk om u te ontmoeten.' Brent schudde hun handen. Daarna liepen ze allemaal achter elkaar aan haar kleine keuken in, zodat ze het ontbijt kon gaan klaarmaken.

'Hoe wil je je eieren hebben?' vroeg ze aan Brent.

Hij trok zijn wenkbrauwen op. Daardoor wist ze dat hij duizend keer liever ergens anders was – waar dan ook – maar ze deed alsof hij het heel fijn vond om hierbij te zijn.

'Hardgekookt?' stelde ze voor, alsof ze bedoelde: je moet het nog even volhouden...

'Koffie is genoeg voor mij,' mompelde hij.

'Ik wil graag roerei,' zei haar vader.

Ze wendde zich tot haar moeder. 'Mam?'

'Wat het makkelijkste is, liefje.' Adele kon haar ogen niet van Brent af houden. Waarschijnlijk kon Eve haar moeder best een rauw ei voorzetten – dat zou ze niet eens in de gaten hebben.

Haar vader claimde de stoel recht tegenover haar gast. 'Zo... waar kom je vandaan?'

Brent schraapte zijn keel. 'Los Angeles, oorspronkelijk.'

'En wat doe je?'

'Ik heb een bedrijf.'

'Wat voor soort bedrijf?' vroeg Adele.

Eve wierp haar ouders een blik toe waarmee ze wilde aangeven dat ze het een beetje rustig aan moesten doen met het kruisverhoor, maar ze was er al snel zeker van dat het ze niet was opgevallen. Dit waren normale vragen om aan een man te stellen die iets met je dochter had, dus begreep ze waarom ze niet dachten dat ze iets verkeerds deden.

'Landschapsarchitectuur.'

Dat trok Eves aandacht. Brent kwam op haar niet over als een landschapsarchitect. Zijn handen hadden veel te weinig eelt, en dat kon zij weten. Maar misschien had hij mensen in dienst die het fysieke werk deden.

'Heb je zussen of broers?' wilde haar moeder weten.

'Twee broers. De een is chirurg en de ander chemisch ingenieur.'

Haar vaders stoel schraapte over de vloer toen hij wat dichter naar de tafel schoof. 'Wat brengt je hier?'

'Ik ben op vakantie en het leek me leuk om eens te kijken of goudwinning wat voor me was.'

'Is het daar niet een beetje te koud voor in deze tijd van het jaar?'

Eve kromp ineen toen haar vader door bleef gaan met zijn verhoor. Gelukkig was de koffie klaar, zodat ze zich daarmee bezig kon houden. Ze schonk iedereen, behalve zichzelf, een kop in. Op dit moment was ze al nerveus genoeg. En áls ze zwanger was, wilde ze sowieso cafeïne vermijden.

'Dat is waar,' erkende haar moeder, die Brents kant leek te kiezen. Haar moeder was romantisch ingesteld, net als Eve zelf. Ze zag dat Brent een knappe man was en welbespraakt bovendien. Daardoor was ze bereid om bepaalde leemtes in de informatie die hij verschafte door de vingers te zien. Tenslotte hoopte Adele op een huwelijk voor haar dochter. Maar haar vader wilde die leemtes juist wel ingevuld zien.

'Heb je al iets gevonden?' vroeg hij.

'Nog niet, maar ik ben hier pas.'

'Je hebt goud gevonden in Eve,' merkte haar moeder op. 'Een liever en mooier meisje zul je nooit tegengekomen.'

Toen zijn blik naar haar ging, zond Eve hem een smeekbede met haar ogen om nog een paar minuten het spelletje mee te spelen.

'Dan lijkt ze op haar moeder,' zei hij gladjes.

Adeles lach klonk meer als gegiechel. 'Wat aardig van je om dat te zeggen!'

Eve hoopte dat de situatie een beetje normaler zou worden, maar Charlie was nog niet klaar. 'Waar woon je?'

De aarzeling was nauwelijks waarneembaar, maar Eve merkte het wel op en ze was bang dat haar vader dat ook had gedaan.

'Bakersfield.'

'En je wilde het noorden eens bezoeken, hè?' Dat was haar moeder, die hem weer wilde helpen. Eve vond het vreselijk om Adele te misleiden, maar ze hield zichzelf voor dat ze geen keus had.

'Ik hoorde dat het hier mooi was,' zei Brent.

'En ben je het daarmee eens?'

Hij antwoordde niet. Daar kreeg hij de kans niet voor, omdat Charlie weer in de aanval ging. 'Hoelang blijf je hier?'

Vastbesloten om de leiding over het gesprek over te nemen – en een eind aan alle vragen te maken – antwoordde Eve voor Brent dat kon. 'Hij is hier maar voor een paar dagen, papa. Hij heeft een bedrijf en moet weer aan het werk.'

Er rees stoom uit Brents koffiekop omhoog toen hij die optilde. Kennelijk dronk hij zijn koffie zwart, en dat paste op een of andere manier bij de minimalist die hij leek te zijn. 'Nou, eigenlijk blijf ik wat langer. Mijn zus, Scarlet, komt tot na de feestdagen hier bij me logeren.'

Eves mond viel open. Toen haar moeder een paar minuten geleden had gevraagd of hij broers of zussen had, had hij die zus niet genoemd. Dat niet alleen, maar hij had gedaan alsof hij binnen een paar dagen uit de stad zou vertrekken. Het feit dat hij had gevraagd of hij nog één nacht in haar B&B kon blijven, leek dat te bevestigen. 'Hoe bedoel je?'

'Ik heb twee kamers in Mrs. Higgins' huis gehuurd. Ken je haar?'

'Natuurlijk!' zei haar moeder. 'Een geweldige vrouw. Heel naar voor haar dat Buck een jaar geleden is overleden. Ik weet dat ze hem mist.'

'Dus je blijft hier tot na Kerstmis?' Deze plotselinge nieuwe informatie kon Eve niet echt verwerken. Niet alleen was er ineens een zus, maar kennelijk zou Brent ook nog een paar weken in de stad blijven. Rond kerst kon ze testen of ze zwanger was, wat het scenario dat ze in haar hoofd had duidelijk op zijn kop zette. Misschien had hij besloten langer te blijven om zijn geld terug te kunnen vragen, als ze niet zwanger zou blijken te zijn.

Hij nam een slokje van zijn koffie. 'Daar ziet het naar uit.'

'Heel fijn,' zei haar moeder. 'Dan hebben we meer kans om je te leren kennen.'

'Hoe zit het met je werk?' Haar vader vernauwde zijn ogen, alsof hij niet kon geloven dat een man wekenlang zijn bedrijf in de steek zou laten, met geen betere reden dan dat hij in het midden van de winter goud wilde gaan zoeken. Of misschien kwam het doordat de informatie over zijn broers en zussen niet klopte.

'Ik manage het nu op afstand, en het lijkt allemaal goed te gaan.' Brent haalde zijn schouders op. 'We zullen zien hoe het loopt.'

Met de spatel in één hand stond Eve hem aan te staren. Haar hart bonkte. Waarom had hij haar niet verteld dat hij hier een maand zou blijven? En wat betekende dat voor haar?

Hij dacht toch niet dat ze elkaar zouden blijven zien? Als hij op een gegeven moment vertrok, wilde ze liever niet iets met hem beginnen. Zelfs als dat niet het geval was, zaten er te veel inconsistenties in wat hij zei, om nog maar te zwijgen over de vragen waar hij helemaal geen antwoord op gaf. 'Het verbaast me dat je daar niets over hebt gezegd.'

Hij grijnsde naar haar. 'Ik werd een beetje afgeleid, denk ik.'

Ze wilde hem een vuile blik toe werpen. Ongetwijfeld vond hij de toespeling op wat ze hadden gedaan heel grappig. Het was zijn wraak, omdat ze hem had gedwongen dit ontbijt te doorstaan. Maar met Charlie en Adele in de buurt wist ze dat het allemaal alleen nog maar gênanter zou worden als ze hem daarop zou aanspreken.

Nadat hij weer een slokje koffie had genomen, wees hij naar de koekenpan. 'Ik zou een beetje op de eieren letten als ik jou was. Volgens mij branden ze aan.'

Hoofdstuk 9

Eve had hem verlokt. Dat woord had Rex nog nooit gebruikt. Hij wist niet eens hoe hij erop kwam, maar het leek hem van toepassing. Hoe kon hij anders zijn gedrag verklaren? Hij had al een aantal keer met haar de liefde bedreven, waaronder twee keer zonder condoom. Gisteravond had hij niet naar haar huis terug moeten keren, en hij had zéker niet samen met haar ouders moeten ontbijten.

Terwijl hij wegreed, met hun uitnodiging om 's avonds te komen eten en Eves verjaardag samen met hen te vieren in zijn gedachten, vervloekte hij zijn eigen zwakheid. Hij zou toch beter moeten weten. Het was niet goed dat hij in deze kleine gemeenschap op zou vallen; hij wist dat hij nérgens op moest vallen. Hetzelfde gold voor het aangaan van hechte banden. Sinds hij The Crew had verlaten, had hij min of meer ondergedoken gezeten. Als iemand wist hoe je moest overleven, dan was hij het wel.

Maar toch... Zuchtend zag hij de twee brievenbussen voor haar huis in zijn achteruitkijkspiegel steeds kleiner worden. Wat maakte het uit dat hij wist hoe te overleven? Hij geloofde niet dat hij nog langer door kon blijven gaan alles te doen wat het ontlopen van The Crew vereiste, want hij begon tot de conclusie te komen dat een leven zonder je echt aan iemand te kunnen hechten, niet waard was om geleefd te worden.

Vanwege haar verjaardag had Eve deze zaterdag vrij genomen. Dus nadat Brent was vertrokken, maakte ze de douche schoon en ruimde ze het huis op. Maar toen besloot ze toch naar de B&B te gaan. Op deze manier had ze te veel tijd om na te denken. En er was altijd meer dat ze kon doen om van haar B&B een succes te maken.

Terwijl ze door de stad reed, viel haar oog op The Cat and the Fiddle, de dure babyboetiek, die zich slechts een paar straten van haar B&B vandaan bevond. Tenzij ze een cadeautje moest kopen, ging ze daar nooit naar binnen. Het maakte haar te bewust van het feit dat ze op vijfendertigjarige leeftijd nog steeds ongewenst alleenstaand en kinderloos was. Maar vandaag parkeerde ze voor de deur en ging ze naar binnen.

'O, mijn god! Dat is schattig!'

Eve had het mooiste roze jurkje in haar handen dat ze ooit had gezien, toen die stem door de winkel schalde. Nadat ze zich had omgedraaid, zag ze Noelle Arnold achter zich staan. Haar hart hield bijna op met kloppen uit angst dat Noelle zou raden waarom ze daar zo geïnteresseerd in zou zijn. Maar dat was gelukkig niet het geval, want Noelle vervolgde met: 'Ga je dat voor Cheyennes baby kopen?'

Nadat Eve een zucht van opluchting had geslaakt, antwoordde ze: 'Als ze een dochtertje krijgt, lijkt het me een heel leuk cadeau.' En ze hing het jurkje terug op het rek.

'Weet ze niet wat het wordt?'

'Nog niet. Zij wil een jongen. Dylan wil een meisje. Ze wachten tot ze bevallen is om te zien wat het wordt. Dus zal ik ook moeten wachten met het kopen van het jurkje.'

'Je organiseert toch wel een babyshower voor haar?'

Natuurlijk. Ze waren hartsvriendinnen. Was Noelle naar een uitnodiging aan het vissen? Dat was Noelle namelijk ten voeten uit. Ze had nooit de verantwoordelijkheid op zich genomen voor wat ze had gedaan toen ze het vriendje van haar zus, Olivia, had afgepakt. Daar had ze zich nooit voor verontschuldigd. Ze bleef maar leugens verzinnen om iedereen ervan te overtuigen dat ze Kyle niet doelbewust had verleid.

'Waarschijnlijk pas nadat de baby is geboren.'

'Dat is dan wel logisch.' Noelle begon naar andere kleertjes te kijken. 'Ik moet ook iets voor haar kopen. Daarom ben ik hier.'

Ja, hoor. Als Eve een gokje mocht wagen, dan had Noelle Eves auto voor de deur zien staan en wilde ze zich de kans niet laten ontglippen om zich oog in oog met haar te verkneukelen over waar ze donderdag getuige van was geweest. ‘Wat vind je hiervan?’ Ze hield een gebreid mutsje met Vikinghoorns omhoog dat zo schattig was, dat Eve gelachen zou hebben als ze hier met iemand anders was geweest.

Ze raakte de zachte wol aan. ‘Tja, omdat we het geslacht niet weten, kan ik er moeilijk iets over zeggen.’

‘Soms is een pak luiers het beste om te geven. Luiers kan een nieuwe moeder altijd gebruiken.’ Na een dramatische zucht voegde Noelle eraan toe: ‘Maar zo praktisch zou ik nooit kunnen zijn.’

Eve wierp een blik op de deur. Ze probeerde een niet-onaardige manier te bedenken om het gesprek te beëindigen, voordat Noelle die bewuste avond ter sprake zou brengen.

‘Over wat er in Sexy Sadie is gebeurd...’

Te laat! ‘Ik ben blij dat je daarover begint. Ik wilde je nog bedanken, maar ik wist niet precies... hoe.’

‘Maak je geen zorgen. Je was zo dronken dat ik wel iets móést doen.’

Eve kromp ineen. ‘Juist. Ik schaam me dood, natuurlijk. Maar ik ben je dankbaar dat je me naar huis hebt gebracht. Het... Het was heel aardig van je.’

‘Je hoeft je niet te schamen! Een meid verdient een beetje lol in haar leven, toch? En wees gerust, ik vertel het aan niemand.’

Dat was een grove leugen. Noelle had haar mond al voorbijgepraat tegen Kyle en ten minste één andere persoon. Dat had Kyle immers tegen Cheyenne gezegd.

‘Heb je dat echt niet gedaan?’ Eve kon het niet laten haar onder druk te zetten om te zien of ze de waarheid uit haar kon persen, maar dat was verspilde moeite.

‘Nee,’ verklaarde Noelle plechtig. ‘Dus als het bekend wordt, is dat niet mijn schuld. Maar ja... ik was niet de enige die heeft gezien dat je je zowat op hem stortte.’

Ze had zich niet ‘op hem gestort’ in de bar. En niemand anders wist dat ze Brent mee naar huis had genomen. Ze waren apart van elkaar vertrokken. Maar het had geen zin daarover een discussie te beginnen.

'Wie zijn zij om je te veroordelen?' vroeg Noelle zich hardop af. 'Welke meid met een beetje gezond verstand zou trouwens nee kunnen zeggen tegen die kerel? Mijn god, wat was die sexy! Zo iemand in je bed maakt meteen goed wat Ted je vorig jaar heeft aangedaan, toch?'

Moest haar dat ook nog eens onder de neus gewreven worden? Door pure wilskracht slaagde Eve erin te blijven glimlachen. 'Diep vanbinnen wist ik dat Ted en ik niet voor elkaar bestemd waren. Ik ben blij dat Sophia en hij gelukkig zijn.'

'Ja, hoor,' zei Noelle, waarna ze ongelovig snoof.

'Echt waar,' hield Eve vol.

'Oké. Als je wilt dat ik dat geloof. Maar...' Noelle grijnsde en stootte haar met een scherpe elleboog aan. '...vertel eens. Wie is er beter in bed?'

Eigenlijk wilde Eve Noelle eens goed vertellen wat ze van haar vond. Dat effect had Noelle op de meeste mensen. Maar ze wilde niet dat ze iedereen ging lopen vertellen dat ze ruzie over donderdagavond hadden gekregen. 'Ik was zo zat dat ik geen idee heb,' antwoordde ze dus maar.

'Zonde. Misschien zou je hem nog een keer moeten uitnodigen – wanneer je wel in staat bent het je te herinneren.'

Daar reageerde Eve niet op.

'Of misschien doe ik dat wel,' vervolgde Noelle met een suggestieve lach. 'Is hij hier pas komen wonen?'

Een soort bezitterigheid deed de haren in Eves nek overeind staan. Ik heb geen claim op hem, bracht ze zichzelf in herinnering. Maar het idee dat hij met Noelle naar bed zou gaan, ook al had zij dat zelf de afgelopen nacht voorgesteld, beviel haar helemaal niet. 'Hij is hier alleen op vakantie.'

'Hoelang blijft hij?'

'Een paar... dagen maar.' Tijdens het ontbijt had hij haar verrast door te zeggen dat hij tot na Kerstmis zou blijven, maar dat hoefde Noelle niet te weten.

'Jammer. Ik hoopte dat hij de man van je dromen zou blijken te zijn. Ik weet hoe graag je wilt trouwen.'

De ene kogel na de andere... 'O ja?'

'Wat kun je verder doen, hier in deze stad? Maar geloof me, het huwelijk wordt vreselijk overschat.'

Eve kon niet geloven wat ze hoorde. Noelles ex was een van Eves beste vrienden, en ze wist dat Noelle Kyles leven tot een hel had gemaakt tijdens de zes maanden waarin ze samen waren geweest.

'Ik zou heel graag uit Whiskey Creek weggaan,' bekende Noelle.

'Waarom doe je dat dan niet?' Het was niet gemakkelijk om die vraag te stellen zonder te enthousiast te klinken.

'Ik heb er het geld niet voor.'

Nadat Kyle vier jaar een idioot hoog bedrag aan alimentatie had betaald, was hij naar de rechter gestapt om te kijken of dat verlaagd kon worden. Vorige maand had hij de zaak gewonnen, wat waarschijnlijk de reden was dat Noelle nu zowel serveerster was als verkoopster in de kledingwinkel waar ze al jaren af en aan werkte. Ze was nooit iemand geweest die op een verantwoordelijke manier met geld kon omgaan en had het allemaal uitgegeven aan kleren, sieraden en verschillende chirurgische 'verbeteringen'.

'Als je dat echt wilt, zul je moeten sparen.'

'Of een rijke man trouwen.' Ze grinnikte.

Eve zag er de grap niet van in, omdat Noelle Kyle dus ook op die manier had gebruikt. 'Ik moet weer eens aan het werk,' zei ze.

Cecelia verving haar vandaag, maar dat wist Noelle niet. Normaal gesproken had Eve alleen zondag en maandag vrij.

'Voordat je gaat...' Noelle pakte een papiertje uit haar tas. 'De kerel met wie je gisteravond was, heeft dit op mijn achterbank laten liggen. Ik heb hem sindsdien niet meer gezien, maar jij kunt het misschien aan hem teruggeven.'

Het was een velletje briefpapier van een motel in Placerville, een ander goudzoekerstadje zo'n drie kwartier rijden verderop, waar een telefoonnummer op stond geschreven. Het handschrift leek op het handschrift waarin de nummers en namen op het schrijfblokje waren geschreven dat op Brent Taylors kamer had gelegen, maar er stond nu geen naam bij, niets wat erop wees dat het belangrijk zou kunnen zijn. 'Waarom denk je dat hij het terug wil hebben?'

Noelle pakte een paar laarsjes op. 'Misschien hoeft hij het ook niet terug. Maar ik dacht dat het wel een aardig gebaar zou zijn.'

Omdat Noelle niet aan aardige gebaren deed, vroeg Eve zich af of ze het nummer al had gebeld en wist dat het van een andere vrouw was. Maar het lukte haar de vrouw beleefd te bedanken, terwijl ze het papiertje in haar zak stak.

'Graag gedaan. Misschien zie ik je bij Cheyennes babyshower, hè?'

'Misschien wel,' zei Eve, en ze draaide zich om naar de deur.

Een kwartiertje later zat ze in haar kantoor achter in de B&B naar het papiertje te staren dat Noelle haar had gegeven. Brent was uitgecheckt; dat had ze gecontroleerd. Hij had gezegd dat hij kamers bij Mrs. Higgins had gehuurd, dus zou ze naar hem toe kunnen gaan. Maar ze wilde niet dat hij zou denken dat ze een excuus had verzonnen om hem weer te zien. Nu hij was vertrokken, was ze klaar met hem. Het zou voor hen allebei gemakkelijker zijn als ze probeerde te vergeten wat er tussen hen was gebeurd. Tenzij ze zwanger was, natuurlijk. Dan zouden ze moeten besluiten wat ze gingen doen. Voor hem zou dat op maandelijkse betalingen neerkomen, nam ze aan, als hij zich tenminste aan zijn woord hield.

En voor haar... Het zou haar leven veranderen. Maar tenslotte had ze altijd al moeder willen worden.

Nadat ze het papiertje in de prullenmand had gegooid, zette ze haar computer aan. Voordat het verjaardagsdiner begon dat haar ouders organiseerden, had ze nog een paar uur, en die kon ze net zo goed aan haar werk besteden.

Helaas bleven haar gedachten maar naar Brent afdwalen, waardoor ze veel te nieuwsgierig naar dat telefoonnummer werd. Dus bukte ze zich om het papiertje uit de prullenmand te vissen. Zou het misschien toch belangrijk zijn?

Nadat ze haar eigen nummer had geblokkeerd, toetste ze de tien cijfers in. Ze wilde weten wie op zou nemen. Misschien zou het een callgirl zijn of een bedrijf. Dan zou ze het papiertje weggooien zonder zich zorgen te maken dat er belangrijke informatie op stond die Brent nodig had. Als het papiertje inderdaad van hem was, moest hij het om een of andere reden uit het motel in Placerville hebben meegenomen.

De persoon die opnam, was echter geen werknemer van een of ander bedrijf. Eve dacht ook niet dat het een callgirl was. Er nam een vrouw op, en afgaand op het feit dat ze buiten adem klonk, had ze zich naar de telefoon gehaast.

'Hallo?' Toen Eve niet antwoordde, herhaalde de vrouw nog een keer: 'Hallo?' Eve stond op het punt om op te hangen, maar toen hoorde ze: 'Rex? Ben jij dat? Als dat zo is, hang dan alsjeblíéft niet op. Zeg iets. Je broer is in het ziekenhuis. Een van zijn patiënten kreeg een hartstilstand. Maar ik weet dat hij graag iets van je wil horen. De familie is nu lang genoeg verscheurd geweest, vind je ook niet? Niemand geeft je de schuld van wat er met Logan is gebeurd. Niemand geeft je ook maar ergens de schuld van. Dat is trouwens allemaal zo lang geleden... Als je niet met mij wilt praten, bel dan in ieder geval terug wanneer Dennis hier is, oké? Misschien is hij niet in staat het te zeggen, maar hij houdt van je. Hij –'

Eve hing op. Dat had ze eerder moeten doen, maar de smekende toon van de vrouw had haar helemaal gegrepen. Wie het ook was geweest, het had heel oprecht geklonken. Deze vrouw was erop gebrand geweest om iets recht te zetten. Maar die vrouw had kennelijk niets met Brent Taylor te maken. Haar smeekbede was gericht tot iemand die Rex heette.

Opnieuw gooide Eve het papiertje met het nummer weg. Misschien had Noelle zich vergist en had iemand anders het in haar auto laten liggen. Of misschien was dit een zakenpartner van Brent die had aangenomen dat ze een persoonlijk telefoontje binnenkreeg, omdat het van een geblokkeerd nummer afkomstig was.

Aan de andere kant... Brent had gezegd dat een van zijn broers arts was. Dat was vreemd. En het handschrift leek heel erg op wat ze op het schrijfblokje in zijn kamer had gezien. Was het allemaal toeval?

Eve riep het notitieblok op haar telefoon op. Ze had het telefoonnummer op het label aan Brents tas opgeslagen. Daar was ze nu blij om. Moest ze haar nummer weer blokkeren, haar stem verdraaien zodat hij die niet zou herkennen, en naar Rex vragen? Om te kijken wat hij zou zeggen? Ze had twee nachten met hem doorgebracht en kon zwanger van hem zijn. Ze verdiende het om te weten of Brent zijn echte naam was, toch?

Na diep adem te hebben gehaald, blokkeerde ze haar nummer, bedekte de telefoon met één hand en nam zich voor met een hoog stemmetje te spreken. Maar hij nam niet op. Ze kreeg een bandje met de melding dat het nummer niet meer bestond.

'Voor wie of wat ben je je aan het schuilhouden?' mompelde ze, haar mobiel opzijleggend. Toen legde ze een hand op haar buik. De details van Brents leven deden er niet toe. Hoe het ook zat, ze hadden gedaan wat ze hadden gedaan... En nu kon ze alleen maar doorgaan en accepteren wat er zou gebeuren.

Hoofdstuk 10

Rita Higgins was waarschijnlijk zo'n jaar of vijfenzeventig en woonde in haar eentje in een goed onderhouden bungalow, weggestopt in de heuvels rond Whiskey Creek. Ze was naar kerstmuziek aan het luisteren terwijl ze haar boom versierde, toen Rex zichzelf door de voordeur binnenliet met gebruik van de sleutel die ze hem had gegeven toen hij het huurcontract had getekend. Eigenlijk was hij van plan geweest er eerder op de dag in te trekken, maar hij had de afgelopen drie uur in Just Like Mom's geluncht en daarna een kop koffie gedronken, terwijl hij op Scarlet had zitten wachten. Ze had gezegd dat ze daar om één uur zou zijn, maar het was al na tweeën toen ze uiteindelijk zijn vele telefoontjes had beantwoord en had bekend dat ze pas op maandag naar Whiskey Creek kon komen. Het kostte haar grote moeite om haar normale leven op te geven, omdat ze niet echt wilde geloven dat ze serieus gevaar liep.

Rex was dat soort ontkenningsgedrag bij andere klanten ook tegengekomen. Mensen waren heel veerkrachtig. Nu Scarlet wat tijd had gehad om tot rust te komen, had ze zichzelf ervan overtuigd dat degene die haar huis was binnengeslopen en haar ondergoed had gestolen haarzelf geen kwaad zou doen.

Hoewel Rex hoopte dat ze gelijk had, was hij daar niet zo zeker van. Dus probeerde hij haar duidelijk te maken dat dit soort gedrag kon escaleren, dat het zelfs dodelijk zou kunnen worden. Maar ze wilde vanavond met haar vrienden naar een kerstfeest en morgen gaan winkelen met een jong meisje dat ze begeleidde. Dat liet ze zich door niemand afnemen.

'Ik laat mijn leven niet door een of andere eikel bepalen,' had ze gezegd tijdens hun discussie over haar beslissing.

Rex vond dat ze er alles aan moest doen om zichzelf te beschermen. Maar hij kon een klant niet dwingen om te doen wat hij voorstelde; hij kon hen alleen adviseren en hopen dat ze, voor hun eigen veiligheid, naar hem luisterden.

Gegeven de beslissingen die hij zelf de laatste tijd had genomen, kon hij het haar sowieso niet kwalijk nemen dat ze zijn advies in de wind sloeg. Dat had hij namelijk ook gedaan, sinds hij in Whiskey Creek was beland. Hij kon zich de tijd niet heugen, tenminste niet nadat hij zijn leven enigszins op orde had gekregen, dat hij zó roekeloos was geweest. Vanaf het moment waarop hij Eve had ontmoet, had hij zowat alles verkeerd gedaan. Hij had de aandacht getrokken en haar wantrouwig gemaakt, en hij was niet vertrokken toen hij dat had moeten doen. Het was slechts een kwestie van tijd, had hij het gevoel, voordat hij zich helemaal bloot zou geven en besloot te gaan leven zoals hij wilde, ook al zou The Crew hem dan te pakken kunnen krijgen. Alhoewel hij uiteindelijk op dat punt zou komen, kon hij op dit moment dat risico nog niet nemen. Hij kon gewoonweg nog niet zijn huidige identiteit opgeven. Hij wilde niet dat The Crew deze perfecte plek verpestte.

'Daar ben je!' Mrs. Higgins was tamelijk doof en ze besefte pas dat hij binnen was gekomen toen ze hem zag. In een poging de piek in de vorm van een engel boven op de kerstboom te plaatsen, stond ze te wankelen op een keukentrap. Dus zette hij zijn tas neer – deze keer was hij niet vergeten het label eraf te halen – en stond erop dat ze hem dat liet doen.

'Kijk nou!' zei ze, toen het hem maar een paar seconden kostte om de engel op zijn plaats aan te brengen. 'Het is zó handig om weer een man in huis te hebben.' Ze strekte haar hals uit om door het raam aan de voorkant te turen. 'Waar is je zus? Ik keek ernaar uit om haar te ontmoeten.'

'Er is iets tussengekomen, zodat ze pas maandag hier kan zijn.'

Dan móést ze er zijn, zei hij in zichzelf.

'O, nou ja, het is maandag voordat je het weet.'

Hij knikte. 'De boom ziet er prachtig uit, trouwens.' Zijn moeder had ook altijd heel goed kerstbomen kunnen optuigen. De herinnering aan het huis uit zijn jeugd deed hem zijn moeder zo vreselijk, zo schrijnend missen dat hij bijna geen adem meer kon halen.

'Vorig jaar heb ik geen boom neergezet.' Mrs. Higgins schreeuwde bijna vanwege haar doofheid. 'Ik was niet in de stemming nadat mijn man was overleden. Maar nu er andere mensen in huis zijn, vond ik het wel weer de moeite waard.'

Als ze het voor Scarlet en hem deed, had ze het niet hoeven doen. Hij had geen behoefte aan kerstversieringen, wilde niet herinnerd worden aan alle Kerstmissen die hij met zijn familie had doorgebracht. Maar dit leek belangrijk voor haar. En misschien zouden de boom en de kousen aan de schoorsteenmantel Scarlet ook opvrolijken. Daarbij moest hij rond Kerstmis sowieso altijd aan zijn moeder denken.

'Het is aardig dat u er zoveel werk in steekt,' zei hij tegen Mrs. Higgins.

'Als je tijd hebt, kun je misschien wat kerstverlichting aan de voorkant van het huis ophangen,' stelde ze voor. 'Er staat een doos in de garage. Ik zou het zelf doen als ik wist waar ik moest beginnen. Buck zorgde altijd voor de buitenkant.'

Buck. Die naam had hij eerder gehoord, van Eves moeder. Buck was Mrs. Higgins' overleden echtgenoot. 'Wanneer is hij gestorven?'

'Een jaar geleden, net na Thanksgiving. We zaten aan het avondeten, toen hij me plotseling aankeek alsof hij door iets werd verrast. Toen hapte hij naar adem en viel voorover op de tafel.'

'Dus het was zijn hart?' Toen ze begon te huilen, wilde hij dat hij dat niet had gevraagd.

'Hij was in één tel weg,' zei ze, met haar vingers klikkend.

'Het spijt me.'

'Misschien zou ik er beter tegen hebben gekund, als we onze zoon al niet waren kwijtgeraakt door een dronken bestuurder.'

'Wanneer is dat gebeurd?'

'Twintig jaar geleden. Buck en ik hebben ons samen door die jaren heen geworsteld. We waren vijftig jaar getrouwd, moet je weten.'

'Dat is een lange tijd om je leven met iemand te delen.'

'De dood kun je niet vermijden. Maar ook al is dat een waarheid als een koe...' Haar stem werd zachter. '...ik mis Buck of mijn zoon er niet minder door.'

'Dat begrijp ik volkomen.'

Mrs. Higgins leek haar emoties onder controle te krijgen. 'Dus wat denk je van die verlichting?'

Rex keek op zijn horloge. Waarom niet? Nu Scarlet niet kwam, had hij vanmiddag niets anders te doen. Het was koud maar helder weer, dus zou het geen moeilijk klusje moeten zijn.

'Geen probleem,' zei hij. 'Ik ga eerst even mijn spullen uitpakken, dan zal ik kijken wat ik kan doen.'

'Geweldig.' Op haar verweerde gezicht verscheen een dankbare glimlach. 'Als je klaar bent, heb ik lekkere warme cider voor je en koekjes. Ik bak de beste gemberkoekjes die je ooit hebt geproefd. Ik heb ook jam en marmelade gemaakt, dus ik zal ervoor zorgen dat je niets tekortkomt, terwijl je hier bent.'

Enigszins verontrust dat ze hem zo snel in haar leven opnam, zei hij bijna tegen haar dat dat niet nodig was. Hij wilde niet dat deze vrouw zich aan hem vastklampte, dat ze in haar hoofd kreeg dat hij op een of andere manier haar dode zoon kon vervangen of de leegte in haar hart kon vullen die het verlies van haar echtgenoot had achtergelaten. Dat zou haar alleen nog maar meer pijn en teleurstelling bezorgen wanneer hij weer vertrok. Maar hij kon het, met het liedje The Little Drummer Boy op de achtergrond en de twinkelende lichtjes in de boom, niet over zijn hart verkrijgen haar stemming te verpesten. Ze was niet de enige die een beetje feestvreugde kon gebruiken.

Het laatste wat Eve verwachtte, was dat Brent Taylor op het etentje van haar ouders zou verschijnen. Dus toen ze van de B&B naar huis reed en zijn Landrover zag staan, trapte ze op de rem en staarde naar de wagen.

'Dat meen je niet,' mompelde ze. Hoe zat het dan met alle smoesjes die hij had verzonnen, toen ze hem vanochtend hadden uitgenodigd? Hij had gezegd dat hij op zijn zus, Scarlet, moest wachten, waarop haar ouders hadden gezegd dat hij haar ook mee kon nemen want dat was 'des te gezelliger'. Toen had hij gemompeld dat hij een aantal dingen op zijn computer moest doen, waarop haar ouders hadden gezegd dat hij toch op een gegeven moment íéts moest eten. 'Het is prima als je maar eventjes langskomt,' hadden ze gezegd. Daarop had hij gereageerd en gezegd dat hij zou proberen langs te komen als hij daar tijd voor had, maar Eve was ervan uitgegaan dat dat slechts een poging was geweest hen ertoe te brengen het op te geven.

Kennelijk waren haar ouders overtuigend genoeg geweest om hem over te halen.

Dat was echter niet de enige verrassing. Dylans jeep stond niet ver van Brents Landrover geparkeerd. Haar ouders hadden niet verteld dat ze Chey en Dyl hadden uitgenodigd. Dit betekende dat haar hartsvriendin en Cheyennes echtgenoot de man zouden ontmoeten met wie ze naar bed was geweest.

Aan nog meer kritische blikken en kruisverhoren had ze eigenlijk geen behoefte. Brent had haar al verteld dat hij niet open stond voor een relatie, waardoor zij haar verwachtingen onmiddellijk had bijgesteld. Dus waarom was hij hier dan? Ze wilde niet dat haar vrienden en familie het idee kregen dat er een echte relatie tussen hen aan het ontstaan was.

Misschien had dit te maken met het geld dat hij haar had gegeven. Misschien vond hij het bedrag zo groot dat hij had besloten om te blijven, totdat hij wist of hij het terug zou krijgen.

'Je had het wel even aan me door kunnen geven,' mopperde ze, waarna ze het gaspedaal indrukte. Ze was bang dat iemand haar door het raam zou zien als ze hier nog langer bleef zitten, en dat de hele groep naar buiten zou komen om te zien wat er aan de hand was.

Nadat ze de auto onder haar carport had geparkeerd, stapte ze uit.

Aanvankelijk was ze van plan geweest om gewoon in de legging, ruime trui en laarzen die ze op het moment aanhad op het etentje te verschijnen. Ze had er de noodzaak niet van ingezien om nette kleren aan te trekken voor een etentje in haar ouders' huis, ook al hadden ze dan wat te vieren. Maar dat was veranderd op het moment dat ze Brents Landrover had zien staan. Als hij er was, dan was het haar eer te na om er niet op haar best uit te zien. Als hij haar, volgens plan, over een tijdje zou 'dumpen', dan wilde ze liever dat iedereen dacht dat ze er alles aan had gedaan om dat te voorkomen. Zoals haar liefdesleven de laatste tijd was verlopen, zouden ze zich anders gaan afvragen of er iets mis met haar was.

Ze snelde naar binnen, waar ze verwoed haar kledingkast doorzocht en uiteindelijk koos voor een strakke zwarte broek met een glittertopje en nieuwe schoenen. Daaroverheen trok ze haar nepbontjas aan, waarna ze zich over de oprit naar haar ouders' huis haastte. Diep ademhalend opende ze de deur, waarna ze de zalige geur van haar moeders kookkunst opsnoof. Als Brent lang genoeg bleef om iets te eten, zou hij daar geen spijt van krijgen.

'Eve! Je bent er!' Haar moeder kwam als eerste naar haar toe en omhelsde haar. 'Gefeliciteerd, liefje.'

Eve stak haar pols omhoog. 'Ik ben echt heel blij met het horloge. Ik heb het de hele tijd om.'

'Gelukkig.' Ze draaide zich om naar Brent, die met Cheyenne en Dylan aan het praten was. 'Kijk eens wie erin is geslaagd om een paar minuten vrij te maken.'

Eve had besloten dat ze zou doen alsof zijn aanwezigheid geen compléte verrassing was, dus glimlachte ze warm. 'Ik beloof je dat je niet teleurgesteld zult worden,' zei ze tegen hem. 'Niemand maakt tamales en enchilada's zoals mijn moeder. Je zou bijna gaan denken dat ze in Mexico is opgegroeid.'

'Ach, hou toch op,' zei Adele lachend. 'Je hebt alleen maar een paar goede recepten nodig en wat oefening.'

Brent beantwoordde Eves glimlach. Allebei deden ze alsof alles net zo eenvoudig was als het leek. 'Ik kijk ernaar uit om ze te proeven.'

Cheyenne was de volgende die haar omhelsde. 'Je ziet er fantastisch uit!'

'Bedankt. Jij ook.'

'Doe niet zo belachelijk. Ik lijk wel een walvis.'

'Dat is heel normaal als je op het punt staat een kind te krijgen.'

Terwijl Cheyenne over haar buik wreef alsof ze het eigenlijk niet erg vond om zo dik te zijn, stapte Dylan tussen hen in. 'Nogmaals gefeliciteerd,' zei hij.

'Dit lijkt een verjaardag te worden waar nooit een einde aan komt,' fluisterde ze toen ze elkaar omarmden, en ze werd beloond met een blik van verstandhouding.

'Wil je een glaasje wijn, liefje?' Haar vader hield de fles omhoog en begon haar al bijna in te schenken voor ze kon reageren.

'Nee, bedankt.'

Met zijn arm nog in de schenkhouding fronste hij zijn wenkbrauwen. 'Weet je het zeker? Ik heb je favoriete chardonnay gekocht.'

Ze wilde alcohol. Maar zolang de mogelijkheid bestond dat ze zwanger was, zou ze niet drinken. 'Misschien later,' zei ze, opdat hij het niet raar zou vinden dat ze de wijn afsloeg. In plaats daarvan nam ze een glas spa.

Terwijl haar moeder in de keuken de laatste voorbereidingen aan het treffen was, stond iedereen met elkaar te praten. Eve vond dat ze geweldig omging met Brents aanwezigheid. Maar als hij hier voor de show was, deed hij niet erg zijn best. Er werden voortdurend vragen aan hem gesteld, maar hij gaf zo veel mogelijk eenlettergrepige antwoorden. Voor de rest hield hij zijn mond. Eve vroeg zich af waarom hij de hele tijd bleef. Hij kon later op de avond toch bij haar langskomen om het over zijn geld te hebben?

Ze besloot dat ze hem even apart zou nemen om dat voor te stellen. Dus verontschuldigde ze zich bij de anderen met het excuus dat ze naar het toilet moest. Toen ze terug was gekomen, bleef ze doelbewust een eindje van de groep af staan om een kerstversiering die van haar moeders boom af was gevallen, terug te hangen. Maar hij kwam niet naar haar toe. In plaats daarvan zag ze Dylan naar zich toe lopen. Terwijl hij haar een knikje gaf, wierp ze een blik op Brent die met een glas bier in zijn handen tegen de muur geleund stond. Hij keek naar hen, keek naar háár, zoals hij al sinds ze was gearriveerd, had gedaan. Maar ze kon er niet achter komen wat er door zijn hoofd ging. Er leek een heftige emotie in zijn lichaam te kolken, en toch bleef zijn gelaatsuitdrukking ondoorgrondelijk.

Toen hun ogen elkaar ontmoetten, glimlachte hij niet, maar ze voelde een vonk tussen hen overspringen die rillingen over haar ruggengraat deed lopen. Hij was hier omdat hij haar wilde, besefte ze plotseling. Dat was net zo schokkend als opwindend. Maar als hij zo heftig naar haar verlangde, waarom probeerde hij haar er dan steeds van te overtuigen dat hij niet verder met haar wilde?

Dat kon ze niet begrijpen. Ze wist alleen dat hij onmogelijk te bereiken was en al even onmogelijk te weerstaan.

Haar vader liep naar Brent toe, waarbij hij onbedoeld haar zicht op hem ontnam, wat haar goed uitkwam, want ze leek haar blik niet van hem af te kunnen houden. Het gevoel voor haar middelbareschoolvriendje was kalverliefde geweest, en ze was echt verliefd geworden op Ted. Hun relatie was echter meer gestoeld geweest op respect, bewondering en vertrouwen dan op opwinding. Wat ze voor Brent voelde, was te nieuw om meer dan aantrekkingskracht en puur verlangen te zijn, maar dat verlangen was krachtig genoeg om haar helemaal van slag te brengen.

'Eve?' zei Dylan.

Ze dwong zich ertoe met een glimlach haar aandacht op hem te richten, maar die onverwachte stilzwijgende uitwisseling tussen Brent en haar had recht in Dylans zicht plaatsgevonden, en ze twijfelde er niet aan dat hem dat was opgevallen. 'Ja?'

'Je valt echt voor die man, hè?'

Ze schraapte haar keel en wendde zich af, zodat ze Brent, zelfs als haar vader opzij stapte, niet zou kunnen zien. 'Hij is wel leuk.'

'Léúk?' herhaalde Dylan, alsof hij door haar heen kon kijken.

'Oké, hij is de knapste man die ik ooit heb ontmoet. Maar als je me nu wilt waarschuwen dat ik mijn hart niet moet laten breken, maak je geen zorgen. Ik verwacht niets van Brent. Hij blijft hier maar voor korte tijd.'

Terwijl Dylan over haar reactie nadacht, nam hij nog een slok bier. 'Is dat echt waar? Zo ja, dan is dat het beste nieuws dat ik vanavond heb gehoord.'

Dylan en zij waren niet op al te beste voet begonnen toen hij een relatie met Cheyenne kreeg, maar Eve had hem nu zo hoog staan dat wat hij net had gezegd, haar teleurstelde. 'Waarom mag je Brent niet?'

'Ik zei niet dat ik hem niet mocht. Ik ben ervan overtuigd dat hij... fantastische kanten heeft.'

'Maar er is íéts waar je je zorgen over maakt.'

'Iedereen die om je geeft, zou zich zorgen moeten maken. Hij laat niets van zich zien, is voortdurend op zijn hoede. Het lijkt wel of hij steeds in de vecht- of vluchtmodus staat.'

Het was niets voor Dylan om zo met zijn oordeel klaar te staan, vlak nadat hij iemand voor het eerst had gezien. 'Waar merk je dat aan?' vroeg ze.

'Geloof me. Als je vaak hebt gevochten, leer je de gevaarlijke kerels ertussenuit pikken.'

Hij verwees naar de periode waarin hij, nadat zijn vader in de gevangenis was beland, vechtsporter was geworden om zijn vier jongere broers te kunnen onderhouden. Hoewel Dylan nuchter was ingesteld en enorm veel vechtervaring had, kon ze toch niet geloven dat Brent geváárlijk was. Hij had haar zo teder aangeraakt, en ze was geen seconde bang geweest...

Plotseling herinnerde ze zich het moment waarop hij wakker was geworden en haar op haar rug had gegooid. Toen had hij haar wel angst aangejaagd, toch? Op dat moment had hij heel goed in staat tot geweld geleken. Zelfs daarna was hij nog uiterst behoedzaam geweest, alsof hij verwachtte dat er iemand uit de kast zou springen om hem te vermoorden.

'Wat is er?' Dylan keek bezorgd.

'Niets,' antwoordde ze. 'Helemaal niets. Hij heeft heel veel kansen gehad om me iets aan te doen en hij is steeds...' Ze schonk Dylan een grijns om hem op een dwaalspoor te brengen. '... heel gedienstig geweest.'

'Laat je niet door dat knappe uiterlijk misleiden, Eve. Of door wat voor andere kwaliteiten hij dan ook maar bezit.' Dat laatste was de reactie waarop ze had gehoopt. Maar Dylans frivole stemming verdween even snel als ze was ontstaan. 'Deze kerel is keihard. Het zou me niet verbazen als hij heeft gezeten.'

'Ga weg!'

Dylan haalde zijn schouders op. 'Ik kan het mis hebben, maar... hij staat op scherp, en daardoor sta ik op scherp.'

Misschien had Dylan gelijk. Maar moesten ze Brent daarom allemaal de rug toekeren?

Eve was ervan overtuigd dat hij iemand nodig had, en ze kon het niet nalaten daarop te reageren. Mijn leven is al leeg genoeg, had hij gezegd toen ze had voorgesteld dat hij naar iemand als Noelle op zoek ging. Als ze zwanger was, echter, en hij niet in staat was om van haar te houden of een liefhebbende vader te zijn, zelfs al was dat op afstand...

'Ik zei al dat hij hier maar kort blijft,' merkte ze op.

Haar moeder riep dat het eten klaar was, maar Dylan pakte Eve bij de arm, voordat ze naar de tafel kon lopen. 'Wees op je hoede,' zei hij. 'In korte tijd kan er een hoop gebeuren.'

Als hij eens wist wat er al was gebeurd... en hoe dat haar toekomst zou kunnen beïnvloeden. 'Ik zal voorzichtig zijn,' beloofde ze hem.

Hoofdstuk 11

Hij was in een sneeuwbol terechtgekomen, besloot Rex, in een van die perfecte kersttafereeltjes waar hij zo vaak als kind bij zijn grootmoeder thuis in had staan staren. Het enige wat er ontbrak, was de sneeuw.

Al een miljoen keer had hij zichzelf opgedragen uit Eves ouders' huis te vertrekken. Hij had hier niets te zoeken. Hij kon niet eens een reden bedenken waarom hij hier was, behalve dat Eve voor gek zou staan als niemand zich kon voorstellen waarom ze een vent zoals hij mee naar huis had genomen. Al veel te vaak was hij in zijn leven negatief beoordeeld en daar wilde hij niet weer mee worden geconfronteerd op een moment dat hij met een schone lei leek te kunnen beginnen.

Zijn gedrag zou op haar afstralen – daar viel niet aan te ontkomen – dus had hij even zijn gezicht willen laten zien. Maar hij was veel langer gebleven dan zijn bedoeling was geweest. Het eten rook zalig, het huis voelde warm en comfortabel aan en de mensen erin leken heel gelukkig. Daardoor wilde hij hier blijven, hij wilde het gevoel hebben weer deel uit te maken van een familie, iets wat hij door wat hij had gedaan, waarschijnlijk nooit meer zou ervaren.

Bijna iedereen verwelkomde hem met open armen. De enige persoon die hem leek te doorzien, was Dylan Amos. Elke keer wanneer hij Dylans blik opving, leek die een onuitgesproken waarschuwing te bevatten: waag het niet om deze mensen pijn te doen!

Dat nam Rex hem niet kwalijk. Als hij in Dylans schoenen had gestaan, zou hij ook alles doen om degenen te beschermen van wie hij hield. Die man beschikte over een goede intuïtie.

'Waar woont je familie?' vroeg Cheyenne, terwijl Eves moeder de enchilada's opdiende. Eves zwangere vriendin, Dylans vrouw, was tegenover hem gaan zitten en keek hem nieuwsgierig aan.

'Voor het grootste gedeelte in Los Angeles,' antwoordde hij.

Ze streek haar lange honingkleurige haren achter haar oren. 'Ga je Kerstmis bij hen vieren?'

'Nee.' Er was niets om naar terug te gaan. Mike, zijn oudste broer, was jaren geleden naar San Diego verhuisd. Hij was getrouwd, had twee kinderen en werkte als manager op de technische afdeling van een plasticfabriek. Af en toe sprak Rex hem. Mike leek hem niet de schuld te geven van wat er met Logan was gebeurd. Hun oudere broer deed dat wel. Dennis, een hartchirurg in Los Angeles, was ook getrouwd en had drie kinderen. Dean, hun vader, woonde net als Dennis in Los Angeles, een uur rijden van hem vandaan. Uit wat Mike hem een aantal maanden geleden had verteld, was hun vader eindelijk over de dood van hun moeder heen aan het komen en was hij zelfs aan het daten geslagen.

Daar was Rex blij om, maar het idee dat Dean met iemand anders uitging, was hem zo vreemd, dat hij het zich niet voor kon stellen. Hij miste zijn vader het meest. Hoe erg hij zijn moeder ook had teleurgesteld, hoe erg het hem ook speet dat ze er niet meer was en dat hij nooit de kans had gekregen haar om vergiffenis te vragen, het was zijn relatie met zijn vader – of het gebrek daaraan – die hem het meeste pijn had gedaan. Maar Logan was hun vaders oogappel geweest. Elke keer wanneer Rex contact met Dean opnam, wat slechts een paar keer was gebeurd nadat hij was vertrokken, werd zijn vader herinnerd aan de manier waarop hij zijn jongste zoon had verloren.

'Zijn zus komt hier binnenkort ook naartoe,' merkte Eves moeder op.

Rex was Scarlet bijna vergeten. Met haar donkere haren en grote, bijna lichtgevende ogen leek ze totaal niet op hem. Maar dat deed er tegenwoordig niet meer toe.

Cheyenne schonk hem een lief glimlachje. 'Dat zal leuk zijn. Soms is het prettiger met zijn tweeën dan met de hele familie. Niet álle families zijn de veilige havens die ze geacht worden te zijn.'

Die opmerking verraste hem. Hij had verwacht dat ze net zo wantrouwend als haar man zou zijn of als Eves vader was geweest toen ze elkaar deze ochtend voor het eerst hadden ontmoet. Dát wantrouwen was door zijn komst hier in ieder geval wat afgenomen. 'Spreek je uit ervaring?' vroeg hij.

Ze lachte. 'Ja. Op het moment niet meer, maar... ik heb een interessante jeugd gehad.'

Het was heel aardig van haar zoals ze hem op zijn gemak wilde stellen. Rex zou zich nooit hebben kunnen voorstellen dat haar wereld minder dan perfect was geweest, omdat die nu zo perfect leek.

'Gelukkig hoeven mensen geen bloedband te hebben om een familie te vormen,' zei Charlie, terwijl hij zijn hand op die van Cheyenne legde.

Cheyenne wierp Eves vader een dankbare blik toe. Rex waardeerde Charlies duidelijk vaderlijke liefde voor iemand die niet zijn dochter was en Cheyenne om haar aardige gebaar. Maar hij bevond zich niet in de situatie zoals zij zich voorstelde. Er was niets mis met zijn familie... behalve hijzelf dan.

'Heb je nog meer broers en zussen, Brent?' vroeg ze.

Hij werd zo afgeleid door de zalige zelfbereide maaltijd voor hem, dat hij geen antwoord gaf. Pas toen iedereen zweeg en hem verwachtingsvol aankeek, besefte hij dat ze het tegen hem had. Hoewel hij verschillende aliassen had gehad sinds hij uit The Crew was vertrokken, moest hij nog steeds een fictieve achternaam gebruiken. Op dit moment was dat Taylor, maar hij was al drie jaar geleden overgeschakeld naar Rex als voornaam en was er niet langer aan gewend om ergens anders op te reageren. Tenzij hij heel goed oplette, werd hij door 'Brent' af en toe verrast.

'Sorry, wat zei je?'

De spanning aan tafel werd minder, toen hij deed alsof hij haar niet had verstaan.

'Ik vroeg me af of je nog meer broers of zussen had.'

'Hij heeft twee broers,' kondigde Eve aan. Haar antwoord was zo snel en kort dat Rex de indruk kreeg dat ze net als hij de vragen tot een minimum wilde beperken. 'De ene is chemisch ingenieur en de andere arts,' voegde ze eraan toe, voordat haar vriendin daarnaar kon vragen. Ze leek te denken dat er daardoor een eind aan het kruisverhoor zou komen, maar dat was natuurlijk niet het geval. Cheyenne wilde hem veel te graag leren kennen.

'En je zei dat ze allebei in LA wonen?'

'Alleen Dennis,' antwoordde hij, 'de arts.'

Toen hij Eve naast zich voelde verstijven, begreep Rex dat hij haar had verrast door wat hij net had gezegd, of dat het op een of andere manier een betekenis voor haar had. Maar hij kon zich niet voorstellen waarom. Ze kende zijn echte naam niet eens. Met geen mogelijkheid kon ze hem in verband brengen met een van de vele, vele artsen in LA. 'Ken je een Dennis in Los Angeles?' vroeg hij.

Eve nam een slokje water. Daarna glimlachte ze, hoewel een beetje gespannen, en schudde haar hoofd. 'Nee, maar we hebben wel een goede vriendin die daar woont. Ze is met Simon O'Neal, de acteur, getrouwd. Van hem heb je vast gehoord.'

'Je bedoelt toch niet een van de bekendste filmsterren van Amerika?'

'Jawel, die.'

'Dan kan je net zo goed nonchalant laten vallen dat je met Brad Pitt bevriend bent.'

Cheyenne lachte. 'Vanwege Gail zijn we allemaal met Simon bevriend. We zijn met haar opgegroeid. Na de universiteit is ze naar het zuiden verhuisd waar ze een publiciteitsbureau heeft geopend. Zo heeft ze hem ontmoet. Vroeger vertegenwoordigde ze hem.'

'Gail laat soms onze hele groep vrienden overkomen, wanneer ze er tijd voor heeft,' zei Eve.

'Deze zomer neemt ze ons allemaal mee naar Italië,' vervolgde Cheyenne. 'Simon neemt daar dan een film op. Maar ik weet niet of ik meega. Mijn kindje is dan nog te jong om zo'n lange reis te maken, en ik weet niet of ik hem, of haar, achter wil laten.'

Rex vroeg zich af of Eve dan te zwanger zou zijn om mee te gaan. Hij hoopte van niet, voor hen allebei.

'De vader van je baby kan het waarschijnlijk wel een weekje zonder je redden,' zei Dylan. 'Niet dat het makkelijk zal worden.'

Gelukkig draaide het gesprek daarna om Simon, om hoe Gail omging met de krankzinnige acties van Simons ex-vrouw, hoe gelukkig ze samen waren en wat een schattige kinderen ze hadden. Eve beloofde hem mee te nemen naar hun enorme 'weekendhuisje' met uitzicht over de Stanlishaus River bij het New Melones Lake. Of die uitnodiging oprecht was, of dat ze slechts de rol van hartelijke gastvrouw speelde, wist Rex niet, maar daarna zat hij al snel veel meer ontspannen met haar vrienden en familie te kletsen dan hij had verwacht. Hij bleef zelfs lang genoeg om een spelletje kaart met hen te spelen. Pas toen Cheyenne en Dylan om elf uur aanstalten maakten om te vertrekken, zei hij dat hij ook moest gaan.

'Loop je eerst even met me mee?' vroeg Eve, terwijl ze haar jas aantrok.

'Tuurlijk.'

Haar moeder stond in de keuken de vaatwasser in te laden. Haar vader had alle borden en glazen naar haar toe gebracht, maar was nu op zoek naar het tv-kanaal waarop Sports Center te zien was.

'Ik vond het erg leuk om jullie te ontmoeten,' zei Rex, toen Eves vader opstond en haar moeder de keuken uit kwam om gedag te zeggen.

'Je bent erg aardig,' zei Adele.

Er waren niet veel mensen die hem zo positief zouden beschrijven. De mensen die hem goed kenden, zeiden gewoonlijk dat hij zijn eigen ergste vijand was. Daar had hij hun goede redenen voor gegeven. Maar de tijd leek die oude wonden te helen, waardoor hij zich gemakkelijker goed leek te kunnen gedragen.

Eves vader schudde hem de hand. 'Ik ben blij dat Eve een nieuwe vriend heeft.'

'Bedankt, *sir*.'

'Noem me geen *sir*,' zei hij glimlachend. 'Zo formeel zijn we niet in Whiskey Creek.'

'Aangezien je met Kerstmis niet bij je eigen familie zult zijn, zouden we het heel leuk vinden als je dat hier kwam vieren,' merkte Eves moeder op.

Die uitnodiging klonk veel aantrekkelijker dan hij wilde. 'Graag,' zei hij. 'Ik zal Scarlet vragen wat zij wil en ik zal het jullie laten weten.'

'Doe dat.'

Eves ouders zwaaiden hen uit.

'Je hebt aardige ouders,' zei hij.

'Weet ik.'

De deur ging achter hen dicht en het licht op de veranda ging uit, maar de volle maan en een sterrenhemel verlichtten hun pad. 'Ik begrijp waarom je het hier zo naar je zin hebt.'

'In Whiskey Creek?' Ze glimlachte ondeugend. 'Pas maar op. Als je nog meer tijd met me doorbrengt, wil je niet eens meer weg.'

Op een bepaalde manier wilde hij dat al niet meer. Maar hij kon niet eeuwig blijven. Want zijn verleden zou hem altijd achtervolgen.

Toen ze haar huis hadden bereikt, hield Eve zich voor dat ze hem moest laten gaan. Maar ze was er, ondanks Dylans waarschuwingen, nog niet klaar voor. En Dylan wist niet eens dat Brent haar op een gegeven moment op het bed had gedrukt. Of dat hij haar had verteld dat zijn naam Jared was. Of dat hij was vergeten dat hij een zus had, toen hij tegen haar ouders had gezegd twee broers te hebben. Ze gokte erop dat hij zou zeggen dat Scarlet geadopteerd was als ze daarnaar zou vragen, maar... zou dat de waarheid zijn?

Eve wist niet meer wat ze moest geloven. Brent Taylor zou zelfs zijn eigen naam niet kunnen zijn. Zijn broer heette Dennis, had hij zich deze avond laten ontvallen. Toen ze het nummer had gebeld dat Brent in Noelles auto had laten liggen, had ze Dennis' vrouw aan de lijn gekregen, die haar zwager smekend aansprak met de naam Rex. Dus als Brents tweede broer niet Rex heette, zou Brent zelf zo kunnen heten. Het feit dat hij rondliep met dat nummer in zijn zak en van zijn familie vervreemd leek te zijn, leek daarop te wijzen.

Ondanks alles, hoe waar en eng dit alles ook was, bleef hij haar fascineren. Toen hun blikken elkaar deze avond in haar ouders' huis hadden gekruist, had ze de vonk duidelijk weer voelen overspringen. Kwam dat alleen doordat ze hem aan die andere vrouw deed denken? Die gedachte vond Eve vreselijk.

'Lust is een interessant iets,' zei ze tegen hem.

Hij pakte haar vast bij haar jas, draaide haar om en drukte haar tegen de deur. 'Dát is nou iets wat we niet tijdens het eten hebben besproken.' Met een grijns vervolgde hij: 'Vertel me daar eens meer over.'

Terwijl ze naar zijn perfect gevormde lippen keek, bevochtigde ze die van haarzelf. 'Lustgevoelens zijn kennelijk veel sterker dan ik ooit had gedacht.'

'O ja?'

'Eerlijk gezegd heb ik dit gevoel nog nooit gehad.'

Hij kuste haar licht op haar lippen. 'Dit gaat de goede kant op.'

'De gedachte aan jou, aan wat je met me kunt doen, maakt me gek,' bekende ze.

Zijn handen gleden haar jas in, onder haar billen, en hij tilde haar op, tegen zich aan, alsof hij daar alle recht op had. 'Betekent dat wat ik denk dat het betekent?'

Ze voelde zich alsof ze iemand anders was, iemand die veel meer lef had dan zij, toen ze in zijn oor fluisterde: 'Het betekent dat ik je weer in me wil voelen. De hele nacht.'

Hij kreunde. 'Ik sta nu al op het punt van ontploffen.'

Terwijl ze hem een verleidelijke glimlach schonk, liet ze haar hand zakken om het bewijs daarvan te voelen. 'Ik heb één vraag.'

Toen ze hem aanraakte, zoog hij zijn adem naar binnen. 'En dat is?'

'Is dit voor mij... of voor die andere vrouw?'

'Welke andere vrouw?'

'De vrouw die met iemand anders is getrouwd. De vrouw die je wilde. Gisternacht deed ik je aan haar denken.'

'Nee.' Hij schudde zijn hoofd. 'Alleen in het begin.'

'Meen je dat?' vroeg ze.

Hij knikte.

'Dat is prettig om te horen.'

Toen daalde zijn mond op die van haar neer, warm, vochtig en veeleisend. Ze liet haar armen om zijn nek glijden. Als ze niet voorzichtig waren, dacht ze terwijl de hartstocht zich opbouwde, zouden ze het bed niet eens halen.

Toen trok hij zich echter terug. 'Je ouders?'

'Die zullen niet verbaasd zijn als je de nacht bij mij doorbrengt, gegeven het feit dat ze ons vanochtend bijna in bed aantroffen.'

Hij leek niet overtuigd.

'Wat is er?' vroeg ze, toen zijn gezicht betrok.

'Toch zouden ze dat... onbeschoft van me kunnen vinden. '

Zijn reactie verbaasde haar. De indruk die haar ouders van hem hadden, dééd er iets toe? Dan kon hij toch niet echt slecht zijn. 'Normaal zouden we naar de B&B kunnen gaan, maar die zit dit weekend vol,' zei ze.

'Jackson is niet zo ver.'

'Je wilt naar een andere stad gaan? Dat meen je niet, toch?'

'Jawel.'

'Maar we kunnen hier gratis slapen.'

'En ons de hele tijd niet op ons gemak voelen? Nee, dank je. Ik wil me helemaal kunnen laten gaan.' Na opnieuw een hongerige kus pakte hij haar bij de arm en nam haar, terwijl ze hun lachen probeerden in te houden, voorzichtig mee langs het raam van haar ouders naar zijn auto.

Toen Eve wakker werd, was het pikkedonker. Ze bevond zich in haar eentje in een onbekende kamer. Was Brent weggegaan, nadat ze de liefde hadden bedreven? Was hij weggereden en had hij haar in een onbekende B&B in een andere stad en zonder auto achtergelaten?

Ze ging rechtop zitten en staarde voor zich uit. Haar hart bonkte in haar oren, terwijl al haar twijfels, alle dingen die ze had geprobeerd te onderdrukken, haar belaagden.

Hij had gezegd dat hij in Bakersfield woonde en een landschapsarchitectuurbedrijf bezat, maar dat had ze meteen betwijfeld. Hij had de naam van zijn bedrijf niet genoemd. Ook wist ze verder niets over zijn achtergrond. Had hij de middelbare school afgerond? Had hij gestudeerd? Zo ja, wat dan?

Tot nu toe had ze altijd het telefoonnummer gehad van de mannen met wie ze naar bed was geweest. Maar het nummer wat op het label van zijn tas had gestaan, bestond niet meer, en híj had haar er nooit een gegeven. Afgezien van het feit dat ze wist dat hij tijdelijk bij Mrs. Higgins verbleef, kon ze geen contact met hem opnemen. En kende ze zijn echte naam wel? Heette hij Jared, Brent of Rex?

Het enige waarvan ze aannam dat het wel zou kunnen kloppen, was een telefoonnummer van zijn broer in Los Angeles. En dat had hij niet aan haar gegeven. Ze was er vrij zeker van dat hij niet wilde dat ze dat had, dus had ze er niets over gezegd. Ze was bang geweest dat hij daardoor afgeschrikt zou worden.

Haar eigen aarzeling om een punt te zetten achter wat ze dan ook maar samen hadden, baarde haar al net zoveel zorgen als de rest. Waaróm negeerde ze zoveel alarmbellen?

Omdat ze liever met 'Brent' samen wilde zijn dan ze ooit met een andere man had willen zijn. Het verbaasde haar dat dat eigenlijk weinig te maken had met het feit dat ze met hem de beste seks van haar leven had gehad. Hij zou haar fysiek nooit hebben kunnen bevredigen als er niet meer achter zat. Ze was niet iemand die tevreden was met betekenisloze seks. In het donker, als ze met zijn tweeën waren en hij totaal opging in wat hij voelde, was hij verrassend kwetsbaar, en daar reageerde ze onwillekeurig op.

Misschien was het krankzinnig om dat soort gevoeligheid in een afstandelijke man als Brent te zien, een man die de liefde waarnaar hij verlangde consequent afwees. Maar de bijna eerbiedige manier waarop hij haar had aangeraakt, vooral tijdens de laatste keer dat ze de liefde hadden bedreven, overtuigde haar ervan dat er meer in hem zat dan haar behoedzaamheid haar wilde doen geloven. Hij had menselijk contact nodig – had líéfde nodig – en dat emotionele element ondermijnde haar voorzichtigheid. Hij gaf haar het gevoel dat ze met hem verbonden was, ondanks de vele dingen die ze niet van hem wist.

Zelfs nu riep alleen het denken aan hem al verlangen in haar op. Maar als hij er overdag niet voor haar kon zijn, alleen 's nachts in de privacy van een slaapkamer, zou ze nooit gelukkig met hem worden. Van een echte relatie zou sowieso geen sprake kunnen zijn. Dat had hij heel goed duidelijk gemaakt.

Toch begon ze te hopen. Verdorie! Natuurlijk wist ze dat ze niets met een man als Brent moest beginnen. Maar ze had met Ted een tegenovergestelde man uitgeprobeerd: iemand die evenwichtig, succesvol en betrouwbaar was en die ze haar hele leven al had gekend. Dat had ook niet gewerkt.

Ze had net het beddengoed van zich afgegooid om op te staan, zich aan te kleden, haar mobiel op te zoeken en iemand te bellen om haar op te halen – wat geen prettig telefoontje zou worden – toen ze iemand de deurknop hoorde omdraaien. Ze verstarde even toen Brent zichzelf zachtjes binnenliet.

In het zwakke licht van zijn mobiel kon ze zien dat hij volledig aangekleed was. Kennelijk was hij buiten geweest. Ze had geen idee waarom. Het was drie of vier uur 's nachts.

'Waar ben je geweest?' vroeg ze.

'Ik werd gebeld.'

'Door...'

'Mijn zus.'

'Midden in de nacht?'

'Ze heeft problemen met haar ex.'

'Daar heb je haar mee kunnen helpen?'

'Ze... Ja hoor, maak je geen zorgen.'

Toen hij zijn kleren had uitgetrokken en weer in bed was gaan liggen, rolde ze van hem weg. Het beviel haar niets dat haar armen zich naar hem wilden uitstrekken. Het was allemaal te veel en te snel. Als ze weer verliefd werd op de verkeerde man, zou ze misschien de juiste man mislopen wanneer die langskwam.

Het probleem was dat ze zich niemand kon voorstellen die haar meer zou aantrekken. Het enige wat haar niet aan hem beviel, was zijn terughoudendheid... en zijn geheimen.

Haar ogen sluitend, probeerde ze haar ademhaling tot rust te brengen. Ze zou slapen tot de zon opkwam en dan zou ze hem voorgoed achter zich laten, hield ze zichzelf voor. Dat had ze eigenlijk meteen moeten doen. Maar tien seconden later voelde ze zijn handen over haar lichaam strelen.

Hij begon met haar rug te masseren. Daar reageerde ze niet op, met de gedachte dat hij op een gegeven moment wel in slaap zou vallen. Maar kennelijk had hij haar deelname niet nodig. Het leek alsof hij er tevreden mee was om haar alleen aan te raken, en daardoor brak hij haar verzet, werd ze blij toen hij haar op andere plaatsen begon te strelen.

Tegen de tijd dat ze zijn lippen over haar oorlelletje voelde sluiten en zijn hand tussen haar dijen gleed, had ze de wil om hem af te wijzen geheel verloren. Heel kort daarna fluisterde hij dat ze de mooiste vrouw was die hij ooit had gezien, terwijl hij zijn handen om haar borsten legde en van achteren bij haar binnendrong.

Hoofdstuk 12

Toen Rex zijn ogen opende, zag hij dat Eve hem op haar zij lag te bestuderen in het zonlicht dat door de kiertjes in de jaloezieën stroomde. 'Goedemorgen,' mompelde hij.

'Goedemorgen.'

Hij stak zijn hand uit om een lok haar uit haar gezicht te strijken. 'Heb je goed geslapen?'

'Jazeker. En jij?'

'Ik voel me fantastisch.' Voor het eerst in tijden – hij kon zich niet eens herinneren wanneer de laatste keer was geweest – had hij zo diep geslapen. Hij was zowat in een coma geraakt, en dat hem dat was gelukt, voelde bijna net zo goed als de vrijpartij met Eve daarvoor.

'Hoe is het met je zus?' vroeg ze.

Terwijl hij zich afvroeg of hij zich ooit zo ontspannen had gevoeld, rekte hij zich uit. De laatste tijd was hem dat zeker niet overkomen. Maar hij liet zich in het algemeen dan ook niet zo gaan als hij bij Eve deed. 'Hoe bedoel je?'

'Je zei dat er vannacht iets was gebeurd.'

'Nee, er was uiteindelijk niets aan de hand.' Maar dat gemiste telefoontje, nadat hij zichzelf ertoe had gedwongen om op te staan en te checken, had hem ongerust gemaakt. Hij had Scarlet wakker gemaakt toen hij haar terugbelde, en ze had zich verontschuldigd dat ze niets had ingesproken. Ze had gezegd dat ze van plan was geweest terug te bellen, maar eenmaal in het huis van haar vriendin had ze er pas weer aan gedacht toen ze naar bed ging, en dat was heel laat geweest. 'Ze wilde me laten weten dat ze bij een vriendin logeerde.' Wat hij verstandig vond.

Eve knikte, en ze bleven elkaar een aantal seconden aanstaren.

'Geen glimlach vanochtend?' vroeg hij.

'Ik ben aan het denken.'

'Waarover?' Hij durfde het bijna niet te vragen. Het was duidelijk niet iets waar hij het over wilde hebben.

'De afgelopen nacht was nog fantastischer dan de nacht daarvoor,' zei ze.

Een compliment had hij niet verwacht. Het zou hem opgelucht moeten hebben, maar ze klonk helemaal niet vrolijk.

In een poging de stemming te verlichten, grijnsde hij haar toe. 'Je hebt bijna iedereen hier in de omgeving wakker gemaakt, toen je het uitschreeuwde. De meeste mensen zouden blij zijn als ze zo'n hoogtepunt bereikten.' Zó hard had ze nou ook weer niet geschreeuwd. Hij was haar aan het plagen en hoopte zo te vermijden waar dit, waarschijnlijk, naartoe zou gaan.

Ze ging er echter niet op in. 'Misschien zou ik er blij mee zijn, als ik niet zo in de war was.'

Het tevreden, kalme gevoel waarmee hij wakker was geworden, verdween op slag, en zijn vertrouwde onrust keerde terug. 'Je zou niet in de war moeten zijn. Ik heb je verteld wat je kon verwachten.'

'In wezen heb je me niets verteld.'

'Gisternacht was niets?'

Ze ging rechtop zitten. 'Dat was niet wat ik bedoelde, en dat weet je.'

Dit was onvermijdelijk, wist hij. Hij kon niet verwachten dat iemand als Eve keer op keer met hem naar bed zou gaan en geen vragen zou stellen. 'Wat bedoel je dan wel?'

Ze kruiste haar armen, waarbij ze het laken voor haar borsten hield. 'Waarom zei je niet dat je een zus had, toen je mijn ouders over je broers vertelde?'

Dat was een vergissing geweest. 'Omdat ze dat oorspronkelijk niet was.'

'Bedoel je dat ze geadopteerd is?'

Hij vond het vreselijk om tegen Eve te liegen, vooral omdat alles wat tussen hen was gebeurd, zo... verfrissend eerlijk aanvoelde. Zijn verlangen naar haar was echt. En haar reactie op hem? Die was onmiskenbaar onschuldig en open. Hoewel hij af en toe spijt had wanneer ze hem herinnerde aan de man die hij had kunnen zijn wanneer zijn leven een andere wending had genomen, had ze hem heel veel geboden.

De waarheid zou echter zelfs tot hun dood kunnen leiden. Dus moest hij doen wat hij kon om hen allebei te beschermen. 'In het begin was ze een pleegdochter. Mijn ouders hebben haar later geadopteerd.'

Hoewel ze niet echt overtuigd was, liet ze het gaan. 'En alle andere dingen die je me hebt verteld? Dat je in Bakersfield woont en aan landschapsarchitectuur doet? Is dat waar?'

Zijn gezicht betrok. Omdat hij haar niet echt om de tuin had willen leiden, had hij halfbakken leugentjes verzonnen. Dat kwam hem nu duur te staan. 'Maakt het iets uit?'

Boos sperde ze haar ogen open. 'Dat meen je niet!'

'We gaan niet trouwen, Eve. Daar ben ik van het begin af aan duidelijk over geweest.'

'En dat betekent ook dat je niet eerlijk hoeft te zijn? Als we niet eerlijk tegenover elkaar zijn, wat heeft dit dan voor zin?'

Hij stond op en trok zijn broek aan. 'We genieten ervan zolang het kan.'

'En daar neem jij genoegen mee?'

Het moest genoeg zijn. Meer kon hij niet krijgen. 'Wat mij betreft, is het beter dan niets. Maar als jij het daar niet mee eens bent, breng ik je naar huis.'

Die woorden deden haar pijn. Dat zag hij, toen ze opstond en haar eigen kleren begon aan te trekken. Maar ze moest inzien wat de restricties waren, anders zou ze het er later nog veel moeilijker mee krijgen.

'Oké, breng me maar naar huis,' zei ze. 'Op een gegeven moment moet het toch ophouden.'

Hij voelde zich hulpeloos, terwijl hij met zijn overhemd in zijn handen naar haar stond te kijken.

Toen ze zich had aangekleed, pakte ze haar tas van de stoel, maar hij gooide zijn overhemd opzij en liep naar haar toe. 'Zo mag het niet eindigen.' Hij legde zijn handen om haar middel en liet zijn voorhoofd tegen het hare rusten. 'Jij bent degene die ik wil, ook al is het maar voor korte tijd.'

Ze wilde hem wegduwen, maar hij hield haar stevig vast en kuste haar wangen, voorhoofd en lippen, voordat hij fluisterde: 'Kom op. Wat zijn drie weken nou? Die kun je me toch wel geven?'

De spanning gleed uiteindelijk uit haar lichaam, en ze bood geen weerstand meer. Maar toen hij zijn hoofd ophief, kon hij de twijfel in haar ogen zien. 'Drie weken?' herhaalde ze.

'Langer niet. Na Kerstmis ben ik weg.'

'Waarom ík? Waarom niet Noelle of... of alle andere vrouwen die hier rondlopen?'

Hij kuste haar weer op haar voorhoofd. 'Dat heb ik je verteld. Ik wil jou. We passen bij elkaar. Bij jou voel ik me compleet.'

Ze schudde haar hoofd. 'Dat is nou precies wat ik niet begrijp. Hoezo ben je anders niet compleet? Wat is er gebeurd?'

'Het leven,' antwoordde hij. 'Dat is wat er is gebeurd.'

Hij liet haar los en begon zich om te draaien, maar ze pakte hem bij de arm. 'Ben je gevaarlijk, Brent?'

Dat was de lastigste vraag die ze hem tot nu toe had gesteld. In het verleden had hij dingen moeten doen die hij niet had willen doen. Als The Crew hem te pakken kreeg, zou hij misschien weer gedwongen worden om te doden. Maar hij had alleen mensen kwaad gedaan als dat móést om zijn eigen leven of dat van iemand anders te redden. 'Ik heb nooit een onschuldige iets aangedaan.'

Er ontstonden rimpels op haar voorhoofd. Wat hij zei, nam haar bezorgdheid niet echt weg. Ze had waarschijnlijk nog nooit iemand ontmoet die een ander had omgebracht, behalve dan misschien een soldaat, en dat gebeurde niet op Amerikaanse bodem. Zijn naam, zijn beroep, dat waren niet ter zake doende details. Ze beschreven de uitwendige vorm van iemand, waren niet representatief voor het hart van die persoon, dus deden ze er niet echt toe. Maar hij kon niet liegen over het soort man dat hij was. Dat ging te ver.

'Een onschúldige?' herhaalde ze. 'Misschien besef je het niet, maar de meeste mannen praten niet zo.'

'Ik ben niet als de meeste mannen. Dat geef ik toe, Eve. Ik kan je niet het huisje, boompje, beestje geven wat je verdient. Ik kan je eigenlijk bijna niets geven, behalve de komende drie weken.' Hij legde zijn handen om haar gezicht. 'Maar ik hoop dat dat genoeg is. Dat we in ieder geval van de tijd die we samen hebben, kunnen genieten. En ik hoop dat je weet dat ik niet gevaarlijk ben, in ieder geval niet waar het jou betreft.'

Ze wreef over haar slapen, alsof ze geen beslissing kon nemen, alsof ze wist dat ze hem de deur moest wijzen, maar dat niet kon.

Hij tilde haar kin op. 'Wat zeg je ervan?'

Weer antwoordde ze niet, maar na nog een korte aarzeling zuchtte ze, drukte haar lippen op zijn blote borst, zijn nek, zijn wangen en uiteindelijk op zijn mond.

Ze hadden zich verslapen voor het ontbijt in de B&B waar ze verbleven, dus reden ze naar een smoezelige tent in Jackson om te ontbijten. Ze waren net het menu aan het bekijken, toen Rex een telefoontje ontving. Het netnummer herkende hij als een nummer uit het oosten.

'Ga je gang en bestel,' zei hij tegen Eve, terwijl hij opstond. 'Voor mij graag de eieren Benedict. Ik moet dit telefoontje even opnemen.'

Hij liep naar buiten, zodat er niemand mee kon luisteren. 'Virgil?'

'Hè, hè, eindelijk heb ik je te pakken,' zei zijn vriend. 'Waar ben je in vredesnaam geweest? Ik ben me rot geschrokken.'

'Hoezo? Heb je geprobeerd me te bereiken?' Voor de veiligheid hadden ze hun contact tot een minimum beperkt. Virgil was er tegen geweest dat Rex naar Californië terugkeerde. Hij dacht dat dat vragen om moeilijkheden was. Dus wilde Rex koste wat kost voorkomen dat hij The Crew op het spoor van Virgil en zijn familie zou zetten. Virgil was meer als een broer voor hem dan zijn echte broers.

'Ik heb je kantoor deze week een aantal keer gebeld,' zei Virgil.

'Waarom?'

'Om te vragen hoe het met je ging. Maar een of andere Marilyn Burrows zegt dan telkens dat je "niet bereikbaar" bent.'

'Waarom heb je geen bericht achtergelaten? Dat zou ze aan me hebben doorgegeven.'

'Dat jíj haar vertrouwt, betekent niet dat ik dat ook doe. Ik vertrouw niemand, tenzij het absoluut noodzakelijk is. Vergeet niet dat we zo in leven blijven. Dus was ik niet van plan iets te zeggen waardoor ze het idee zou kunnen krijgen dat je een vriend in New York hebt.'

'Ze heeft zelfs nog nooit gehoord van The Crew.'

'Maar als er iets over jou of je bedrijf bekend wordt, betekent dat niet dat ze geen contact met haar zullen opnemen.'

Dat was waar. Virgil en hij konden nooit voorzichtig genoeg zijn. 'Dan ben ik blij dat we elkaar eindelijk spreken.'

'Ik ook. Ik stond op het punt om een vliegticket te kopen om naar je op zoek te gaan.'

Virgil zou inderdaad alles hebben laten vallen om dat te doen.

'Dat is nergens voor nodig. Het gaat prima met mij. Maar het is heel goed om je stem te horen.'

Er waren niet veel dingen die hij miste aan de tijd dat hij in de gevangenis had gezeten, maar de kameraadschap met Virgil Skinner was daar een van. Virgil was op zijn achttiende in de cel beland, omdat hij zijn stiefvader zou hebben vermoord. Hoewel hij vrijgesproken werd toen er doorslaggevende bewijsmaterialen aan het licht kwamen, had hij veertien jaar in de cel doorgebracht voor een misdaad die hij niet had begaan.

Rex kon zich niet eens voorstellen hoe kwaad hij daardoor zou zijn geworden. Hijzelf was tenminste schuldig geweest aan de drugshandel waarvoor hij een paar jaar nadat Virgil was opgepakt, de gevangenis was in gegaan. 'Hoe gaat het met Peyton en de kinderen?'

'Fantastisch. Brady en Anna groeien als onkruid. We denken erover om nog een kind te nemen.'

'Waarom niet? Jullie zijn het soort ouders dat een groot gezin moet hebben.'

'Hoe gaat het met jouw bedrijf?'

'Ik mag niet klagen. Er lopen een hoop mensen rond die een spierbundel nodig hebben en ervoor willen betalen. En met dat van jou?'

'Ik heb afgelopen maand nog drie bodyguards aangenomen.'

'Dan heb je er nu tien, toch?'

'Klopt. Heb je nog iets van je familie gehoord?'

'Mijn famílie?' herhaalde Rex.

'Ja. Je vader en je broers, weet je wel?'

Schoppend tegen een kiezelsteentje begon Rex over de stoep te ijsberen. 'Je weet dat we elkaar zelden spreken.'

'Ik weet dat zij de reden waren waarom je naar Californië bent teruggegaan. Waarom breng je dan niet meer tijd met hen door?'

Hij wist niet hoe hij die kloof moest overbruggen. Nog steeds niet. 'Dat ligt moeilijk. En zij zijn niet de reden waarom ik ben teruggekeerd.' Diep vanbinnen wist hij dat dat een leugen was maar dat zijn trots hem ertoe dwong dat te zeggen, ook al wilde een deel van hem niets liever dan zich met zijn familie verzoenen.

'Waarom dan wel? Je bent daar absoluut niet veiliger.'

'Ik hou van Californië. Het is mijn thuis. En het klimaat verslaat die ijskast waarin jij woont met gemak.' Daarbij vond hij het ook vreselijk om zich door The Crew te laten voorschrijven waar hij woonde.

Virgil lachte. 'Ik ben dol op New York, maar ik ben het met je eens wat de koude winters betreft. Goed, wat is er aan de hand? In je e-mail schreef je dat je iets van een gezamenlijke vriendin had gehoord.'

'Mona.'

'Livingstone?'

Hij draaide zich om en liep terug naar het restaurant. 'Precies.'

'Zit ze nog steeds bij The Crew?'

'Ja. Volgens mij komt ze daar nooit meer weg en komt ze ook nooit meer van haar verslaving af.' Als afkicken van crack even erg was als het afkicken van OxyContin kon Rex het haar niet kwalijk nemen. De vreselijke dagen die hij alleen had doorgebracht, trillend, zwetend en overgevend in een badkuip, in een of ander aftands hotel in het ergste deel van Los Angeles, zou hij nooit vergeten. Dat was de prijs die je betaalde voor afkicken. Hij had die prijs betaald, maar hij zou het zijn ergste vijand niet toewensen. Alleen al de herinnering eraan was genoeg om hem niet te laten terugvallen, ook al borrelde die oude hunkering af en toe op, vooral wanneer hij gespannen was of zich erg eenzaam voelde.

'Ondanks haar problemen is ze een goede meid,' zei Virgil. 'Als zij en jij er niet waren geweest, was ik nu dood.'

Dankzij Mona was Rex net op tijd gekomen om het leven van zijn beste vriend te redden, vlak nadat hij de drugs eraan had gegeven. Ze waren haar allebei veel verschuldigd.

'Nou, ze heeft nieuwe informatie.'

'Uit de manier waarop je dat zegt, begrijp ik dat het geen goede informatie is. Maar als zij nog steeds bij The Crew zit, weet je dan zeker dat het verstandig is om in contact met haar te blijven?'

'Nadat ze ons de vorige keer heeft geholpen, heb ik haar een nummer gegeven waarop ze een bericht achter kon laten als ze in de problemen zat. Het wordt via Google naar mijn e-mail doorgestuurd. Het nummer kan dus nooit naar mijn fysieke locatie worden getraceerd. Ik had trouwens zo lang niets van haar gehoord dat ik zelfs vergeten was dat ik dat had gedaan. Tot twee weken geleden. Toen zag ik dat er een nieuw bericht voor me was.'

'Van Mona.'

'Klopt. Maar ze vroeg niet om hulp. Ze waarschuwde me dat leden van The Crew beweerden dat ze wisten waar ik me ongeveer bevond. Ze zei niets over jou, maar ik wilde jou ook waarschuwen, voor het geval ze weer op jacht zijn.'

'Mij kunnen ze niet vinden.'

'Kom op. Dat kan wel! Ze weten dat je in de beveiliging zit, want dat was ons werk toen ze ons in DC vonden. Wat zouden we anders doen? We zijn toch nergens anders voor gekwalificeerd?'

Er volgde een lange stilte. Toen zei Virgil: 'Ik begrijp wat je bedoelt. En we dachten net dat we het allemaal achter de rug hadden, hè?'

'Die schoften geven het nooit op. Hadden we maar geweten hoe graag we na een tijd uit de club wilden stappen toen we erbij gingen!'

'Dat kun je jezelf niet kwalijk nemen. We hadden geen keus. Niet als we wilden overleven. Je weet toch hoe het in de gevangenis was.'

Dat wist hij maar al te goed. Zonder The Crew zou hij die jaren niet zijn doorgekomen zonder door heel veel mannen misbruikt te zijn. De 'stieren' in de gevangenis waren al even gecharmeerd van zijn uiterlijk als de vrouwen die hij daarbuiten ontmoette, wat de reden was waarom The Crew en de rest in Corcoran hem Pretty Boy hadden genoemd.'Ik zat daar tenminste nog terecht. Ik was echt drugs aan het dealen. Dat was hoe ik mijn eigen verslaving bekostigde. Maar jij? Jij had helemaal niet in de gevangenis moeten zitten.'

'Het leven is niet altijd eerlijk, anders was jij er ook nooit terechtgekomen. Opgesloten worden helpt iemand zoals jij was voor geen cent. Maar laten we het daar een andere keer over hebben. Wat ga je aan deze laatste ontwikkeling doen?'

'Daar ben ik al mee bezig.' De wind wakkerde aan. Terwijl hij de telefoon met zijn schouder op zijn plaats hield, ritste Rex zijn jas dicht. 'Ik blijf een tijdje onder de radar, totdat ik weet of ik me echt zorgen moet maken.'

'Hoe kom je daarachter?'

'Als ze weten waar mijn huis of mijn bedrijf is, dan komen ze daar over niet al te lange tijd rondsnuffelen. Er staan bij beide camera's opgesteld die ik via mijn computer kan checken. En Marilyn belt me zodra haar iets vreemds opvalt.'

'Zij houdt zich met het bedrijf bezig, terwijl jij weg bent?'

'Ze helpt. Als ik nodig ben, dan kan ik er binnen een paar uur zijn.'

'Als dat zo is, ben je kwetsbaar.'

'Nou en?'

'Nou én?' herhaalde Virgil. 'Lijkt het je leuk om neergeschoten te worden?'

'Nee, maar ik ben het zat om voortdurend op de vlucht te zijn en me te moeten verstoppen.'

'Dat moet je niet zeggen. We doen wat we doen, omdat we geen keus hebben.'

Rex bedekte de telefoon met zijn hand tegen het lawaai van een grote vrachtwagen die langs kwam denderen. 'Jij hebt geen keus. Jij moet Peyton en de kinderen beschermen. En ik? Soms heb ik zin om gewoon hun clubhuis in te lopen en ze helemaal gek te maken.'

'Als je dat doet, eindig je in een regen van kogels.'

'In ieder geval komt er dan een einde aan.'

'Laat hen niet winnen, Rex. Wat je ook doet, laat ze niet winnen!'

Hij draaide zich om en begon de andere richting op te lopen. 'Dat ben ik ook niet van plan,' zei hij, hoewel hij soms in de verleiding kwam.

'Meen je dat?' vroeg Virgil, duidelijk bezorgd.

Zuchtend wendde Rex zich naar het raam van het restaurant, waarachter hij Eve met de serveerster kon zien praten. Hoe kwam het dat sommige van de belangrijkste beslissingen in zijn leven al genomen waren, voordat hij zelfs maar wist waaruit hij moest kiezen? Voordat hij besefte wat hij noodgedwongen op moest geven?

'Ja, ik meen het,' zei hij. 'Hoe gaat het met Laurel?'

Er viel weer een lange stilte.

'Krijg ik nog antwoord?'

'Het is twee jaar geleden dat jullie een relatie hadden, Rex. Vertel me nou niet dat je nog steeds met mijn zus bezig bent.'

'Ik zal altijd om haar blijven geven. Dat verandert niet.'

'Om iemand geven is één ding, maar...' Virgil blies hoorbaar zijn adem uit. 'Laat maar zitten. Het gaat goed met haar. Miles en zij zijn gelukkig, als dat je volgende vraag is. Dus als je aan het wachten bent, in de hoop dat ze uit elkaar gaan –'

'Nee, dat wil ik niet,' onderbrak Rex hem, en dat meende hij. 'Ik weet dat hij haar veel gelukkiger maakt dan ik ooit zou kunnen.'

'Ze heeft het ook heel moeilijk gehad om over jou heen te komen. Denk niet dat dat makkelijk voor haar was.'

'Je hoeft wat ze gedaan heeft niet te rechtvaardigen. Ik begrijp het. Elke vrouw met een beetje gezond verstand zou voor Miles zijn gegaan. Een goede politiecommissaris brengt minder complicaties met zich mee.'

'Haar leven is ook niet van een leien dakje gegaan. Jullie hebben allebei te veel ellende meegemaakt. Maar op een dag ontmoet je de vrouw die echt bij je hoort.'

'Een lief meisje dat ik moet vertellen dat ik achterna wordt gezeten door een bende waar ik lid van was. Een bende keiharde criminelen die niet zouden aarzelen om me neer te schieten? Dat ik een ex-misdadiger en een ex-drugsverslaafde ben en dat ze gevaar loopt door alleen maar samen met mij te worden gezien? Elke vrouw zou in haar handjes klappen met mij, denk je ook niet?'

Hij maakte een grapje, maar Virgil kon er niet om lachen. 'Tussen mij en Peyton werkt het ook.'

'Echt? Jullie leven voortdurend in angst dat The Crew jullie vindt.'

'Als er iets met Peyton of de kinderen gebeurt, is het oorlog. Ik hoop dat de schoften dat weten.'

Het zou ze niets kunnen schelen. Ze zouden het alleen maar prachtig vinden. Ze leefden ervoor om zo veel mogelijk mensen om te brengen.

'Ik sta achter je,' zei Rex. Oorlog kon hij aan. Na geleefd te hebben zoals hij had geleefd, zou het bijna een opluchting betekenen om de confrontatie met zijn vijanden aan te gaan. Als hij had gedacht een einde te kunnen maken aan de wurggreep waarin de leiders van de bende hem en Virgil hielden, zou hij allang naar LA zijn gereden en het krot zijn binnengevallen waar ze zich tegenwoordig ophielden.

Maar Virgil en hij waren al diverse keren de confrontatie met The Crew aangegaan. Uit zelfverdediging hadden ze zelfs gedood. En het had niets veranderd. De ene schurk werd gewoon vervangen door de andere.

'Ik ken je, Rex,' zei Virgil. 'Ik heb altijd op je kunnen rekenen.'

De vriendschap die hem door zoveel ellende had heen geholpen, bestond nog steeds. Maar...

Rex draaide zich weer naar Eve om. Hij was niet van plan een vrouw bij deze oorlog te betrekken. Al veel te vaak had hij mensen verloren om wie hij gaf. Hij wilde niet het gevaar lopen er nog een te verliezen.

Hoofdstuk 13

Terwijl Eve op Brent zat te wachten, en op het eten dat ze had besteld, kwam er een sms'je van Cheyenne binnen. Chey had haar eerder geprobeerd te bellen, maar Eve had niet opgenomen. Ze had niet met haar hartsvriendin willen praten waar Brent bij was. Eigenlijk wist ze niet eens zeker of ze nu wel moest reageren. Het was waarschijnlijk een vergissing om iets met Brent te beginnen. Alle voortekenen waren er. Zelfs Dylan, die alleen alarm sloeg als er echt gevaar dreigde, had haar geprobeerd te waarschuwen.

Ze had het gevoel alsof ze op topsnelheid door de zwaartekracht naar de zon werd getrokken en niet in staat was van koers te veranderen. In ieder geval was het een kosmische ervaring, hield ze zichzelf voor. Zeker voor een meisje zoals zij, dat de meeste mensen in haar leven al jaren kende. Een aantrekkelijke, mysterieuze man als Brent, het ene moment hier, het andere moment vertrokken, was absoluut iets nieuws. En de mogelijkheid dat ze zwanger was of werd, maakte zowel het risico als de eventuele beloning nog groter. Maar dat ze zwanger kon zijn van zíjn kind, begon zo langzamerhand een speciale betekenis te krijgen. Nog meer bewijs dat ze zeer in de ban was van een man die haar heel duidelijk had gemaakt dat hij slechts een paar weken deel van haar leven zou uitmaken.

Cheyenne had een eenvoudige vraag gesteld. Hoe was het afgelopen nacht?

Nadat ze de ingang van het restaurant had gecheckt om zich ervan te verzekeren dat Brent niet op weg terug was, tikte Eve: Ik ben in de grote achtbaan gestapt.

Cheyenne reageerde meteen. Dat klinkt eng. Uitleg?

Zonder er al te lang over na te denken, schreef Eve: Brent in mijn leven is zowel opwindend als angstaanjagend.

Er kwam meteen een reactie van haar vriendin. Angstaanjagend is niet fijn. Hebben jullie samen geslapen?

Ja. En het was waanzinnig goed.

Oké. Wanneer is hij vertrokken?

Niet. We zitten in Jemima's Kitchen in Jackson te ontbijten.

Hij zit nu bij je?

Hij is naar buiten gegaan om een telefoontje te beantwoorden.

Deze keer duurde het even voordat Cheyenne reageerde. Lang genoeg voor Eve om een slokje sinaasappelsap te nemen. Toen gaf een piepje aan dat ze weer een sms had binnengekregen.

Dylan hoeft geen gelijk te hebben.

Dus Dylan had zijn vrouw verteld over zijn zorgen, wat betekende dat Cheyenne zich nu ook zorgen maakte. Eve bekende: Er zijn absoluut redenen om bezorgd te zijn.

Waarom?

Ik weet niet veel van hem af.

Dat is normaal wanneer je iemand net hebt ontmoet.

Ja, maar daarom was het toch erg dom van haar geweest om die eerste nacht met hem naar bed te gaan. Hij is ook heel erg op zijn hoede, zoals Dylan zegt.

Daarop volgde een geruststellend bericht van Cheyenne: Over Dylan maakte je je ook zorgen vanwege zijn reputatie. Kijk eens hoe goed we het nu hebben. Het hoeft met Brent niet verkeerd af te lopen.

Eve begon te tikken dat dat volgens haar wel ging gebeuren, maar ze maakte er toch iets anders van: Dat kan. We zullen zien.

Er kwam meteen een reactie van Cheyenne. Doe rustig aan. Laat je niet overdonderen.

Voordat ze daar weer op kon reageren, kwam Brent terug. Omdat ze niet wilde dat hij zag wat ze aan het sms'en was, liet ze haar telefoon in haar tas glijden.

'Sorry dat het zo lang duurde,' zei hij, terwijl hij ging zitten.

'Geen probleem. Dat was toch niet weer je zus?'

'Nee.'

'Gelukkig. Had het dan iets met je werk te maken?'

'Ook niet. Een vriend van vroeger belde me.'

Ze deed geen moeite om verdere vragen te stellen. Vanwege zijn vlakke toon wist ze dat ze geen uitleg zou krijgen. Als ze zich niet vergiste, was hij van streek, gefrustreerd of boos.

'Heb je iets voor ons besteld?' vroeg hij, een slok van zijn koffie nemend.

'Ja.' Ze legde haar bestek recht. 'Het zou nu elk moment moeten komen.'

'Mooi. Ik heb honger.' Hij ging een paar keer verzitten en schuifelde toen nerveus met zijn voeten heen en weer.

'Gaat het wel goed met je?' Ze stond op het punt om tegen hem te zeggen dat ze niet per se op het ontbijt hoefden te wachten, dat ze hun bestelling konden afzeggen, maar hij was haar voor.

'Wanneer weet je zeker of je zwanger bent?'

'Over ongeveer twee weken. Tenminste, dat las ik op internet.'

Hij knikte.

'Hoezo?' vroeg ze.

'Gewoon nieuwsgierig.'

Ze pakte het lege suikerzakje op en verfrommelde het. 'Zou je het heel erg vinden als ik dat was?'

'Ja,' antwoordde hij meteen, zodat er geen enkel misverstand over kon bestaan.

Het ontbijt werd niet echt gezellig. Ze aten, en Brent betaalde de rekening. Daarna bracht hij haar naar huis, terwijl hij slechts plichtshalve af en toe iets zei.

Toen hij voor haar huis had geparkeerd, bleef Eve zitten. Voor de persoon die Brent gisternacht was geweest, was ze als een blok gevallen, met hem had ze meteen een band gekregen. Op díé man was ze stapelgek geworden. Maar déze man... Deze man zou altijd een onbekende voor haar blijven, omdat hij niemand toeliet. 'Je bent moeilijk te doorgronden. Dat weet je.'

Er begon een spiertje in zijn wang te trillen. 'Je hoeft me niet te proberen te doorgronden. Ik ben open en eerlijk geweest.'

'Over...'

Hij weigerde haar aan te kijken. 'Raak niet te veel aan me gehecht.'

Een aantal seconden staarde ze hem aan. 'Dat is het? Raak niet aan me gehecht? Na al die vrijpartijen? Ik heb nog nooit een man ontmoet die zó intens naar me leek te verlangen. Het lijkt er meer op alsof je me nodig hebt. Alsof het een instinctieve reactie is die je niet onder controle hebt. En ik kan het niet helpen dat ik op dezelfde manier reageer.' Het gevoel was waanzinnig sterk. 'Wanneer je zo bent, voel ik me... gewaardeerd en gewild. Maar dan wordt het ochtend en –'

'En wat?' snauwde hij. 'Over drie weken ben ik weg, Eve!'

Ze staarde hem aan. 'Dat weet ik! Ik probeer je niet hier te houden. Maar ik dacht dat we het punt hadden bereikt waarop de dagen dat we nog samen zijn... ik weet niet... anders zouden verlopen. Of probeer je gewoon de dagen door te komen, je normale leven te vergeten, hoe dat er dan ook maar uit mag zien?'

Toen hij niet antwoordde, alleen maar zijn hoofd liet zakken en met zijn duim en wijsvinger in de brug van zijn neus kneep, lachte ze vreugdeloos. 'Laat maar zitten. Ik kan hier niet tegen. Volgens mij weet jíj niet eens wat je wilt.'

Nadat ze was uitgestapt, gooide ze het portier achter zich dicht. Ze hoopte dat hij achter haar aan zou komen, dat hij weer in de gevoelige man zou veranderen die hij de afgelopen nacht was geweest. Die persoon was heel bijzonder voor haar, iemand voor wie ze wilde vechten. Het maakte niet uit hoeveel vragen hij onbeantwoord liet, ze geloofde nog steeds dat hij het waard was.

Hij ging echter niet achter haar aan. Een aantal minuten lang bleef hij in zijn auto op haar oprit zitten. Vanuit haar huis kon ze de motor horen draaien. Toen reed hij weg.

Eve wreef over haar armen vanwege de kou, toen ze Ted meenam naar de kelder. Niet lang nadat Brent haar had afgezet, had Ted gebeld om te vragen of hij in de B&B langs kon komen. Hij wilde de plek van de moord zien, en ze was zo van streek geweest over hoe haar nacht met Brent was geëindigd, dat ze er meteen mee had ingestemd. Misschien kon ze zo haar frustratie en teleurstelling even van zich af zetten.

'Ik begrijp waarom je het niet prettig vindt om hier te komen.' Ted bekeek de oude boiler, die niet meer was gebruikt nadat de vorige eigenaar centrale verwarming had geïnstalleerd.

'Een kelder in zo'n oud huis is nooit aantrekkelijk,' zei ze. 'Maar doordat hier een kind is vermoord, is deze wel erg luguber.'

Terwijl zij onder aan de trap bleef staan, baande hij zich een weg door de oude meubels, de meeste bedekt met doeken, naar de werkbank die haar vader vroeger had gebruikt. 'Niet alles is oud,' zei hij, haar vaders gereedschap bekijkend.

'We hebben niet veel veranderd, alleen dat hoekje. Mijn vader heeft een werkruimte voor zichzelf gemaakt, zodat hij zijn gereedschap en kabels kon opslaan. Hij maakt er gebruik van wanneer er hier iets gerepareerd moet worden. Maar hij is tegenwoordig zo vaak weg, dat ik meestal James Reed inhuur.'

'James ken ik. Hij heeft geholpen het gastenverblijf achter mijn huis te bouwen.' Hij keek om zich heen. 'Wat ben je van plan met al deze meubels te gaan doen?'

'Op het moment niets. Ik wil ze nog niet wegdoen, voor het geval ik ze later nodig heb.'

'Waar werd Mary gevonden?'

Ze wees naar een kast achter zich, onder de trap. 'Daar.'

'Waarom ging de vader hier naar haar op zoek?' Ted opende de deur en tuurde naar binnen. 'Kwam ze hier vaak? Want volgens mij zou een kind van zes zelfs in het victoriaanse tijdperk deze donkere kelder niet in durven gaan.'

Eve was van plan geweest om hem alle kranten te geven die de onderzoekers van Unsolved Mysteries hadden verzameld. Daar zou hij bijna net zoveel gegevens uit kunnen halen als zij hem kon geven, omdat zij het grootste gedeelte van haar eigen informatie daar ook uit had gehaald. Maar ze was de afgelopen paar dagen te veel met Brent bezig geweest om op zolder naar die kranten op zoek te gaan. 'Hij zei tegen de politie dat ze graag met een setje treinen speelde dat hij daar voor de veiligheid had neergezet.'

'Voor de veiligheid?'

'Hij beweerde dat het geen speelgoed voor kinderen was. En met die boiler... Het was niet echt een veilige plek voor een kind om te spelen.'

'Denk je dat hij haar heeft vermoord omdat ze met iets gespeeld had, terwijl hij dat had verboden?'

'Dat zou de aanleiding geweest kunnen zijn. Volgens de verslagen die ik heb gelezen, dachten sommige mensen dat. Hij had een aantal onderdelen van de treinen zelf uit hout gesneden, en dat had hij heel ingenieus gedaan. Er stond een foto van een van zijn treinen in de krant. Nee, een tekening.'

'Is er nog iets van dat setje treinen bewaard gebleven?'

'Nee. De dag nadat hij was gestorven, heeft zijn vrouw de hele set en al zijn papieren in de open haard gegooid en verbrand.'

'Sommige mensen zullen dat symbolisch hebben gevonden.'

'Dat denk ik ook.'

Ted krabde in zijn nek. 'Wanneer en hoe is John Hatfield gestorven?'

'Vlak nadat de Eerste Wereldoorlog begon, is hij van de trap gevallen en heeft hij zijn heup gebroken. Daarna is hij nooit meer de oude geworden.'

'Als Mary in 1871 is overleden, moet hij al oud zijn geweest.'

'In de zeventig. Zijn hoge leeftijd zal niet geholpen hebben bij zijn herstel.'

'Heeft Harriett hier na zijn dood nog lang gewoond?'

Eve tuurde net als Ted onder de trap. Die deur had ze niet meer geopend, nadat Unsolved Mysteries hier had gefilmd. 'Nee. Maar niemand weet echt zeker waar ze daarna naartoe is gegaan.'

De deur boven aan de trap klapte plotseling dicht. Eve verstijfde en keek Ted aan. 'Snap je wat ik bedoel?'

'Het kan een windvlaag zijn geweest.'

'Die zo'n klap veroorzaakt?'

Ook hij leek niet echt overtuigd, maar hij haalde zijn schouders op alsof het wel zou kunnen. Ze wachtten af of er nog iets gebeurde, maar toen dat niet het geval was, kwam Eve terug op Harriett Hatfield. 'Johns neef, Willard, en zijn jonge vrouw Betsy, zijn helemaal uit Boston hierheen gekomen voor de begrafenis. Ze waren van plan om te blijven en Harriett met het huis te helpen. Maar voordat ze John zelfs maar begraven hadden, ging Harriett ervandoor naar Sacramento waar ze de trein pakte en... verdween.'

'Zonder ook maar iets tegen iemand te zeggen.'

'Als je wilt weten hoe ze een kaartje heeft gekocht zonder haar mond open te doen, dan heb ik daar geen antwoord op. Misschien praatte ze alleen als dat moest.'

'Niemand weet waar ze heen is gegaan?'

'De meeste mensen denken dat ze bij haar zus in Zuid-Carolina is gaan wonen, waar ze vandaan kwam.'

Hij nam de zaklamp van haar over die ze mee naar beneden had gebracht, deed hem aan en verlichtte de kast waarin Mary's lichaam was gevonden. 'Ze was gewurgd?'

'En in elkaar geslagen.'

Zijn gezicht vertrok, omdat hij waarschijnlijk dezelfde afschuw voelde als zij. 'Wat is er met dit huis gebeurd, nadat Harriett was vertrokken?'

'John en Betsy probeerden er te blijven wonen. Ze hadden al hun spullen meegebracht. Maar al snel gingen ze weer terug. Betsy had het hier niet naar haar zin.'

'Is er iets bekend over de reden?'

'De buren zeiden dat het door Mary's geest kwam. Ze beweerden dat die hun nooit rust zou geven, omdat zowel zij als haar man achter John stonden. Ze hebben het huis te koop gezet, maar niemand wilde in een spookhuis wonen, dus heeft het jarenlang leeggestaan. Het was helemaal vervallen geraakt toen het voor de helft van de oorspronkelijke waarde werd gekocht door een excentrieke weduwe uit Portland, genaamd Luddy Lewis. Zij is er in 1925 ingetrokken.'

'Luddy vond het niet erg om met een spook samen te wonen?'

'De reden dat ze het huis kocht, was juist om Mary's geest rust te geven. Ze zei dat ze de "stem" van het arme meisje kon zijn en haar moordenaar kon aanwijzen.'

Ted deed de zaklamp uit, en de kelder leek nu zelfs nog donkerder dan toen ze er binnen waren gekomen. 'Hoe dacht ze dat te doen?'

'Ze beweerde dat ze met de doden kon praten.'

'Was ze een medium?'

'Nee, gewoon... excentriek, zoals ik zei.'

'Hoe kwam ze aan haar geld?'

'Dat weet ik niet. Waarschijnlijk van haar overleden echtgenoot.'

'En heeft ze iets van Mary gehoord, nadat ze hierin was getrokken?'

'Dat is toch geen serieuze vraag, hè?'

'Ik wil gewoon graag weten wat ze heeft beweerd.'

'Ze heeft niet onmiddellijk iemand aangewezen. Maar na een aantal maanden, toen een journalist haar vragen stelde, zei ze dat het de buurjongen was. Dat hij Mary had verkracht en vermoord.'

Ted ging rechtop staan. 'Dat meen je niet! Hoe reageerde de buurjongen daarop, aangenomen dat hij nog leefde, toen ze dit zei?'

'Uit de verslagen wordt niet heel duidelijk over welke jongen ze het had. Er woonden, toen Mary nog leefde, aan beide kanten kinderen.'

Nadat Ted de zaklamp weer aangedaan had, richtte hij de lichtstraal op de hoeken van de kelder. 'Heeft Harriett haar man ooit rechtstreeks beschuldigd?'

'Daar heeft niemand iets over gezegd.'

'Dus zelfs na zijn dood heeft ze haar mond gehouden?'

'Ja.'

'Denk je niet dat ze iets gezegd zou hebben, als ze echt dacht dat hij hun kind had vermoord? Als hij de reden was waarom ze niet wilde praten, waarom zou ze dan niet met de waarheid naar buiten zijn gekomen toen hij er niet meer was en haar niet langer kon straffen?'

'Misschien dacht ze dat het te laat was. Of gaf ze zichzelf de schuld. Voelde ze zich schuldig dat ze niet was weggegaan toen ze erachter kwam dat hij gevaarlijk was, of dat ze niet in opstand was gekomen en haar dochter had beschermd.'

'Het is natuurlijk mogelijk dat ze een vermoeden had, maar het niet echt wist,' peinsde Ted hardop.

'Klopt.'

'Heeft iemand ooit geprobeerd erachter te komen waar ze naartoe is gegaan? Met haar familie gesproken? Alle jongens geprobeerd op te sporen die toen in de buurt woonden om Luddy's theorie te testen?'

'Waarom zou iemand die moeite nemen? Luddy baseerde haar beschuldiging op iets waarvan ze beweerde dat ze het van een geestverschijning had gehoord. Je gelooft toch niet dat daar enige waarheid in schuilt?'

'Natuurlijk niet. Maar het zou de moeite waard zijn om met iedereen te praten die een herinnering aan de moord heeft, of die iemand kende met een herinnering eraan.'

'Volgens mij is Unsolved Mysteries niet zo ver gegaan. Tijd is geld voor hen. Ze waren er alleen op uit om voldoende materiaal te verzamelen voor een interessante uitzending. Dan kon Simon schitteren, wat de eigenlijke reden was waarom ze geïnteresseerd waren.'

'Ze kregen de kijkcijfers die ze wilden.'

'En wij kregen het kleine beetje informatie dat ze wisten op te duikelen, maar daardoor hebben we zeker geen antwoord op al onze vragen gekregen.'

'Dat betekent niet dat de antwoorden die we willen hebben, niet gevonden kunnen worden.'

Eve hoopte dat hij gelijk had. De afgelopen jaren had ze de moed opgegeven dat het mysterie ooit opgelost zou worden, maar zijn belangstelling gaf haar weer hoop. Het leek alsof alles wat hij aanraakte in goud veranderde. Misschien zou hij hierbij ook weer geluk hebben, en zou Mary's moordenaar, ondanks de tijd die was verstreken, gevonden worden.

'Laten we weer naar boven gaan,' zei hij, en ze ging hem dankbaar voor de trap op.

Toen ze op de begane grond waren aangekomen, verwachtte ze dat hij afscheid zou nemen, zodat ze die documenten op de zolder kon gaan opzoeken, maar dat deed hij niet. Hij stond stil voordat ze bij de voordeur waren en keek haar onderzoekend aan.

'Wat is er?' vroeg ze.

'Sophia hoorde iets bij de kapper waardoor we ons allebei een beetje zorgen maken.'

Onmiddellijk in de verdediging kruiste Eve haar armen voor haar borst. 'En?'

'Je wilt niet eens weten wat het was?'

'Dat weet ik al.' Noelle had lopen roddelen. Dat had Eve wel verwacht. Maar het was een beetje verontrustend om te horen dat de roddels Shearwood Forest hadden bereikt, waar ze nog wekenlang zouden rondzingen. 'En volgens mij gaat het jou niets aan.'

Hij verstijfde. 'Misschien niet als ex-minnaar. Maar ik was je vriend, voordat we wat kregen, en ik hoop dat ik nog steeds je vriend ben.'

'Natuurlijk zijn we vrienden. We zullen altijd vrienden blijven. Ik heb je verteld dat ik het op het moment even moeilijk heb.'

'En dat komt door die vent die je in Sexy Sadie hebt ontmoet, toch?'

'Het komt doordat ik vijfendertig ben geworden en niet weet wat ik met de rest van mijn leven aan moet.'

'Vroeger wist je dat precies.'

Daar wist ze niets op te zeggen. Ze begreep niet waarom ze zich plotseling zo lusteloos en ontevreden voelde. Misschien kwam het doordat Brent haar had laten zien wat ze kón voelen, en dat was geweldig, dronken makend en bevredigender geweest dan wat ze ooit ook maar had meegemaakt.

'Verblijft hij hier?' vroeg Ted. 'Is het de man die gisteren wat in je oor fluisterde?'

'Doet dat er iets toe?'

'Ik ben gewoon nieuwsgierig.' Hij keek haar fronsend aan. 'Mijn hemel, waarom schiet je telkens zo in de verdediging?'

'Sorry.' Ze stak haar handen in haar zakken. 'Ja, dat is hem.'

'Wat doet hij hier?'

'Vakantie vieren.'

'In zijn eentje?'

'Zijn zus komt morgen ook. Hoezo?'

'Ik dacht dat hij hier misschien vanwege een opdracht was, dat hij iemand moest bewaken, en ik kon me niet voorstellen wie dat zou zijn.'

'Waar héb je het over?'

'Hij is een bodyguard, toch?'

Omdat ze meteen aan die vreemde littekens op Brents lijf moest denken, kreeg ze een akelig gevoel. 'Nee. Hij is landschapsarchitect.'

Teds wenkbrauwen gingen omhoog. 'Weet je dat zeker?'

Nee, ze was nergens zeker van waar het Brent betrof. 'Ik dacht van wel. Hoezo?'

'Kennelijk heeft Noelle gevraagd of het verstandig was om jou met hem alleen te laten, en toen heeft hij gezegd dat ze zich geen zorgen hoefde te maken. Dat je bij hem veilig zou zijn, omdat hij een bodyguard was.'

'Hij was dronken, had waarschijnlijk geen idee wat hij zei.' Bovendien klonk dat alsof Noelle, zoals gebruikelijk, aan het flirten was geweest. Als ze zich écht zorgen over Eves veiligheid had gemaakt, zou ze hen nooit samen hebben afgezet, wat Brent ook had gezegd. Vooral niet omdat hij te veel had gedronken. Welke moordenaar zou toegeven dat zijn volgende slachtoffer gevaar liep?

Helaas kon ze het gevoel niet van zich afschudden dat het waar zou kunnen zijn. Brent was niet gigantisch groot en gespierd, maar hij zag er meer uit als een bodyguard dan als een landschapsarchitect. Bovendien had Dylan erop gewezen dat hij voortdurend op zijn hoede was. En ze herinnerde zich ook nog goed dat moment dat Brent haar op het bed had vastgepind. Dat zou een aanwijzing kunnen zijn dat fysieke confrontaties hem niet vreemd waren.

'Zelfs als hij dronken was, waarom zou hij dan liegen? Persoonlijk denk ik dat iemand dan juist de waarheid vertelt.'

'Misschien wilde hij grappig zijn.'

'Ja hoor, dat klinkt logisch.'

Hoewel dat inderdaad niet logisch klonk, kon Eve zich toch voorstellen dat een man zo'n grapje zou maken: ik zal goed op haar passen, want ik ben een bodyguard.

'Hoelang blijft hij in Whiskey Creek?' vervolgde Ted zijn ondervraging.

'Tot na Kerstmis.'

'Ga je nog een keer met hem uit?'

Alsof ze al niet genoeg waarschuwingen had gehad, had Brent haar er deze ochtend nog een gegeven: raak niet aan me gehecht...

'Nee,' besloot ze. 'Ik ga niet meer met hem uit.'

Hoofdstuk 14

Rex had Scarlet niet kunnen bereiken, hoewel hij het een aantal keer had geprobeerd. Toen hij gisteren in het restaurant in Whiskey Creek op haar had zitten wachten, had ze de telefoon ook niet opgenomen. Maar toen had ze een reden gehad om niet met hem te willen praten. Ze had niet gewild dat hij haar onder druk zette om naar een stadje te vertrekken dat ze niet kende. Het gevaar waarin ze verkeerde, had ze niet willen onderkennen. Nu hij haar pas morgen verwachtte, zou ze moeten weten dat hij alleen maar wilde informeren of het goed met haar ging, en dat hij zich zorgen zou maken als ze niet opnam. Dus wat was er aan de hand?

Vloekend probeerde hij het voor de zoveelste keer. Daarna belde hij Marylins huisnummer. 'Heb jij iets van Scarlet gehoord?' vroeg hij, zonder zelfs maar hallo te zeggen.

'Nee, maar het is zondag voor het geval je dat niet is opgevallen. Ik werk niet op zondag.'

'Dringende telefoontjes worden naar je doorgeschakeld.' Normaal gesproken kreeg hij die door, maar hij had haar gevraagd dat van hem over te nemen en hem te laten weten als er iets belangrijks gebeurde. 'Dit soort werk kan niet alleen in kantooruren worden afgehandeld. Toen ik je aannam en je vroeg additionele taken op je te nemen, heb ik je dat uitgelegd.'

'Dat weet ik. Het is gewoon... nogal stressvol geweest, sinds je vertrokken bent. En afgelopen nacht heb ik niet geslapen. Ik moest met mijn hond naar de dierenarts. Hij had zichzelf verwond aan het hek achter ons huis.'

'Hopelijk was het niet ernstig. Ik zou dit nooit van je vragen als ik zelf in de buurt was, maar Scarlets leven kan gevaar lopen. Zou je langs haar huis kunnen rijden, om te kijken of ze daar is? Als ze er niet is, dan bel ik de politie en ziekenhuizen.'

Er viel even een lichte aarzeling te bespeuren, maar toen Marilyn antwoordde, klonk ze bijna net zo bezorgd als hij was. 'Je maakt je echt grote zorgen.'

'Ja, klopt.'

'Ik vertrek nu meteen. Zodra ik er ben, bel ik je.'

'Bedankt.'

Mrs. Higgins was aan het luisteren naar kerstliedjes terwijl ze in de keuken stond te bakken. Rex rook de geur van gemberkoekjes en wenste vurig dat Scarlet zijn advies had opgevolgd en naar deze veilige haven was gekomen, toen ze de kans had.

Op zolder was niemand vermoord, maar het kon er net zo angstaanjagend zijn als in de kelder vanwege de bedompte lucht, spinnenwebben en het stof, om nog maar te zwijgen over alle troep en nostalgische memorabilia. Eves eigen wiegje stond hier, samen met een aantal dozen vol oude kleren en speelgoed van haar en haar broers, die haar ouders hadden opgeslagen in de hoop dat eventuele kleinkinderen daarvan zouden kunnen profiteren.

Eve vroeg zich af of ze in augustus eindelijk het kleinkind zouden krijgen waarop ze hadden gewacht, maar ze dwong zichzelf ertoe niet bij die mogelijkheid stil te staan. Want dan zou ze ook aan Brent denken, en als ze dat deed, zou haar voornemen om hem niet meer te zien aan het wankelen worden gebracht. Misschien zou het gemakkelijker worden wanneer hij vertrok...

'Kijk nou toch eens naar al deze troep,' mopperde ze hardop. Ze wist niet eens zeker of haar ouders wel wisten wat hier allemaal stond, maar ze hadden gezegd dat sommige spullen uit de tijd waren toen dit huis net was gebouwd. Harriett Hatfield had toen ze vertrok niet veel meer meegenomen dan een koffer met kleren. En Johns neef en zijn vrouw hadden alle meubels verkocht voordat ze verhuisden, maar ze hadden waarschijnlijk geen zin gehad om tientallen grote dozen met in wezen waardeloze spullen door het land met zich mee te zeulen. Op dat moment was de verzameling begonnen. Daarna had Luddy het huis gekocht, er nieuwe meubels in gezet en háár overbodige spullen op zolder aan die van Johns neef en Betsy toegevoegd.

Toen Luddy stierf – dat was in de jaren vijftig als Eve zich het goed herinnerde – kwam haar enige zoon over uit San Francisco. Hij had geprobeerd een bloemenzaak in Whiskey Creek te openen, maar dat was mislukt. Volgens haar ouders had hij de zolder bekeken en al het antiek verkocht, samen met een paar van zijn moeders spullen, voordat hij weer naar de stad was teruggekeerd. Maar zelfs hij was niet door alle dozen met dagboeken en foto's gegaan. Of áls hij dat had gedaan, dan had hij niet geweten wat hij ermee aan moest, dus had hij ze gewoon maar laten staan, net als de anderen hadden gedaan.

Het huis was daarna een aantal keer van eigenaar veranderd, totdat haar ouders het in 1984 hadden gekocht en er een B&B van hadden gemaakt. Ongetwijfeld waren er tussen de periode dat Luddy er woonde en haar ouders erin trokken nog meer van de opgeslagen spullen verkocht of weggegooid, maar de zolder was nooit helemaal leeggemaakt.

Zijzelf vond dat het nu tijd werd om eens goed op te ruimen, maar ze had geen haast. Een grondige opruimbeurt en schoonmaak zou veel tijd vergen, wat ze zich in het kerstseizoen niet kon veroorloven. Bovendien was de zolder geen prettige plek. Er was geen verwarming of airconditioning, en verschillende mensen hadden beweerd, al in de tijd dat Mary net was gestorven, dat ze iemand achter het raam hierboven hadden zien staan, terwijl niemand wilde toegeven dat ze daar waren geweest. Twee jaar geleden had de vrouw van de kledingwinkel in de stad aan de Gold Country Gazette verteld, toen die met hun gebruikelijke Halloween-artikel over het spookhuis bezig waren, dat ze iemand de vorige zomer heel laat 's nachts achter het bovenste raam een kaars omhoog had zien houden.

Hoewel Eve niet echt grote problemen had met de mogelijkheid dat ze de B&B met een spook deelde, was ze er ook niet happig op om veel tijd op zolder of in de kelder door te brengen, vooral niet in haar eentje. Maar ze dacht niet dat het heel lang zou duren om de informatie te vinden die Unsolved Mysteries had achtergelaten. Ze was er vrij zeker van dat ze die doos dicht bij de deur had gezet. Toch zocht ze nu al een halfuur en had ze hem nog steeds niet gevonden.

‘Wat heb ik in vredesnaam met dat ding gedaan?’ mopperde ze, terwijl ze zich door stapels belastingpapieren, oud speelgoed, babyspulletjes, fotoalbums en feestversieringen heen werkte. Toen ze de doodskist en het geraamte zag dat ze een aantal jaar geleden voor Halloween had gekocht, schrok ze even.

‘Kom op, Eve,’ zei ze, lachend om haar eigen reactie. Maar onwillekeurig wierp ze een nerveuze blik op het raam, waar mensen zeiden dat de mysterieuze ‘geest’ was verschenen. Hadden ze echt iets paranormaals gezien? Of hadden ze zich het allemaal verbeeld?

Het liefst wilde Eve het laatste geloven – ze had zelf immers niets gezien of gemerkt. Maar het was een beetje verontrustend dat niemand bij dat raam kon komen, tenminste niet zonder een hoop rotzooi te verplaatsen die eruitzag alsof het al tientallen jaren niet was aangeraakt. Ze besloot een pad te creëren, tussen de rommel door. Met een beetje geluk kwam ze het onderzoeksmateriaal van Unsolved Mysteries dan tegen. En als ze bij het raam was, kon ze misschien vaststellen wat mensen daar werkelijk hadden gezien.

Toen ze eenmaal bij het raam was, moest ze glimlachen bij de gedachte dat iemand haar zou opmerken en zou beweren weer een geestverschijning te hebben gezien. Maar terwijl ze over de stad uitkeek, vergat ze Mary, de opgeslagen documentatie en zelfs haar lichte angst voor het onverklaarbare meteen, toen ze Brents Landrover door de straat zag scheuren. Hij reed sneller dan was toegestaan en versnelde nog eens om door een oranje licht heen te kunnen rijden. Toen sloeg hij af en verdween uit zicht. Waar ging die naartoe? Het leek alsof hij de stad uit reed.

Dus misschien was hij van gedachten veranderd en bracht hij de kerstvakantie toch niet hier door. Misschien vertrok hij eerder.

Dat zou ze niet erg vinden, hield ze zichzelf voor. Net had ze nog gedacht dat de situatie daardoor een stuk gemakkelijker zou worden. Maar als dat echt zo was, waarom voelde ze zich dan plotseling zo terneergeslagen, terwijl ze verder op zoek ging naar de gegevens over Mary?

Rex zat naast Scarlets ziekenhuisbed, toen ze haar ogen opende. Haar ouders waren eerder langs geweest, nadat ze net uit de operatiezaal was teruggekomen. Maar ze waren nu een hapje gaan eten. Rex had beloofd bij haar te blijven. Hij was blij een paar minuten alleen met haar te hebben.

'Hé,' mompelde hij zodra hij zag dat ze bij bewustzijn was. 'We zijn ons allemaal rot geschrokken.'

Haar ogen vulden zich met tranen. 'Ik had naar je moeten luisteren. Die vrouw was er, toen... toen ik me thuis wilde verkleden en nog wat spullen wilde inpakken.' Haar stem brak. 'Ze... stak me met een mes... heeft me bijna vermoord.'

Van de politie en Scarlets ouders had Rex gehoord dat de persoon die haar had gestalkt een vrouw genaamd Tara Wilson was: de jaloerse vriendin van een van Scarlets vroegere minnaars. Tara had geen gewelddadig verleden en er waren nog nooit eerder aanklachten tegen haar binnengekomen, dus had de politie haar niet eens verdacht.

Rex moest toegeven dat hij, net als de politie, er honderd procent zeker van was geweest dat een man de dader was. Door een foto van een penis op te sturen en Scarlets ondergoed te stelen, had Tara hen heel slim de verkeerde kant opgestuurd. Dus wie wist hoelang de pesterijen nog zouden hebben voortgeduurd, als Scarlet Tara niet in het huis had verrast?

'Het goede nieuws is dat ze dat niet heeft gedaan,' zei hij. 'En ze komt niet weg met wat ze wel heeft gedaan. De politie houdt haar vast. Het is voorbij. Ze gaat naar de gevangenis voor geweldpleging met een dodelijk wapen, en als jouw hechtingen er eenmaal uit zijn, is alles in orde.'

'Maar waarom zou ze me stéken? Wat heb ik haar ooit aangedaan? Niets! Ik heb haar alleen ooit eventjes gesproken, toen ik ze samen zag op een verjaardagsfeest van een gezamenlijke vriend.'

'Misschien raakte ze in paniek en heeft ze geprobeerd je te doden, omdat ze dacht dat je haar anders zou kunnen identificeren.'

'Maar ik begrijp niet waarom ze überhaupt zo gefixeerd op me was. Ik heb geen gevoelens – tenminste niet dat soort gevoelens – voor Tom. Hij belt me heel af en toe, maar we zijn al jaren uit elkaar.'

'Misschien is hij nooit over jou heen gekomen.'

'Heeft ze dat gezegd?'

'Ze heeft de politie verteld dat er overal foto's van jou in zijn appartement hangen en dat hij telkens, zodra ze ruzie hebben, over jou begint als de liefde van zijn leven. Ze vindt het vreselijk om in jouw schaduw te moeten staan.'

'Dat is onzin,' hield Scarlet vol. 'Toen ik het uitmaakte, reageerde Tom echt vreselijk. Nog nooit heb ik een man zo zien huilen en smeken. Maar daarna ging het goed met hem. Als hij belt, hebben we het nooit over intieme dingen. Ik vraag hoe het met hem gaat, en hij vraagt hoe het met mij gaat. Gewoon een luchtig gesprekje.'

'Anders had je zijn telefoontjes waarschijnlijk nooit beantwoord.'

'Dus het was allemaal gespeeld?'

Hij streek een traan van haar wang. 'Veel van dit soort dingen zijn gewoon onbegrijpelijk. In ieder geval ben je nu veilig en kun je de feestdagen bij je familie doorbrengen zonder je voortdurend zorgen te maken over wat er thuis op je zou kunnen wachten.'

Scarlet keek de kale ziekenhuiskamer rond. 'Je bedoelt nadat ik hier ontslagen word.'

'Dat zal niet lang duren. Wonderbaarlijk genoeg heeft het mes al je vitale organen gemist. Je zou heel snel weer op de been moeten zijn.'

Ze snufte. 'Dit zou niet gebeurd zijn als ik naar Whiskey Creek was gegaan.'

'Dat is waar. Ik was niet blij toen je mijn advies in de wind sloeg.

Maar als je dat niet had gedaan, zou ze misschien nooit gepakt zijn. Nu ben ik gewoon blij voor je dat het allemaal voorbij is.'

Ze verschoof de slang van haar infuus, zodat ze haar haren uit haar gezicht kon strijken. 'Hoe ben je erachter gekomen dat ik hier lag?'

'Ik heb je de hele dag geprobeerd te bellen. Toen je niet opnam, heb ik mijn kantoormanager gevraagd langs je huis te rijden.'

'Marilyn.'

'Ja. Zij zag de politiewagens, dus belde ze me, en ben ik hierheen gereden.'

'Dat is bijna twee uur rijden.'

'Klopt.'

Ze pakte zijn hand. 'Het was heel aardig van je om die moeite te doen.'

Hij verstrengelde zijn vingers met die van haar. 'Ik vind het heel erg dat ik er niet voor je was toen je me nodig had.'

'Het was mijn keus om nog een paar dagen in de stad te blijven.' Het lukte haar om een klein glimlachje te produceren. 'Dus maak je geen zorgen. Ik zal mijn voorschot echt niet terugvragen.'

Daar moest hij om grinniken. 'Ik heb wel één vraag.'

'En dat is?'

'Hoelang hebben Tom en Tara iets met elkaar?'

'Ongeveer een jaar. Hoezo?'

Een jaar? Dat was niet mogelijk. 'Hoelang kenden ze elkaar voordat ze een relatie kregen?'

'Een week of zo nadat we elkaar toevallig weer hadden ontmoet, belde hij me op en toen vertelde hij me dat hij haar een paar weken voordat ze iets met elkaar kregen, op het werk had ontmoet.'

'Wie heeft je dan daarvoor gestalkt?'

Haar blik werd verward, en haar mond viel open. 'Mijn god, ik moet nog steeds halfverdoofd zijn van de narcose, want je hebt gelijk. Dat kan zij niet geweest zijn. Ze kende me toen nog niet eens.'

'Shit,' zei hij. 'Ze is niet jouw stalker.'

'Weet je het zeker?'

'De kans dat je twee stalkers achter je aan hebt, vooral als ze zich zo hetzelfde gedragen, is veel te klein.'

'Maar ze was in mijn huis. Ze kwam met een mes op me af.'

'Misschien was ze op zoek naar bewijzen dat Tom en jij onlangs nog samen zijn geweest. Want ik zet mijn geld op hem in,' reageerde hij, en hij belde de politie.

'Ik heb de doos gevonden.' Die avond zat Eve in haar kantoor met de doos van Unsolved Mysteries aan haar voeten. Ze had Ted daarover willen bellen zodra ze de doos van zolder naar beneden had gehaald, maar ze had in plaats daarvan een aantal uur de documentatie doorgenomen. Als het niet zo laat was geweest, zou ze door de hele doos zijn gegaan, maar ze wist dat Ted verwachtte dat ze voor het slapen gaan nog contact met hem zou opnemen.

'Geweldig!' zei hij. 'Waar was die?'

'Op zolder, zoals ik al dacht. Maar het duurde wel even voordat ik hem had gevonden.'

'Dank voor de moeite. Ik weet zeker dat de historische vereniging je ook heel dankbaar zal zijn, als ik mijn boek heb gepubliceerd.'

'Van veel van de documenten hebben ze al kopieën, maar ik was van plan ze door alle papieren te laten gaan om te kijken of ze nog iets missen.'

'Dat kan natuurlijk op een gegeven moment. Zal ik de doos bij je thuis komen ophalen of –'

'Nee, kom maar naar de B&B. Daar ben ik nog.'

'Toen ik wegging, dacht ik dat je niet veel langer zou blijven. Heb je zondag niet altijd vrij?'

Normaal gesproken wel, maar ze had nu geen haast om naar huis te gaan. Ze was bang dat ze alleen maar zou gaan zitten treuren om Brent. Eigenlijk weigerde ze zo teleurgesteld te zijn vanwege een kerel die ze pas een paar dagen geleden had ontmoet.

Dus had ze besloten om de decembermenu's waaraan Cheyenne

was begonnen af te maken, de voorraad te checken en online alles te bestellen wat ze nog nodig zouden kunnen hebben. Het was beter om daar vroeg mee te beginnen, anders zouden bestellingen vanwege de kerstdrukte wel eens te laat aan kunnen komen.

'Je weet hoe het gaat,' zei ze. 'Jouw werk is heel anders dan het mijne, maar het kost gewoon veel tijd, inspanning en energie.'

'Je hebt je hart en ziel in die B&B gelegd. Denk je er nog steeds over na om ermee op te houden?'

'Nee.' Tenminste niet als ze zwanger was. Als ze een kind kreeg, wilde ze hier blijven en dat kind een geweldig leven geven. Ze wilde eigenlijk niet alleenstaand moeder zijn, maar ze had er alles aan gedaan om een man te vinden en was daar niet in geslaagd.

'Ik ben blij om dat te horen.'

Vijftien minuten later kwam Ted de B&B in lopen. Pamela, die alle nachtdiensten en dagen waarop Eve vrij was met Cecelia afwisselde, liep met hem mee naar Eves kantoor.

'Ik wist niet eens dat ze hier was,' hoorde Eve Pamela zeggen.

'Aangezien ze altijd heel veel werkt, kan het geen verrassing voor je zijn.'

'Nee,' reageerde ze lachend. 'Misschien is het me daardoor niet opgevallen dat ze binnen is gekomen.'

Pam was niet eens in de buurt geweest, maar Eve weerhield zich van commentaar. Ze keek pas op toen Ted de kamer in kwam.

'Daar ben je,' zei hij.

'En dit is waar je naar op zoek was.' Ze schoof de doos naar Ted toe. 'Ik hoop dat het helpt. Ik heb zowat alles gelezen en heb niets nieuws gevonden, maar in ieder geval zijn bepaalde feiten gedocumenteerd. Er zitten aktes in, overlijdenscertificaten, geboortebewijzen, kopieen van dagboeken, krantenartikelen en oude foto's waar ze op een of andere manier de hand op hebben weten te leggen. Het is allemaal van jou totdat je klaar bent en het niet meer nodig hebt. Dan heb ik het graag weer terug, zodat ik er met de historische vereniging doorheen kan gaan.'

'Natuurlijk. Maar voordat ik weer ga, ik heb ook wat voor jou.' Hij legde een envelop op haar bureau.

'Wat is dit?' vroeg ze, terwijl ze de envelop oppakte.

'Ik heb Bennett om een gunst gevraagd.'

'De politiecommissaris? Wat voor soort gunst?'

'Ik heb hem het kentekennummer van je nieuwe vriends Landrover laten checken.'

'Zonder gerede aanleiding? Is dat niet verboden?'

'We hebben zijn kamer toch niet doorzocht? Bennett heeft geen gerede aanleiding nodig om een kentekennummer te checken. Dat doet hij routinematig als hij achter mensen rijdt. De meeste agenten doen dat.'

'Maar Brent heeft niets verkeerds gedaan. Waarom heeft Bennett ermee ingestemd?'

'Omdat ik het niet gevraagd zou hebben, als ik me geen zorgen maakte.'

Ze wierp hem een boze blik toe. 'Hoe weet je eigenlijk dat Brent een Landrover heeft? Toen je het eerder over hem had, deed je alsof je hem maar één keer had gezien, toen hij binnenkwam terwijl we in de zitkamer zaten te praten.'

'Dat is ook echt de enige keer dat ik hem heb gezien. Maar de tegenstrijdigheid tussen wat hij jou en Noelle heeft verteld, baarde me zorgen, dus heb ik Cheyenne gebeld om te horen wat zij van de situatie vond.'

'Welke situatie?'

'Een onbekende man in de stad die misschien misbruik maakt van iemand om wie we allebei geven. Als het een andere vrouw was geweest, iemand anders van onze vriendengroep, zou je dan ook niet hebben verwacht dat we een oogje op haar hielden? Hoe dan ook, Dylan heeft iedereen gebeld en gezegd dat hij graag de achtergrond van deze kerel zou willen checken. Hij had Brents kentekennummer opgeschreven. Maar hij heeft niet het soort relatie met Bennett om hem ernaar te kunnen vragen dat door het systeem te halen, dus bood ik dat aan.'

'Aha.' Eve stond op. 'En hoe heb jij wél zo'n relatie met Bennett gekregen? Hij woont zelf ook nog niet zo lang in Whiskey Creek. Pas een jaar of zo.'

'Hij komt uit Jackson, wat niet ver weg is, dus heeft hij een soortgelijke achtergrond.' Ted grijnsde. 'Hij is ook een grote fan van mijn boeken.'

'Aha. Je bent vast heel trots op jezelf. Maar is het nooit bij jou of Dylan opgekomen dat jullie je bemoeiden met iets wat jullie niets aangaat?'

Zijn gezicht betrok, maar ze zag aan de koppige trek om zijn mond dat hij vond dat het zijn goede recht was dat hij navraag had gedaan. Natuurlijk had Ted dit van tevoren allemaal haarfijn uitgedacht. 'Jawel,' was zijn reactie. 'We wilden het eigenlijk allebei ook niet. Maar voor zover wij weten, zou deze kerel wel eens een seriemoordenaar kunnen zijn. Het is toch niet fout dat we zeker willen weten dat er niets mis is met hem? We willen niet dat hij misbruik van jou of iemand anders hier maakt.'

Eigenlijk was dit niet zo ongebruikelijk. Tegenwoordig lieten heel veel vrouwen de achtergrond van mannen checken met wie ze uitgingen. Je kon maar beter voorzichtig zijn. Maar een achtergrondcheck naar Brent doen zonder dat hij dat wist, vooral wanneer de politie erbij betrokken werd, voelde aan als te bemoeizuchtig. Als verraad. Ze werd er ook een beetje bang van, maakte zich zorgen dat hij erdoor gearresteerd zou kunnen worden. Wat natuurlijk krankzinnig was. Als hij was wie hij zei dat hij was, hadden ze allebei niets te vrezen. 'Ik heb nog nooit zoiets achter iemands rug om gedaan.'

Ted wierp haar een afkeurende blik toe. 'Ik ook niet. Omdat het tot nu toe niet nodig was. In Whiskey Creek kennen we elkaar door en door. Maar hij is nieuw, en hij is niet echt een open boek.'

Ze zuchtte, terwijl ze de envelop in haar handen omdraaide. 'Shit.'

'Wat? Ben je nu boos op ons?'

'Nee. Ik begrijp dat jullie het beste met mij voor hebben.' Ze wist ook dat ze een goede reden hadden om zich zorgen te maken. 'Ik vind het gewoon vreselijk... achterbaks om te kijken naar wat er in deze envelop zit.'

'Dat is niet zo, en je wordt er niet veel wijzer van. Behalve dat je nu weet dat hij liegt.'

Haar bloed bevroor, ook al had ze, bijna vanaf het begin, vermoed dat Brent haar niet de waarheid had verteld. 'Waarover?'

'Dylan zei dat hij gisteren bij je ouders thuis heeft verteld dat hij een bedrijf in landschapsarchitectuur in Bakersfield heeft.'

'En dat is niet zo?'

'Het zou kunnen. Maar die Landrover staat geregistreerd onder de naam van een bedrijf dat All About Security, Inc. heet en een postbus in de Bay Area heeft.'

Haar gedachten gingen naar de nummers die Brent op het schrijfblok in zijn kamer had genoteerd. Het netnummer was in alle gevallen dat van de Bay Area geweest... Maar dat betekende nog niet dat hij gevaarlijk was. 'Dat bewijst niets,' zei ze koppig.

'Kijk dan maar op de website van All Security, Eve. Dat zal je duidelijk maken dat hij eerder een bodyguard is dan een landschapsarchitect.'

Daarna pakte Ted de doos op en liep weg.

Hoofdstuk 15

Nadat Ted was vertrokken, bekeek Eve op haar computer de website van All About Security, Inc.. Het was duidelijk een beveiligingsbedrijf. Maar wat ze las, zei haar niet veel. Er werden geen namen genoemd, niet eens die van de eigenaar. Er stond wat algemene informatie over hoe contact kon worden opgenomen, de diensten die werden aangeboden en de prijzen voor standaardopdrachten, plus een link die kon worden aangeklikt om een offerte te krijgen voor fulltimebewaking. Bovendien stonden er aanbevelingen van zakenmensen en politici die het bedrijf hadden ingehuurd.

'Waarom zou je dan niet gewoon zeggen dat je een bodyguard bent?' vroeg ze, hoewel Brent niet aanwezig was om daar een antwoord op te kunnen geven. Ze wist niet of hij nog terug zou komen of dat ze hem voor het laatst had gezien toen hij de stad uit reed. Hoewel ze had geprobeerd rustig te blijven en haar obsessie voor hem niet de overhand wilde laten krijgen, won haar nieuwsgierigheid het van de kans op nog meer teleurstellingen en verdriet. Dus vroeg ze het telefoonnummer van Mrs. Higgins aan haar moeder en belde.

'Met Eve van Little Mary,' zei ze, toen Mrs. Higgins had opgenomen.

'O ja, Adeles dochter. Waar kan ik je mee helpen?'

'Mr. Taylor heeft hier iets laten liggen en... hij is uw nieuwe huurder, toch?'

'Je bedoelt Brent. Ja. Een erg aardige jongeman.'

Dat hoopte Eve dan maar. 'Is hij er?'

'Nee, liefje. Hij is eerder op de middag vertrokken en zei dat hij pas laat thuis zou zijn.'

'Maar zijn spullen liggen er nog wel?'

'Zijn wát?'

'Zijn spullen,' zei Eve harder. 'Liggen die nog in zijn kamer?'

'Ik denk van wel. Hij had niets bij zich, maar wacht even.'

Het duurde een tijdje voordat Mrs. Higgins weer aan de telefoon kwam. 'Ja, zijn tas is er nog. Heeft hij gezegd dat hij niet terug zou komen?'

'Nee... Ik zag hem de stad uit rijden en dacht dat hij misschien naar huis ging.'

'Nog niet. Pas na Kerstmis.'

'Oké.'

'Wil je dat ik tegen hem zeg dat je hebt gebeld?'

Dat wilde Eve eigenlijk helemaal niet, maar ze wist dat dat vreemd zou zijn, nadat ze had gezegd dat hij iets vergeten was. Dus had ze geen keus. 'Als u het niet erg vindt.'

'Absoluut niet.'

Gelukkig had Mrs. Higgins geen van de geruchten gehoord die de ronde deden. Misschien zou ze die ook nooit horen. Al was het altijd mogelijk dat haar iets ter ore kwam. Ze ging naar dezelfde kapper als de meeste mensen, deed haar boodschappen in dezelfde supermarkt en tankte bij hetzelfde benzinestation. Dus misschien had ze de link gewoon nog niet gelegd tussen Brent en de onbekende man die Eve uit Sexy Sadie mee naar huis had genomen. 'Bedankt,' zei Eve, en ze hing op.

Ze zat op het internet te kijken wat ze nog meer over Brent, zijn broer en All About Security kon vinden, toen ze de beltoon van haar mobiel hoorde. Even kwam ze in de verleiding om die te negeren, omdat ze helemaal opging in wat ze aan het doen was. Maar toen zag ze dat het Cheyenne was, en daarom nam ze toch op. 'Wist je dat je echtgenoot en onze lieve vriend Ted commissaris Bennett zover hebben gekregen Brents kentekenplaat te checken?' vroeg ze.

'Ja,' antwoordde Cheyenne. 'Het spijt me. Ik wist niet zeker of we zo ver moesten gaan, maar Dylan en Ted hebben me ervan overtuigd.'

'Wil je me zo terugpakken?'

'Terugpakken?'

'Omdat ik me zorgen maakte toen je iets met Dylan kreeg?'

Cheyenne lachte. 'Absoluut niet. We willen je gewoon beschermen. En als dat betekent dat we... een beetje overijverig zijn, dan is dat maar zo. Ik dacht dat we beter naar díé kant door konden slaan. Brent zijn we tenslotte niets verschuldigd, omdat hij niet eerlijk tegenover ons is.'

Dat was waar. Waaróm loog hij? Was er iets in zijn verleden wat hij moest verzwijgen? Ook al was dat het geval, het leek niet alsof hij misbruik van haar probeerde te maken, want hij had haar voortdurend gewaarschuwd dat hij geen vaste relatie kon aangaan. Hij had haar ook zonder problemen vijfduizend dollar gegeven voor het geval ze zwanger zou zijn.

'Misschien is hij wel eerlijk wanneer het er werkelijk toe doet.' Eve sprak haar gedachten hardop uit.

'Dus dat hij beweert een landschapsarchitect uit Bakersfield te zijn, terwijl het er naar uitziet dat hij een bodyguard uit de Bay Area is, doet er niet echt toe?'

Dat bedoelde ze echter niet. 'Maar het was niet zijn bedoeling me pijn te doen.'

'Hoe kun je daar nou een relatie op baseren?'

Daar had Cheyenne een punt. Maar wat Cheyenne, Dylan en Ted niet begrepen, was dat Brent totaal geen belangstelling had getoond in de dingen waar een oplichter of iemand die haar leven wilde verzieken, geïnteresseerd in zou kunnen zijn. Hij zat niet achter haar geld aan en probeerde niet bij haar in te trekken zodat hij op haar zak kon teren. Hij had haar herhaaldelijk verteld dat ze geen relatie kon verwachten. Hij wilde niet alleen seks. Die kon hij heel gemakkelijk bij andere vrouwen krijgen, zonder verplichtingen zoals eten bij haar ouders. Wat wilde hij dan wel?

Uit wat zij begreep, was hij op zoek naar warmte, een kans om zichzelf te verliezen in iemand die hij mocht en bij wie hij wilde zijn, iemand die hem rust kon bieden en een kort respijt van wat het dan ook was waar hij mee te maken had. Hij had zijn leven als leeg beschreven. Ze kreeg de indruk dat hij het probeerde te vullen, ook al was de onderbreking waarnaar hij op zoek was maar van korte duur.

'Ik weet het niet,' zei ze tegen Cheyenne. Ze geloofde niet dat hij zo gevaarlijk was als haar vrienden dachten. Maar dat betekende niet dat ze hem met heel haar hart kon vertrouwen.

Tegen de tijd dat Rex in Whiskey Creek terugkwam, was hij uitgeput. Hij wilde Mrs. Higgins niet storen door zo laat naar binnen te gaan. Net als hij, had ze moeite met slapen. Dat wist hij omdat hij het slaapmiddel Ambien in de badkamer had zien staan.

Als hij het huis in ging, zou hij waarschijnlijk urenlang gaan lopen ijsberen, tegen de verleiding worstelend om het middel te slikken, iets wat hij niet kon doen na zijn verslaving aan OxyContin. Hij was bang dat zelfs maar één pil hem weer op het verkeerde pad zou brengen.

Er was echter geen andere plek waar hij naartoe kon. Hij durfde niet weer naar Eve te gaan. Hoewel hij wel bij haar wilde zijn – dat verlangen was sterker dan ooit omdat ze niet op een goede manier uit elkaar waren gegaan – kon hij het niet rechtvaardigen om telkens maar weer in haar leven op te duiken. Hij kon haar niet geven wat ze wilde, en daar was geen oplossing voor. Dus liep hij zo zacht als hij kon toch Mrs. Higgins' huis in en ging in haar woonkamer zitten, waar hij naar de twinkelende kerstlichtjes in haar boom keek en over de afgelopen nacht nadacht, vooral over het uur dat op zijn telefoontje naar Scarlet was gevolgd. Heel teder hadden Eve en hij de liefde bedreven. Hij vond het fijn om eraan te denken: de langzame, zachte manier waarop ze hem had gekust, en hoe ze met hun armen en benen om elkaar heen geslagen daarna in slaap waren gevallen. De warme herinnering maakte hem slaperig, en toch bleef er nog te veel energie door zijn lichaam stromen.

Dat was meestal het probleem. Die zenuwen en de akelige herinneringen die hem overspoelden. Het bloedige verleden...

Hij trok de stekker van de kerstverlichting eruit, waarna hij naar zijn kamer ging en zijn laptop aanzette om zijn huis te checken. Na wat er met Scarlet was gebeurd, verwachtte hij min of meer dat zijn huis overhoop was gehaald. Maar op de beelden van de camera's die hij had geïnstalleerd, zagen alle kamers er precies zo uit als hij ze had achtergelaten en waren de sensoren op de deuren en ramen groen.

Dus wat deed hij in vredesnaam hier in dit kleine stadje waar hij niet thuishoorde? Had hij zich door Mona voor niets uit zijn normale leven laten verjagen? Hij had het zo goed gedaan, beter dan ooit. En toen overkwam hem dit.

Nadat hij de beelden van zijn huis had weggeklikt, checkte hij zijn e-mail en voicemail en beantwoordde wat nodig was. Daarna kon hij niets anders meer doen dan proberen te slapen. Op dat moment zag hij het briefje op zijn nachtkastje, geschreven in Mrs. Higgins beverige handschrift.

Eve Harmon heeft om 20.33 uur gebeld.

Een aantal seconden lang staarde hij naar die woorden. Wat betekenden ze? Wilde ze hem zien? Hij kon haar bellen om het haar te vragen. Mrs. Higgins had haar telefoonnummer erachter opgeschreven. Op zijn hoofd krabbend, probeerde hij zichzelf ervan te weerhouden Eve wakker te bellen. Het was bijna twee uur 's nachts. Maar die interne discussie verloor hij. Nu hij nog maar zo weinig dagen in Whiskey Creek zou zijn, wilde hij daar geen enkel moment van verspillen.

'Hallo?' zei ze op hesere stem dan normaal, nadat de telefoon een aantal keer was overgegaan. Dat was voor hem het bewijs dat ze niet bij de telefoon op zijn belletje had zitten wachten.

'Eve, met mij.'

'Brent?'

Zijn gezicht vertrok bij het horen van die naam, maar hij moest erop reageren. 'Ja.'

'Waar ben je?'

'Op mijn kamer.'

'Is alles goed met je?'

'Ja hoor.'

'Het is al heel laat, toch?'

'Ik ben bang van wel.'

'Waarom bel je me zo laat terug?'

Hij omklemde de telefoon. 'Ik wil je zien,' bekende hij. 'We hoeven niet te vrijen. Ik wil gewoon... Ik zou je graag vasthouden als je dat goed vindt. Ik... Ik heb slaap nodig.' Die laatste paar woorden had hij niet willen zeggen, maar het was waar, hij had ontdekt dat hij beter sliep wanneer zij naast hem lag. Er volgde een lange stilte, zo lang dat hij besefte dat hij om meer vroeg dan hij verdiende. 'Laat maar. Het spijt me. Het was bot van me om je uit jouw slaap te halen.'

Hij wilde ophangen, maar toen zei ze: 'Brent?'

'Ja?'

'Ik zal de deur van het slot halen.'

Brent had haar gezegd dat ze niet hoefden te vrijen, maar toch was dat het eerste wat ze deden. Eve zelf begon ermee. Toen hij in haar bed stapte met zijn onderbroek aan, waarschijnlijk om haar ervan te verzekeren dat hij zich aan zijn woord zou houden, trok ze die uit, en haar verlangen om hem te voelen en aan te raken, ontketende een fanatieke, wanhopige hartstocht in hem. Zodra ze zijn onderbroek had verwijderd, trok hij haar nachtjapon omhoog en scheurde haar slipje bijna in tweeën in zijn poging dat naar beneden te trekken. Het was bijna alsof ze een hele tijd gescheiden waren geweest, dacht ze vaag, en elkaar nu weer hadden gevonden.

'Dit is zo lekker,' bracht ze hijgend uit, toen hij een condoom had aangebracht en in haar kwam. Hij reageerde niet. Maar de manier waarop hij haar aanraakte, was instinctief, hij dacht er anders dan de vorige keren niet over na. Toen had hij er elke keer voor gezorgd dat zij als eerste klaarkwam. Hoewel ze zijn altruïsme op prijs had gesteld, leek wat hij nu deed... van meer betekenis. Voor het eerst gaf hij zich helemaal over. Hij dacht niet langer na, reageerde alleen op wat hij voelde. De wetenschap dat zij hem over zijn grenzen heen kon trekken, schonk haar enorme voldoening. Ze genoot ook van het feit dat de man die haar maar bleef vertellen dat ze zich niet te zeer aan hem moest hechten – alsof het zo gemakkelijk was om je hart bevelen te laten opvolgen – plotseling geen controle meer over zichzelf leek te hebben.

Toen hij haar naam zei, wist ze niet of hij toestemming vroeg om door te gaan en klaar te komen, of zich wilde verontschuldigen voor het feit dat het zo snel tot dit punt was gekomen. Van voorspel was geen enkele sprake geweest. Maar Eve klaagde niet. Ze wilde niet dat hij het rustiger aan zou doen. Dus zette ze haar nagels in de strakke spieren van zijn rug en kromde zich naar hem toe. Toen hij haar genietend hoorde kreunen, bereikte hij zo'n krachtig hoogtepunt dat ze zijn hele lichaam kon voelen schudden.

Nadat hij zich over haar heen had laten zakken, zwegen ze een aantal minuten. Ze voelde zijn borst op de hare rijzen en dalen, hoorde, omdat zijn mond zo dicht bij haar oor was, zijn hortende ademhaling, en ze glimlachte. Hij was volkomen uitgeput, dat kon ze merken. Maar hij probeerde energie in zichzelf te pompen. 'Laat me... laat me jou hetzelfde gevoel geven,' zei hij.

'Morgen.' Ze kuste hem op zijn slaap, terwijl ze hem zachtjes iets opzijschoof, zodat ze nog dicht tegen elkaar aan lagen, maar ze niet zijn volle gewicht hoefde te dragen.

'Oké, morgen.' Hij leek opgelucht dat hij zich aan zijn vermoeidheid mocht overgeven zonder zich daar schuldig over te moeten voelen. Binnen een paar seconden viel hij in slaap.

Brent sliep nog steeds, toen Eve wakker werd. Ze was blij dat hij eindelijk wat had kunnen uitrusten. Ze had gezien hoe hard hij dat nodig had en voelde instinctief aan dat hij een verdwaalde ziel was die niet echt rust kon vinden. Waarom zíj zich bezighield met een man die zulke duidelijke problemen had, wist ze echter niet.

Terwijl ze over die vraag nadacht, staarde ze een aantal minuten naar het plafond, maar uiteindelijk schoof ze hem uit haar gedachten. Drie weken. Gisteren in het restaurant hadden ze beiden ingestemd met drie weken. Ze had zichzelf permissie gegeven om de kerstperiode met hem door te brengen. Waarom niet? Zolang hij in de stad was, konden ze geen afstand houden. Daarvoor voelden ze zich te zeer tot elkaar aangetrokken. Maar ze zou niets van dit alles serieus nemen. Dan zou ze niet teleurgesteld zijn, wanneer hij vertrok. Het kwam allemaal neer op verwachtingen, hield ze zichzelf voor, en hij had haar meteen duidelijk gemaakt wat haar verwachtingen zouden moeten zijn.

Heel voorzichtig, zodat ze hem niet wakker zou maken, stapte ze het bed uit om naar het toilet te gaan. Zodra ze haar handen had gewassen, hoorde ze een klop op de voordeur.

'Eve! Je gelooft nooit wat ik heb gevonden.'

Godzijdank waren het niet haar ouders deze keer. Maar ze was ook niet gelukkig met het feit dat Ted op haar stoep stond, nu Brent in haar bed lag. Vooral niet omdat hij Bennett had gevraagd het kenteken van de Landrover na te trekken. Ze dacht niet dat Brent blij zou zijn met Teds bemoeienis. En ze wilde niet dat Ted te weten kwam dat ze zijn waarschuwing ten aanzien van Brent, had genegeerd. Dat zou alleen maar meer twijfels bij haar vrienden zaaien.

'Vertel me niet dat je ouders opnieuw voor de deur staan,' mompelde Brent, terwijl ze haar kamerjas pakte.

'Nee, het is een vriend. Ga maar weer slapen.'

'Even wachten!' riep ze naar Ted. Omdat ze elkaar zo goed kenden, wist hij precies waar haar reservesleutel lag en kon hij zichzelf binnenlaten, voordat ze daar klaar voor was.

Toen ze uiteindelijk de deur opende, keek hij haar fronsend aan. 'Ben je nog niet aangekleed? Het is al na tienen!'

'Volgens mij heb ik op maandag vrij. Zondag én maandag, weet je nog wel?'

'O ja. Maar zelfs als je niet moet werken, sta je bijna altijd vroeg op.'

Ja, alleen wanneer het haar gelukt was een paar uur te slapen. De afgelopen dagen had ze het te druk met Brent gehad. Maar Ted leek niet te beseffen dat ze gezelschap had en, toen ze de oprit bekeek, begreep ze waarom niet. Brents Landrover was nergens te bekennen. Waarschijnlijk had hij willen voorkomen dat haar ouders hem zagen, dus had hij hem verderop geparkeerd.

'Wat heb je gevonden?' vroeg ze aan Ted.

Hij stak een envelop omhoog. 'Dit.'

'Wat is het?'

Toen ze niet zoals normaal de deur opengooide en hem uitnodigde om binnen te komen, fronste hij weer. 'Als je me een kop koffie inschenkt, zal ik het je laten zien.'

Ze trok de ceintuur van haar kamerjas aan. Hoewel ze dit liever later wilde afhandelen, wist ze dat het vreemd zou overkomen als ze dat voorstelde, gezien haar belangstelling voor het oplossen van de moord op Little Mary. 'Natuurlijk. Maar ik heb maar even. Ik moet zo naar Cheyenne.'

Hij volgde haar de keuken in, waar hij aan de tafel ging zitten, terwijl zij koffiezette.

'Dus, waar ben je zo opgewonden over?'

'Kijk.'

Plotseling overviel haar een grote verlegenheid. Uit angst dat iets zou verraden dat ze net met een man naar bed was geweest, boog ze naar hem toe, maar ze zorgde ervoor niet te dichtbij te komen.

'Dit is een brief van ene Doug Hatfield aan de producenten van Unsolved Mysteries.'

Die was Eve niet tegengekomen toen ze de inhoud van de doos had bekeken. Het moest een van de documenten zijn waarvoor ze geen tijd had gehad. 'En? Is hij familie van John?'

'Ja.'

'Wat schrijft hij?'

'Lees de brief maar. Er staat niet veel in. Maar hij geeft aan dat zijn moeder al jaren grote interesse in genealogie heeft en over contactinformatie beschikt van de achterkleindochter van Harrietts zus.'

'Harriett had een zus?'

'Ja dus, genaamd Mabel Cummings. Ze heeft altijd in Zuid-Carolina gewoond, nooit in Californië, wat waarschijnlijk de reden is waarom niemand van haar af wist.'

'Stond er iets over die achterkleindochter in de documenten die ik je heb gegeven?'

'Nee. En ik heb alles doorgenomen. Maar kijk hier eens naar.' Hij wees naar de datum van Dougs brief. 'Deze arriveerde pas een maand voordat Unsolved Mysteries hierheen kwam voor de opnames. Ik denk dat ze óf niets met de informatie hebben gedaan óf een brief naar de achterkleindochter hebben gestuurd maar nooit antwoord hebben gekregen.'

'Of ze hebben van haar gehoord nadat ze al klaar waren met de opnames, wat de reden is waarom er niets over haar in de papieren staat die ze me hebben gegeven.'

'Precies. Op dat moment was het niet echt meer van belang voor ze, zodat ze de moeite niet hebben genomen jou ervan op de hoogte te brengen.'

'Waar woont die achterkleindochter?'

'Zuid-Carolina.'

Vluchtig nam Eve Doug Hatfields brief door. 'Je beseft toch wel dat ze misschien van niets weet.'

'Ze zou me moeten kunnen vertellen waar ik de rest van de familie kan vinden, of in ieder geval een paar familieleden. Hopelijk zijn er nog wát stukjes van Harrietts leven overgebleven: nog niet eerder gepubliceerde foto's of een dagboek. Dat soort dingen zouden fantastisch zijn om in mijn boek op te nemen. En misschien heeft Harriett iemand in haar familie verteld – mogelijk op haar sterfbed of daarvoor – dat John Mary heeft vermoord.'

'Het kan zijn dat ze weer is gaan praten nadat John overleden was.

Maar als ze hem heeft beschuldigd, is het vreemd dat verder niemand daar iets van af weet.'

'Communicatiemiddelen in die tijd waren anders dan nu.'

'Dat is waar. Waarschijnlijk had Harriett ook niet echt vrienden in Whiskey Creek. Ze was te lang geïsoleerd geweest.' Eve speelde met de uiteinden van haar ceintuur. 'Ik ben blij dat je iets nieuws hebt gevonden. Dat is meer dan ik verwachtte toen je besloot om over Little Mary te gaan schrijven.'

'Dat geldt voor mij ook.' Met een tevreden glimlach zakte hij onderuit op zijn stoel. Na een paar seconden stilte ging hij echter weer rechtop zitten. 'Dus... gaat alles goed met je?'

'Natuurlijk.'

Hij bestudeerde haar. 'Je doet een beetje... afstandelijk. Alsof je boos op me bent. Ik weet dat je op die Brent valt. En ik begrijp waarom. Zelfs Sophia vindt hem knap. Maar ik hoop dat je mijn waarschuwing ter harte neemt en bij hem uit de buurt blijft.'

Wat Eve zelf op dat moment hoopte, was dat Brent hen niet hoorde. Maar ze wist bijna zeker van wel. 'Ik ben een grote meid, Ted. Ik kan voor mezelf zorgen. Laat me je een kop koffie inschenken.'

De koffie was echter nog niet doorgelopen.

'Zodat je niet denkt dat ik een te hard oordeel over hem velde, ik heb gisteravond op landschapsarchitectuurbedrijven in Bakersfield gegoogeld. Zijn naam ben ik nergens tegengekomen.'

Ze liet haar stem dalen. 'Dat hoeft niets te betekenen. Misschien heeft hij geen website.'

'Ik heb de bedrijven gebeld die ik heb gevonden. Voordat ik hierheen kwam. Niemand daar heeft ooit van een Brent Taylor gehoord. Denk je niet dat íémand van hen de concurrentie op een gegeven moment tegengekomen zou zijn?'

'Niet per se. Bakersfield is geen Whiskey Creek. Er wonen waarschijnlijk wel zo'n kwart miljoen mensen. Ik stel het op prijs dat je zoveel moeite hebt gedaan, maar nu moet je je er verder niet meer mee bemoeien, oké?'

Zijn gezicht betrok. 'Eve, luister, alsjeblieft. Ik weet dat je boos op me bent vanwege wat er vorig jaar is gebeurd. Het spijt me dat onze relatie niet werd waarop we hoopten. Het was ontzettend stom van me om eraan te beginnen, maar in ieder geval heb ik een eerlijke vergissing gemaakt. Ik heb nooit tegen je gelogen. Ik gebruikte je niet, zoals deze kerel dat wel doet. Ik probeerde verliefd te worden op iemand die ik bewonderde en van wie ik wist dat ze goed voor me zou zijn.'

'Maar het lukte je alleen niet.' Ze rolde met haar ogen. 'Bedankt. Nu voel ik me een stuk beter.'

'Toe nou. Je hebt zoveel te bieden, maar ik was al verliefd en ik had dat niet door. Hoe dan ook, ik heb altijd heel veel om je gegeven, en nu maak ik me zorgen om je. Je zegt dingen die je normaal niet zou zeggen. Bijvoorbeeld dat je uit Whiskey Creek wilt vertrekken om erachter te komen wat je wilt met je leven. Sinds wanneer ben je zo ongelukkig? Pas sinds je naar bed bent gegaan met een of andere kerel die –'

De klap waarmee haar slaapkamerdeur dichtsloeg, onderbrak hem. Teds ogen werden groot en zijn wenkbrauwen gingen omhoog zodra hij besefte dat ze niet alleen waren.

Brent schuifelde de keuken in, slechts gekleed in een vale spijkerbroek. 'Morgen.' Hij schonk haar een slaperige glimlach, voordat hij zijn arm om haar nek sloeg en haar doelbewust op de mond kuste. 'De koffie ruikt lekker.' Hij liet haar los en wendde zich tot Ted. 'Jij moet die goede vriend zijn over wie ik zoveel heb gehoord. Je bent een of andere bekende schrijver, toch?'

Toen Teds blik van hem naar Eve en weer terug ging, wist Eve even niet wat ze moest doen. Normaal gesproken zou ze niet bang geweest zijn dat deze confrontatie op een ruzie zou uitlopen. Ted was een denker, geen vechter. Maar Brent maakte Ted heel duidelijk dat hij zich met zijn eigen zaken moest bemoeien, en ze had nog nooit iemand Ted uit zien dagen. De inwoners van Whiskey Creek hadden te veel respect voor hem.

Ted stond op. 'Ik ben in ieder geval wie ik zeg dat ik ben.' Daarna liep hij naar buiten.

Zodra de deur dichtklapte, deed Brent niet zo nonchalant opgewekt meer en werd hij somber. Hij draaide zich om naar het raam, zogenaamd om Ted na te kijken. 'Sorry,' mompelde hij. Ondanks het feit dat hij zich verontschuldigde, bleef hij stijf en afwerend. 'Ik had in de slaapkamer moeten blijven. Maar de onzin die hij uitkraamde – over dat ik je leven verziekte – kon ik niet meer aanhoren.'

Eve schonk hem een kop koffie in. 'Ik ga me douchen. Cheyenne is van plan een kerstfeest te geven, en ik heb haar beloofd vandaag met de uitnodigingen te helpen. Er ligt van alles in de koelkast, als je trek hebt.'

'Heb je geen enkel commentaar op hoe ik me net gedroeg?' vroeg hij, terwijl ze naar de slaapkamer liep.

'Ik heb liever niet dat mijn vrienden weten dat we elkaar nog steeds zien. Dan kan ik veel makkelijker mijn gewone leven weer oppakken als jij straks weer weg bent.'

Hij wreef met een hand over zijn gezicht. 'Dat heb ik dan goed verpest.'

'Het is niet erg. Het is waarschijnlijk een beetje onrealistisch om in een klein stadje als dit te proberen te verbergen dat je met iemand naar bed gaat.'

'Voor wat het waard is: ik gebruik je echt niet. Ik weet niet precies waarom ik hier ben, terwijl ik weet dat je beter af zou zijn als ik je met rust zou laten, maar...' Hij stak zijn handen in zijn zakken. '...het is niet vanwege de redenen die je vrienden aannemen.'

'Afgelopen nacht was mijn beslissing,' zei ze. 'Daar hou ik je niet verantwoordelijk voor. Ik wil niet opscheppen, maar ik denk niet dat veel mannen in jouw situatie het aanbod af zouden hebben geslagen.'

'Het gaat niet alleen om de seks, Eve. Sinds Laurel ben ik met andere vrouwen naar bed geweest. Soms kan alleen iets wat uitermate fysiek is mijn gedachten van andere dingen afleiden. Maar ik heb nooit meer dan één keer met dezelfde vrouw geslapen. Na Laurel heb ik dat zelfs nooit meer gewild. Tot nu.'

Ze had hem erop kunnen wijzen dat hij net de naam had genoemd van de vrouw die hij lief had gehad, iets wat hij eerder niet had willen doen. Maar ze probeerde dit in perspectief te houden, en de enige manier waarop ze dat kon doen, was door dit alles niet te serieus te nemen. Dat had ze al tegen zichzelf gezegd. Ze was beschikbaar en ze was eenzaam. Dus wist ze dat ze gek zou zijn om opgewonden te raken over het feit dat hij meer dan één keer met haar naar bed had gewild. 'Wil je zeggen dat je over haar heen bent?' vroeg ze.

'Ik denk van wel. Maar dat is het niet alleen. Er is iets waardoor jij anders bent. Ik wil niet dat je gekwetst wordt. Integendeel.'

Ze wuifde met haar hand. 'Het is al goed. Je gaat me niet kwetsen. Je hebt toch eerlijk tegen me gezegd dat ik me niet aan je moest hechten. En dat doe ik niet. Dus je hoeft je nergens zorgen over te maken, en mijn vrienden hoeven dat ook niet te doen.'

'Meen je dat?'

Dat meende ze. Ze was bezig geweest haar relatie met Brent te belangrijk te maken, omdat ze wilde wat Cheyenne en haar andere vrienden hadden. Maar het bijstellen van haar verwachtingen en het aanvaarden wat hij haar kon geven, luchtte haar op. Nu hoefde ze zijn en haar gevoelens niet meer te onderzoeken, kon ze stoppen met stiekem hopen op meer en gewoon van de volgende drie weken genieten.

'Absoluut. Wat wij aan het doen zijn, is ons gewoon amuseren, toch? Drie weken lang. Het is voorbij voordat we het weten. Het heeft geen zin om een seksuele aantrekkingskracht onder de loep te gaan leggen. Uiteindelijk komt het erop neer dat het een prettige manier is om de tijd door te brengen.' Natuurlijk vergat ze geen moment dat ze zwanger kon zijn, maar daar wilde ze zich nu niet mee bezighouden.

Ze liet hem achter in de keuken, terwijl ze zich naar haar kamer haastte. De afgelopen nacht had als veel meer aangevoeld dan alleen seksuele aantrekkingskracht. Maar de beste dingen in je leven hielden vaak op een gegeven moment op. En nu ze haar beslissing had genomen, wilde ze de tijd die ze samen nog hadden niet verpesten door zich zorgen te maken over de tijd die ze níét hadden.

Hoofdstuk 16

'Ga je ons echt gemberkoekhuisjes laten maken op je feestje?' vroeg Eve aan Cheyenne, terwijl ze aan Cheyennes eettafel kaarten zaten te maken. Dylan was in de garage die hij samen met zijn vier jongere broers runde, dus hadden ze het rijk alleen. 'Dat kost je een hoop voorbereidingstijd.'

'Maar het feest is twee dagen voor Kerstmis en wat past er nou beter bij kerst? Misschien kunnen we een wedstrijd organiseren met een prijs voor het creatiefste huisje.'

'Wat voor soort prijs?'

'Een kous vol noten, fruit en snoep, of een doos bonbons, of een lelijke kersttrui die op elk toekomstig kerstfeest als trofee gedragen kan worden. Wat vind jij het beste?'

'Het klinkt allemaal geweldig.'

Cheyenne boog naar voren. 'Hé, heb je dat deel over de lelijke kersttrui wel gehoord?'

Eve keek op. 'Welke lelijke trui?'

'Betrapt!' Cheyenne grinnikte. 'Je zit met je gedachten heel ergens anders. Gaat het wel goed met je?'

Ze klonk al net als Ted. 'Prima. Hoezo?'

'Je bent de laatste tijd jezelf niet. Wat is er aan de hand?' Ze liet haar stem dalen om haar woorden meer nadruk te geven. 'Zit je aan Brent te denken?'

Dat klopte. Voortdurend zag ze voor zich hoe hij deze ochtend naar haar toe was gelopen en haar voor de ogen van Ted achteloos had gekust. Hij had er zó sexy uitgezien in alleen zijn blauwe spijkerbroek, dat haar hart als een razende was gaan kloppen. En, of ze het nu wilde toegeven of niet, de manier waarop hij haar claimde en zijn interesse in haar openlijk toonde, beviel haar heel erg.

Ze hoopte alleen dat Ted geen paniek zou gaan zaaien in hun vriendengroep door hun te vertellen dat Brent een bodyguard in de Bay Area was en geen landschapsarchitect in Bakersfield. Dan zouden ze allemaal in de beschermingsmodus schieten. Er was absoluut iets aan de hand met Brent. Daar was geen twijfel over mogelijk. Maar ze zou niet op verklaringen bij hem gaan aandringen. Ze had al besloten dat ze de golf waarop ze surfte tot de kust zou volgen, waarbij de kust stond voor het moment waarop Brent Whiskey Creek voorgoed zou verlaten. Ja, dan zou ze vast in de schuimende branding vallen. Maar hij zou er niet zijn om dat te zien, en het was niet de val die belangrijk was. Het was de moed om op de plank te blijven staan.

Ze keek op de klok. 'Het verbaast me dat we hier nu al een uur zitten, en dat je nu pas over hem begint.'

'Ik nam aan dat je wel over hem zou gaan praten als je daar klaar voor was. Ik gaf je de tijd om daar naartoe te werken.'

'Bedankt, maar er valt niet veel te vertellen.'

'Je ziet hem nog, toch?'

Zíén? O ja, dat zeker, al gingen ze niet met elkaar uit of zo. Ze 'zag' hem 's nachts, maar ze waren geen enkele keer op een traditionele date geweest, tenzij je het ontbijt in Jackson meetelde.

Eve legde de envelop die ze net had dichtgemaakt op de stapel naast zich. 'Heeft Ted je niet meteen gebeld, nadat hij bij mij langs was geweest?'

Cheyenne keek verward. 'Is Ted bij je langs geweest? Wat wilde hij?'

'Hij is een boek over de moord op Little Mary aan het schrijven en informatie aan het verzamelen.'

'Eindelijk! Dat wilde hij al heel lang doen.'

'Ja. Ik had alleen liever gehad dat het niet nu was.'

'Ben je daar niet blij mee? Sinds je ouders dat huis hebben gekocht, heeft Little Mary je beziggehouden. Ik zou ook graag willen weten wat er is gebeurd. Misschien vindt hij iets.'

'Ik hoop het. Maar ik heb er geen behoefte aan dat hij op de eerste rij zit bij alles wat er op dit moment in mijn leven gaande is.'

'Omdat hij het afkeurt, bedoel je.'

Eve zakte onderuit. 'Niemand keurt het goed.'

'Misschien omdat we de risico's niet prettig vinden.'

'Maar het hoeft niet zo erg te zijn als het lijkt. Misschien was Brent een bodyguard maar wil hij nu een bedrijf in landschapsarchitectuur in Bakersfield beginnen.'

'Dat is een hele ruime en vriendelijke interpretatie van wat hij heeft gezegd.'

'Het is mogelijk,' hield ze vol.

'Luister, ik mag Brent. Hij is vrij afstandelijk, maar hij doet me op een of andere manier aan Dylan denken, dus het zou kunnen zijn dat ik geneigd ben hem het voordeel van de twijfel te gunnen. Volgens mij heeft hij veel meegemaakt. Hoe dan ook, heb je Brent gevraagd of hij een bodyguard is?'

'Nee.'

'Want...'

'Als hij wilde dat ik wist hoe het zat, zou hij het uit zichzelf wel vertellen.'

Cheyennes wenkbrauwen schoten omhoog. 'Heb je geen problemen met die vage verhalen?'

'Natuurlijk wel. Het is alleen... We voelen ons aangetrokken tot elkaar, meer niet. Het is niet zo dat we van plan zijn te gaan trouwen.'

Cheyenne legde de stapel enveloppen recht. 'Ik dacht dat je wel ooit wilde trouwen.'

'Dat wil ik ook. Als ik de juiste man vind. Maar ik denk dat we het erover eens kunnen zijn dat een man die me niet kan vertellen waarmee hij zijn brood verdient, niet de juiste man is.'

'Ik ben blij dat je dat zegt. Maar het roept een andere vraag op.'

'En die is...'

'Weet je zeker dat je je hart wilt riskeren voor iemand die je niet kan of wil geven wat je wilt?'

Eve bekeek haar vriendins enorme buik. 'Misschien is hij geen huwelijkskandidaat, maar hij kan... me andere dingen geven.'

Cheyennes handen, die bezig waren met het versieren van de zoveelste kaart, vielen stil. 'Seks?'

Eve haalde diep adem. 'Er is een kans dat ik zwanger ben.'

'Néé!'

'Ja.'

Cheyenne liet de kaart vallen, waarna ze de lijm van haar vingers veegde. 'Het is niet makkelijk om een kind in je eentje op te voeden, Eve.'

'Dacht je dat ik dat niet wist? Het was niet iets wat we gepland hadden.'

'Dus het was een ongelukje.'

'Als je het een ongelukje noemt, wanneer je te veel drinkt om eraan te denken voorbehoedsmiddelen te gebruiken.'

'Dat is pech,' mompelde Cheyenne.

'Waarom is het pech?' vroeg Eve. 'Ik weet dat het... niet is hoe dingen normaal gaan. Maar als jij met behulp van je zwager zwanger kunt worden, kan ik toch ook wel een kind buiten het huwelijk om krijgen en het zelf opvoeden?'

Er ontstond een blos op Cheyennes wangen. 'Wil je het daar alsjeblieft nooit meer over hebben? Wat mij betreft – en Aaron ook – is dit kind van Dylan.'

'Zou Dylan dat ook zo voelen, als hij hoort dat het eigenlijk het kind van zijn broer is?'

'Dat hoop ik,' zei haar vriendin zacht. 'Maar ik zie niet in waarom hij het ooit zou moeten weten. Daarom wil ik er niet over praten. Hij heeft het al zwaar genoeg gehad in zijn leven, heeft vreselijk veel gegeven en voor heel veel mensen gezorgd. Waarom zou ik deze last ook nog eens op zijn schouders leggen? Voor de verandering heb ik besloten eens voor hém te zorgen, hem te geven waarnaar hij verlangt zonder dat hij zich minder man voelt. Ik ben niet met Aaron naar bed gegaan. Het was een kunstmatige inseminatie die mijn zus heeft uitgevoerd. Allemaal helemaal volgens het boekje, behalve dat Dylan niet weet dat er genetisch materiaal van iemand anders voor nodig was. Voor mij is dat niet belangrijk. Wij zijn degenen die van de baby zullen houden en ervoor zullen zorgen. Aaron wil niet eens herinnerd worden aan zijn... donatie.'

Eve vond het vreselijk dat ze dit ter sprake had gebracht. Waarom ze dat deed, wist ze eigenlijk niet, behalve dat ze zich beter over zichzelf wilde voelen. 'Het spijt me,' zei ze. 'Ik zal er nooit meer over beginnen.'

Over de tafel heen pakte Cheyenne haar hand om er een kneepje in te geven. 'Eve, ik weet dat je je na de relatie met Ted een beetje verloren hebt gevoeld. Het kan niet makkelijk zijn geweest om hem te zien trouwen, vooral niet omdat hij verwachtte dat je, net als al zijn andere vrienden en vriendinnen, een belangrijke rol speelde op zijn bruiloft. Op een of andere manier ben je daarin geslaagd. Je hield je kranig en hebt het hele feest een glimlach op je gezicht gehad. Ik was heel trots op je dat je die teleurstelling zo goed hebt weten te verwerken. Maar laat je daardoor niet in de verleiding brengen je leven te verpesten.'

'Denk je dat het krijgen van een kind mijn leven zal verpesten?'

'Nee, maar verliefd worden op de verkeerde man zal je leven verpesten – en als je een kind van hem krijgt, wordt het nog moeilijker om over hem heen te komen.'

'Ik ben niet verliefd op Brent aan het worden.'

Cheyenne reageerde niet. Ze bleef Eve alleen maar aankijken.

'Wát?' snauwde Eve.

'Waarom ben je dan zoveel compromissen aan het sluiten?'

Rex wachtte op een telefoontje over Scarlets zaak van Eddie, een vriend van hem die op het politiebureau van San Francisco werkte. Hij zat achter het kleine bureau in zijn kamer bij Mrs. Higgins en klikte op de diverse beelden van de camera's die hij in zijn huis had geïnstalleerd. Er was geen verandering ten opzichte van de laatste keer dat hij had gecheckt, wat goed was, maar hem ook deed geloven dat hij zichzelf voor niets naar Whiskey Creek had verbannen. Hoe langer hij geen aanwijzing kreeg dat The Crew hem in het vizier had, hoe meer hij zich begon af te vragen of Mona zich had vergist. Hij had haar een e-mail teruggestuurd, in de hoop een bevestiging te ontvangen, maar daar had hij tot dusver niets op gehoord. Waarschijnlijk was ze weer helemaal van de wereld.

'Verdomme, Mona,' mopperde hij.

Moest hij ophouden met verstoppertje spelen en weer aan het werk gaan? Hij kwam wel in de verleiding. Hij wilde niet langer bij elk teken van dreiging op de vlucht slaan. Maar dat hij in Californië was gaan wonen, vereiste dat hij op zijn hoede bleef, vooral omdat de persoon die hem nu had gewaarschuwd, hem eerder had gewaarschuwd... en toen honderd procent gelijk had gehad over het gevaar waarin hij verkeerde.

Zijn telefoon ging over. 'Eindelijk,' zei hij met een zucht, en hij nam snel op omdat hij wilde horen wat de politie in het appartement van Scarlets ex-vriend had gevonden.

'Haar slipjes lagen er,' bevestigde Eddie, 'tussen de bedbodem en het matras in gefrommeld.'

Rex trommelde met zijn vingers op de tafel, terwijl hij op de computer naar zijn woonkamer bleef kijken. 'Maar was het Tom of Tara die ze heeft meegenomen?'

'Ik kan niet geloven dat zíj het is geweest. Ze ziet nu al scheel van jaloezie.'

'Heeft ze dat gezegd?'

'Zoals je weet, zit ik niet op deze zaak. En uit wat ik heb gehoord, begrijp ik dat ze heel snel een advocaat in de arm heeft genomen. Maar volgens rechercheur Rollins heeft ze zoiets aangegeven, voordat ze ophield met praten. Net als jij denkt hij dat Tom onze man is. Maar we zullen ons huiswerk doen en checken of het zijn DNA is op de brieven en niet dat van Tara. Dan hebben we hem.'

'En als Tom handschoenen aanhad?'

'Rollins zal ergens wel fysiek bewijsmateriaal vinden. Ze hebben nog niet de kans gehad om de computer van die eikel te onderzoeken. Die kan dus ook nog voor de doorslag zorgen. Als de penisfoto van een account is gestuurd dat hij heeft aangemaakt, verdwijnt hij achter de tralies.'

'Vergeet het laken niet waarop hij heeft geürineerd. Ik heb tegen Scarlet gezegd dat ze dat moest bewaren.'

'Weet ik. Ze heeft het aan ons gegeven.'

'Daar moet DNA op zitten.'

'Dat zal ongetwijfeld van hem zijn. Heb je ooit gehoord van een vrouw die staand naast het bed op een laken probeerde te plassen? Dan zou ze daarna meteen onder de douche hebben gemoeten.' Eddie grinnikte.

'Dat zie ik liever niet voor me, maar goed punt.'

De agent lachte weer.

Rex begreep dat Scarlet in goede handen was. 'Heeft iemand trouwens kunnen achterhalen waarom er zo'n lange pauze zat tussen de periode waarin ze eerder werd lastiggevallen en dit weer begon?'

'Totdat de schoft het toegeeft en het ons vertelt – wat hij misschien nooit gaat doen – kunnen we dat gat niet verklaren. Maar wie die dingen eerder uithaalde, moet nu ook de dader zijn.'

'Daar ben ik het mee eens. Maar het zou aardig zijn als we wat meer hadden om op te vertrouwen dan alleen onze intuïtie.'

'We zijn erachter gekomen dat hij gedurende die tijd naar een psychologe ging,' zei zijn vriend. 'Dat zou het kunnen verklaren. Misschien hielp zij hem om zijn gedrag en obsessies onder controle te houden.'

'Nu gaat hij niet meer naar haar toe?'

'Nee. Een paar weken voordat de ellende weer begon, is hij ermee gestopt.'

'Waarom?'

'De psycholoog zei dat zijn vriendin over het geld zeurde. Ze zette hem onder druk om te trouwen, een huis te kopen en een gezin te stichten. De druk zou hem te veel kunnen zijn geworden. Rond dezelfde tijd verloor hij bijna zijn baan omdat hij seksuele toespelin gen tegen een collega maakte, en kreeg hij ruzie met zijn zus over een erfstuk van zijn grootouders waarvan hij vond dat hij het had moeten krijgen. Het kwam allemaal tegelijk en werd hem te veel, denk ik.'

'Dat klinkt aannemelijk. Goed, we hopen er het beste van. Laat me horen hoe het gaat.'

'Natuurlijk.'

Er klonk een zachte klop op Rex' deur, nadat hij het telefoontje had beëindigd. 'Ja?'

Mrs. Higgins stak haar hoofd de kamer in. 'Ik ruik een brandlucht. Ik ben bang dat er misschien iets niet goed is met de lampjes in de kerstboom. Omdat de naalden erg droog zijn, zou het gevaarlijk kunnen zijn, denk je niet?'

'U heeft die boom toch pas een week geleden gekocht?'

'Ja, maar ze kappen ze tegenwoordig zo vroeg, dat ze al dood zijn voordat je ze zelfs maar in huis hebt staan. Deze laat nu al zijn naalden vallen. Zou je het erg vinden om even te checken of jij ook een brandlucht ruikt?'

Toen Rex deze kamer had gehuurd, had hij er niet op gerekend dat hij zijn bejaarde hospita met de kerstversieringen zou moeten helpen. Ook had hij er niet op gerekend dat hij haar gemberkoekjes zou moeten eten en de klusjesman zou worden. Maar het arme mensje had natuurlijk niemand anders. En op een bepaalde manier vond hij het fijn dit voor haar te doen. 'Natuurlijk.'

'Bedankt.' Ze leek echt opgelucht. 'O, en ik wilde vragen of je hier met het avondeten bent. Ik maak kippenpasteitjes met paddenstoelensaus. Heb je zin om mee te eten?'

Het was waarschijnlijk zwaar voor haar om elke dag in haar eentje te moeten eten. 'Reken maar. Dat klinkt zalig.'

Ze glimlachte, terwijl hij langs haar heen liep om naar de boom te kijken, waarna ze hem de woonkamer in volgde.

'Ruik je het?' vroeg ze.

'Nee, sorry.'

'Echt niet?'

Hij boog zich naar de boom toe. 'Nee. Volgens mij is er niets aan de hand met deze lampjes. Maar we kunnen de stekker er een tijdje uithalen, als u zich echt zorgen maakt.'

'Nee, dat hoeft niet. Het zal mijn verbeelding wel zijn geweest.'

Of ze had een goede reden willen hebben om hem te kunnen storen...

'We eten over een paar uur,' zei ze.

'Mooi. Ik moet nog een aantal dingen op mijn computer doen, dus roep maar wanneer het klaar is.'

'Zal ik doen. Maak je werk af, zodat je je daarna kunt ontspannen.'

Ze leek zo dankbaar voor zijn gezelschap dat hij er blij om was dat hij had toegestemd. Wel keerde hij snel terug naar zijn kamer. Hij wilde niet dat Mrs. Higgins te veel op hem ging steunen. Eigenlijk had hij niet zoveel te doen. Omdat hij geen werk aan kon nemen als bodyguard en hij de anderen niet kon begeleiden, bleef alleen het papierwerk van All About Security over, en daar had hij zich nu al meer dan een week mee beziggehouden.

Het goede nieuws was dat hij zijn administratie nog nooit zo op orde had gehad. Het slechte nieuws was dat hij zich net zo begon te vervelen als Marilyn hem had voorspeld. Hij gedijde kennelijk alleen als hij dingen te doen had.

In ieder geval wilde hij Scarlet bellen, en hij wilde een besluit nemen over wat hij van Mona had gehoord. Hield hij zich voor niets schuil? Nu Scarlet niet naar Whiskey Creek kwam, kreeg hij het gevoel dat hij zijn tijd hier aan het verspillen was.

Eerst belde hij Scarlet. Ze leek goed te herstellen, maar ze kon niet lang praten. De artsen wilden dat ze rustte. Dus hing hij na een paar minuten op en bekeek de beelden van zijn huis nog een keer, hoewel hij dat net ook al had gedaan.

Er was niets veranderd. Een tijdje staarde hij naar de computer, waarna hij voor waarschijnlijk de honderdste keer weer het bericht van Mona afluisterde.

Ze moest high geweest zijn toen ze het had ingesproken, besloot hij. Genoeg getwijfel wat hem betrof. Hij ging morgen naar huis, ook al was het alleen maar om niet te veel voor Eve te gaan voelen. Hij kon niet weer hetzelfde doormaken als met Laurel. Niet na alle andere ellende waar hij mee te maken had gehad. Dat kon zijn hart niet meer aan.

Bind je aan niets en niemand, dat was zijn mantra.

Omdat hij op het eten moest wachten, typte hij op de bonnefooi Mona's naam in een zoekmachine in, om te zien of hij contactinformatie voor haar kon vinden. Hij wilde haar spreken als dat kon om erachter te komen hoe zeker ze was van wat ze had gehoord. Om de context te achterhalen. Haar te vragen of ze de bendeleden die het haar hadden verteld, goed genoeg kende om er zeker van te zijn dat ze hem echt wilden vermoorden en of ze de ballen hadden om het ook te doen. Bovendien wilde hij haar ervan overtuigen zich te laten opnemen in een goede verslavingskliniek, hoewel hij dat eerder had geprobeerd en daar nooit heel succesvol in was geweest.

Er verschenen verschillende links op het scherm, hoewel er geen contactinformatie tussen stond. Wat hij zag, schokte hem echter vreselijk. Meteen besefte hij dat het sowieso zinloos was om te proberen contact met haar op te nemen. 'O, mijn god,' mompelde hij. Hij las dat ene Mona Livingstone, tweeëndertig jaar oud, dood was aangetroffen in het zuidelijke deel van het centrum van LA. Ze was twee keer in het achterhoofd geschoten.

Hij kon zijn ogen niet geloven. Ze hadden haar vermoord. Ze was niet uit The Crew gestapt, toen hij haar dat had aangeraden en had aangeboden haar te helpen, en dat had de arme vrouw haar leven gekost, precies waar hij bang voor was geweest.

Verdomme, Mona! Hij klikte op de link, zodat hij de rest van de tekst kon lezen. De lijkschouwer vermoedde dat ze afgelopen vrijdag door een onbekende dader was doodgeschoten.

Rex durfde te wedden dat die dader geen onbekende voor hém was. Maar Mona was pas vier dagen geleden overleden, en de timing zat hem al net zo dwars als het feit dat ze er niet meer was. Waarom nú? Waarom werd ze nu vermoord nadat ze er al die jaren in was geslaagd te overleven, ondanks de mensen met wie ze omging en haar verslaving?

Het voor de hand liggende antwoord daarop veroorzaakte een enorme knoop in Rex' maag. Was iemand binnen The Crew erachter gekomen dat zij hem had getipt?

Hoofdstuk 17

Was Scarlet in de stad? Eve had de hele dag niets van Brent gehoord, dus nam ze aan dat hij het druk had met zijn zus. Ze kwam in de verleiding hem bij Mrs. Higgins te bellen om te vragen of hij en Scarlet plannen voor het avondeten hadden. Dankzij jarenlange ervaring in de B&B, waarbij ze de koks had geholpen, vond ze dat ze best wel goed kon koken, en ze keek ernaar uit om iemand te ontmoeten die Brent beter zou moeten kennen dan zijzelf. Misschien zou Scarlet iets opener zijn over de delen van zijn leven waarover hij zo geheimzinnig deed. Op zijn minst zou ze erachter moeten kunnen komen of hun andere broer Rex heette. Door wat ze had gehoord, toen ze dat telefoontje naar LA had gepleegd, was ze nog steeds van streek, omdat ze bang was dat die vrouw een smeekbede had gericht aan de man die zij als Brent kende. Daardoor wilde Eve rechtzetten wat er dan ook maar in zijn leven was misgegaan, zodat hij met zijn familie herenigd kon worden.

Ze aarzelde echter om hem en Scarlet nu al uit te nodigen, omdat ze niet te opdringerig wilde overkomen. Uiteindelijk besloot ze dat het beter zou zijn om hem wat tijd met zijn zus te gunnen. Als hij haar wilde zien, zou hij wel bellen.

Nu ze een avond voor zichzelf had, wist ze echter niet wat ze moest doen. Wat had ze gedaan, voordat hij in haar leven was verschenen?

Vaak was ze tot laat in de B&B gebleven, tenminste als ze niets met haar vrienden had afgesproken. Maar die hadden steeds minder tijd om af te spreken. Dus meestal vulde ze die extra uren in met haar werk. Al leek dat plotseling een armzalige vervanging voor de opwinding, het genot en de bedwelmende emoties die ze had gevoeld wanneer ze met Brent samen was. Morgen was vroeg genoeg om weer aan de slag te gaan. Ze haalde de website voor All About Security weer op haar scherm naar voren maar deze keer noteerde ze het telefoonnummer dat in hun contactinformatie werd weergegeven. Het was na vijven, dus ze betwijfelde of er iemand op zou nemen. Maar misschien zou ze via de voicemail de namen van de werknemers te horen krijgen. Als dat gebeurde, zou er dan een Brent Taylor tussen zitten?

Ze besloot het te proberen en toetste het nummer in. De telefoon ging drie keer over, waarna er een vrouwenstem klonk.

'U bent verbonden met All About Security, waar gecertificeerde en getrainde beveiligers te allen tijde beschikbaar zijn om aan uw beveiligingswensen te voldoen. Als dit een noodgeval is, toets één en spreek uw telefoonnummer in. Binnen dertig minuten wordt u dan teruggebeld. Als u morgen gedurende werktijd met iemand wilt spreken, toets twee. Als u meer informatie over All About Security wilt, kijk dan op onze website.'

Eve had al op de website gekeken. Daar stond niet wat ze wilde weten.

Ze leunde naar achteren. Wat was ze aan het doen? Ze wilde niet het soort vrouw zijn dat stiekem onderzoek naar haar minnaar deed. Dat voelde gewoon niet goed. Zoiets had ze in ieder geval nog nooit gedaan. En toch was ze heel nieuwsgierig naar Brent, zo nieuwsgierig dat ze zich afvroeg hoe de vrouw in Los Angeles zou reageren, als ze weer belde en naar Scarlet vroeg. Als dat inderdaad het nummer van Brents broer was, en de vrouw met wie ze eerder had gesproken de echtgenote van die broer was, moest ze Scarlet kennen. En dan zou Eve een stukje van de puzzel, die Brents leven was, in handen krijgen.

Nadat ze een paar minuten met dat dilemma had geworsteld, blokkeerde ze haar nummer en belde weer.

'Hallo?'

Deze keer werd er door een man opgenomen. Afgaand op de autoriteit in zijn stem nam Eve aan dat het Dennis zelf was. 'Dokter?' vroeg ze, zodat ze het zeker wist.

'Ja?'

Hij klonk enigszins aarzelend. Waarschijnlijk vroeg hij zich af hoe een van zijn patiënten aan zijn huisnummer was gekomen. 'Kan ik Scarlet spreken?'

'Wíé?'

'Scarlet. Uw zus.'

'Ik heb geen zus.'

'Dat is vreemd. U hebt toch een broer die ingenieur is?'

'Ja, maar ik heb zelfs geen schoonzus die Scarlet heet. Trouwens, hoe kent u Mike? Met wie spreek ik?'

Ze zei de eerste naam die in haar hoofd opkwam. 'Jessica.'

'Jessica, en dan verder?' wilde hij weten. 'Hoe ben je aan mijn nummer gekomen? Ik sta niet in het telefoonboek.'

Hij klonk wantrouwig en een beetje van streek. Dat kon ze hem niet kwalijk nemen. 'Sorry dat ik u heb lastiggevallen,' mompelde ze, en ze hing op.

'Shit!' Het telefoontje naar Dennis had haar allesbehalve gerustgesteld. Ze was nu nog meer in de war dan ervoor. Hij móést Brents broer zijn. Hij had de juiste naam, was arts, woonde in LA en zijn telefoonnummer had op Noelles achterbank gelegen, nadat Brent daar had gezeten.

Maar als hij Brents broer was, waarom kende hij Scarlet dan niet? En als Mike de ingenieur in de familie was, wie was Rex dan?

Rex kon niet slapen na wat hij over Mona te weten was gekomen. Hij bleef maar denken aan de dag waarop hij had gezien hoe een of andere waardeloze hufter aan wie The Crew haar voor een uurtje had verkocht, haar als een stuk vuil de straat op had gegooid. Ze had onder de schrammen en blauwe plekken gezeten, had gehuild en eruitgezien als een wrak. Maar zijn eigen situatie op dat moment was ook niet echt florissant geweest. Hij had begrepen hoe het was om aan de zelfkant van de maatschappij terecht te komen. Alleen al de herinnering aan die dagen maakte hem dankbaar dat hij op een of andere manier de kracht had gevonden een beter leven op te bouwen, om zich te ontworstelen aan waar hij tijdens die periode van zelfhaat genoegen mee had genomen. Dat was te danken aan Virgil. Door hem had hij weer iemand in zijn leven gekregen om van te houden. Virgil had hem gestimuleerd door te leven. Samen waren ze eruit gekomen.

Daar was hij zijn beste vriend zo dankbaar voor dat de emoties hem even te veel werden. Iedereen had nu en dan een helpende hand nodig. Hij was bang dat hij niet genoeg bij Mona had aangedrongen dat ze die hand aannam. Erger nog, hij was bang dat ze niet vermoord zou zijn, als ze hem niet had geprobeerd te waarschuwen. Het was allemaal te toevallig.

Wat had hij echter nog meer kunnen doen? De dag waarop hij haar acht jaar geleden op straat had aangetroffen, had hij haar naar het huis van haar zus gereden, in de hoop dat ze daar kon wonen totdat ze in een verslavingskliniek terechtkon. Hij had niet bij haar kunnen blijven omdat hij zelf destijds ook gevaar liep. Maar hij had gehoopt dat hij haar een nieuwe start had gegeven.

Helaas was dat mislukt. Mona was er nog niet klaar voor geweest. Of misschien was ze er niet toe in staat geweest. Hoe dan ook, hij kon het haar niet echt kwalijk nemen. Hoeveel gevechten hij ook geleverd had – in de gevangenis, binnen zijn familie, in de bende, zelfs met Laurel toen ze een relatie in stand hadden geprobeerd te houden – hij had nooit een heftiger gevecht geleverd dan tegen OxyContin.

Zuchtend bekeek hij de livebeelden van zijn huis, iets wat hij al de hele nacht aan het doen was. Hij werd er niet goed van dat hij hier alleen maar kon zitten, denkend aan Mona en haar tragische dood, terwijl hij naar zijn laptop staarde en zich afvroeg wanneer The Crew weer in zijn leven zou verschijnen. Omdat hij er nu van overtuigd was dat dat zou gebeuren.

Hij had een e-mail naar Virgil gestuurd, waarin hij hem over Mona had verteld, maar toen hij zijn inbox opende om te kijken of Virgil had gereageerd, zag hij dat het laatste bericht niet van zijn beste vriend was, maar van zijn broer Dennis. Alles goed?

Hij schreef terug: Prima.

De uitwisselingen tussen zijn broer en hem waren meestal heel kort en onpersoonlijk. Maar Dennis stuurde nu opnieuw een mail.

Ken je ene Jessica?

Nee. Hoezo?

Een vrouw die zo heette, belde hier vanavond naartoe. Ze vroeg naar iemand met de naam Scarlet. Zei dat Scarlet mijn zus was.

Dat moest Eve geweest zijn. Wie anders dacht dat hij een zus genaamd Scarlet had? Niemand zou geïnteresseerd – of bezorgd – genoeg zijn om daar navraag naar te doen. Maar hoe was ze in vredesnaam aan zijn broers nummer gekomen?

Nadat hij zijn stoel achteruit had geschoven, stond hij op en doorzocht de zakken van zijn broeken. Hij had Dennis' nummer opgeschreven, toen hij in Placerville was. Mike had het in een e-mail naar hem gezet met de vraag contact op te nemen. Dat had hij niet gedaan, maar hij had een aantal dagen met dat nummer rondgelopen. Had Eve het uit een van zijn zakken gehaald? Dat was de meest logische conclusie.

Verdomme! Het was aan het gebeuren. De realiteit drong zich alweer op, voordat hij ook maar even van zijn drie weken had kunnen genieten. Hij was gek geweest om te denken dat hij een tijdje kon ontsnappen aan wat zijn leven was geworden. Door de gedachte dat hij Eve niet meer zou zien, voelde hij zich nog slechter. Maar hij had voortdurend geweten wat zijn beperkingen waren. Hij had zichzelf nooit moeten toestaan op meer te hopen.

Toen hij bij zijn computer terug was, zag hij een nieuw bericht van Dennis.

Ik zou er verder geen aandacht aan hebben besteed als ze het niet ook over Mike had gehad, dus heb ik contact met hem opgenomen. Hij heeft geen idee wie Scarlet is en kent ook geen Jessica. Het is allemaal een beetje vreemd. Zodra ik haar vroeg hoe ze aan mijn nummer was gekomen, hing ze op. Daardoor kreeg ik het gevoel dat je misschien weer in de problemen zat.

Weer! Dat móést hij er gewoon aan toevoegen. Zijn broer dacht dat hij altijd in de problemen zat, en van alles wat er was gebeurd, gaf hij Rex de schuld.

Rex zou de eerste zijn om toe te geven dat hij dat verdiende, maar zijn broers starre houding en diens zelfgenoegzaamheid droegen niet echt bij aan het verbeteren van hun relatie. Dennis vertrouwde er niet op dat hij werkelijk was veranderd. Zijn broer ging ervan uit dat zijn oude problemen verdwenen zouden zijn als dat werkelijk zo was. Maar hij begreep niets van The Crew, van de positie die Rex binnen de bende had gehad of waarom de huidige bendeleden zo op wraak belust waren. Bendes hadden nooit deel uitgemaakt van zijn bevoorrechte bestaan – hij kende ze alleen uit het nieuws. Bovendien had Rex hun ouders laten lijden, en dat nam Dennis hem ook heel erg kwalijk.

Misschien had zijn broer het kunnen begrijpen, of in ieder geval gedeeltelijk, als Rex ooit de moeite had genomen om goed uit te leggen hoe de kettingreactie was ontstaan die heel lang geleden was begonnen. Maar hij kon er niet over praten, omdat hij niet over Logan kon praten – tegen niemand – en dat was hoe het allemaal was begonnen.

Het was trouwens onmogelijk om een betere band met zijn broers op te bouwen zonder hun levens in gevaar te brengen. Het was het beste voor hen als hij uit hun buurt bleef, en dat probeerde hij te doen.

Dat betekende echter niet dat hij Dennis en Mike niet miste. Of dat het gemakkelijk was om zo vaak alleen te zijn, vooral rond de kerst, wanneer de herinneringen aan wat er ooit was geweest heel dichtbij kwamen en hem deden denken aan alles wat hij was kwijtgeraakt. Eve was zo'n welkome onderbreking geweest, een cadeautje. Hij hunkerde naar haar aanrakingen, haar warmte en haar rust.

Als hij zich nog maar één keer in haar kon verliezen... Hij kon echter geen drie weken met haar doorbrengen en een mysterie blijven. Ze probeerde erachter te komen wie hij eigenlijk was. En hoe meer ze haar best deed, hoe gevaarlijker het zou worden, voor hen allebei.

Aan Dennis mailde hij terug dat hij niet in de problemen zat. Al was de waarheid natuurlijk dat hij begon te denken dat er nooit een einde aan zijn 'problemen' zou komen.

Een geluid in de woonkamer waarschuwde hem dat Mrs. Higgins op was. Kennelijk had de slaappil niet gewerkt.

Hij leefde met haar mee. Sommige nachten leken eeuwig te duren. Maar hij kon haar geen gezelschap gaan houden. Nadat hij zijn laptop had afgesloten, begon hij te pakken.

Hoofdstuk 18

Hij was vertrokken. Dat moest wel. Eve was een aantal keren langs Mrs. Higgins' huis gereden – zelfs 's nachts – en had Brents Landrover niet zien staan. Ze had ook al een week niets van hem gehoord. Nog nooit waren zeven dagen zo langzaam voorbijgegaan. Oké, hij had haar gezegd dat ze niet meer dan drie weken met hem kon verwachten, maar hij had haar niet gewaarschuwd dat het veel korter zou kunnen zijn.

Was er iets ergs met zijn zus gebeurd? Een uit de hand gelopen ruzie met haar ex? Of iets anders? Eve hoopte maar dat het niet kwam doordat ze Dennis had gebeld en dat Dennis Brent had ingelicht. Maar daar leek het wel op. Anders zou Brent wel afscheid van haar genomen hebben, toch? De laatste keer dat ze hem had gezien, had hij haar verteld dat zij de eerste vrouw sinds Laurel was voor wie hij echt iets voelde. Er moest iets gebeurd zijn waardoor dat in één klap was veranderd.

Misschien dacht hij, omdat ze zo nonchalant had gereageerd op het feit dat ze niet samen zouden blijven, dat het haar niets kon schelen. Maar dat had ze alleen maar gedaan, omdat ze op dat moment niet aan zijn vertrek wilde denken.

'Dit is klote,' mopperde ze voor zich uit, terwijl ze in haar eentje in Just Like Mom's zat. Wat ze in dit restaurant deed, wist ze eigenlijk niet eens. Het was bijna tien uur, de tijd waarop ze door de week dichtgingen, en ze had thuis al gegeten. Maar Brent kwam hier graag, had ze begrepen, toen ze samen in Jackson hadden ontbeten. Dit is krankzinnig, Eve, zei ze tegen zichzelf. Denk je nou echt dat hij hier zomaar naar binnen komt wandelen?

Dat gebeurde natuurlijk niet. De serveerster verscheen ook niet, hoewel Eve al ten minste tien minuten zat te wachten om haar hartige taart en kruidenthee te kunnen afrekenen. Ze keek in haar portemonnee om te checken of ze genoeg contant geld had, zodat ze dat op de tafel kon achterlaten. Maar dat had ze niet.

'Verdorie,' mopperde ze. Ze wilde er nog een stevige vloek achteraan gooien, maar toen liep Noelle Arnold samen met een andere vrouw naar binnen. Omdat ze allebei gekleed waren in de korte rokjes en strakke T-shirts die Sexy Sadie voorschreef, nam Eve aan dat hun dienst er net op zat.

Toen Noelle haar zag, wilde Eve het liefst verdwijnen – in de grond zakken of oplossen in het niets – maar dat was onmogelijk, omdat de serveerster nog steeds haar creditcard niet had opgehaald.

'Hé!' Noelle kwam naar haar toe, met haar collega een halve stap achter haar aan. 'Hoe gaat het?'

Het lukte Eve te glimlachen. Ongetwijfeld was het een zwakke imitatie van haar gebruikelijke glimlach, maar beter kreeg ze onder de omstandigheden niet voor elkaar. 'Goed, dank je.'

'Zie je die kerel nog steeds die je een paar weken geleden mee naar huis hebt genomen? Mijn god, wat was die sexy!'

Eve knarsetandde, terwijl ze zichzelf onder controle probeerde te houden. 'Nee. We hebben nooit echt iets gehad. Hij was gewoon... op doorreis.'

'Balen!' riep Noelle uit. 'Dat spijt me zó voor je! Ik zag dat je echt voor hem viel. Je hebt wel echt pech met mannen de laatste tijd, hè?'

'Ik vind het niet erg om single te zijn,' loog Eve.

Noelle moest het kraakje van verdriet in haar stem hebben gehoord, want ze hield haar hoofd schuin alsof de plotselinge verandering in Eves toon haar verraste. Maar voor ze daarop in kon gaan, pakte haar vriendin haar bij de hand en begon haar naar een tafeltje te trekken. 'Genoeg gekletst. Kom op! Ik ben uitgehongerd!'

'Oké! Oké!' Noelle liet zichzelf wegtrekken, maar ze maakte nog één laatste opmerking. 'In ieder geval heb jij het bed met hem kunnen delen. Wij hebben daar alleen maar over kunnen dromen!'

Was dat waartoe ze was gereduceerd? Iemand die blij moest zijn dat ze seks had gehad met een kerel die niet eens genoeg om haar gaf om haar te vertellen dat hij vertrok?

'Zielig,' fluisterde ze, en dat betrof zowel Noelle als haarzelf.

Net toen ze op het punt stond om de serveerster te gaan zoeken, hoorde ze de bel boven de deur weer. Zodra ze Ted en zijn vrouw naar binnen zag lopen, kreunde ze bijna hardop. Als er iemand was die ze liever niet zag, behalve Noelle, dan was het Ted wel. Ted mét Sophia maakte het nog erger. Er wordt me ook niets bespaard, dacht ze.

'Ha, daar ben je!' zei hij, terwijl hij haar vervangster in zijn leven voorging naar de tafel.

'Was je naar mij op zoek?' Eve deed net alsof ze zijn telefoontjes en sms'jes niet had genegeerd. Behalve Cheyenne had ze al haar vrienden vermeden. Iemand met wie ze werkte, kon ze niet ontlopen. Cheyenne had natuurlijk geprobeerd haar uit te horen over Brent, maar Eve was erin geslaagd om zijn plotselinge afwezigheid luchtig af te doen door te zeggen dat ze nog steeds telefonisch contact hadden.

'Heb je de laatste tijd je berichten nog wel eens gecheckt?' Ted keek haar een beetje boos aan. 'Ik probeer je al een hele tijd te pakken te krijgen.'

'Het spijt me. Ik had willen bellen, maar ik heb het heel druk gehad.'

'Gelukkig zag ik je auto staan.'

Ja, gelúkkig, dacht ze sarcastisch. Hij had in zijn sms'jes gezegd dat hij nieuws had over Little Mary. Natuurlijk wilde ze dat graag horen. Maar zelfs een gesprek dat met een heel ander onderwerp begon, zou uiteindelijk uitdraaien op vragen over Brent. En ze wilde het niet over hem hebben, wilde niet erkennen dat hij al vertrokken was en dat ze een stomkop was geweest om iets met hem te beginnen. Waar Ted en verder iedereen haar voor hadden gewaarschuwd.

'Wat wilde je me vertellen?'

'Ik heb contact met Mabel Cummings achterkleindochter gehad,' zei Ted trots. Hij gebaarde naar Sophia dat ze moest gaan zitten, waarna hij dat ook deed. 'Ze heet Emma Wright en ze woont in Virginia.'

'Wat goed!' wist Eve uit te brengen, terwijl ze weer een ongeduldige blik op de keuken wierp. 'Geweldig dat je haar hebt weten op te sporen. Wat zei ze?'

'Dat haar overgrootmoeders zus, Harriett dus, nooit heeft beweerd dat het John was.'

'Dus ze heeft wel weer gesproken?'

'Kennelijk. In ieder geval toen ze weer bij haar familie in Zuid-Carolina was. Ze heeft tegen haar zus gezegd dat hij onschuldig was en dat hij een van de meest "onbegrepen" mensen was die ze ooit had ontmoet.'

'Waarom heeft ze dan zijn treinset verbrand?'

'Daar kon Mabel geen antwoord op geven. Ze kon zich zelfs niet herinneren dat iemand het ooit over een treinset had gehad. Maar ze zei dat haar oudtante haar grootmoeder had verteld dat John niet de dader was.'

'Wie dan wel?'

'Ze had geen idee.'

'En ze beweerde dat John niet begrepen werd? Dat is een interessante manier om iemand te beschrijven aan wie iedereen zo'n hekel had.'

'Het geeft mij in ieder geval niet de indruk dat ze hem verantwoordelijk hield voor hun dochters dood.'

'Nee, maar zo te horen heeft ze ook geen andere mogelijke daders aangewezen. En, of ze hem nu als de moordenaar zag of niet, het blijft alleen maar haar mening. Het betekent niet dat hij onschuldig was. Misschien hield ze zoveel van hem dat ze de gedachte niet kon verdragen dat hij hun kind zou hebben vermoord. Wist Emma dat haar overgrootmoeders zus als een kluizenaar had geleefd na Mary's dood?'

'Volgens mij wel. Ze vertelde me dat Harriett erg afgezonderd had geleefd totdat ze overleed.'

'In Zuid-Carolina?'

'Ja.'

'Heb je het over de buurjongenstheorie gehad?'

'Ja, daar zag Mabel wel iets in. Het idee dat Harrietts echtgenoot het zou hebben gedaan, vond ze niet prettig. Maar zij had nooit gehoord dat de buren erbij betrokken waren, dus als een van hen de dader was, wist Harriett dat waarschijnlijk niet.'

'Ga je proberen de namen van die buurjongens te achterhalen? Hun families op te sporen?'

'Dat wil ik wel een keer doen, maar eerst ga ik achter familieleden van Harriett aan, die volgens mij nuttigere informatie kunnen opleveren. Emma heeft me een hele lijst gegeven, waaronder een van Harrietts nichten die bijna honderd is. Ik denk dat ik mijn tijd beter kan besteden door erachter te komen wat zij nog weet.'

'Wauw! Een honderdjarige? Werkt haar geheugen nog?'

'Volgens Emma is ze zo scherp als wat.'

'Dat is fantastisch!' Ted ging dus echt praten met iemand die Harriett zelf gekend had! 'Nu begrijp ik waarom je zo opgewonden bent. Wanneer kan je met haar praten?'

'Ze zit in een verzorgingstehuis. Emma gaat een afspraak voor me regelen.'

'Waar woont ze?'

'Alabama.'

'Ga je echt naar de andere kant van het land vliegen? Kun je niet skypen of zo?'

'Ze heeft geen computer. Het is makkelijker als ik naar haar toe ga. Dan kan ik misschien ook wat foto's of zo van vroeger zien.'

Eve knikte.

'Heb je zin om mee te gaan?'

'Ja, alleen kan ik nu niet weg. Niet in de kerstperiode. En ik neem aan dat je het niet tot later wilt uitstellen.'

'Ik wil inderdaad liever niet wachten.'

'Ga dan. Je pakt het echt heel grondig aan. Zodra je terug bent, kun je me alles vertellen.'

'Als je je telefoon opneemt.'

Toen ze schaapachtig glimlachte, knipoogde hij naar haar. 'Dit was toch niet zo pijnlijk, hè?'

'Ted, hou op,' zei Sophia bestraffend, maar Ted kende Eve al zijn hele leven en wilde zich niet door zijn vrouw laten voorschrijven hoe hij met haar omging.

'Het was niet te pijnlijk,' zei Eve, 'zolang het hierbij blijft.'

Zijn wenkbrauwen gingen omhoog. 'Dus je wilt niet dat ik je vertel wat ik over Brent te weten ben gekomen?'

Eindelijk verscheen de serveerster, nogal gejaagd. 'Het spijt me,' zei ze. Toen stak ze een vinger in de lucht om aan te geven dat ze eraan kwam, en ze snelde naar Noelles tafel om eerst hun bestelling op te nemen, wat een wijs besluit was, want Noelle stond op het punt om naar buiten te stormen.

'Je weet helemaal niets over Brent,' zei Eve.

'Dan ben ik misschien iemand anders gevolgd die de stad uit reed.'

Haar mond viel open. 'Je bent hem gevolgd? Waaróm?'

'Omdat het drie uur 's nachts was, en omdat ik het vreemd vond dat hij aan het rondrijden was.'

Eve kruiste haar armen. 'Niet vreemder dan dat jíj om die tijd aan het rondrijden was.'

'Alleen heb ik een stiefdochter die zulke pijnlijke krampen had dat ze in tranen was en pijnstillers nodig had.'

'Toch nam je de tijd om Brent te volgen.'

'Ik dacht dat je me daarvoor zou bedanken.'

Ze kon niet ontkennen dat ze nieuwsgierig was. 'Wanneer was dit?'

'Afgelopen maandag.'

'Waar ging hij heen?'

'Ik ben hem naar Jackson gevolgd. Ik moest sowieso zo ver rijden om een drogist te vinden die open was.'

'En toen?'

'Het leek erop dat hij een kamer nam in die B&B aan de rand van de stad. Ik ben de naam vergeten.' Hij keek vragend naar Sophia.

'Je zei dat het die blauwe was,' hielp ze hem herinneren.

Eve kwam tussenbeide, zodat ze niet op dat detail door zouden blijven gaan. 'Ik weet welke je bedoelt,' zei ze. Natuurlijk. Daar waren ze samen geweest.

'Oké. In ieder geval, zijn auto stond daar toen ik er een kwartiertje later op de weg terug langsreed, dus neem ik aan dat hij daar de nacht heeft doorgebracht,' vervolgde Ted.

Was hij daar nog steeds, vroeg Eve zich af. Zo dichtbij? Maar ze wist dat de kans daarop klein was. 'Waarom heb je me dat niet eerder verteld?'

'Dat meen je toch niet, hè? Hoeveel van mijn berichten heb je genegeerd?'

De serveerster kwam hun kant op, en Eve pakte haar tas, stond op en overhandigde haar de creditcard. 'Je weet waar ik werk.'

'Eerlijk gezegd, wilde ik het je liever niet vertellen,' bekende hij.

'Waarom nu dan wel?'

'Omdat Cheyenne het gevoel heeft dat jullie twee nog iets af moeten maken. Ze zei dat hij geen afscheid heeft genomen. Wat mij betreft, verdien je een kans om hem daarmee te confronteren, vooral omdat hij zo bezitterig deed toen ik aan je keukentafel zat. Alsof ik, een van je beste vrienden, het recht niet heb om jou voor hem te waarschuwen.'

'Dus dit is een wedstrijdje wie het verst kan pissen?'

'Ik probeer hem aan te spreken op wat hij doet en zegt.' Hij vernauwde zijn ogen. 'Waar ga je nu heen?'

'Naar huis,' antwoordde ze. Maar dat was een leugen, en ze was ervan overtuigd dat Ted en Sophia dat wisten. Ze ging naar Jackson. Kleine kans dat Brent daar na een hele week nog was, maar zo ja, dan wilde ze weten of alles goed ging met zijn zus… of dat zij hem had weggejaagd door zijn broer te bellen.

Hoofdstuk 19

De donderklappen die door de lucht rolden, waren zo hard dat de muren ervan schudden. Rex was nu een week thuis, maar zijn huis voelde niet hetzelfde als toen hij was weggegaan. Misschien kwam dat doordat hij nu anders tegen zijn interieur aankeek, minder gericht was op functionaliteit en zijn huis gebrek aan warmte en gezelligheid leek te hebben, in vergelijking met Eves bungalow, haar B&B, en zelfs de rest van Whiskey Creek. Het werkte hem ook op de zenuwen dat hij weer meer op zijn hoede moest zijn, nu hij terug was op de plek waar The Crew hem zou kunnen vinden.

‘Wanneer houdt dit op?’ mompelde hij tegen zichzelf, terwijl hij door een spleet in de jaloezieën aan de zijkant van het raam naar de storm stond te staren die zijn kleine achtertuin teisterde. Als The Crew op een of andere manier achter zijn adres was gekomen, zou dit de perfecte nacht zijn om toe te slaan. Vooropgesteld dat ze met genoeg mensen kwamen, zouden ze zijn huis van diverse kanten kunnen bestormen en binnendringen, zonder dat zijn buren ook maar iets zouden merken.

Hoelang zou het duren voordat Marilyn zijn lijk zou vinden, vroeg hij zich af. Eén dag? Twee? Het idee dat ze op zo’n afschuwelijk tafereel zou stuiten, was vreselijk. Ze zou geen idee hebben hoe ze zijn familie moest bereiken, besefte hij plotseling, en hij pakte zijn telefoon.

‘Marilyn, met mij,’ zei hij, toen hij haar voicemail aan de lijn kreeg. ‘Ik bel je om je te vertellen dat je contact met mijn broers moet opnemen als er iets met me gebeurt. Ik heb het nooit over ze gehad, maar ik heb er twee. Mijn testament ligt in de kluis op kantoor. Alles wordt over hen verdeeld.’ Toen hij na de gevangenis naar Californië was teruggekeerd, had hij het testament laten opstellen. Er waren een paar dingen die hij nu zou veranderen als dat had gekund. Hij wilde Eve meer geven dan de vijfduizend dollar die hij bij haar had achtergelaten voor als ze zwanger zou zijn. En hij wilde een voorziening voor zijn werknemers treffen. Maar toen hij zijn testament had opgesteld, kende hij hen allemaal nog niet, en als er vannacht iets gebeurde, was het daar te laat voor.

Nadat hij Marilyn de telefoonnummers van zijn broers had gegeven, dacht hij erover om ook dat van Virgil te geven. Als hij werd vermoord, moest Virgil dat zo snel mogelijk weten. Hij durfde echter geen enkele aanwijzing achter te laten, ook al was die dan alleen verbaal, die naar New York getraceerd zou kunnen worden. Als hij eenmaal dood was, zou The Crew zijn familie verder met rust laten. Maar ze zouden wel naar Virgil blijven zoeken. Meer dan de paar e-mails over Mona's executie die Virgil en hij hadden uitgewisseld, konden ze zich op het moment niet veroorloven.

Even nam hij de tijd om een brief naar Dennis te schrijven, waarin hij hem vroeg geld over te maken aan Eve Harmon uit Whiskey Creek, als ze dat nodig had. Hij kon alleen maar hopen dat Dennis aan zijn verzoek zou voldoen. Met het plan de brief morgen op de bus te doen, stopte hij hem in zijn zak. Toen liep hij van zijn werkkamer naar de woonkamer om de voorkant van het huis en de tuin te checken.

Hij zag de kleurige kerstverlichting van het huis aan de overkant van de straat door een mist van regen. De meeste mensen gingen helemaal op in de feestdagen met het kopen van cadeautjes, het geven van feesten en de voorbereiding op het einde van het jaar, terwijl hij zich voorbereidde op het einde van zijn leven...

Shit! Hij was het zat om uit de ramen te moeten kijken en naar de beelden van de camera's op zijn laptop te turen. Als The Crew kwam, dan wilde hij dat ze opschoten. Hij had zijn pistool in zijn broekband zitten, want hij zou zich niet zomaar overgeven. Het was niet dat hij echt dood wílde. Maar dit was geen manier van leven.

Toen zijn mobiel in zijn broekzak trilde, vroeg hij zich af of een klant in de problemen zat. Het was echter niet een van de bodyguards, het was Marilyn. Ze moest zijn bericht eerder hebben ontvangen dan zijn bedoeling was geweest. Hij had gedacht dat ze wel zou slapen. Zodra hij was teruggekeerd, had hij het telefoonsysteem van het kantoor opnieuw geprogrammeerd, zodat hij weer na werktijd dringende telefoontjes zou ontvangen in plaats van zij. Normaal was ze om halfvier uur klaar met werken als ze vroeg begon, wat ze gewoonlijk deed.

'Hallo?' Terwijl hij de telefoon beantwoordde, dacht hij dat hij een beweging in de tuin zag en hij trok bijna zijn pistool. Maar toen hij goed keek, besefte hij dat het een boomtak was die door de wind heen en weer zwaaide.

'Wat is er aan de hand?' vroeg ze.

'Niets,' zei hij, terwijl hij de bewegende schaduwen die door de wuivende bomen werden veroorzaakt scherp in de gaten hield.

'Waarom geef je me dan de telefoonnummers van je naaste familie?'

'Voor het geval dat.'

'Voor het geval dat wat?'

'Dat heb ik je verteld. Voor het geval er iets gebeurt.'

'Dat vind ik eng.'

'Het spijt me. Ik kan deze informatie aan niemand anders geven.'

Ze schraapte haar keel. 'Ik vraag me hierdoor ook af of ik je moet vertellen dat we vandaag een beetje een vreemd bericht hebben binnengekregen.'

De spanning in zijn schouders nam toe. Was dit 'vreemde bericht' het begin van het einde? Hij had zitten wachten op iets ongebruikelijks, iets wat hem zou waarschuwen dat The Crew dichterbij kwam. 'Waarom heb je me dat niet meteen verteld? Jij vertrok vóór mij, en ik heb de berichten die daarna binnenkwamen, voortdurend afgeluisterd.'

'Het kwam rond drie uur binnen, toen ik aan de andere lijn hing en jij bij de bank was, maar ik dacht dat iemand gewoon een verkeerd nummer had gedraaid.'

'Wie wilden ze spreken?'

'Een of andere Brent.'

Meteen zag Rex Eve voor zich, en hij hoopte heel erg, hoewel hij dat eigenlijk helemaal niet zou moeten hopen, dat ze contact met hem probeerde op te nemen. 'Was het een vrouw?'

'Nee.'

'Waardoor moest je er nu aan denken?'

'Toen je me een paar minuten geleden belde, werd ik eraan herinnerd. Het gaf me om een of andere reden een vreemd gevoel. Ik begon me af te vragen of je die naam misschien om een of andere reden hebt gebruikt.'

Boos omdat ze hem niet had ingelicht, liep hij weg van het raam en concentreerde zich op het gesprek. 'Marilyn, je mag níéts voor me achterhouden. Het kan me niet schelen wie er belt, voor wie het bericht bedoeld is of van wie het afkomstig is.'

'Waarom? Dat begrijp ik gewoon niet.'

'Het zou mijn dood kunnen betekenen. Begrijp je dat?'

Er viel een lange stilte. 'Kijk, door dat soort opmerkingen slaap ik 's nachts niet meer.'

Hij wilde haar geen angst aanjagen, maar hij moest haar wel doordringen van het feit dat ze hem alles moest vertellen. Niemand wist wat hem zou kunnen waarschuwen dat zijn oude bende in de buurt was. 'We werken in de beveiliging. Daardoor hebben we te maken met heel gevaarlijke mensen, en sommige van die mensen willen graag wraak nemen.'

'Is dat wat er nu aan de hand is? Want je bent nog nooit twee-en-een-halve week verdwenen en je hebt me nog nooit gevraagd om je ergens stiekem te ontmoeten. Je hebt nog nooit zelfs maar vakantie opgenomen. En je hebt nog nooit een andere naam gebruikt.'

Ze had geen idee dat de naam die zij kende, ook niet zijn echte naam was. Tenminste, zijn achternaam niet. Hij was een aantal keer van identiteit veranderd. De eerste keer – toen hij, Virgil, Peyton, Laurel en haar twee kinderen in het getuigenbeschermingsprogramma waren gegaan en naar Washington DC waren verhuisd – had hij Perry Smith geheten. Aan die naam had hij een vreselijke hekel gehad. Hij paste niet echt bij hem, had hem het gevoel gegeven dat hem iets belangrijks was ontnomen. Maar daarna had hij nog vijf andere namen gehad, die hem al evenmin waren bevallen. Dus terug in Californië was hij Rex weer als voornaam gaan gebruiken, met het idee dat er zoveel mensen in deze overvolle staat woonden dat één Rex niet op zou vallen. Hij had zijn echte naam gemist. En nadat ene Ice een jaar daarvoor Laurel in Montana had gevonden, had hij niets meer van The Crew of Mona gehoord.

'Er zit iemand achter me aan, Marilyn.'

'Wíé?'

'Iemand met wie ik in het verleden te maken heb gehad. Meer hoef je niet te weten. Dus wat hield dat vreemde bericht in?'

Hij merkte dat ze het niet prettig vond om naar het ware verhaal te moeten gissen. Kennelijk dacht ze dat hij haar niet vertrouwde. Tot op zekere hoogte was dat ook waar. Maar alleen omdat hij niet van haar kon verwachten dat ze The Crew zijn huisadres niet zou geven als er een pistool op haar hoofd gericht was. En als haar man werd bedreigd, zou ze waarschijnlijk nog veel sneller doorslaan.

Ze was een trouwe werkneemster, maar The Crew was er heel goed in om iemands kwetsbaarste kant te vinden. En haar vragen om in zijn plaats te sterven, was uitgesloten. 'Nou?' drong hij aan.

'Het was van ene Dylan.'

De enige Dylan die hem als Brent kende, was degene die hij onlangs bij Eve had ontmoet. 'Noemde hij nog een achternaam?' vroeg hij, alleen om te bevestigen wat hij vermoedde.

'Nee. Het enige wat hij zei, was: "Brent, klootzak, moest je me nu verdorie gelijk geven?" '

Dat bericht móést wel van Cheyennes man afkomstig zijn. Met hulp van Eves vriend Ted was Dylan er kennelijk achter gekomen wat Rex' werkelijke beroep was. Maar wat Marilyn zei, paste niet helemaal bij het beeld dat Rex van een stoere vent als Dylan had. 'Zei hij echt verdőrie?'

Ze liet haar stem dalen. 'Ik wilde het niet letterlijk herhalen. Mijn schoonmoeder slaapt hiernaast en " klootzak" was al erg genoeg.'

Normaal gesproken zou hij hierom hebben gelachen. Op het werk kon Marilyn heel grof in de mond zijn. Maar hij zou ook geen vloekwoorden gebruiken binnen gehoorsafstand van zijn schoonmoeder, als hij er eentje had. Zelfs in zijn slechtste periode had hij nooit gevloekt in de aanwezigheid van zijn eigen moeder. Al zijn woede was naar binnen gekeerd geweest. 'Hij heeft geen nummer ingesproken?'

'Nee. Ik kreeg niet de indruk dat hij een telefoontje terug verwachtte. Maar zijn nummer verscheen op het schermpje, dus heb ik het genoteerd.'

Rex wist dat hij dit moest laten gaan. Hij zou gek zijn als hij reageerde. Als hij Dylan terugbelde, zouden zowel Dylan als Ted weten dat hij toch iets te maken had met All About Security. Maar ze waren sowieso al niet in het verhaal getrapt dat hij een landschapsarchitect in Bakersfield was, en de roekeloosheid en opstandigheid tegen zijn beperkingen die hij de laatste tijd had gevoeld, staken hun kop weer op. Kom maar op, dacht hij, terwijl hij zich voor de zoveelste keer zijn laatste confrontatie met zijn oude bende voorstelde.

'Geef me het nummer,' zei hij tegen Marilyn, en hij liep terug het kantoor in om pen en papier te halen.

Twee minuten later blokkeerde hij zijn eigen nummer en belde Dylan.

Cheyenne nam op. 'Hallo?'

'Is je man thuis?' vroeg Rex.

'Met wie spreek ik?'

Hij aarzelde omdat hij zichzelf liever niet bekend maakte, maar hij betwijfelde of ze Dylan zou roepen als hij dat niet deed. 'Met Brent.'

'O, eh... Brent. Wacht even.'

Ze klonk een beetje verward, maar ze vroeg hem niet waarom hij zo plotseling was vertrokken, terwijl hij tot na kerst zou blijven. Ook had ze het er niet over dat zijn zus niet was gekomen of dat hij ervandoor was gegaan zonder Eve gedag te zeggen. Ze snelde weg om haar man te halen. Op de achtergrond kon hij haar Dylan horen roepen.

Een paar seconden later kwam Dylan aan de lijn. 'Brent?'

'Vind je dat ik had moeten blijven?' vroeg Rex meteen. 'Is dat wat je vindt?'

Er viel een lange stilte. Daarna, zonder tegen hem uit te varen zoals Rex had verwacht, zei Dylan zachtjes en rustig: 'Nee, ik denk dat je had wíllen blijven, anders zou je niet gebeld hebben.'

'Misschien.' Waarom zou hij het ontkennen? Wie zou niet op zo'n warme, veilige plek willen blijven?

'Waarom ben je dan weggegaan?' vroeg Dylan.

'Omdat ik niet anders kon, begrijp je? Speciaal voor Eve ben ik weggegaan. Het was voor jullie allemaal!' Hij stond op het punt om op te hangen. Hij had Dylan alleen willen laten weten dat hij Eve niet gebruikt had, dat hij niet zó'n schoft was.

'Wat voor problemen heb je, Brent? Is het je zus?'

Rex haalde een hand door zijn haren, die al helemaal door de war zaten omdat hij dat die avond al heel vaak had gedaan. 'Nee, ik heb geen zus. Scarlet is een klant. Ik had haar gevraagd naar Whiskey Creek te komen, zodat ik haar kon beveiligen, maar dat probleem heeft zichzelf opgelost.'

Er viel weer een lange stilte. Toen zei Dylan: 'Waar heb je nog meer over gelogen?'

'Bijna over alles,' bekende Rex. 'Maar wat er nu in mijn leven gebeurt, heeft niets met de politie te maken, als je daar op doelt.'

'Dan kan de politie je helpen.'

'Dat hebben ze geprobeerd. Ze kunnen niets doen. Ik kan het beter zelf af.'

'Waar heeft het dan mee te maken? Heb je tegen iemand getuigd? Of –'

'Zoiets,' onderbrak Rex hem. Hij was er vrij zeker van dat het Dylan verbaasde dat ze sowieso dit gesprek hádden. Het verbaasde Rex zelf ook. Ze kenden elkaar nauwelijks, en hij had nog nooit geprobeerd begrip of zoiets bij iemand te vinden. Waarom Eve en haar vrienden anders waren, wist hij niet, maar het deed er op een of andere manier toe wat ze over hem dachten.

'Wat het ook is waarmee je te maken hebt,' zei Dylan, 'op een gegeven moment zul je moeten ophouden met vluchten.'

Rex grinnikte vreugdeloos. Tot die conclusie was hij zelf ook gekomen. Daarom was hij juist uit Whiskey Creek vertrokken. 'Precies. Maar geloof me, je wilt niet dat ik ophou met vluchten in jóúw stad,' zei hij, waarna hij meteen ophing. Hij kon het gesprek niet voortzetten, ook al had hij dat gewild. Hoewel hij niemand de oprit had zien oprijden, liep er iemand naar zijn deur toe. De adem stokte hem in de keel toen die persoon aanbelde, en hij greep zijn pistool. Misschien zou dit het einde zijn.

Hoofdstuk 20

Brent was op dezelfde dag dat hij in was gecheckt in de B&B in Jackson ook weer uitgecheckt. Die informatie had de manager van de Bluebell Eve vanwege de huidige privacywetgeving waarschijnlijk niet mogen geven, maar de vrouw had haar eerder met hem gezien en ze deed absoluut niet moeilijk. Daar was Eve haar dankbaar voor. Nu ze wist dat ze hem niet net mis was gelopen, was ze minder boos op Ted dat hij zo lang had gewacht om het haar te vertellen.

Helaas zou ze Brent onmogelijk kunnen opsporen met de weinige informatie die ze had. Uit wat ze had begrepen, was hij heel laat in de Bluebell ingecheckt, had een paar uur geslapen en was toen weer vertrokken naar... Joost mocht weten waarnaartoe. Waarom was hij die laatste paar uur niet gewoon bij Mrs. Higgins gebleven? Misschien had hij gedacht dat Mrs. Higgins hem over zou halen te blijven. Dat zou de reden kunnen zijn, dacht Eve, hoewel het ook mogelijk was dat hij op weg was gegaan, zich toen had gerealiseerd dat hij te moe was om helemaal naar zijn bestemming te rijden en had besloten om te gaan slapen op de enige plek die hem in de omgeving bekend was en zich niet in Whiskey Creek bevond.

Maar als zijn 'zus' iets was overkomen, als dat de reden was waarom hij midden in de nacht was vertrokken, dan was het vreemd dat hij zo snel al weer was gestopt. Waarom had hij niet een kop koffie gedronken of iets stimulerends geslikt om hem wakker te houden? Eve zuchtte. Hij had er geen geheim van gemaakt dat zijn relatie met zijn familie gespannen was. Misschien vond hij het lastig om Scarlet te hulp te snellen omdat andere familieleden zich al over haar hadden ontfermd, maar was hij te zeer van streek om te blijven waar hij was.

Er was echter één probleem met de zus-in-gevaartheorie. Eve was er nu van overtuigd dat Dennis Brents broer was, dat Brent eigenlijk

Rex heette en dat Scarlet niet zijn zus was. Dennis had gereageerd alsof hij niet eens een Scarlet kende. Hopelijk was ze niet Brents, eh... Rex' vriendin.

'Je zei dat je geen bedrieger was,' mompelde ze voor zich uit, terwijl ze Whiskey Creek in reed. Maar kon ze dat geloven?

Het begon te sneeuwen, toen ze de buitenwijken van het stadje bereikte. De winter was dit jaar laat begonnen. Het had veel geregend, maar dit was de eerste sneeuw. Normaal gesproken zou ze opgewonden worden van het idee dat ze een witte kerst zouden krijgen. Er was niets mooiers dan haar schilderachtige stadje onder een dikke laag sneeuw. Maar ze was nu absoluut niet in een kerststemming.

Op dit moment wilde ze alleen maar naar bed, dus was ze niet blij toen ze haar oprit opreed en Dylans jeep zag staan. De achterlichten van zijn wagen waren aan, alsof hij alleen maar even langs was gekomen, haar niet thuis had getroffen en op het punt stond te vertrekken.

Zat Cheyenne naast hem? Het was te donker om dat te kunnen zien.

Zodra hij haar zag, zette hij de motor uit, ook al blokkeerde hij zo de carport. Daar zou Eve zich in andere omstandigheden niet druk over hebben gemaakt. Maar ze wilde niet over Brent praten. Niet met Ted en Sophia. En ook niet met Cheyenne en Dylan. Met niemand. Ze had pijn in haar hart, of dat nu gerechtvaardigd was of niet, en ze had tijd nodig om haar teleurstelling te verwerken. Bovendien was ze nog steeds bang voor de uitslag van een zwangerschapstest. Omdat ze emotioneel totaal in de war was, wist ze niet zeker wat ze ervan zou vinden als ze zwanger bleek te zijn. Ze wist alleen dat ze er nog niet klaar voor was om Brent op te geven wanneer hij vertrok, en ze had gedacht dat ze er nog een paar weken de tijd voor had om aan dat idee te wennen.

De portieren aan de bestuurders- en passagierskant gingen tegelijkertijd open, wat haar vraag beantwoordde of Cheyenne met

Dylan mee was gekomen. Misschien had Ted hen gebeld, om hun te vertellen dat ze overstuur uit het restaurant was vertrokken, en waren ze hier om te kijken of het wel goed met haar ging.

'Wat doen jullie hier zo laat?' riep ze naar hen. Ze had haar auto aan de zijkant geparkeerd, zodat Dylan erlangs kon wanneer hij en Cheyenne weer naar huis gingen.

Dylans sleutels rinkelden in zijn hand, terwijl ze naar haar toe liepen. 'We hebben je geprobeerd te bellen.'

Ze pakte haar tas uit de auto, zodat ze haar mobiel kon checken. 'O, sorry, mijn batterij is leeg.' Ze was zo bezig geweest met haar missie om Brent of Rex te vinden dat het haar niet eens was opgevallen.

'De lampen in het huis waren aan, dus dachten we dat je thuis was, dat je je auto misschien aan iemand anders had uitgeleend.' Cheyenne wist dat Pam, van de B&B, een auto had die zelfs nog ouder was dan die van Eve. Als ze daar problemen mee had, leende ze soms Eves Mercedes, als dat kon.

'Nee, vanavond niet.' Ze had het licht aangelaten toen ze naar Just Like Mom's ging, omdat ze niet van plan was geweest lang weg te blijven en ze het veiliger vond om niet in een donker huis terug te keren. 'Maar ik weet nog steeds niet waarom jullie hier zijn.'

'Brent heeft Dylan gebeld,' verklaarde Cheyenne.

Eves hart sloeg over. 'O ja? Waarom? En... hoe is hij aan je nummer gekomen?'

Er viel een stilte.

De blik die Dylan Eve toewierp, gaf aan dat hij niet heel blij was met wat hij ging zeggen. 'Ik heb zijn bedrijf vanmiddag gebeld en een bericht ingesproken.'

'Wát?' riep ze uit.

'Ik wist dat hij geen landschapsarchitect was, en ik wilde dat hij dat doorhad,' legde Dylan uit. 'Ik was ook kwaad dat hij je leven binnen kwam stormen en weer verdween, alsof het er allemaal niet toe deed. Je verdient beter.'

Omdat zij vanwege dezelfde reden net zo boos was op Brent – Rex – waardeerde ze het dat Dylan het voor haar op had willen nemen. 'Dus je hebt naar All About Security gebeld.'

'Ja.'

'En hij heeft je teruggebeld...'

'Wat erop neerkwam dat wij gelijk hadden,' zei Cheyenne.

Ze werden nat, dus gebaarde Eve dat ze naar binnen moesten gaan. 'Dat moet hij beseft hebben.'

Dylan knikte, terwijl ze zich het huis in haasten. 'Klopt.'

Ze ging hen voor de keuken in. 'Dat heeft hij toegegeven?'

'Hij zei dat hij weg was gegaan, omdat hij geen keuze had. Dat wilde ik je vertellen. Ik dacht dat het je zou helpen... zijn plotselinge vertrek te verwerken.'

'Hij is vertrokken vanwege zijn zus en de problemen die zij met haar ex heeft? Is dat wat hij je heeft verteld?'

'Nee. Hij heeft geen zus,' antwoordde Dylan. 'Scarlet was een klant en hij was ingehuurd als haar bodyguard, maar, volgens hem, is haar probleem al opgelost.'

Eve slaakte een zucht van opluchting omdat ze er eindelijk achter kwam wie Scarlet was. Ze was niet Rex' zus of zijn vriendin. Dus was het logisch dat Dennis haar naam niet had herkend. Dat deed haar meer plezier dan ze wilde.

'De problemen die hij nu heeft, zijn zíjn problemen, niet die van Scarlet,' vervolgde Dylan. 'Maar hij beweert dat die problemen niets met de politie te maken hebben.'

'Dat heeft hij tegen mij ook gezegd.' Eve legde haar tas weg en trok haar jas uit. 'Geloof je hem?'

'Ja.'

'Hoezo?' wilde ze weten. 'Hij heeft heel veel leugens verteld.'

'Maar alleen onder druk. Hij wilde eigenlijk niets zeggen. We hebben hem ertoe gedwongen. En hij had me niet hoeven terugbellen als hij weer hetzelfde verhaal wilde ophangen. Hij leek min of meer... gelaten, eerlijk gezegd.'

Eve wilde dat zíj met hem had gepraat. 'Heeft hij iets over mij gezegd?'

'Niet echt. Maar het hele telefoongesprek ging eigenlijk over jou.'

'Maar toch werd ik niet genoemd,' zei ze, terwijl ze ging zitten.

'Hij zou geen moeite hebben gedaan als hij niets om je gaf.' Dylan hielp Cheyenne haar jas uittrekken. 'Daarom zijn we hier. Volgens mij wilde hij niet weg uit Whiskey Creek, en ik vond dat je dat moest weten.'

Wat Dylan zei, verzachtte haar pijn, maar ze wilde daardoor ook Rex terug. 'Is hij veilig?'

Dylan fronste. 'Ik kreeg de indruk dat hij denkt dat hij niet veilig is.'

Omdat ze het plotseling zo koud had alsof ze nog steeds buiten stond, wreef Eve over haar armen. 'En hij kan dat weten, toch?'

'Waarschijnlijk wel, ja,' antwoordde Dylan voorzichtig.

Eve kon merken dat hij eigenlijk niet bij dat aspect stil wilde staan. 'Is er iets wat wij kunnen doen?'

'Proberen buiten schot te blijven, denk ik. Hij wil het gevaar waarin hij verkeert niet naar Whiskey Creek brengen. En daar ben ik het mee eens.'

Maar als hij niet veilig was, wie zou hem dan helpen? 'Dus jij vindt dat we het aan hem moeten overlaten, het hem in zijn eentje moeten laten afhandelen?'

Dylan haalde zijn schouders op. 'Het spijt me, maar ik zie geen andere oplossing.'

Toen ze naar Cheyennes dikke buik keek, begreep ze waarom Dylan geen risico wilde nemen.

Rex had zijn buurvrouw bijna neergeschoten. Het was onvoorstelbaar dat Leigh Dresden, de vrouwelijke helft van het echtpaar dat naast hem woonde, om één uur 's nachts in de ergste storm die San Francisco deze winter had meegemaakt, voor zijn deur stond. Als ze haar vinger niet, grappig bedoeld, op het kijkgaatje had gelegd, zou hij waarschijnlijk anders hebben gereageerd. Maar hij begreep waarom ze niet verwachtte dat zoiets haar in gevaar zou kunnen brengen. Want hij was er vrij zeker van dat Leigh geen idee had wat ze aan het doen was. Uit haar gegiechel en het feit dat ze niet rechtop kon blijven staan, maakte hij op dat ze te veel had gedronken. Misschien had ze daardoor ook de wind en de regen getrotseerd om hem een bord suikerkoekjes te brengen. Ze had er plasticfolie overheen gedaan, zo slim was ze nog wel geweest, maar ze had niet eens een jas aan. Normaal was ze niet zo. Ze had twee zoontjes en leek altijd heel zorgzaam en toegewijd.

'Voor jou gebakken,' zei ze met dubbele tong.

Hij voelde het gewicht van zijn wapen in zijn rechterhand. Hoewel hij wel het licht op de veranda had aangedaan, had hij het in het halletje uitgelaten, zodat hij in het donker stond. Voor zover hij begreep, was het haar nog niet opgevallen dat hij een pistool in zijn hand had. Ze had het te druk met glimlachen en hem in de ogen proberen te kijken.

'Dat is heel aardig van je.' Hij verborg het wapen achter zijn rug. 'Maar midden in de nacht? Hoe ben je daartoe gekomen?'

Ze ging op haar tenen staan om over zijn schouder het huis in te kunnen kijken. 'Ik dacht gewoon dat je ze wel lekker zou vinden. Je lijkt zo geïsoleerd en eenzaam hier, snap je? Ik heb nog nooit visite bij jou gezien. Er komen nooit vrienden... of zo, langs.'

'Hou je me in de gaten?'

Haar lach klonk een beetje nerveus, alsof die vraag haar weer even wat helderder maakte. 'Sinds Marcus en ik uit elkaar zijn, is mijn leven veranderd.'

Dat verraste hem. 'Zijn jij en je man uit elkaar?'

Ze keek hem bevreemd aan. 'Ja, al een halfjaar. Hij is voor het achttienjarige sletje gevallen dat hij bij de fitness had leren kennen.'

'Het spijt me dat te horen. Ik loop kennelijk een beetje achter wat de buurtroddels betreft.'

'Ja. Ik dacht niet dat iemand dát verhaal nog niet had gehoord.'

Ze lachte weer, maar daarna maakte haar glimlach plaats voor een treurige blik. 'Hij nam haar mee naar huis. Ben van de overkant heeft me verteld wat er aan de hand was.'

'Dat moet pijn hebben gedaan.'

Ze keek triest, maar slaagde er toen in toch weer een glimlach tevoorschijn te toveren. 'Nou ja, ik zag het licht in je huis branden, en ik weet dat je meestal pas laat gaat slapen, en...' Ze maakte een vaag gebaar. '...ik vroeg me af of je misschien trek in een koekje had.' Ze leek zich op zijn mond te focussen. 'Of misschien heb je zin om bij mij een drankje te komen drinken, met een koekje erbij. We wonen al twee jaar vlak naast elkaar en toch kennen we elkaar nauwelijks.'

Dacht ze nu werkelijk dat dit het moment was om elkaar beter te leren kennen?

'Waar zijn je kinderen?'

'Thuis, in bed.' Ze liet haar stem dalen en knipoogde naar hem. 'Van hen zullen we geen last hebben.'

Het was duidelijk dat ze meer wilde dan praten. Rex was niet geïnteresseerd. Maar hij kon haar niet wegsturen en het risico lopen dat ze op weg terug naar haar huis zou vallen of een bendelid van The Crew tegen zou komen. Zonder dat ze het kon zien, stak hij zijn wapen in zijn broekband en trok zijn overhemd eroverheen. 'Helaas stond ik net op het punt om te gaan slapen, dus moeten we dat drankje voor een andere keer bewaren,' zei hij, terwijl hij het bord met koekjes aanpakte en naast zich neerzette. 'Maar ik zal even met je mee naar huis lopen.'

Zodra hij een stap naar buiten had gezet, haakte ze bij hem in en legde haar hoofd op zijn schouder. Hoewel het ijskoud was, had hij vergeten een jas aan te trekken. Het feit dat er een vrouw op zijn stoep stond terwijl hij had verwacht aangevallen te worden, had hem nogal in verwarring gebracht. Hij wilde er alleen voor zorgen dat ze veilig thuiskwam, maar ze was zo dronken dat ze nauwelijks kon lopen. Door haar gebrek aan coördinatie en de harde wind kwamen ze maar heel langzaam vooruit.

'Voel je je nooit eenzaam?' vroeg ze enigszins smachtend, terwijl ze hem met haar ogen knipperend aankeek.

Hij dacht aan Eve. De enige keer in de afgelopen jaren dat hij zich niet eenzaam had gevoeld, was toen hij met haar samen was geweest. 'Jawel.'

Leighs glimlach werd breder, en haar blik richtte zich weer op zijn lippen. 'Waarom stel je je dan niet wat socialer op?'

'Ik heb het druk.'

'Een man moet toch af en toe even pauze kunnen nemen! Je moet eten en slapen en... soms andere dingen doen.'

Eindelijk waren ze bij haar voordeur aangekomen. Zij leek geen last van het weer te hebben, maar hij vond het niet prettig om zeiknat te worden. 'Ga maar snel naar binnen voordat je kouvat.'

'Jij ook,' zei ze met een pruilmondje.

Hij liet zich door haar naar binnen trekken, maar bleef in het halletje staan. 'Leigh, het spijt me, maar ik moet terug naar huis.'

Ze sloot de deur achter hem en legde zijn hand op haar borst. 'Waarom? Het is hier toch veel prettiger?'

'Het spijt me, Leigh,' herhaalde hij, terwijl hij zijn hand van haar borst af haalde. 'Maar ik heb een relatie met iemand anders.' Hij kon bijna niet geloven dat die woorden uit zijn mond waren gekomen. Eve en hij hadden geen 'relatie'. Hij kon haar niets bieden. En toch... zou ze zwanger van hem kunnen zijn.

Zijn buurvrouw sloeg haar armen om zijn nek. 'Je neemt nooit iemand mee naar huis,' zei ze, waarna ze haar onderlip naar buiten stak. 'Dat weet ik. Sinds mijn man weg is, heb ik je in de gaten gehouden.'

'Ze woont ergens anders.'

'In een andere staat?'

'Daar hoef je je niet mee bezig te houden.' Voorzichtig bevrijdde hij zich uit haar armen. Het was duidelijk dat ze het heel moeilijk had. De kerstdagen brachten waarschijnlijk veel herinneringen aan haar man naar boven, en toch moest ze voor haar kinderen een blij gezicht trekken. Hij begreep wel waarom ze te veel dronk en op zoek ging naar troost en plezier.

Toch wilde hij weg, maar toen hij de deur had geopend en een auto voorbij zag rijden die bij zijn huis stopte, trok hij die snel weer dicht en schoof de grendel erop.

'Wat is er?' vroeg Leigh.

Hij antwoordde niet en snelde naar het raam. Er stapten vier mannen uit de wagen, zag hij. En uit de manier waarop ze doelbewust met iets onder hun jassen verborgen naar het huis toe liepen, maakte hij op dat ze wapens bij zich hadden.

Hoofdstuk 21

Door het gebonk op haar deur werd Eve uit een onrustige slaap gewekt. Ze ging overeind zitten, zich afvragend of ze zich het kabaal had verbeeld, of dat het een onderdeel was geweest van een van de vele dromen die ze had gehad.

Toen hoorde ze het weer. Luid en duidelijk. Iemand wilde haar wakker maken. Haar ouders niet, toch? Het was nog voor zessen!

Enigszins ongerust – ze had al zo'n slechte nacht achter de rug – pakte ze haar kamerjas en mobiel en liep voorzichtig de woonkamer in. De zon was nog niet op. Misschien zou die vandaag wel helemaal niet opkomen. Afgaand op de gierende wind was het weer niet opgeklaard, sinds het bezoek van Dylan en Cheyenne gisteravond. Ze wist niet of het nog steeds sneeuwde, maar de storm was duidelijk niet gaan liggen.

Ze ging naar het raam en tuurde naar buiten. Het sneeuwde niet meer, en er stond geen auto op haar oprit. Terwijl ze haar vinger boven de toets van het alarmnummer hield, riep ze: 'Wie is daar?'

'Ik ben het.'

Eves hart maakte een salto. Brent! Nee, Réx. Ze moest aan zijn echte naam gewend raken, maar eerst moest ze die bevestigd krijgen.

'Rex?'

'Ja.'

Het lukte haar een klein glimlachje te produceren, nadat ze de deur had geopend. 'Fijn om eindelijk de echte man achter de diverse namen te ontmoeten.'

'Het spijt me, Eve. Ik heb geprobeerd uit je leven te blijven.'

Hij zag er moe en bleek uit, veel bleker dan normaal. Ze vroeg zich even af of hij ziek was, maar ze trok al gauw de conclusie dat hij uitgeput moest zijn. Zijn haren zaten in de war, hij was ongeschoren en zijn ogen waren bloeddoorlopen. 'Ik wil je juist ín mijn leven hebben.' Ze trok hem naar binnen waar het warm was.

'Ik kan niet blijven,' zei hij.

Daar trok ze zich niets van aan. Hij had slaap, een goede maaltijd en liefde nodig. 'Je ziet eruit alsof je vannacht niet geslapen hebt.'

'Nog niet.'

'Nóg niet? De zon komt al bijna op!'

Ze wilde hem mee haar slaapkamer in nemen, maar hij hield haar tegen. 'Het zou slimmer zijn als je me weg stuurde. Op dit moment ben je veilig – zijn we allebei veilig – anders zou ik hier niet zijn. Maar op een gegeven moment vinden ze me weer.'

Ze! Eve wist niet wie 'ze' waren. En ze wist niet wat hij had gedaan, als hij al wat had gedaan, om zichzelf dusdanig in gevaar te brengen. Maar ze durfde het hem niet te vragen. Niet op dit moment. Hij leek zo kapot en hij was zo op zijn hoede, dat het haar pijn deed. 'Daar kunnen we het later over hebben,' zei ze. 'Nadat je hebt geslapen.'

'Wanneer moet je naar je werk?'

'Ik begin om negen uur, dus als ik weg ben wanneer je wakker wordt, doe alsof je thuis bent: ga douchen, ontbijt, wat je ook maar wilt. Heb je mijn auto nodig?'

'Nee, ik heb een auto gehuurd. Die staat verderop geparkeerd. Ik wilde niet dat je ouders hem zagen en zich zouden afvragen wat er aan de hand was.'

'En je spullen?'

'Ik heb niet veel bij me, maar wat ik heb, ligt in de auto.'

Hij liet haar zijn overhemd uittrekken. Maar toen ze zijn spijkerbroek naar beneden wilde schuiven, hield hij haar tegen. Dat was omdat hij een wapen in zijn broekband had zitten, besefte ze.

Terwijl hij het pistool eruit haalde, bleef ze als verstijfd staan. Hij legde het wapen niet meteen neer, alsof hij dacht dat ze hem nu toch wel weg zou sturen. 'Ik heb dit bij me om me te kunnen verdedigen, Eve,' zei hij. 'Ik zou jóú nooit iets aandoen. Dat weet je, toch?'

Dat wist ze. Hij bedreigde haar er niet mee. Maar er waren andere redenen waarom hij zo'n dodelijk wapen bij zich had, en die joegen haar angst aan. 'Heb je het ooit moeten gebruiken?' Ze wist dat hij zwaar in de problemen zat, maar een pistool? Dat betekende leven of dood!

In plaats van te antwoorden stak hij het wapen weer terug in zijn broekband. 'Ik had hier niet naartoe moeten komen, had je niet bij mijn problemen moeten betrekken.'

Ergens wist ze dat ze hem moest laten gaan. Daar zouden haar vrienden en ouders het waarschijnlijk mee eens zijn. Maar aan de andere kant... Als ze zijn uitputting en pijn invoelde, kon ze de gedachte niet verdragen dat hij zou vertrekken.

'Blijf,' zei ze. 'Ik moet toegeven dat ik me niet op mijn gemak voel met een pistool in huis, maar leg het neer en kom naar bed. Ik wil je naast me voelen. Ik wil je hart voelen kloppen en weten dat je bij me bent.'

Toen hij aarzelde, wilde ze zijn pistool pakken, maar hij trok haar hand weg en legde het zelf op het nachtkastje naast hem neer. Toen trok Eve haar nachtjapon uit, maar niet omdat ze de liefde met hem wilde gaan bedrijven. Ze had niet het gevoel dat hij daar op dit moment emotioneel toe in staat was. Ze wist niet eens zeker of zij daar zelf toe in staat was. Maar ze hunkerde naar het gevoel van zijn lichaam tegen haar aan en hij leek daar net zo naar te verlangen als zij, merkte ze toen ze naast hem in bed kroop.

'Ik hou van je geur,' mompelde hij, terwijl hij haar tegen zich aan trok.

Zij hield van veel meer dingen dan alleen zijn geur. Waarom wist ze niet precies. Ze kende hem eigenlijk niet goed, om maar te zwijgen over het feit dat hij haar in het begin had voorgelogen. Maar wanneer ze bij hem was, voelde ze zich op een bepaalde manier helemaal compleet. Het was bijna alsof er iets aan haar leven had ontbroken, en hij daarin voorzag. 'Ik ben blij dat je terug bent,' zei ze, waarna ze hem op de zijkant van zijn hoofd kuste.

Hij viel bijna meteen in slaap, zo leek het. Zij niet. Ze wilde niet slapen, omdat ze wist dat ze niet veel tijd samen zouden hebben, dat hij op zijn hoogst een dag of twee zou blijven. Dus lag ze te luisteren naar zijn ademhaling en naar zijn prachtige gezicht te kijken, terwijl de dag aanbrak. Ze wilde alle details van hem in zich opslaan, omdat ze waarschijnlijk niets anders dan herinneringen aan hem zou hebben. Tenzij ze zwanger van hem was...

Toen Rex wakker werd, was het huis stil. Eve was waarschijnlijk al naar haar werk vertrokken. Hij hief zijn hoofd op om de vrouwelijk ingerichte slaapkamer te bekijken, waarna hij zijn hoofd weer op het kussen liet zakken, toen hij zich herinnerde hoe erg The Crew gisteravond zijn huis en Landrover hadden toegetakeld.

Hij moest zich gaan douchen, zodat hij kon doen wat hij moest doen. Wanneer Eve terugkwam van haar werk, zou hij zich door haar naar het vliegveld laten brengen. Hij moest ervoor zorgen dat hij zo snel mogelijk Californië verliet. Ook moest hij uitvinden hoe hij zijn bedrijf en huis kon verkopen om daarna zijn leven opnieuw op te bouwen. Hij wist dat hij dankbaar moest zijn dat hij de nacht had overleefd, dat zijn buurvrouw hem een reden had gegeven om precies op het goede moment zijn huis uit te gaan. Maar het was moeilijk om onder ogen te zien dat alles wat hij had opgebouwd, weer afgebroken zou worden, vooral omdat hij had gedacht dat hij eindelijk het punt had bereikt waarop dat niet meer zou gebeuren. Tot hij dat laatste bericht van Mona had gekregen, had hij geloofd dat het verleden, zolang hij maar voorzichtig bleef, langzaam zou oplossen.

Dat had hij niet moeten aannemen. Dan zou de teleurstelling misschien niet zo bitter smaken. Hij zou nooit helemaal aan The Crew kunnen ontsnappen. Wat de reden was waarom hij niet in Whiskey Creek kon blijven. Hoewel hij niet begreep hoe The Crew hem hierheen had kunnen volgen, schoot hij onmiddellijk overeind, toen hij een geluid bij de voordeur hoorde. Meteen pakte hij zijn pistool.

'Maak je geen zorgen, ik ben het maar!' riep Eve. 'Ik kom je lunch brengen!'

Hij had door dat ze voorzichtig was, omdat ze wist dat hij een wapen had.

'Ik lig nog in bed,' riep hij terug, waarna hij zijn Glock snel in de la van haar nachtkastje legde.

Ze verscheen in de deuropening en zag er, zoals altijd, prachtig uit in een op maat gemaakte grijze jurk met zwarte sierrandjes en een zwarte panty. 'Mooi. Ik hoop dat je goed hebt geslapen. Dat had je nodig.' Ze glimlachte naar hem. 'Heb je trek?'

'Ik ben uitgehongerd.' Hij liet zijn blik over haar heen gaan, beginnend bij haar donkere haar en die prachtige korenbloemblauwe ogen en daarna afdalend naar haar slanke figuur. 'Maar misschien kunnen we eerst aan het toetje beginnen.'

In plaats van onmiddellijk te capituleren, trok ze een wenkbrauw op. 'Ik krijg het gevoel dat we hier met ontwijkingsgedrag te maken hebben. Nog méér ontwijkingsgedrag, zou ik moeten zeggen.'

Hij trok een gezicht. 'Betekent dat dat je wilt praten?'

'Wat denk jij?'

'We hebben heel weinig tijd. Waarom zouden we die verspillen?'

'Ik vind het geen verspilling van tijd om erachter te komen wat er aan de hand is.' Ze kwam naast hem op het bed zitten. 'Vertrouw je me voldoende om het me te vertellen?'

Hij was eraan gewend om zijn verleden, zijn ware identiteit en veel van de gebeurtenissen die hem hadden gevormd, te verzwijgen. Dus voelde het vreemd om er zelfs maar over ná te denken daarover te praten. Toch drukten die geheimen zwaar op hem. Zij was de eerste vrouw sinds Laurel die ook maar iets over hem wist, al was dat dan maar zo'n klein beetje.

'Wat heeft het voor zin om dingen voor me achter te houden?' drong ze aan, alsof ze de strijd begreep die hij in zijn hoofd voerde. 'Waarom wil je niet dat ik je echt leer kennen?'

Zuchtend schoof hij de kussens tegen het hoofdeinde van het bed om zijn rug wat ondersteuning te geven. 'Mijn echte naam is Rex McCready. Die naam is me bij mijn geboorte gegeven. Daarna heb ik

Perry Smith geheten, Jackson Perry, Taylor Jackson –' Hij was begonnen de namen op zijn vingers af te tikken, maar ze onderbrak hem.

'En Brent Taylor. Volgens mij zie ik daar een patroon in,' zei ze droog.

'Ik dacht dat het makkelijker zou zijn om mijn naam te onthouden als in ieder geval één deel ervan voor me bekend was.'

Hem aanmoedigend door te gaan, knikte ze.

Zijn gezicht betrok weer. 'Soms weet ik zelf niet eens wie ik ben.'

'Dat gaat verder dan een naam.'

'Misschien.'

'Wat ik wil weten, is waaróm,' zei ze. 'Waarom al die verschillende identiteiten?'

Dit was het moeilijke deel, het deel waarover hij het liever niet wilde hebben. 'Als tiener heb ik iets gedaan, Eve, iets waar ik altijd spijt van zal hebben.' Hij kon zich er nog niet toe zetten om over Logans ongeluk in detail te treden. 'Het heeft mijn familie veel pijn gedaan, heeft ons uit elkaar gedreven en daardoor ben ik mezelf gaan haten. Ik kon er niet mee omgaan, kon niet omgaan met het feit dat ik voor zoiets tragisch verantwoordelijk was. Nog steeds zijn er momenten waarop ik door dat voorval word verteerd.' Zijn stem verloor alle kracht. 'Ik zou er alles voor over hebben om de klok terug te kunnen draaien, maar...'

'Dat is onmogelijk,' maakte ze zijn zin af.

'Ja.' Hij hoopte dat zijn reactie beschouwend had geklonken. Berustend. Dat was in ieder geval zijn bedoeling. Maar ze begreep op een of andere manier wie hij echt was, en dat maakte het moeilijker om de waarheid in het hokje 'verboden toegang' van zijn hersenen opgesloten te houden.

Ze bestudeerde hem. 'Ga je me niet vertellen wat die tragische gebeurtenis was?'

Hij riep het masker tevoorschijn dat normaal gesproken zijn dieper gelegen emoties verborg. 'Dat doet er niet toe, tenminste niet voor de rest van het verhaal.'

Ze moest de ontkenning in zijn woorden hebben gehoord, want ze drong niet verder aan. 'Dus die zelfhaat was er de oorzaak van dat je in opstand kwam.'

Hij knikte.

'Op welke manier?'

'Vechtpartijen, spijbelen en drugs. In het begin alleen wiet. Daarna raakte ik verslaafd aan sterker spul. Vrij snel ging ik drugs verhandelen om mijn eigen verslaving te kunnen bekostigen. En kort na mijn achttiende verjaardag werd ik opgepakt.'

'En toen heb je in de gevangenis gezeten.'

Hij wreef met een hand over zijn gezicht. 'Ja.'

'Dat dacht Dylan al. Hij zei dat je... heel erg wantrouwig was.'

'Het is zo duidelijk van mij af te lezen, hè?' Hij grinnikte vreugdeloos. 'De gevangenis is een hel voor een jongen die zo kwaad en zelfvernietigend is als ik was, omdat je er alleen maar bozer van wordt en jezelf nog meer te gronde wilt richten. Ik zou waarschijnlijk vermoord zijn, als ik geen lid was geworden van een bende genaamd The Crew.' Dat was de reden waarom het zo ironisch was dat zíj nu de bedreiging vormden.

'Een bénde?' herhaalde ze.

Met zijn vingers probeerde hij een paar klitten uit zijn haren te kammen. 'Ik kan me voorstellen dat dat vreselijk klinkt in jouw oren, in de oren van iemand die niet heeft meegemaakt wat ik heb meegemaakt. Maar... de gevangenis is een wereld op zich, Eve. Daarbinnen sluit je je bij andere kerels aan, anders kom je in je eentje te staan en dat overleef je niet lang.' Ze hoefde niet ál zijn redenen te weten waarom hij bij The Crew was gegaan, waaronder een van de belangrijkste: hij had niet verwacht zijn dertigste verjaardag te halen. Als hij het toch niet zou overleven, had het geen zin zich met de toekomst bezig te houden. Er leek geen enkele reden waarom hij zich niet bij de bende zou aansluiten om zo in ieder geval een tijdje boven aan de voedselketen te komen te staan.

'Je bedoelt dat het een noodzakelijk kwaad was.'

'Dat voelde toen zo. Maar deze mannen, deze bendeleden, worden je broers. De redenen waarvoor je leeft en sterft, raken verknipt, maar je houdt zoveel van hen dat je je leven voor hen zou geven. Ik had het gevoel dat ik mijn echte familie onwaardig was, en toen had ik ineens die absoluut loyale groep broers die me accepteerden, en zij waren niet beter dan ik. Het was voor het eerst in tijden dat ik het gevoel kreeg bij iets van belang te horen, dat ik iemand was die ertoe deed. Dat gevoel wilde ik niet kwijt.'

'Maar...'

'Toen kwam Virgil.'

'Ook een gevangene?'

'Ja. Na een paar maanden werd hij mijn celmaat.'

'Hij zat ook in de bende?'

'Op een gegeven moment.' Rex liet zijn hoofd tegen de kussens rusten. 'Hij was opgepakt voor het vermoorden van zijn misbruikende klotestiefvader.'

Ze verbleekte. 'Deze... vriend van jou heeft iemand vermóórd?'

'Nee. Maar hij heeft veertien jaar vastgezeten, voordat ze de echte moordenaar vonden. Dat was vreselijk.' Hij voelde dat zijn spieren zich aanspanden. 'Ik ben nog steeds kwaad op het systeem als ik eraan denk wat hij zonder enige reden heeft moeten doorstaan. Net als ik was hij pas achttien toen hij in de gevangenis terechtkwam. Hij zat er al. Hij is een paar jaar ouder dan ik. Maar hij was anders, een goede kerel, en we kregen een band. Toen werd hij vrijgesproken.'

'Dus hij kwam eerder vrij dan jij.'

'Het scheelde niet veel. Een paar weken later stond ik ook buiten. Er was alleen één probleem.'

'En dat was?'

Hij pakte haar hand. 'Wanneer je je bij een bende aansluit, Eve, is dat voor het leven. Ze laten je nooit gaan.'

'Na je vrijlating wilde je geen lid meer zijn van The Crew?'

'In het begin nog wel. Zoals ik zei, die kerels waren de enige familie die ik had. Mijn eigen familie had me in wezen uitgestoten. Maar

Virgil wilde opnieuw beginnen, en hij wist dat hij dat niet kon doen, tenzij hij op een of andere manier zijn zus kon beschermen.'

Ze staarde naar hun verstrengelde vingers. 'Hoe is zijn zus erbij betrokken geraakt?'

'Als de bende jou niet kan pakken, gaan ze achter de mensen aan van wie je houdt. Ze proberen je op alle mogelijke manieren pijn te doen.'

Toen ze ineenkromp, vreesde hij dat hij te ver was gegaan. Maar hij had niemand dit verhaal ooit verteld, en hij moest het afmaken. Hij wilde niet het gevoel hebben dat hij nog steeds tegen haar loog door haar maar een deel van de waarheid te vertellen. Het was belangrijk om te weten of ze hem nog op dezelfde manier zou zien, wanneer ze begreep wat er achter zijn knappe kop schuilging. Hoewel hij zich dat niet kon voorstellen.

'Het ging niet alleen om zijn zus,' vervolgde hij. 'Maar ook om haar twee kinderen. Ze was gescheiden en had het zwaar zonder echtgenoot om voor haar te zorgen, haar te beschermen.'

'En elke vrouw heeft een man nodig.'

'Is dat sarcastisch bedoeld?'

Ze lachte. 'Natuurlijk. De meeste vrouwen geloven tegenwoordig dat we voor onszelf kunnen zorgen. Maar door jouw achtergrond wordt dat in perspectief geplaatst, dus kan ik het je niet kwalijk nemen.'

'Denk jij dat je een man neer zou kunnen schieten?' vroeg hij.

'Waarschijnlijk niet,' gaf ze toe. 'Maar volgens mij kan het merendeel van mijn vrienden dat ook niet. Maar goed, wat heeft Virgil gedaan?'

'Hij heeft een deal gesloten met de autoriteiten. Hij heeft ermee ingestemd om undercover te gaan om een nog ergere bende in een andere gevangenis te kunnen oprollen, als ze Laurel in het getuigenbeschermingsprogramma zouden zetten.'

'Dus Laurel is Virgils zus,' zei ze, de naam herkennend.

'Zo heb ik haar ontmoet.'

'Oké.' Eve verschoof. 'Ik vind het schokkend dat ze hem dat risico hebben laten lopen.'

'Er was net een rechter vermoord door een lid van deze bende, dus gingen ze ervan uit dat ze hiermee uiteindelijk een hoop levens konden redden. En niemand kon overtuigender zijn dan Virgil. Hij was gehard, hij had gezeten en hij had ervaring met bendes. En hij kwam in de verste verte niet over als een politieagent. Ze dachten dat hij hier uitermate geschikt voor was.'

'Heeft hij kunnen doen wat ze wilden? En heeft hij het er levend vanaf gebracht?'

'Ja en nee. Er zijn een paar dingen fout gegaan. The Crew heeft zijn zus opgespoord en haar en haar kinderen bijna vermoord. Dat zou gebeurd zijn, als ik er niet was geweest.' Hij vertelde haar niet dat dat het moment was waarop hij zijn eigen keuze had moeten maken: tussen de richting die Virgil was opgegaan en het pad waarop hij zich toen bevond. Door die dag was alles veranderd.

Eve keek een beetje wantrouwig. 'Hoe heb je dat kunnen voorkomen?'

Hij trok de lade van het nachtkastje open, en haar ogen werden groot toen ze het wapen zag en begreep wat hij bedoelde. 'Je hebt iemand neergeschoten.'

'Ik had geen keus, Eve. Je had moeten zien wat hij haar wilde aandoen.'

Moeizaam slikte ze. 'En toen?'

'Toen konden we niets anders dan ook het getuigenbeschermingsprogramma in gaan, allemaal. Virgil had geholpen om Hell's Fury op te rollen in Pelican Bay –'

'Pelican Bay is een vreselijk beruchte gevangenis!'

'Om een heel goede reden.'

'En hij heeft het daar overleefd.'

'Ja. Maar nauwelijks, vandaar het getuigenbeschermingsprogramma. We moesten er niet aan denken dat The Crew weer achter ons aan zou komen.'

'Maar dat hebben ze wel gedaan, anders had je me dit niet hoeven vertellen.'

'Ja. Ze hebben ons in DC gevonden. Voor de tweede keer hebben we op het nippertje aan hen weten te ontsnappen. Toen zijn we uit het getuigenbeschermingsprogramma gestapt, omdat we dachten dat we het zelf beter konden regelen. Op dat moment is Laurel naar Montana verhuisd om zonder ons opnieuw te beginnen.'

'Waar zijn jullie naartoe gegaan?'

'Verder omhoog langs de oostkust. Ik heb Virgil geholpen het beveiligingsbedrijf dat we in Washington DC hadden, opnieuw op te zetten.'

'Laurel en jij waren toen niet meer bij elkaar?'

'Nee. Dat was een van de redenen waarom ze vertrokken is.'

Eve streek het beddengoed glad, waarna ze hem weer aankeek. 'Waarom is het misgelopen tussen jullie? Het is duidelijk dat je veel van haar hield.'

Hij wist niet zeker of hij die vraag eerlijk wilde beantwoorden. Maar aan de andere kant had hij genoeg van al het gelieg. 'Dat was mijn schuld. Ik was nog niet klaar voor het soort relatie dat we allebei wilden. Toen mijn moeder stierf, heb ik het weer verpest, ook al had ik haar beloofd dat niet te doen.'

'Hoezo verpest?'

'Ik ben weer gaan gebruiken.'

'Drugs, bedoel je.'

'Ja.'

'Wat voor soort?'

'OxyContin. Pijnstillers op recept. Die troep is vreselijk verslavend. Ik heb er een aantal jaar mee geworsteld.'

Even aarzelde ze. Toen vroeg ze: 'En nu?'

'Ik heb al bijna vier jaar niet meer gebruikt. Ik kan me de laatste keer dat ik dronken was niet eens herinneren – tot Sexy Sadie dan.'

'Je bent ook heel voorzichtig met alcohol?'

'Ik wil de controle niet meer verliezen, want dan zou ik zomaar weer terug kunnen vallen.'

Ze kruiste haar armen. 'Oké. Dus niemand van jullie was getrouwd, toen Laurel naar Montana verhuisde.'

'Alleen Virgil.' Rex moest glimlachen toen hij dacht aan Virgils nuchtere echtgenote. Peyton had hij altijd graag gemogen. 'Hij is getrouwd met de vicedirecteur van Pelican Bay, heeft haar ontmoet terwijl hij daar undercover zat, als je het kunt geloven.'

'Wât?'

'Echt waar. Ze hebben twee kinderen en zijn gelukkig, echt gelukkig, waar ik heel blij om ben. Alleen moeten ze nog steeds voortdurend op hun hoede zijn, net als ik.'

'Waar wonen ze?'

'Niet in Californië.'

Ze bestudeerde hem. 'Dat is een interessant antwoord.'

Hij dacht aan Mona, maar besloot haar dat deel van het verhaal niet te vertellen. 'Het is beter als je bepaalde dingen niet weet.'

'Ben je bang dat ik uit de school zal klappen?'

'The Crew zou je martelen als ze je ooit te pakken krijgen en geloven dat je bruikbare informatie voor hen had. Ik probeer zowel jou als Virgil te beschermen.'

De kleur trok uit haar gezicht weg. 'Waar heb je het over... Dit is mij allemaal zo vreemd. Ik bedoel... het grootste probleem waar ik tot nu toe mee te maken had, was hoe ik de juiste man kon ontmoeten om een gezin mee te beginnen.'

Onwillekeurig wierp hij een blik op haar buik. 'En hoe gaat het daarmee?'

'Als je wilt weten of ik zwanger ben, ik heb de test nog niet gedaan. Ik wil die pas doen als ik er zeker van ben dat ik op de uitslag kan vertrouwen.'

'Dat zou toch rond deze tijd zijn?'

Ze knikte. 'Ja, dus ik ga hem binnenkort doen.'

Er viel een lange stilte. Omdat hij besefte dat ze doodsbenauwd was, verbrak hij die ten slotte in een poging haar gerust te stellen. 'Dus nu weet je waarom ik heb gelogen en waarom ik weer weg moet. Ik wil niet dat jou iets overkomt.'

Ze stond op en begon te ijsberen. 'Ze kunnen niet nog stééds naar jou op zoek zijn. Hoelang ben je al niet uit de gevangenis? Vijf jaar?'

'Acht.'

'Dat is krankzinnig!' Ze stond voor hem stil. 'Ze moeten je nu toch wel vergeten zijn.'

'Ze zijn me niet vergeten, Eve. Ik betwijfel of ze dat ooit zullen doen.'

'Waarom? Waarom doe jij er zoveel toe?'

'Je moet begrijpen wat voor hen belangrijk is. Je bouwt een hoop krediet op in hun wereld door Virgil en mij te vermoorden. We hebben een aantal van hun leiders uitgeschakeld, en we zijn ermee weggekomen. Dat kunnen ze niet ongestraft laten gebeuren. De kerel die een kogel door ons heen jaagt, wordt een held, en daardoor wordt elke hufter in de bende aangemoedigd dat te proberen. Virgil en ik zijn als... twee gigantische edelherten die door een aantal jagers zijn gespot, maar die niemand heeft weten neer te leggen. Ze praten over ons, hebben dagdromen over ons, maken plannen hoe ze de hoofdprijs in de wacht gaan slepen...'

Ze begon weer te ijsberen. 'Maar toch. Hoe weet je dat ze je weer hebben gevonden?'

'Ze hebben mijn huis en auto afgelopen nacht onder vuur genomen, Eve. Zo weet ik dat.'

Haar hand vloog naar haar mond. 'Nee.'

'Ja.'

'Waar was jij toen dat gebeurde?'

'Bij iemand even verderop in de straat.' Het was niet nodig om het idee in haar hoofd te planten dat hij misschien seks had gehad door te zeggen dat die 'iemand' een net gescheiden buurvrouw was.

'Dus je auto stond voor je huis.'

'Ja. Daardoor, en omdat het zo laat was en alle lichten aan waren, dachten ze dat ik thuis was. Anders zouden ze niet naar binnen zijn gestormd en het vuur hebben geopend. Je had moeten zien wat ze met mijn bed hebben gedaan – en de rest toen ze beseften dat ze het mis hadden en ik niet thuis was.'

'Beter je auto en je huis dan jij! Stel dat je auto er niet had gestaan? Dan zouden ze hebben gewacht tot je thuis was gekomen, toch?'

'Waarschijnlijk wel.'

'Je lijkt niet erg opgelucht dat ze je niet hebben vermoord.'

'Het duurt al zo lang, Eve. Ik ben het zat en weet niet hoelang ik dit nog vol kan houden.'

Aan het voeteneinde van het bed draaide ze zich om. 'Je hebt geen keus!'

'Ik heb wél een keus. Het is alleen niet de keus die de meeste mensen van me zouden verwachten.'

Ze wreef over haar armen, alsof hij haar kippenvel had bezorgd. 'Dat klinkt suïcidaal.'

'Ik ben níét suïcidaal. Ik wil net zo graag leven als het gros van de mensen. Maar hoe langer ik vlucht, hoe liever ze me te pakken willen krijgen.' Hij haalde zijn schouders op. 'Het probleem is... Ik heb geprobeerd de strijd aan te gaan. Dat heeft me ook niets gebracht. Hoe meer leden van die club ik ombreng, des te meer mannen ze op me af sturen.'

'Ombreng...' herhaalde ze.

Hij reageerde niet.

'Heb je de politie gebeld?'

'Iemand heeft dat gedaan. Maar ik heb niet op ze gewacht. Er is niets wat ze voor me kunnen doen. Dat probeer ik je te vertellen.'

'Ze móéten iets voor je kunnen doen! Ik bedoel... er moet íémand zijn tot wie je je kunt wenden.'

'Alleen als ik weer in het getuigenbeschermingsprogramma terugkeer, en op dit moment betwijfel ik of de regering daar geld in zou willen steken. Tenslotte zijn we de laatste keer uit dat programma weggelopen. Ik wil er sowieso niet naar terug.'

'Dus wat gaat er nu dan gebeuren?'

'Ik zal moeten verdwijnen, me ergens anders moeten vestigen. En dat begint met het kopen van een nieuwe computer en kleren, vanmiddag. Ik heb niets meer.' Gelukkig kon hij die spullen nog wel aanschaffen. Hij had zijn hele rekening leeggehaald toen hij naar San Francisco was teruggekeerd, en The Crew had het geld niet gevonden. Daar waren ze ook niet naar op zoek geweest; ze hadden alleen maar zo veel mogelijk schade willen aanrichten. Dus toen ze verdwenen waren, was hij het huis in gegaan en had het opgehaald. Waarschijnlijk had hij ook een paar kleren en andere spullen kunnen meenemen, maar hij had de sirenes gehoord en geweten dat hij zo snel mogelijk weg moest. Hij kon het zich niet veroorloven om tijd te verspillen aan het beantwoorden van vragen wanneer daarmee niets werd opgelost.

'En je bedrijf?'

Dat was ook een probleem. All About Security was het enige wat hij had. Het had hem een doel gegeven, een zeker succes – succes dat hij onafhankelijk van Virgil had bereikt – een gevoel dat hij ertoe deed. Dat had hem erdoorheen geholpen. Nu zou hij voorgoed afscheid van zijn bodyguards en Marilyn moeten nemen. Voor het geval dit zou gebeuren, had hij ervoor gezorgd geen hechte band met iemand op te bouwen, maar het was onmogelijk om helemaal niets voor die mensen te gaan voelen. 'Ik zal het moeten verkopen, alle banden met mijn medewerkers en klanten moeten verbreken.'

Haar medelevende uitdrukking gaf aan dat ze begreep wat opnieuw beginnen hem zou kosten. 'Dat doe je niet een-twee-drie.'

'Ik kan alleen maar hopen dat ik alle regelingen snel kan treffen, wat betekent dat ik mijn bedrijf goedkoop van de hand zal moeten doen.'

Over haar voorhoofd wrijvend, liep ze naar hem terug. 'Hoelang kun je hier blijven?'

'Ze zullen me niet meteen hebben kunnen volgen,' antwoordde hij. 'Er is niets in mijn huis of kantoor dat naar Whiskey Creek is te herleiden. Mijn secretaresse weet dat ik hier eerder ben geweest, maar ik heb ook andere steden bezocht. En ik heb vanochtend een bericht ingesproken waarin ik haar heb verteld dat ik naar Arizona ging. Ik denk niet dat ze verwacht dat ik zonder het haar te vertellen hierheen ben gegaan.' Waarom zou ze ook? Voor zover zij wist, was dit slechts een tijdelijk toevluchtsoord geweest. Ze wist niet dat hij iets met Eve had gekregen of dat hij zo dol op het stadje was geworden. Daar was hij blij om, anders zou hij zich dit korte uitstel, voordat hij onvermijdelijk weer moest beginnen aan een nieuw leven onder een andere naam, op een andere plek, met een nieuw bedrijf, niet kunnen veroorloven.

'In ieder geval begrijp ik het nu,' zei Eve.

'Het spijt me dat de waarheid, eufemistisch uitgedrukt, niet leuk is.'

'Ik kan niet zeggen dat je me niet hebt gewaarschuwd.' Het lukte haar een vergevingsgezinde glimlach tevoorschijn te toveren. Toch leek ze van slag, alsof ze er net achter was gekomen dat de kat die ze al dagen aan het aaien was geweest, hondsdol was. 'Laten we eten.' Ze gebaarde naar de keuken. 'Ik moet weer aan het werk.'

Hij had liever gehad dat ze naast hem in bed was komen liggen zodat hij haar kon vasthouden. Misschien hadden ze dan geen toekomst, maar vandaag hadden ze nog wel. Was hij gewoon wanhopig op zoek naar iemand aan wie hij zich vast kon klampen? Dat zou een natuurlijke reactie zijn. Niemand vond het prettig om uitgestoten of geïsoleerd te worden. Hij liep al lang genoeg in die wildernis rond om te weten hoe eenzaam je je dan voelde. Maar hij wilde niet het soort schoft zijn dat een vrouw met zich mee naar beneden trok, en zeker Eve niet. 'Ja, laten we gaan eten.'

Hoofdstuk 22

'Dus hij is nu in jóúw huis?' Cheyenne was twintig minuten eerder op het werk verschenen – op dinsdag werkte ze maar vier uur – maar ze hadden elke minuut daarvan gebruikt om over Rex te praten.

'Als hij niet al vertrokken is.' Eve reorganiseerde de spullen op haar bureau, terwijl Cheyenne eindelijk haar jas uittrok en haar sjaal afdeed. 'Hij was er nog toen ik hem lunch kwam brengen. Ik weet niet waar ik op kan rekenen – en ik durfde hem er niet naar te vragen. Na wat hij had bekend, wist ik niet welk antwoord ik wilde horen.'

'Dat is heel begrijpelijk.' Cheyenne gebruikte haar bureau als steun, terwijl ze zich vooroverboog om haar jas en sjaal over de archiefkast te draperen.

'De dingen die hij me vertelde, zijn bijna niet te geloven. Ik weet dat ik de laatste tijd hard – misschien een beetje te hard – naar een man op zoek ben geweest. En iemand in een bar oppikken was misschien niet de beste manier om dat te doen, maar –'

'Ik ken geen enkele vrouw die niet nog eens goed naar Rex zou hebben gekeken,' onderbrak Cheyenne haar.

'Het gaat mij niet alleen om zijn uiterlijk, Chey. Hij heeft iets, ik weet niet, de manier waarop hij praat, zich beweegt en naar me kijkt... Wanneer hij me aanraakt, geeft me dat een gevoel dat ik nooit eerder heb gehad.' Eve pakte lippenbalsem uit haar bureaula en bracht die op haar mond aan. 'Denk je dat dit mijn straf is voor het feit dat ik probeerde af te dwingen wat ik wilde? Voor het feit dat ik mijn maatstaven dusdanig heb verlaagd dat ik een onbekende vent mee naar huis heb genomen?'

'Nee, absoluut niet. Denk aan alle goede dingen die je doet en die je altijd hebt gedaan. Daar zou je een beloning voor moeten krijgen, geen straf.'

'Maar ik heb de ene tegenvaller na de andere. Vorig jaar viel ik voor een kerel die op iemand anders verliefd was, en nu heb ik mezelf vernederd voor de ogen van onze groep vrienden en van de hele stad.'

'Dat is niet waar,' zei Cheyenne.

'Jawel. En Noelle herinnert me daaraan als ik het mocht vergeten.'

'Noelle is jaloers. Je verdient een geweldige kerel. Ik wil niet gemeen zijn, maar zij kan iederéén aan de drank krijgen. Daar kan Kyle je alles over vertellen.'

Eve stak een hand op om Cheyenne te laten weten dat ze geen zijspoor had willen inslaan. 'Waarschijnlijk is Noelle al voor de tweede keer getrouwd, voordat ik ook maar een eerste huwelijksaanzoek heb gehad.'

'En waarschijnlijk is ze dan ook alweer gescheiden.'

'Ze zou nooit gevallen zijn voor een kerel die gewapende bendeleden achter zich aan heeft zitten. Dat klinkt als een of andere tv-serie: Sons of Anarchy of… of Breaking Bad.'

Cheyenne grinnikte. 'Die vent van Sons of Anarchy ziet er ook goed uit.'

'Maar dat soort dingen gebeuren in het echte leven niet, die overkomen mij niet, en zeker niet hier.'

'Hier gebeurt ook van alles. Als je er even bij stilstaat, zou je je dat nog wel herinneren. Hoe dan ook, ik vind het erg dat Rex zo in de problemen zit. Hij leek mij een heel aardige man, toen ik hem bij je ouders ontmoette. Maar je moet wat zijn leven verpest niet ook jouw leven laten verpesten.'

'Je bedoelt dat ik hem moeten laten gaan.'

'Heb je een keus dan?'

'Maar híj dan?' Eve stond op.

'Hoe bedoel je?' vroeg Chey met gefronste wenkbrauwen. 'Ik wil geen rechter spelen, maar… er zijn mensen die zouden zeggen dat hij dit aan zichzelf te danken heeft.'

Eve zette haar handen op haar heupen. 'Hij was een puber, Chey! Hebben we niet allemaal dat soort stomme fouten gemaakt toen we jong waren?'

'Jij niet. Daarom verdien je beter. En we hebben het niet over een dom foutje. Hij dealde, werd gepakt en kwam in de gevangenis terecht. Daar is hij lid van een bende geworden. Om daarvan los te komen, heeft hij moorden moeten plegen, en omdat ze hem niet wilden laten gaan, zouden er andere... niet zo leuke consequenties kunnen zijn. Dit is serieus!'

Door iets wat hij als tiener had gedaan dat hem zo diep had geraakt dat hij er niets over wilde zeggen, was dit allemaal begonnen.

'Luister je wel naar me?' informeerde Cheyenne. 'Met een man als hij krijg je nooit het leven dat je wilt.'

'En stel dat ik zwanger ben?'

'Ik nam aan dat je dan nu wel iets gezegd zou hebben.'

'Je hebt me er niet naar gevraagd.'

'Ik durfde niet!'

'Dus hoopte je van niet.'

'Dat hoop ik nog steeds. Een kind zou deze toch al gecompliceerde situatie alleen maar gecompliceerder maken.'

'Ik heb de test nog niet gedaan. Het leek me slimmer om die uit te stellen, om eerst zeker te weten of hij voorgoed uit mijn leven verdwijnt, voordat ik met de gevolgen om moet zien te gaan van het feit dat ik hem heb ontmoet en... me heb gedragen zoals ik heb gedaan.'

Cheyenne pakte de armleuningen vast van de stoel waarin ze zat, terwijl ze, plotseling gespannen, naar voren boog. Na alles wat ze in haar jeugd had meegemaakt, vond ze het vreselijk om iets negatiefs over iemand te zeggen. Dat was een van de dingen waarom Eve zoveel om haar gaf. Dus wist ze dat Chey zich echt zorgen maakte, toen ze Rex afviel. 'Hoe kun je daar nou nog aan twijfelen? Hij heeft je zelf verteld dat hij ergens anders overnieuw moet beginnen.'

'Ik kan het niet over mijn hart verkrijgen hem te laten gaan omdat hij vroeger fouten heeft begaan. Ik zou ook niet willen dat iemand mij op die manier afschreef.' Op een hoog spottend toontje zei ze: 'Eigen schuld, dikke bult!'

'Maar je hebt geen controle over deze situatie, net zomin als hij. Dat is het probleem.'

'Dat betekent niet dat hij het niet waard is om voor te vechten.'

'Je léven voor op het spel te zetten, bedoel je!'

Eve dacht aan wat Rex haar had verteld over zijn vriend Virgil. 'De andere man, degene die vrijgesproken werd, is getrouwd en heeft kinderen.'

'Wil jij je dezelfde problemen op de hals halen als zíjn vrouw heeft?'

Eve wist niet zeker welke offers ze bereid was te brengen. Daar kende ze Rex niet goed genoeg voor. Maar ze weigerde zich door het gevaar waarmee hij werd geconfronteerd te laten tegenhouden om de gevoelens die ze allebei voelden te verkennen. 'Eerlijk gezegd, weet ik het niet. Voor de liefde heb ik heel veel over.'

'Dat woord zou ik nog niet gebruiken. Je kent hem pas een paar weken.'

Misschien was het inderdaad te vroeg voor liefde. Maar wat ze voelde, was zo krachtig dat ze ondanks alles bij hem wilde zijn. Nadat hij was vertrokken, had ze zich ellendig gevoeld. En ze had zich er niet toe kunnen zetten om hem weg te sturen, toen hij de afgelopen avond voor haar deur had gestaan. Terwijl dat het goede moment ervoor zou zijn geweest. 'Ik wil niet dat hij uit mijn leven verdwijnt.'

Cheyenne zuchtte. 'Dat begrijp ik. Tussen sommige mensen springt er meteen een onmiskenbare vonk over.'

'Dat is bij jou en Dylan ook gebeurd, toch?'

'Min of meer.'

'Hij had gelijk wat Brent betreft. Over zijn verleden.'

'Dyl is niet iemand die je daarop zal wijzen.'

Over Dylan maakte ze zich dan ook geen zorgen. 'Ik ben blij dat Ted de stad uit is.'

'Je gaat hem toch niet vertellen wat je mij hebt verteld?'

'Natuurlijk niet! En jij ook niet. Waag het niet om het ook maar aan iemand anders te vertellen.'

‘Maar Ted weet dat er iets aan de hand is. Je zou niet echt iets voor hem verzwijgen.’

Eve schudde haar hoofd. ‘Zijn afkeuring zou ik niet kunnen verdragen.’

‘Ik wist trouwens niet eens dat hij weg was,’ merkte Chey op. ‘Waar is hij naartoe?’

‘Naar Zuid-Carolina om een aanwijzing over Mary’s moord na te trekken.’

‘Wanneer is hij vertrokken?’

‘Een paar dagen geleden.’

‘Goed getimed, maar als hij hier wel was geweest, dan weet je dat hij alleen maar het beste voor jou had gewild.’

Daar kon Eve niets tegenin brengen. Ondanks haar korte romantische relatie met Ted en de teleurstelling die daarop was gevolgd, was hij altijd vierkant achter haar blijven staan. Hij was een goed voorbeeld van het punt dat ze eerder had geprobeerd te maken: iederéén maakte fouten. Zelfs de geweldige Ted Dixon was, in zijn wanhopige poging om niet voor de verkeerde vrouw te vallen, erin geslaagd haar te kwetsen, terwijl ze anders een onschuldige toeschouwster zou zijn gebleven. ‘Misschien is dat wat het beste voor me is niet wat het lijkt,’ peinsde ze hardop.

Cheyenne beet op haar lip. ‘Wishful thinking?’

Dat was niet de reactie waarop ze had gehoopt. ‘Dat kan, maar wat je er ook van denkt, je kunt niemand iets over Rex vertellen, oké? Het geroddel hier kan hij niet gebruiken. Hij kan niet het risico lopen dat naar buiten komt waar hij is. Dat zou zijn oude bende te weten kunnen komen, of iemand die iemand kent die iemand in The Crew kent, wat precies de reden is waarom hij mij in eerste instantie niet de waarheid heeft verteld. Hij had niet verwacht dat we... zo’n sterke band zouden krijgen.’

‘Heeft hij dat gezegd?’

‘Min of meer.’

Cheyenne leek blij om te horen dat hij genoeg om Eve gaf om zich zorgen over haar te maken. 'Natuurlijk. Als jij het niet wilt, vertel ik het aan niemand. Maar geen van onze vrienden zou hun mond voorbijpraten.'

Eve dacht aan Rex' opmerking over de methodes van The Crew om informatie uit iemand los te krijgen. Daar was ze zo van geschrokken dat ze besloot er niets over te zeggen. 'Het is gewoon beter als niemand anders het weet.'

'Behalve tegen Dylan zwijg ik als het graf. Dat zweer ik.' Cheyenne kruiste haar armen voor haar dikke buik. 'Maar ik wil dat je iets voor me doet.'

'En dat is?'

'Doe de test.'

Er ging een vreemde tinteling door Eve heen. Ze wist niet zeker of die door opwinding of angst veroorzaakt werd. Het moment van de waarheid had ze voortdurend uitgesteld.

Stel dát ze zwanger was? Als Rex door een wonder in Whiskey Creek zou blijven, zou ze hem dan op een gegeven moment vanwege hun kind weg moeten sturen? Stel dat The Crew zonder enige waarschuwing vooraf ineens ten tonele verscheen? Stel dat Rex en zij voortdurend moesten blijven verhuizen?

Eve wilde een kind niet voortdurend verplaatsen, net zomin als zij haar familie en vrienden op wilde geven. Hoe zouden haar ouders het vinden om eindelijk een kleinkind te krijgen en het nooit te kunnen zien? Dat zou kunnen gebeuren. Rex had aangegeven dat hij heel vaak opnieuw had moeten beginnen. Wilde ze in een positie gebracht worden waarin ze een man verkoos boven de rest van de mensen van wie ze hield? 'Vind je niet dat er op dit moment genoeg aan de hand is in mijn leven?' vroeg ze.

'Volgens mij zou een kind een rol moeten spelen in welke beslissing je ook neemt, denk je ook niet?'

Dat moest Eve toegeven.

'Dus...'

'Ik doe de test vanavond,' beloofde ze.

Cheyenne hief zich op uit haar stoel en pakte de jas die ze had uitgedaan. 'Ik loop naar de apotheek om er eentje voor je te kopen.'

'Nee.' Eve gebaarde naar haar vriendins overduidelijke conditie. 'Moet je jezelf zien. Iedereen zou weten dat je de test niet voor jezelf kocht. En met de roddels die over Rex en mij de ronde doen, plus het feit dat iedereen weet dat we hartsvriendinnen zijn, ligt de waarheid wel heel erg voor de hand.'

'Als je zwanger bent, zul je dat niet kunnen verbergen, Eve. Niet lang, in ieder geval.'

'Maar als ik níét zwanger ben, is het niet nodig om mensen nog meer reden te geven om te kletsen. In de afgelopen paar weken ben ik al vaak genoeg het onderwerp van gesprek geweest.'

'Wacht eens even!' riep Cheyenne uit. 'Ik heb er eentje in huis. Meer zelfs, uit de tijd dat ik regelmatig zelf een test deed. Ik moet even checken of ze niet verlopen zijn, maar volgens mij blijven ze heel lang goed.'

'Ik heb er ook eentje thuis liggen,' zei Eve. 'Dus kan ik net zo goed wachten tot vanavond en die gebruiken.'

'En als Rex er is wanneer je thuiskomt?'

Eve kon het niet helpen dat ze hoopte dat dat inderdaad het geval zou zijn, maar ze wilde de zwangerschapstest niet doen waar hij bij was. Als ze zwanger van hem was, zou ze alles met andere ogen moeten bekijken, en dat hield waarschijnlijk in dat ze zichzelf moest ontzeggen wat ze het liefste wilde. 'Oké, ga er maar eentje bij jou thuis halen en...' Ze slikte moeizaam. '...dan zullen we zien wat de toekomst voor me in petto heeft.'

Hoofdstuk 23

Eve trilde zo hevig dat ze het doosje nauwelijks open kon maken. ‘Waarom mocht ik dit nou niet later doen?’ zei ze tegen Cheyenne, die voor de badkamerdeur stond.

‘Uitstel helpt niets en niemand,’ reageerde haar vriendin zachtjes, zodat niemand in de B&B zich zou afvragen wat ze daar met z’n tweeen aan het doen waren. ‘Het is beter als je het weet.’

‘Daar ben ik niet zo zeker van.’ Als ze níét zwanger was, zou hem dat waarschijnlijk geruststellen. Dan kon ze de feestdagen samen met hem doorbrengen zonder dat hij zich daar zorgen over zou hoeven maken. Maar stel dat ze het wel was?

‘Lukt het?’ vroeg Cheyenne.

‘Sta me niet zo op te jagen!’ snauwde ze.

‘Ik vroeg me alleen maar af of je hulp nodig had!’ Cheyenne klonk al net zo geïrriteerd.

‘Ik kom er echt wel achter hoe ik... je weet wel.’ Eve ging op de toiletbril zitten terwijl ze de instructies een aantal keer doorlas. De procedure leek niet zo moeilijk. Maar de uitkomst...

‘Je bent het weer aan het uitstellen,’ zei Cheyenne beschuldigend. ‘Je houdt mij niet voor de gek.’

‘Het is duidelijk dat me geen rust wordt gegund totdat ik dit gedaan heb, dus...’ Diep ademhalend, legde ze de instructies opzij, haalde het plastic staafje tevoorschijn en deed wat nodig was.

‘Nou?’ vroeg haar vriendin.

In plaats van te antwoorden zette Eve de test op de wastafel neer, streek haar jurk glad en deed de deur open. ‘Ga zelf maar kijken.’

Toen Cheyenne naar binnen liep, leek ze net zo nerveus als Eve zich voelde. ‘Ik weet het niet meer. Hoelang moeten we precies wachten?’

‘Twee minuten. Als er een streepje verschijnt, ben ik zwanger.’

'O, mijn hemel, Eve.' Cheyennes ogen waren op de indicator gefixeerd.

Eve zelf was te bang om te kijken. Ze hield haar adem in en telde tot zestig, voordat ze een blik op het resultaat wierp. Toen liet ze zich weer op de wc-bril zakken. 'O, nee!'

'Er is een streepje te zien,' bevestigde Cheyenne.

Terwijl ze haar hoofd op haar handen liet zakken, probeerde Eve het feit tot zich door te laten dringen dat ze een kind ging krijgen, een kind van Rex. Nog een reden waarom ze niet bij elkaar konden blijven.

Toen Rex die avond een auto de oprit hoorde op rijden, stond hij meteen op om te checken of het Eve was. Daarna ging hij bij het raam staan en zag haar een tas met boodschappen van de achterbank pakken. Even stond hij zichzelf toe om zich voor te stellen hoe het zou zijn om naar buiten te lopen en haar te verwelkomen zoals een normale man met normale problemen. Problemen die ze konden oplossen als ze dat wilden.

Daarna wierp hij een blik op zijn nieuwe laptop, die hij een uur rijden verderop – bijna in de Bay Area – in een elektronicazaak had aangeschaft, toen Eve naar haar werk was gegaan. Hij had ook wat kleren, een paar schoenen en een scheerapparaat gekocht in een winkelcentrum daar vlakbij, en daarna was hij teruggekeerd om zijn programma's opnieuw te laden en zijn bestanden te herstellen. Net had hij de beelden gedownload van wat de camera's hadden opgenomen toen The Crew zijn huis hadden vernield. Dat te zien was genoeg om zijn hoopvolle dagdromen uit zijn hoofd te verdrijven. Het verleden maakte wat hij wilde onmogelijk.

Hij was er trouwens niet van overtuigd dat Eve blij zou zijn wanneer ze hem nog steeds in haar huis aantrof. Niet nu ze tijd had gehad om na te denken over wat hij haar had verteld. Ze zou er toch zeker de zin van inzien om hem zo snel mogelijk te lozen.

Desondanks liep hij naar buiten om haar te helpen. 'Hoi.'

Haar glimlach leek gespannen. 'Ik dacht dat je weg zou zijn.'

Hij aarzelde. 'Hoopte je dat?'

Een paar seconden lang bestudeerde ze hem. Toen schudde ze haar hoofd. 'Nee. Dat kan ik niet zeggen.'

Hij nam de tassen van haar over, waarna ze nog een doos van de achterbank pakte. 'Gaat het?' vroeg hij. 'Je lijkt een beetje... gespannen.'

'Het gaat prima met me.' Ze tilde de doos op en ging hem voor naar het huis. 'Ik ben alleen een beetje moe.'

'Zal ik eten koken? Daarna ga ik weer terug naar Mrs. Higgins, zodat je uit kunt rusten.'

Ze nodigde hem niet uit om bij haar te blijven slapen, zoals hij stiekem had gehoopt. Nu hij hier was en het geen optie meer was om zijn leven in San Francisco weer op te pakken, wilde hij zo veel mogelijk tijd met haar doorbrengen. Hij begreep dat ze het daardoor allebei moeilijker zouden krijgen wanneer hij moest vertrekken, maar hij was het zat om steeds maar weer dezelfde strijd te moeten leveren. Hij had een gevechtspauze nodig, een reden om zich opnieuw op te laden. Als hij moest verhuizen om Eve te beschermen, dan kon hij zich daartoe zetten. Maar het redden van zijn eigen leven betekende niet zoveel meer voor hem, niet als de afgelopen acht jaar een voorbeeld waren van wat er in het verschiet lag.

'Ik wilde eten voor jóú gaan koken,' zei ze.

'Maar ik heb kunnen uitslapen.'

Ze keek hem een beetje spottend aan, terwijl hij de deur voor haar openhield. 'Omdat je de hele nacht op was.'

Hij zette de tassen op de keukentafel, terwijl zij haar doos met spullen op het aanrecht zette, en ze begonnen de boodschappen uit te pakken. Omdat hij geen idee had waar alles moest staan, hield hij zich bezig met de meest voor de hand liggende dingen: het eten dat in de koelkast moest.

Ze knikte naar zijn laptop, die hij op tafel had neergezet. 'Kennelijk ben je uit winkelen geweest.'

'Het is nooit fijn om een computer kwijt te raken.'

'Ik hoop dat je van alles een back-up had gemaakt.'

'Dat had ik gedaan.'

'Godzijdank. Maar het duurt een tijdje om zoveel informatie terug te halen.'

'Inderdaad. Dat kost me waarschijnlijk het grootste deel van de avond.'

'Je zult wel moe zijn.'

Hij was uitgeput, maar niet vanwege een gebrek aan slaap. De emotionele last die hij op zich voelde drukken, was zwaarder dan hij ooit eerder had meegemaakt, behalve dan toen Laurel en hij uit elkaar waren gegaan. Maar dat was in de tijd dat hij zichzelf had toegestaan de pijn met OxyContin te stillen.

Voor de pijn die hij nu leed, bestond geen verlichting, afgezien van Eves aanrakingen, haar glimlach en de warmte van haar lichaam naast hem in bed.

'Heb je aangifte gedaan?' vroeg ze.

'Ja. Niet dat het iets zal helpen.'

'Misschien krijgen ze de kerels te pakken en verdwijnen ze achter de tralies.'

Hij vond het vreselijk om haar die hoop te ontnemen, maar je had het misdrijf aan de ene kant en de praktijk aan de andere kant. 'Hoelang denk je dat ze zullen krijgen voor het beschieten van een paar muren en lampen, wanneer verkrachters normaal gesproken zo'n vijf, zes jaar krijgen? En ik kan de politie mijn contactinformatie niet geven, dus –'

'Waarom geef je die van mij niet?' onderbrak ze hem.

'Dat is het laatste wat ik zou doen.'

Zijn ondubbelzinnige reactie leek haar te verbazen. 'Je denkt toch niet –'

'Ik wil het risico niet nemen.'

'Vertrouw je zelfs de politie niet?'

'The Crew-leden hebben vrouwen, vriendinnen, zussen, broers, ouders, nichten, neven, vrienden, vroegere leraren, noem maar op. Ze leven niet in een vacuüm.'

'Waarmee je bedoelt...' Ze pakte een paar knoflooktenen en tomaten, zodat ze kon beginnen met koken.

'Ze hebben een enorm netwerk, Eve. Alle mensen die van hen houden, voelen een bepaalde mate van loyaliteit ten opzichte van hen en hebben verschillende normale banen. Een paar van hen kunnen bij de politie of justitie werken. Je zou verbaasd staan over de hoeveelheid informatie die The Crew binnenkrijgt. Vergeet niet, ik heb er deel van uitgemaakt. Ik weet hoe het werkt. Ik heb het alleen overleefd door absoluut op safe te spelen.'

'Maar de politie –'

'Het was een insider van het getuigenbeschermingsprogramma die ons heeft verraden. Ik heb mijn lesje wel geleerd: vertrouw niemand.'

Er ontstonden rimpels op haar normaal gesproken gladde voorhoofd. 'Het is zo frustrerend dat je niet de hulp krijgt die je nodig hebt.'

'Bendegeweld staat erom bekend dat het heel moeilijk te stoppen is. Je moet het van deze kant bekijken: een gemiddelde rechercheur krijgt elke dag met ergere misdaden te maken, moorden bijvoorbeeld. En de slachtoffers hebben familie die hem de hele tijd bellen en gerechtigheid eisen. De ramen in mijn huis kunnen de politie geen zak schelen, omdat er niet eens iemand gewond is geraakt.'

'Jij hád gewond kunnen raken.' Ze was klaar met het snijden van de knoflook en keek hem even aan, voordat ze een pan pakte. 'Je had vermoord kunnen worden. Iemand zou daar toch iets om moeten geven.'

'Nee, omdat het allemaal mijn eigen schuld is.'

'Je had in die tijd geen idee wat je aan het doen was.'

'Dat maakt niet uit,' zei hij, maar hij wilde dit gesprek niet voortzetten. Acht jaar lang had hij over The Crew nagedacht en zijn situatie vervloekt. Hij was het zat. Omdat hij deze ene avond liever doorbracht met zijn aandacht bij de prachtige vrouw die eten voor hem kookte, veranderde hij van onderwerp. 'Kan ik je ergens mee helpen?'

Ze gebaarde naar de doos op het aanrecht, die ze nog niet helemaal had leeggemaakt. 'Als jij de pasta kookt, maak ik de saus.'

'Komt voor elkaar.' Het eten begon nu al lekker te ruiken. Hij vouwde de tassen op en stak ze vragend omhoog, omdat hij niet wist waar hij ze moest laten.

'Daar,' zei ze, naar een keukenkastje gebarend. 'Ik hoop dat je van artisjokken houdt,' vervolgde ze, terwijl hij de boodschappentassen weglegde.

'Gaan die in de saus?'

'Nee. We beginnen met crackers en een artisjokdip. Daarna volgt een salade en pasta met olijfolie, tomaten en knoflook. Pam, de kokkin van de B&B, heeft de dip en salade al klaargemaakt. De rest duurt niet lang.'

'En wat is het toetje?'

'Ik heb een grote chocoladetaart gekocht. En er ligt ijs in de vriezer.'

Hij grinnikte. 'Taart met ijs? Het klinkt of we je verjaardag weer aan het vieren zijn.'

'Nee, absoluut niet.'

Ze leek diep in gedachten en een beetje afwezig, toen hij achter haar ging staan. 'Zou je iets voor me kunnen doen?' vroeg hij, zijn armen om haar middel slaand en haar tegen zijn borst aan trekkend.

In eerste instantie bleef ze stijf staan, alsof ze zich tegen zijn aanraking wilde verzetten. Maar toen hij haar in haar nek kuste, smolt ze en vlijde zich tegen hem aan. 'Ik durf bijna niet te vragen wat dat is,' antwoordde ze.

'Ik wil vanavond niet over mijn problemen praten. Ik wil niet praten over mijn verleden, mijn familie of over wat ik in de toekomst ga doen. Ik wil gewoon dat deze avond met jou... normaal is. Is dat te veel gevraagd, denk je?'

Ze legde de spatel neer die ze had gebruikt om de knoflook om te scheppen en draaide zich naar hem om. Zwijgend keek ze hem aan.

'Nou?'

'Nee,' zei ze toen vastberaden. 'Dat is niet te veel gevraagd. Gelukkig begint Victorian Days pas morgen, dus ik ben beschikbaar.'

'Victorian Days?'

Ze sloeg haar armen om zijn nek. 'Dat is een kerstfeest dat hier elk jaar wordt gehouden. We zingen kerstliedjes rond de boom in het park en iemand leest het verhaal van Jezus' geboorte voor. Ik verkoop glühwein en koekjes in de B&B, plus de versieringen uit een van mijn bomen. Alle winst wordt gebruikt om cadeautjes voor arme kinderen te kopen. Dan pak ik die cadeautjes in, en mijn vriend Kyle verkleedt zich als de Kerstman en verdeelt ze een paar dagen voor Kerstmis over de arme gezinnen. Er zijn ook nog anderen die zelfgemaakte spullen en dat soort dingen verkopen. Er doen best wel veel mensen mee. Het is erg leuk, iets waar ik het hele jaar naar uitkijk.'

'Dat kan ik me voorstellen.'

'Maar vanavond is het nog een saaie boel, tenzij je naar Sexy Sadie wilt om daar iets te gaan drinken.'

'Naar dat soort lol ben ik niet op zoek.' Zijn blik viel op haar mond. 'Ik wil gewoon een rustig avondje thuis met jou.'

Aandachtig bestudeerde ze hem. Het leek of ze ergens ernstig over nadacht, maar hij wist niet wat het was en wilde het niet vragen. Zijn enige verzoek was dat deze avond niet verpest zou worden door de duistere kant van zijn leven.

'Wat denk jij daarvan?' Zijn hart klopte in zijn keel voor het geval ze hem af zou wijzen.

Maar dat deed ze niet. Ze ging op haar tenen staan, legde haar handen om zijn gezicht en kuste hem op de mond.

Hoofdstuk 24

Eigenlijk had Eve Rex na het avondeten naar Mrs. Higgins willen laten gaan. Met haar zwangerschap had ze te veel aan haar hoofd; ze kon de beslissingen die ze moest nemen niet door haar gevoelens voor hem laten beïnvloeden. Dus was het een vergissing geweest om hem te kussen.

Ze had moeten weten dat het daarbij niet zou blijven. Elk contact met hem was krachtig, zo krachtig dat alle gedachten aan wat het beste zou zijn – zelfs voor haar kind – bijna meteen uit haar hoofd verdwenen.

Het kind zou pas over iets minder dan negen maanden geboren worden. Dan zou ze alles wel uitgevogeld hebben, hield ze zichzelf voor. Wat ze aan het doen waren, was onvermijdelijk. Vanaf de eerste avond waarop ze elkaar hadden ontmoet, hadden ze hun handen niet van elkaar af kunnen houden. En die aantrekkingskracht was niet simpelweg verdwenen omdat ze nu wist dat hij een veelbewogen leven achter de rug had. Ondanks die wetenschap wilde ze hem nog steeds. Misschien had de kerstsfeer daar ook wel wat mee te maken. Rond Kerstmis leek alles mogelijk, waren alle misstappen op wonderbaarlijke wijze te vergeven – tenminste als iemand vergeven wilde worden en wilde veranderen.

Of misschien was dat slechts een excuus. Hoe dan ook, ze had het verlangen naar hem als vuur in haar aderen voelen branden, vanaf het moment dat hij naar de auto toe was gelopen om haar met de boodschappen te helpen.

De zwangerschapstest uit haar gedachten zettend – daar zou ze later nog genoeg tijd voor hebben om over na te denken – stond ze zichzelf toe haar aandacht te richten op zijn flexibele warme lippen en zijn bedreven tong. 'Het is maar goed dat niet alle mannen kussen zoals jij,' zei ze.

'Val je alleen op me vanwege de manier waarop ik je kus? En ik heb je nog wel proberen te imponeren met al mijn andere talenten.'

Ze viel op hem vanwege heel veel redenen. Zijn uiterlijk was daar zeker een van. Zowat elke vrouw zou op zo'n ongewoon knappe man vallen. Maar de belangrijkste reden was dat hij haar het idee gaf dat er niets fout kon gaan op de wereld, zolang hij bij haar was. 'Het hele pakket imponeert me.'

'Ik vind het zalig als je schunnige taal uitslaat.'

'Was dat schunnig?' vroeg ze verbaasd.

'Mijn pakket wordt ook door jou geïmponeerd.'

Doordat ze moest lachen, lukte het haar nog minder om weerstand te bieden. 'Je maakt het me onmogelijk om zelfs maar te dénken.'

'Doe dat dan niet, dan beloof ik je dat ik dat ook niet doe.'

Hij had om een avond gevraagd waarin ze alleen maar van elkaar zouden genieten, en ze zag geen reden hem die niet te geven. 'Eten,' mompelde ze, zich vaag herinnerend dat ze iets op het fornuis had staan dat zou aanbranden als ze er geen aandacht aan besteedde.

Langs haar heen reikend zette hij het gas uit. 'Heb je erge honger?' fluisterde hij tegen haar mond. 'Kun je vijftien of twintig minuten wachten?'

'Meer dan wat dan ook wil ik jou.' Ze voelde dat hij haar steviger omarmde, dat zijn kus doelbewuster en intenser werd.

'Je ruikt zalig,' vertelde hij haar.

'Ik ruik naar knoflook.'

'Precies.'

'Dat klinkt alsof jíj te veel honger hebt om te wachten.'

Zijn mond gleed langs haar nek naar beneden, terwijl zijn handen naar de sluiting van haar beha zochten. 'Misschien word jij mijn avondeten.'

'Dat klinkt veelbelovend.'

'Help me dan een paar van die kleren uittrekken.'

Zelf was hij een eind op weg. Haar bloes lag al in een hoopje aan haar voeten. 'We kunnen beter naar de slaapkamer gaan,' zei ze. 'Ik heb hier geen gordijnen. Stel dat mijn ouders langskomen?'

'Komen ze vaak onverwachts langs?'

'Niet echt. Maar... voor de zekerheid.'

'Laat me eerst even een stukje taart pakken.' Hij zocht in de doos, totdat hij de taart had gevonden en nam er met zijn handen een stuk van de bovenkant met glazuur af. Daarna trok hij Eve de gang in, uit het zicht van de ramen en wreef het glazuur over haar borsten. 'Potverdikkie, dit gaat heel goed smaken,' zei hij.

Eve liet haar hoofd naar achteren zakken, toen hij zijn mond over haar tepel sloot. Het vóélde ook heel goed.

Rex had een condoom gebruikt. Hij had de verpakking opengescheurd en het condoom aangebracht, voordat hij bij haar naar binnen was gedrongen. Dus had Eve de conclusie getrokken dat hij aannam dat ze niet zwanger was.

Daarom vertelde ze hem niet over de test die ze, met Cheyenne zenuwachtig voor de deur wachtend, in de B&B had gedaan. Ook vertelde ze hem niet dat de test positief was geweest.

Nadat hij even was ingedommeld, kwam hij weer tot leven. 'Ben je wakker?'

Ze lag zo lekker warm en loom tegen hem aan dat ze zich niet wilde bewegen. Hoefden ze maar nooit meer op te staan. 'Ja.'

'Omdat je trek hebt?'

'Niet echt.'

'Waar lig je dan aan te denken?'

'Dat is een lastige vraag, vanwege alle onderwerpen die deze avond taboe zijn.'

'Misschien. Maar je bent te diep in gedachten verzonken voor een vrouw die bevredigd en ontspannen zou moeten zijn. Dat maakt me nieuwsgierig.'

'Je wilt het er vast niet over hebben.'

'Als het over mijn manier van leven gaat, is dat heel waarschijnlijk.'

Ze had liggen denken aan hun baby en zijn opmerking dat hij het 'heel erg' zou vinden als ze zwanger bleek te zijn. Maar omdat zijzelf ook bepaalde onderwerpen wilde vermijden, raakte ze een van de littekens op zijn borst aan. 'Hoe kom je hieraan?'

'Een beveiligingsopdracht die ik nooit had moeten aannemen.'

'Wat is er gebeurd?'

Hij verschoof, zodat ze zich gemakkelijker tegen zijn borst aan kon vlijen, en liet zijn vingers door haar haren glijden terwijl hij begon te vertellen. 'Geloof het of niet, maar ik ben nog nooit door The Crew neergeschoten. Ze hebben me geprobeerd van alles aan te doen, maar daar zijn ze nooit in geslaagd. Al deze littekens zijn uit de tijd dat ik net met mijn bedrijf was begonnen.'

'Wil dat zeggen dat ze vrij recent zijn?'

'Als je drie jaar geleden vrij recent noemt.'

'Zijn ze allemaal van één incident?'

'Ja. Net nadat ik naar San Francisco was verhuisd en All About Security had opgestart.'

Ze duwde zichzelf omhoog op haar ellebogen. 'Ze zien er ernstig uit. Hoe komt het dat je niet bent gestorven?'

'Dat was ik ook bijna. Ik heb een maand in het ziekenhuis gelegen.'

Ze vond het vreselijk dat hij de dood in de ogen had gekeken, dat hij nog steeds gevaar liep. 'Was er iemand in San Francisco om je te ondersteunen?'

'Hoe ondersteunen?' Hij deed alsof het concept zelf hem helemaal vreemd was. Dit bevestigde wat ze al had gedacht, namelijk dat hij te lang alleen was geweest. 'Iemand die bij je op bezoek kwam, die je stimuleerde tijdens je herstel.'

Er speelde een licht spottend glimlachje om zijn lippen. 'Echt iets voor een vrouw om dat te vragen.'

Ze gaf hem een harde por. 'Je kunt zo'n seksist zijn!'

'Rustig maar. Die zachtere kant van jou is juist iets waarvan ik hou.'

'Waarom lach je me er dan om uit?'

‘ “Ondersteuning” is niet het eerste waaraan ik zou hebben gedacht als jij me had verteld dat jíj bijna was doodgegaan.’ Hij kneep haar zachtjes in haar kin. ‘Dus kijk nou maar niet zo beledigd. Ik had in feite niemand op wie ik kon vertrouwen, alleen Marilyn, mijn assistente, en de twee bodyguards die ik tot dan toe had aangenomen. Zij kwamen een of twee keer langs. Virgil zei dat hij ook wilde komen, maar daar wilde ik niets van weten.’

‘Daar had hij zich niets van aan moeten trekken.’

‘Hij heeft kinderen. Het is niet makkelijk ze achter te laten. En Peyton maakt zich zorgen wanneer hij weg is – met goede reden.’

‘En je familie? Dennis en Mike?’

‘Ze wisten het niet. Ze weten het nog steeds niet.’

‘Je hebt het hun nooit vertéld?’ Ze kon zich niet voorstellen dat ze zoiets in haar eentje zou moeten doorstaan. Haar vrienden en familie waren altijd vreselijk belangrijk voor haar geweest.

‘Nee. Ze kenden het basisverhaal, maar niet de details.’

‘Hoezo?’

‘Dat ligt gecompliceerd.’

‘Omdat je binnenkort vertrekt, hoef je niets meer te verbergen, weet je nog? Bij mij kun je een open boek zijn.’

‘Ik weet niet of ik ooit een open boek zal zijn.’

Ze slaakte een vermoeide zucht. ‘Goed dan. Je houdt er niet van om over je familie te praten. Wil je me dan wel vertellen waarom je die opdracht hebt aangenomen? De opdracht waardoor je gewond bent geraakt? Was je wanhopig op zoek naar werk of –’

‘Nee. Het ging best aardig. Ik stemde gewoon in met een contract met iemand wat ik nooit had moeten doen. Hij vertelde me dat hij een aantal heel gevaarlijke mensen vrij veel geld verschuldigd was. Hij had het geld en ging ze betalen, maar hij wilde dat ik met hem meeging om ervoor te zorgen dat alles soepel verliep.’

‘Ik ben bijna bang om de rest te horen.’

‘Het werd tamelijk akelig. Wat hij me had verteld, was niet waar. Het kwam in feite neer op een drugsdeal met een hoge in zet die mis was gelopen. Zodra we op de afgesproken plek waren aangekomen, verscheen er een aantal andere auto's en werden we door een groep kerels aangevallen. Ik slaagde erin de eikel die ik beschermde terug in zijn auto te krijgen, voordat hem, en zijn geld, iets overkwam, en toen reed de chauffeur weg, zoals hij was geïnstrueerd.'

Gespannen beet ze op haar lip, ook al was dit iets wat in het verleden was gebeurd. 'Ze lieten je in de stéék? Hebben ze in ieder geval de politie gebeld, zodat die je konden komen helpen?'

'Meen je dat nou? Wat konden ze zeggen zonder uit te leggen wat we daar deden? En het feit dat ik het geld veilig had weten te stellen, maakte de kerels die er nog waren woest.'

'Hoeveel mannen waren er?'

'Het moeten er acht zijn geweest.' Hij draaide zich om zodat ze een paar van zijn andere littekens kon zien, alsof die haar niet al waren opgevallen. 'Ik ben drie keer door kogels geraakt en twee keer gestoken.'

'Die schoft heeft je voorgelogen! Ik hoop dat hij ergens in een cel weg zit te rotten.'

'Ik heb geen idee waar hij is. Het ergste is dat hij me nooit heeft betaald. Toen ik hem later probeerde te bereiken, bestond zijn nummer niet meer. Daarna heb ik hem nooit meer kunnen vinden.'

'Het zou hem waarschijnlijk verbazen om te horen dat je naar hem op zoek bent gegaan, dat je niet dood was.'

'Het is een wonder dat ik niet gestorven ben. Als een dakloze, die op zoek was naar een slaapplek niet bijna over me was gestruikeld, zou ik ongetwijfeld zijn doodgebloed. Zelfs als het nog maar zo'n vijf of tien minuten langer had geduurd.'

'Waar was je?'

'Op het terrein van een of andere opslagruimte.'

'Hij is hulp gaan halen?'

'Dat is wat de agenten me later vertelden. Het enige wat ik me herinner, is dat iemand me omdraaide, besefte dat ik nog leefde en van me wegliep. De keer waarop ik daarna mijn ogen opende, lag ik in een ziekenhuisbed.'

De gevaren van zijn werk werden overschaduwd door de dreiging die zijn oude bende vormde, maar Eve wist dat zijn baan alleen al moeilijk zou zijn voor een vrouw om mee om te gaan. 'Ik weet niet zeker of ik het leuk vind wat jij doet om je brood te verdienen.'

Hij trok haar weer tegen zich aan. 'Normaal gesproken is het zo slecht niet. Nu ik weet dat ik niet onoverwinnelijk ben, ben ik een beetje voorzichtiger met de opdrachten die ik aanneem.'

'Heb je geen andere bodyguards die je erop af kunt sturen?'

'Natuurlijk. Maar ik moet zelfs nog voorzichtiger zijn als ik hen inzet.'

'Ik snap het.' Het idee dat hij de gevaarlijkste opdrachten op zich nam, vond ze niet prettig, maar ze begreep waarom hij niet verantwoordelijk wilde zijn voor de verwondingen of de dood van iemand anders. 'Is een van je mannen ooit gewond geraakt?'

'Toen Virgil en ik samen nog een bedrijf hadden, is een van onze bodyguards vreselijk in elkaar geslagen. En een van mijn medewerkers is kort geleden neergestoken, toen hij een klant uit een bar probeerde te krijgen. Zijn schouder was aan gort. Daarna heeft zijn vrouw hem ertoe gedwongen ontslag te nemen.'

'Dat verbaast me niets.'

'Het is een baan die je het beste als alleenstaande man kunt doen. Dat is wat ik heb besloten.'

'Alleenstaande mannen zoals jij.'

Hij rolde haar op haar rug en keek haar met die felgroene ogen van hem aan.

'Wat is er?' vroeg ze.

'Volgens mij heb ik in jaren niet zoveel gepraat. Ik weet zeker dat ik mijn jaarlijkse quotum heb behaald. Laten we gaan eten.'

Ze glimlachte maar pakte hem bij zijn arm, voordat hij op kon staan. 'Ga je me ooit vertellen waarom je van je familie vervreemd bent?'

Zijn open, speelse stemming leek in rook op te gaan. 'Daar zouden we het vanavond niet over hebben, weet je nog wel?'

'Het moet iets heel ergs geweest zijn, Rex.'

Even zag ze een hartverscheurende uitdrukking op zijn gezicht, en het speet haar dat ze het ter sprake had gebracht.

'Dat was het zeker.' Met zijn gedachten was hij duidelijk heel ergens anders. Waarschijnlijk herleefde hij wat er destijds was gebeurd.

'Ik moet je iets vertellen,' zei ze, om hem weer in het heden terug te brengen.

Zijn ogen focusten zich weer. 'En dat is?'

'De eerste keer waarop ik je broers huis belde –'

'De eerste keer?' onderbrak hij haar.

'Ik heb twee keer gebeld.'

'Omdat...'

'Ik was nieuwsgierig. Waarom zou ik anders bellen? Ik wist dat je me de waarheid niet vertelde.'

'Wat ik niet begrijp, is hoe je aan mijn broers nummer bent gekomen. Heb je dat uit mijn zak gehaald?'

'Nee. Ik zou nooit je zakken doorzoeken.'

'Mijn hotelkamer heb je wel doorzocht.'

'Ik heb je hotelkamer schóóngemaakt. Dat is iets anders. En ik had je gevraagd te vertrekken. Als je dat had gedaan, zouden je spullen er niet meer hebben gelegen.'

Die duivelse grijns waarop ze zo dol was, verscheen op zijn gezicht. 'Dus het was mijn eigen schuld?'

Haar wangen werden rood. 'Ik ben niet in je tas gaan snuffelen of zo.'

'Bepáálde grenzen overschrijd je niet, hè?'

Haar schaamte van zich afzettend, trok ze hem naar zich toe voor nog een kus. 'Misschien vanaf nu wel.'

Haar impulsieve actie leek hem te verrassen.

'Wat? Wilde je niet dat ik je kuste?' vroeg ze.

'Integendeel. Ik vond het prettig, heel prettig.'

'Mooi.' Ze keek hem aan, gevangen in een diepgaand moment dat ze niet helemaal begreep.

'Als je me probeert af te leiden, dan werkt dat,' zei hij.

'Af te leiden van wat? Eten?'

'Van hoe je aan mijn broers nummer bent gekomen.'

Ze zuchtte en liet hem los. 'Het moet uit je zak zijn gevallen op de achterbank van Noelles auto. Een paar dagen nadat ze ons naar huis had gebracht, kwam ik haar tegen en heeft ze het papiertje aan mij gegeven, waarbij ze zei dat het van jou was.'

'En je hebt het niet teruggeven, omdat...'

'Dat heb ik je verteld. Ik wilde je ware identiteit weten.' Ze twijfelde even of ze verder zou gaan, maar besloot dat het hem zou kunnen helpen als hij wist wat ze die dag had gehoord. 'Mijn nieuwsgierigheid werd aangewakkerd toen ik met iemand sprak waarvan ik aanneem dat het je schoonzus is.'

Hij verstrakte. 'Hoezo? Wat zei Connie?'

'Dat Dennis met je wilde praten. Dat hij van je houdt. Ze smeekte je hem terug te bellen wanneer hij niet aan het werk was. Ze hoopt de hele familie weer bij elkaar te kunnen brengen.'

Hij ging rechtop zitten. 'Dacht ze dat íkbelde?'

'De eerste keer heb ik niets gezegd.'

'Maar waarom zou ik bellen en niets zeggen?'

'Omdat je eenzaam bent?'

Er vertrok een spiertje in zijn wang. 'Wat ik wel ben, is uitgehongerd. Laten we gaan eten. Ik wil niet te laat terug zijn bij Mrs. Higgins. Sinds haar man dood is, valt ze heel moeilijk in slaap.'

Terwijl hij opstond en zich begon aan te kleden, keek Eve toe. Die littekens waren het bewijs van de wonden die hij aan de buitenkant had opgelopen, maar ze vermoedde dat hij aan de binnenkant veel erger verwond was geraakt. En toch bleef hij hard tegenover zichzelf.

'Connie zei ook dat niemand je verantwoordelijk houdt voor wat er met Logan is gebeurd,' vervolgde ze.

Even bevroor hij. Toen zei hij: 'Ik hou mezélf ervoor verantwoordelijk.'

De rauwe klank van zijn stem brak Eves hart. Ze wilde hem vertellen dat het misschien tijd werd om zichzelf te vergeven voor wat hij dan ook maar had gedaan, dat Kerstmis eraan kwam en dat het snel daarna nieuwjaar zou worden: een perfect moment voor een nieuwe start. Maar hij was plotseling zo afstandelijk dat ze niet zeker wist of hij haar wel echt zou horen. En ze was bang dat als ze te veel aan zou dringen, hij zich alleen maar verder terug zou trekken.

Dus stond ze op en trok haar kleren aan, waarna ze doorging met eten koken.

De maaltijd verliep rustig en gezellig. Wanneer Eve opstond om hem meer brood te geven of hem nog wat frisdrank in te schenken, raakte ze hem vaak aan. Eén keertje sloeg ze zelfs van achteren haar armen rond zijn schouders en drukte haar wang een paar seconden tegen de zijne, voordat ze de schaal oppakte en zijn bord met nog meer pasta vulde. De avond was... perfect, besloot hij. Eve was rustig en kalm, helemaal op haar gemak, zoals maar heel weinig mensen waren. Dat ontsloeg hem even van de verplichting die hij vaak voelde om de levens van anderen om hem heen beter te maken. Daardoor was het ook gemakkelijker voor hemzelf om zijn eigen gedachten en gevoelens te ontvluchten.

Zelfs Laurel, hoeveel hij ook van haar had gehouden, was niet in staat geweest hem dezelfde emotionele rust te bezorgen. Ze had zelf te veel meegemaakt. Eve bracht hem terug in de normale wereld en dat gaf hem een kans om op adem te komen, zijn hoofd vrij te maken, en eindelijk... rust te vinden.

'Hoe denk je dat The Crew je heeft gevonden?' vroeg ze, toen ze bijna klaar waren.

Dat had hij zichzelf ook afgevraagd. 'Ik kan alleen maar aannemen dat ze, op zoek naar Virgil en mij, alle beveiligingsbedrijven voor particulieren af zijn gegaan.'

Ze scheurde een stukje knoflookbrood af. 'Hoe weten ze wat voor werk jij doet?'

'In DC hadden we een zelfde soort bedrijf. Dus is het logisch dat we verder gingen daarmee. We zaten allebei al in de gevangenis voor we een middelbareschooldiploma hadden. Ik heb het staatsexamen gehaald, terwijl ik opgesloten zat, maar het is niet zo dat we universiteitsdiploma's of ervaring hadden waar we op terug konden vallen. En we moesten op een of andere manier geld verdienen.'

Haar blik was bezorgd toen ze antwoordde: 'Dat betekent dat je ook buiten Whiskey Creek, of deze staat, niet veilig bent.'

Hij pakte haar bij de hand en hij verwonderde zich er even over dat haar vingers zo goed tussen de zijne pasten. 'Als ik van identiteit verander, zou het geen probleem moeten zijn. Bendes hebben ook te maken met praktische problemen. The Crew kan geen mensen door het hele land sturen om elke bodyguard te gaan bekijken. Dat zou ze een kapitaal kosten. Ik had mijn voornaam niet weer moeten gaan gebruiken. Dat heeft ze waarschijnlijk op mijn spoor gezet.'

'Waarom heb je dat gedaan?' vroeg ze. 'Rex is niet echt een gebruikelijke naam.'

'Het is irritant wanneer je jezelf niet kunt zijn,' zei hij, schouderophalend. De rebel in hem had het lot getart. Dat was echt iets voor hem.

'Dus je verandert van naam en verhuist... waarheen?'

'Dat weet ik nog niet. Waar ik ook maar terechtkom. Het was ook een vergissing om terug naar Californië te gaan. Virgil probeerde me over te halen het niet te doen, maar ik wilde niet luisteren. Het was mijn poging om op te eisen wat van mij was, denk ik. Mijn naam. Mijn thuis. The Crew werkt vanuit LA, dus ben ik naar het noorden gegaan, omdat ik dacht dat er dan wel voldoende afstand tussen ons in zou zitten.'

'Waarom was dat niet zo? Wat is er misgegaan?'

'Joost mag het weten. Het enige wat ik kan bedenken, is dat een andere gevangene me heeft weten te achterhalen.'

'Hoe dan?'

'The Crew heeft bendeleden in alle gevangenissen van Californië zitten. Sommige zitten nu zelfs in het federale systeem, maar dat doet er niet toe.' Hij veegde wat kruimels van de tafel. 'Stel dat ze een bendelid in San Quentin hebben zitten, vlak bij San Francisco. Ze zouden iemand die bij die vent langskwam, kunnen vragen om na te gaan of de eigenaar van All About Security de Rex is die zij zich herinneren.'

'Maar er staat geen adres op je website. Je naam wordt ook niet genoemd.'

'Waarschijnlijk hebben ze wel op mijn naam gezocht. Ik neem aan dat ze op de gok beveiligingsbedrijven checken, in de hoop dat ze geluk hebben. Misschien is All About Security om een of andere reden op hun lijst van mogelijkheden terechtgekomen. Het enige wat ze toen moesten doen, was iemand laten opbellen die zich voordeed als een klant. Het zou niet vreemd zijn dat een klant mijn naam te horen kreeg. Misschien heeft iemand die ze kennen me zelfs ingehuurd en heeft diegene op een gegeven moment een foto van me genomen die ze met mijn politiefoto konden vergelijken. En hopla, ze konden me identificeren.'

'Maar dan hebben ze nog steeds je adres niet.'

'Dus misschien blijft die klant bij mij. Op een gegeven moment kan ik een avond niet en valt een van mijn bodyguards voor me in. Ze raken bevriend, en de bodyguard laat zich ontvallen waar ons kantoor is.'

'En dan wachten ze je daar op en volgen ze je naar huis.'

'Precies.'

'Maar ze kwamen midden in de nacht, toen je al thuis was.'

'Misschien hebben ze het eerder geprobeerd en zijn ze op het laatste moment vertrokken, omdat er te veel mensen in de buurt waren. Ik heb buren met kinderen. Dus besloten ze 's nachts aan te vallen. Minder getuigen en de duisternis gaven hun een betere kans om weg te komen.'

'En toen ben jij vertrokken en hierheen gekomen.'

'Ze hadden er niet op gerekend dat ik mijn eigen spion had. Ik had gehoord dat ze me op het spoor waren en ging ervandoor.'

'Dus toen ze eenmaal wisten waar je woonde, hebben ze gewoon afgewacht.'

'Ze namen aan dat ik op een gegeven moment wel terug zou komen, ja. Ze wisten niet waarheen ik was vertrokken, dus konden ze niets anders doen dan afwachten.'

'Wie heeft jou gewaarschuwd?'

'Ik had een vriendin die nog steeds in de bende zat. Ze stuurde me een bericht.'

'Hád een vriendin?'

Hij wuifde de vraag weg. 'Dat wil je niet weten.'

Ze viel weer stil. 'Er is niets wat hen hierheen kan leiden,' zei ze ten slotte.

'Niet op dit moment. Dan zou ik hier ook niet zijn. Ik zou je nooit in gevaar brengen.'

'Wat ik wil zeggen, is dat je ook hier zou kunnen blijven. Hoe zouden ze je ooit kunnen vinden?'

'Mijn geld raakt op een gegeven moment op, Eve. Ik moet kunnen werken.'

Ze kreeg geen kans om daarop te reageren, omdat haar telefoon ging. Daardoor werd ze afgeleid, maar ze negeerde het geluid en stond op om de afwas te gaan doen. Daarna kwam er een sms binnen. Die bekeek ze, en hij hoorde haar haar adem naar binnen zuigen.

'Wat is er?' vroeg hij.

'Cheyennes bevalling is begonnen!'

Hij was net de borden naar het aanrecht aan het brengen, maar aarzelde nu. 'Is dat goed? Ik bedoel... ze was bijna uitgerekend, toch?'

'Ze is ongeveer tien dagen te vroeg. Volgens mij is dat niet zorgwekkend, maar ik hoop dat alles goed gaat.'

'Waar gaat ze naartoe? Is er wel een ziekenhuis hier in de buurt?'

'Sutter Amador in Jackson.'

'Verwacht ze dat jij erbij bent?'

'Natuurlijk. Dat wil ik ook. Ik weet zeker dat we er allemaal naartoe gaan om haar bij te staan.'

'Wie allemaal?'

'Onze groep vrienden. Die sms kwam van Dylan. Hij zal Kyle, Riley, Callie en de anderen ook hebben ingelicht.'

'Gaan ze allemaal mee de bevallingskamer in?'

'Nee. Maar twee personen mogen erbij zijn. Dylan en nog iemand anders. Ze willen niet in de weg gelopen worden. Haar moeder was van plan geweest erbij te zijn, maar ze woont in Colorado en is pas na Kerstmis hier. Dus nu...'

Hij zette de borden in de gootsteen. 'Is die plek vrijgekomen.'

'Haar zus, Presley, is niet lang geleden hierheen verhuisd. Waarschijnlijk wordt zij het. Ik ga gewoon met de rest van onze vrienden in de wachtkamer zitten.'

Terwijl ze haastig haar tas en jas wilde gaan pakken, hield hij haar tegen. 'Wil je dat ik met je meega?'

Ja, want anders was ze bang dat hij vertrokken zou zijn tegen de tijd dat ze thuiskwam. Het gevoel dat ze nooit wist wanneer hij zou besluiten om weg te gaan, vond ze vreselijk. Maar ze maakte zich ook zorgen om haar vriendin, bang dat iets aan de baby Cheyennes geheim zou verraden – dat er iets zou gebeuren wat Dylan wantrouwig zou maken. Ze wist niet zeker wat Chey zou doen als de waarheid aan het licht kwam. Ze wist niet wat er allemaal door haar vriendins hoofd spookte nu de grote dag was aangebroken. Maakte ze zich zorgen over de leugen waarmee ze zou moeten leven, hoe goedbedoeld die ook was? Zelfs als dat het geval was, kon Eve niets doen om haar angst weg te nemen. Cheyenne had haar laten beloven dat ze het onderwerp van haar zoons ware vaderschap nooit meer ter sprake zou brengen. En Eve was van plan zich daar aan te houden.

'Als je het niet erg vindt,' zei ze. 'Ik ben zo nerveus dat ik niet eens weet of ik wel kan rijden.' Het feit dat ze zwanger was, had daar waarschijnlijk iets mee van doen. Zij zou dit aanstaande zomer ook allemaal meemaken, maar zij zou dan in haar eentje zijn.

'Natuurlijk niet,' zei hij. 'Ik mag Cheyenne erg graag. Heb je alles wat je nodig denkt te hebben?'

'Volgens mij wel.'

'Mooi. Ik rij je erheen.'

Hoofdstuk 25

Ted was de enige van hun wekelijkse koffiegroepje die niet in het ziekenhuis kwam opdagen. Niemand leek te weten waar hij was, en hij nam zijn telefoon niet op, dus toen Sophia en haar dochter, Alexa, de wachtkamer in kwamen, haastte Eve zich naar hen toe. 'Komt Ted niet?'

'Hij zal het vreselijk vinden om dit te missen, maar hij is nog steeds niet terug.'

'Ik dacht dat hij even heen en weer zou gaan,' zei Eve verbaasd. Hij was al vier dagen weg.

'Nee, hoor. Hij krijgt heel veel informatie, maar daarvoor moet hij wel half de Verenigde Staten af reizen.'

Eve schonk Sophia een geruststellende glimlach. Sophia leek altijd een beetje onzeker bij haar in de buurt, maar Eve had het altijd moeilijker gevonden Ted te vergeven dan Sophia, omdat ze niet zo'n hechte band met haar had gehad. En Sophia had zoveel meegemaakt met haar ex-man dat Eve het haar niet kwalijk kon nemen dat ze iemand zoals Ted wilde. Het was schokkend dat Skip had geprobeerd te verdwijnen en Sophia met al zijn schulden achter had willen laten. Eve kon niet geloven dat iemand zo egoïstisch kon zijn als het op zijn vrouw en dochter aankwam. Ze was blij dat Sophia eindelijk rust en geluk had gevonden, al ging dat dan enigszins ten koste van Eve zelf. 'Typisch Ted om zo grondig te werk te gaan,' zei ze.

De glans in Sophia's ogen zei Eve hoe trots ze op hem was. 'Ja.'

'Ik hoop dat hij erachter komt,' zei Alexa. 'Ik heb me altijd afgevraagd wat er met Mary is gebeurd. Al die verhalen over haar geestverschijning... ik krijg er de kriebels van.'

'Ik ook,' gaf Eve toe, waarna ze een blik op de klok wierp. Cheyennes bevalling was nu twee uur bezig.

'Heeft iemand Gail gebeld?' vroeg Callie, die bij hen kwam zitten. 'Of Baxter?'

'Ik nam aan dat Dylan contact met hen had opgenomen, net als met ons,' antwoordde Eve, maar voor de zekerheid stuurde ze een sms.

Baxter belde haar bijna meteen. 'Dus het gaat vanavond gebeuren?' vroeg hij, zodra ze had opgenomen.

'Het kan ook morgen zijn. Vooral bij het eerste kind kan het een tijdje duren.'

'Dat is wat Dylan ook zei, toen hij me sms'te, dus was ik van plan morgen te komen. Denk je dat ik dan te laat ben?'

'Geen idee.' Eve zag beweging bij de deuropening en hoopte dat het een verpleegster was met wat nieuws.

Het was Aaron. Met zijn driejarige zoontje in zijn armen liep hij naar binnen. Zijn verloofde, Presley, bevond zich waarschijnlijk bij haar zus. De drie jongere Amos-broers liepen achter hem aan. Net als zijn vader, de vrouw van zijn vader en haar dochter.

Iedereen zei gedag en probeerde ruimte voor de nieuwkomers te maken, maar er waren geen stoelen meer, dus stond Rex op en zei dat hij iets uit de automaat in de gang ging halen. Verschillende paren ogen volgden hem, waarna ze Eve vragend aankeken, maar ze weigerde erop te reageren en was blij dat ze aan de telefoon hing.

'Dylans familie is hier net aangekomen,' vertelde ze aan Baxter.

'Ook zijn vader en die krankzinnige vrouw van hem?'

Het was moeilijk om niet in lachen uit te barsten. Baxter hield zich zelden in, en zijn openheid was vaak grappig, omdat hij bijna altijd gelijk had.

Zich afwendend, liet ze haar stem dalen. 'De hele kliek.'

'Nou, daar zal Dylan wel blij mee zijn.'

Nu stond ze zich wel toe te lachen vanwege zijn sarcasme, maar ze werd meteen weer serieus toen ze opkeek en haar ogen die van Aaron ontmoetten. Zag ze daar ongerustheid in?

Het leek even van wel. Toen werd zijn gelaatsuitdrukking weer stoïcijns, en hij wendde zijn blik af, nadat hij haar met een knikje had begroet. Hij moest op zijn minst net zo nerveus zijn als Cheyenne.

Uit wat ze van haar vriendin had begrepen, was hij niet heel enthousiast geweest over de kunstmatige inseminatie. Hij had er alleen mee ingestemd, omdat hij het gevoel had dat hij zijn oudere broer heel veel verschuldigd was.

Er was niets om zich zorgen over te maken, hield ze zichzelf voor. Er kon niets misgaan. Aaron leek op Dylan. Alle argumenten die Cheyenne had gebruikt om wat ze had gedaan te rechtvaardigen, schoten door Eves hoofd, maar er bleef toch iets aan haar knagen, waardoor ze gespannen was.

'Hallo? Ben je daar nog?' vroeg Baxter.

Ze had zich niet gerealiseerd dat ze was stil gevallen en geen woord had gehoord van wat Baxter had gezegd. Ze schraapte haar keel. 'Ja, sorry, ik werd even afgeleid.'

'Toch niet omdat de baby geboren is...'

'Nee, tenminste niet zover wij weten.'

'Dan ga ik op weg. Ik durf niet langer te wachten.'

'Daar ben ik blij om,' zei Eve. 'Het zal goed zijn om je hier bij ons te hebben.'

Er viel een korte stilte. Toen zei hij: 'Zijn Noah en Addy er?'

'Ja. Maar dat geeft toch niet, want je bent over Noah heen, hè?'

'Natuurlijk, al een hele tijd.'

Dat betwijfelde ze ten zeerste. Hij was het grootste gedeelte van zijn leven verliefd op Noah geweest. Zo'n gevoel verdween niet van de ene dag op de andere. 'Komt Scott met je mee?' vroeg ze.

'Ik denk het niet. Ik wil niet dat hij aan mijn kop zeurt dat we moeten vertrekken, voordat ik daar klaar voor ben,' antwoordde hij, waarna hij ophing.

Daardoor werd ze herinnerd aan haar zorgen over Scott en het gebrek aan belangstelling dat hij in de vrienden vertoonde die Baxter al zijn hele leven had, maar daar kon ze nu niet bij stilstaan. Totdat ze Cheyennes baby zag, wist Eve dat ze een knoop in haar maag zou hebben, en ze nam aan dat Aaron, Presley en Cheyenne datzelfde gevoel hadden.

Rex liep een beetje heen en weer buiten de vriendenkring die zich had verzameld om Cheyenne ter zijde te staan. Hij kon zich niet voorstellen zo'n grote groep vrienden te hebben die zoveel om hem gaven dat ze bereid waren de nacht in een wachtkamer van een ziekenhuis door te brengen. Zoals hij tegen Eve had gezegd, waren er slechts een paar van zijn werknemers een of twee keer bij hem langs geweest, toen hij was neergeschoten en -gestoken en wekenlang voor zijn leven had moeten vechten.

Door zijn omstandigheden had hij zijn sociale contacten moeten beperken en had hij een eenling moeten worden. Voor het grootste gedeelte functioneerde hij zo ook prima. Alleen wanneer hij het contrast tussen zijn wereld en die van Eve zag en zodra het tot hem doordrong hoe vol het leven kon zijn, werd hij een beetje jaloers. Op dat soort momenten vroeg hij zich af hoe hij zou zijn geweest als hij Logan die dag niet mee had genomen naar de rivier. Hij was zestien geweest, zo jong en overmoedig. Arme Logan was zelfs nog jonger geweest, slechts twaalf jaar oud.

'Ik heb die sprong zelf een week geleden gemaakt.' Elke keer dat hij zich herinnerde dat gezegd te hebben, elke keer dat hij de bewondering – en daarna de vastberadenheid – op het gezicht van zijn kleine broertje weer voor zich zag, kromp hij ineen. Hij wás gesprongen, meer dan eens, maar dat deed er niet toe. Logan was door de wind van koers veranderd of hij was verkeerd neergekomen... Soms voelde Rex zich zo schuldig dat hij bijna moest overgeven.

'Wat doe je?'

Eve kwam naar hem toe.

'Ik wacht, net als jij.' Hij bood haar de kop koffie aan waar hij een slokje uit had genomen. 'Wil je ook een slokje om je wakker te houden?'

'Nee, dank je. Ik ben te nerveus voor cafeïne. En ik drink hem sowieso niet zwart.'

'Ik kan een koffie met melk voor je gaan halen.'

'Bedankt, maar echt, ik stuiter nu al alle kanten op.'

Hij bestudeerde haar fijne gelaatstrekken, heel lange dikke wimpers en donkere haren met de opvallende lok die over haar voorhoofd viel. 'Maak je geen zorgen. Er worden elke dag heel veel baby's geboren.'

Ze keek over haar schouder naar iemand anders in de kamer, leek op het punt te staan om iets te zeggen, maar veranderde toen van gedachten. 'Er zijn dingen die mis kunnen gaan. Maar je bent vast uitgeput na wat je hebt doorgemaakt. Wil je niet liever gaan slapen?'

'Nee, het is te laat om nog naar Mrs. Higgins te gaan. Vooral omdat ze me niet verwacht. Ik wil haar geen hartaanval bezorgen doordat ze denkt dat iemand in haar huis aan het inbreken is.'

'Ga dan naar mijn huis.'

'En hoe denk jij dan thuis te komen?'

Ze gebaarde naar de wachtkamer vol mensen. 'Ik kan altijd een lift krijgen.'

Hij wilde haar naar zich toe trekken, zijn kin op haar hoofd laten rusten en zijn ogen een paar minuten sluiten. Dat zou hij ook gedaan hebben, als er nu al niet heel veel nieuwsgierige blikken op hem werden geworpen. 'Ik wil niet bij je weg.'

'Maar het kan nog een tijdje duren. Ik voel me schuldig dat ik je heb gevraagd mee te komen.'

'Het is geen probleem.'

'Hoe laat is het?'

Hij keek op zijn horloge. 'Twaalf uur.'

'Baxter zou er nu moeten zijn.'

'Baxter? Is dat de naam van het kind?'

Ze lachte. 'Nee. Dat is een vriend die uit San Francisco moet komen.'

'Hij haalt het vast wel. Deze baby lijkt geen haast te hebben.'

'Een baby houdt altijd zijn of haar eigen tijdsschema aan.'

Was zíj zwanger? Hoe hij ook zijn best deed om het te vergeten, hij kon er niet aan ontkomen dat die mogelijkheid bestond. Ze had niets gezegd toen hij na die eerste avond steeds een condoom had gebruikt, had hem niet verteld dat dat geen zin meer had. Maar hij had geen idee wat ze dacht.

'Zit jij hier over negen maanden in dezelfde situatie?' Hij had het niet willen vragen. Hij had zichzelf opgedragen te vertrekken zonder het te weten. Later, wanneer hij zich weer aan alle veranderingen in zijn leven had aangepast, zou hij ernaar vragen. Hij was niet goed voor Eve. Maar de woorden waren eruit geglipt, en ze hadden haar ook overvallen. Haar ogen werden groot, en haar lippen gingen van elkaar. Voordat ze kon antwoorden, kwam Baxter echter binnen en na een korte aarzeling haastte Eve zich naar haar vriend toe.

Daarna was er te veel commotie om te kunnen praten. Iedereen wilde graag van Baxter horen hoe het met hem ging. Daarna belde hun vriend Gail uit Los Angeles, en zij en haar man de filmster kletsten met iedereen via de luidspreker van iemands mobiel. Na een uur of zo slaagde Baxter erin zich los te maken uit de groep, en hij liep naar het hoekje waar Rex en Eve zich bevonden.

Rex glimlachte, omdat ze al aan elkaar waren voorgesteld, maar Baxter sprak hem niet rechtstreeks aan. Hij bekeek Rex even van top tot teen, waarna hij zich tot Eve wendde. 'Deze kerel ziet eruit alsof hij model zou kunnen staan voor Armani, vind je niet?'

Eve bloosde. Het was duidelijk dat ze een beetje ongemakkelijk werd van Baxters opmerking. 'Hij is absoluut knap.'

Zelf voelde Rex zich ook een beetje ongemakkelijk door het compliment. Hij had geen idee wat hij moest zeggen. 'Bedankt' was ietwat onbeholpen, omdat Baxter het niet tegen hem had gezegd. Maar hij kon ook moeilijk reageren met iets denigrerends over zichzelf, zoals: 'nou, je zou eens moeten weten wat een puinzooi mijn leven is'.

Gelukkig hoefde hij niets te zeggen, want Baxter gaf hem de kans niet. 'Waar heb je hem gevonden? Want als hij een tweelingbroer heeft die toevallig homo is, dan wil ik zijn nummer.'

'Wát?' zei Eve. 'Je hebt een partner, weet je nog wel?'

Even kreeg hij een trieste uitdrukking op zijn gezicht, maar die maskeerde hij snel door spottend te zeggen: 'Ja, nou ja, misschien niet meer.'

Eve werd onmiddellijk serieus. 'Hoe bedoel je?'

'Scott is er boos vandoor gegaan, terwijl ik aan het inpakken was.'

'Waarom? Hadden jullie ruzie gekregen of –'

'We krijgen altijd ruzie zodra ik jullie wil zien. Hij wilde niet dat ik zou gaan, zei dat ik tot morgen moest wachten, en dan konden we hier allebei naartoe rijden om de nieuwe baby even te bewonderen.'

'Even,' herhaalde ze. 'Hij mag ons niet.'

'Hij vindt het niet leuk dat jullie zoveel voor me betekenen. En hij haat het om bij mijn ouders te moeten logeren.'

'Vind jij dat ook zo erg? Want jullie kunnen altijd in de B&B slapen, als er een kamer vrij is.'

'Nee, ik kan toch niet ergens anders overnachten! Dat zou mijn moeders hart breken. Ze begrijpt niet dat het nog steeds heel moeilijk is om in hetzelfde huis als mijn vader te zijn. Hij doet zo zijn best om mijn geaardheid te accepteren – of in ieder geval wat zijn manier van accepteren is, wat er eigenlijk op neerkomt dat hij me helemaal niet accepteert.'

Rex had het gevoel dat het vertrouwelijke gesprek niet voor zijn oren bestemd was. Hij had 'Bax' nog maar net ontmoet. Maar hij kon niet zomaar weglopen zonder bot over te komen.

'Gaat het wel?' informeerde Eve.

Baxter knikte. 'Ja hoor. Tenminste, dat denk ik. Scott komt wel terug. Misschien.'

'Wil je echt dat hij terugkomt als hij zo bezitterig is?' vroeg Rex. Hij wist niet precies waar dat ineens vandaan kwam, omdat hij net had besloten dat hij hier absoluut buiten moest blijven. Maar hij merkte hoeveel deze mensen voor elkaar betekenden, en vond het een naar idee dat een van hen uit de groep zou vallen.

Baxter leek het niet erg te vinden dat hij zich ermee had bemoeid. Met een blik over zijn schouder naar een kerel genaamd Noah die tegen zijn vrouw stond te praten, zei hij: 'Het is beter om gewild te zijn dan niet, toch?'

Eve pakte de arm van haar vriend vast. 'Er loopt vast iemand rond die van je houdt om wie je bent, én die je familie en vrienden in zijn armen sluit,' zei ze. Ze kreeg de kans niet om nog meer te zeggen, omdat Dylan op dat moment in de deuropening verscheen en aankondigde dat hij de trotse vader was van een gezonde, stevige jongen van maar liefst ruim vier kilo.

Nadat iedereen had gejuicht en elkaar had omarmd, ging Baxter weer verder de kamer in, waarschijnlijk omdat hij liever niet wilde doorgaan op het onderwerp dat ze net hadden aangesneden. De chaos duurde een paar minuten, totdat Dylan zijn handen opstak. Hij keek zijn broer aan – Eve had Rex uitgelegd wie familie van wie was, maar hier kon geen twijfel over bestaan – en moest even slikken.

'Cheyenne stond erop dat ik onze zoon een naam gaf,' zei hij.

'En dat is?' riep iemand.

'Kellan Aaron Amos,' antwoordde hij. 'Eigenlijk heeft zij Kellan voorgesteld, omdat ze die naam op een of andere babynamensite zag en we hem allebei leuk vonden, maar... jullie weten waar zijn tweede naam vandaan komt.'

Toen Eve 'o, mijn god' fluisterde, en haar blik naar Aaron ging, die zo wit als een spook was geworden, wist Rex niet zeker of Aaron wel zo blij was met de eervolle vernoeming. Maar Dylan ging zo op in alle omhelzingen en gelukswensen en zijn verzekeringen dat Cheyenne de bevalling geweldig had doorstaan, dat het hem niet leek op te vallen.

Het pijnlijke moment was zo snel weer voorbij, dat Rex er bijna van overtuigd was dat hij het zich had verbeeld.

Toen ze eindelijk uit het ziekenhuis vertrokken, was het na vieren. Eve was moe maar gelukkig. Ze had haar hartsvriendin kunnen zien, die er opgelucht uitzag en het schoolvoorbeeld van een blije nieuwe moeder was. Ook had Eve de baby even in haar armen mogen houden. Het jongetje was zo uitgeput geweest van de beproeving van zijn bevalling dat hij nauwelijks een kik had gegeven.

Daarna had iedereen Kellan even vastgehouden. Zelfs Aaron, hoewel Eve niet de indruk had dat hij het heel fijn had gevonden toen Dylan de baby in zijn armen had gelegd. Hij had geglimlacht en zijn broer gefeliciteerd, maar had de pasgeborene zo snel mogelijk aan iemand anders doorgegeven.

Toen Eve op dat moment Cheyenne had aangekeken, had die geweigerd haar blik te beantwoorden. Ze was koppig blijven glimlachen alsof er niets aan de hand was, alsof ze echt geloofde dat de baby van Dylan was en niets haar ooit van het tegendeel zou kunnen overtuigen. En Presley had een geruststellende hand op haar schouder gelegd.

Eve nam aan dat Cheyenne niet op een andere manier met deze heel moeilijke situatie had kunnen omgaan. Het was te laat om het Dylan nu te vertellen. Wat er ook in het verschiet lag, ze had haar beslissing genomen en moest het geheim voor de rest van haar leven bewaren. Na de eerste paar maanden zou het misschien gemakkelijker worden, dat moest haast wel.

'Waarom zei je "o, mijn god" toen Dylan de naam van zijn zoon aankondigde?' vroeg Rex, terwijl ze van zijn huurauto naar haar huis liepen.

Daardoor struikelde ze bijna, maar ze deed alsof dat door het losse grind op de oprit kwam. 'Ik was... blij voor Aaron.'

' "O, mijn god" is blij?'

'In dit geval wel.'

'Leg uit.'

Ze wist niet hoe ze haar reactie zou kunnen verklaren zonder haar belofte aan Cheyenne te verbreken, maar ze moest het proberen. 'De twee broers hebben een interessant verleden. Ze hebben het niet altijd goed met elkaar kunnen vinden.'

'Wat is daar zo interessant aan? Dat geldt voor de meeste broers.'

'Ja maar de omstandigheden waren anders dan normaal. Toen ze jong waren, heeft hun moeder zelfmoord gepleegd. Dylans vader kon daar niet mee omgaan. Hij begon te drinken, liet zijn bedrijf verslonzen en kreeg op een gegeven moment ruzie in een bar, waar hij een man neerstak die aan zijn verwondingen overleed.'

'Dus Dylans vader kwam in de gevangenis terecht.'

'Precies, heel lange tijd. En dat betekende dat Dylan al op zijn achttiende de rol van hoofd van het gezin op zich moest nemen, anders zouden zijn vier jongere broers van elkaar gescheiden worden en in pleeggezinnen worden geplaatst.'

'Zijn vader was hier vanavond, toch? Heb je ons niet aan elkaar voorgesteld?'

'Ja.' Ze maakte de voordeur open, waarna ze naar binnen gingen.

'Wanneer is hij vrijgelaten?'

'Afgelopen zomer. Sindsdien probeert iedereen weer gewoon tegen hem te doen.'

'Waar heeft hij die vrouw ontmoet die bij hem was?'

'Anya?'

'Ik ben haar naam vergeten, maar ze leek een beetje jong voor hem.'

'Dat is ze ook, en ze hebben constant ruzie. Volgens Dylan blijft ze alleen bij zijn vader omdat ze dan geen huur hoeft te betalen. En zij beweert dat hij goed in bed is.' De afschuw was van haar gezicht af te lezen. 'Die informatie hadden we allemaal liever niet willen hebben, natuurlijk. Dylan en zijn broers weten niet wat ze met haar aan moeten. Ze zouden haar eruit willen trappen – en hun vader waarschijnlijk ook – als ze geen medelijden met Anya's dochter hadden. Het arme meisje maakt niet veel kans met zo'n moeder die haar mee de goot in sleept.'

Hij deed de deur achter zich dicht en verzekerde zich ervan dat het huis veilig was. Dat herinnerde haar aan het gevaar waarin hij zich bevond, maar het gaf haar ook een beschermd gevoel, alsof hij bij haar thuishoorde en zich nu verantwoordelijk voor haar voelde.

'Er is niet altijd een verband of een oorzaak in het verleden,' zei hij, terwijl hij haar de slaapkamer in volgde. 'Ik had een goede, lieve moeder.'

'Je bedoelt dat het niet haar schuld is dat je op een gegeven moment het verkeerde pad op bent gegaan?'

'Precies.'

'Je bent niet erg aardig tegen jezelf.'

'Ik ben gewoon eerlijk.'

Zij vond dat hij veel te hard tegen zichzelf was. Maar ze was zo verrast dat hij uit eigen beweging iets over zijn familie vertelde, dat ze zich daarop concentreerde. 'Vertel me eens wat over haar.'

Anders dan gebruikelijk ontweek hij de vraag niet. 'Ze was lang, slank en heel mooi. Mijn vader aanbad haar. Dat deden we allemaal.' Hij schudde zijn hoofd. 'Haar hele huis zat vol jongens, die haar allemaal wilden beschermen. De een nog meer dan de ander.' Even viel hij stil, waarna hij met zachtere stem doorging. 'Daarom doet het me zo ontzettend veel pijn als ik eraan denk hoe veel verdriet ik haar heb gedaan.'

Ze legde een hand op zijn arm. 'Zoals ik al eerder heb gezegd, iedereen maakt fouten, Rex. We verdienen allemaal een tweede kans.'

Hij schudde haar hand van zich af, alsof hij het niet kon verdragen dat ze zo aardig tegen hem was. 'Dat klinkt goed – in theorie. Maar sommige dingen kunnen nooit meer rechtgezet worden.'

'De moeilijkste personen om te vergeven, zijn we soms zelf.'

Hij deed zijn overhemd uit. 'Dat is misschien waar. Maar het zou niet zo moeilijk zijn om mezelf te vergeven als ik niet zoveel schade had aangericht. Ik kan het mijn familie niet kwalijk nemen hoe ze tegenover me staan. Dat heb ik ruimschoots verdiend.'

Ze knoopte haar eigen bloes open. 'Maar op dat punt komt toch de liefde om de hoek kijken? Liefde kan alles compenseren.' Ze hadden niet de moeite genomen het licht aan te doen, maar ze kon de glans in zijn ogen zien door het licht van buiten, en ze vroeg zich af wat hij dacht. Hij zei niets; hij sloeg zijn armen om haar middel, en ze liet haar wang op zijn borst rusten.

'Door jou krijg ik...'

'Wat?' drong ze aan, toen zijn woorden wegstierven.

'Hoop,' zei hij.

Ze wist niet precies hoe ze zijn antwoord moest opvatten. Het had haar gerust moeten stellen. Maar hij klonk alsof het voor hem het mooiste en tegelijkertijd het pijnlijkste gevoel ter wereld was.

Hoofdstuk 26

De volgende ochtend was Rex al aan het werk achter zijn computer, toen Eves wekker afging. Nadat ze de keuken was in geschuifeld om een glas sinaasappelsap in te schenken, zag ze hem aan de tafel zitten. De koffie die hij had gezet, rook zalig.

Zodra ze de keuken was binnengekomen, besefte ze dat het zondag was, haar dag vrij, en dat ze niet zo vroeg op had hoeven staan. 'Verdorie.'

Hij keek op. 'Wat is er?'

'Ik realiseerde me net dat ik mijn wekker gisteren niet had hoeven zetten.'

'Je hoeft vanochtend niet te werken?'

'Ik heb wat diensten gewisseld, zodat ik er vanavond tijdens Victorian Days kan zijn.'

'Hoelang duurt dat evenement?'

'Vier dagen lang. Wat heb jij vanochtend zitten doen?'

Hij trok een gezicht naar zijn computerscherm. 'Geprobeerd al mijn bestanden te herstellen en een aantal dingen voor Marilyn te regelen.'

'Zij is jouw assistente, toch?'

'Ja. Nu ik weg ben, moet ze iemand voor een opdracht zien te vinden die ik deze week zou doen. Kerstmis is een drukke tijd van het jaar. Heel veel evenementen hebben beveiliging nodig.'

'Heb je haar verteld dat je het kantoor gaat sluiten en ergens anders opnieuw begint?'

Hij had zijn haar weer naar achteren getrokken met een van haar elastiekjes, waardoor zijn mooie profiel werd benadrukt. 'Nee. Ik wil haar tijdens de feestdagen geen slecht nieuws brengen.'

'Het moet moeilijk zijn om je werknemers te ontslaan.' Ze wist hoe dat voelde. Toen zij moeite had gehad haar hoofd boven water te houden, had ze erover na moeten denken om Pam te ontslaan en die extra uren er zelf bij te nemen. Uiteindelijk was het niet nodig geweest dat te doen, maar het had niet veel gescheeld. 'Denk je dat een van hen in staat is het bedrijf over te nemen?'

'Geen van hen heeft zoveel geld. Ze zouden niet eens een aanbetaling kunnen doen. Maar ik heb wat spaargeld, dus misschien zouden ze in termijnen kunnen afbetalen.' Hij tuitte zijn lippen. 'Ik zal eens informeren of er iemand geïnteresseerd is. Marilyns man heeft een goede baan, waardoor zij wat zekerheid heeft. Misschien wil zij het wel doen. Ze weet in ieder geval hoe ze het bedrijf moet leiden. Het enige probleem zouden de losse eindjes zijn.'

'Welke losse eindjes?'

'Het geld zou getraceerd kunnen worden naar waar ik hierna heenga.' Hij leunde achterover en strekte zijn benen. 'En waar ik nu ook heenga, dit is de laatste keer, Eve. Ik kan niet wéér opnieuw beginnen.'

De fatalistische toon in zijn stem verontrustte haar. 'Er moet een manier te vinden zijn om het te regelen.'

'Ik zal erin duiken, kijken wat ik kan doen. Maar ik wil niemand in gevaar brengen. Kom hier eens naar kijken.'

Een beetje nerveus vanwege wat ze te zien zou krijgen, liep ze rond de tafel, terwijl hij een filmpje op zijn computer startte. Toen het begon, besefte ze meteen wat het was. The Crew, die zijn huis kort en klein sloeg. Die paar minuten waren door beveiligingscamera's opgenomen. Eén inbreker met capuchon op draaide zich zelfs om naar de camera, stak zijn middelvinger op en nam toen met een honkbalknuppel de muren en ramen onder handen.

Het was één ding om te horen wat er gebeurd was, maar iets heel anders om het ook daadwerkelijk te zien. 'Ze zitten vol met haat,' mompelde ze.

'Alleen mijn dood zal ze bevrediging schenken.'

Eve kon er niet langer naar kijken. Deze beelden maakten haar misselijk. Ze draaide zich van hem af, maar hij pakte haar bij de hand en keek haar smekend aan.

'Wat?' zei ze.

'Ga je het me niet vertellen?' vroeg hij.

Ze wist dat hij het had over de vraag of ze zwanger was. Al die tijd had ze zichzelf niet toegestaan aan de baby te denken. Het besef hoe erg haar leven zou veranderen, en wat die veranderingen zouden inhouden, kwam in de stille momenten haar gedachten in kruipen, zoals vlak voordat ze in slaap viel. Ze kon het niet eeuwig van zich afschuiven. Soms voelde ze opwinding, soms een tikje angst. Maar er was nu geen weg meer terug. Ze moest het dag voor dag bekijken, en ze begon steeds meer te houden van de vader van haar kind, ondanks het feit dat hij een man was die ze niet kon krijgen.

Zelfs als ze een manier vonden om bij elkaar te zijn, kon hij misschien niet zoveel van haar houden als ze wilde. Ze moest de mogelijkheid onder ogen zien dat hij te veel had meegemaakt, te veel beschadigd was. Er moest iemand rondlopen die minder gecompliceerd was. Iemand die haar kon helpen een goed leven op te bouwen zonder de gevaren waarmee Rex werd geconfronteerd.

Dat kon dan misschien wel zo zijn, maar haar hart koos voortdurend zijn kant. 'Weet je zeker dat je het wilt weten?' vroeg ze.

Hij keek haar doordringend aan, op zoek naar het antwoord. 'Het zal makkelijker voor me zijn om verder te gaan als ik me niet bewust ben van alles wat ik achter me laat.'

'Natuurlijk.'

'Maar je zou het me verteld hebben als je het niet was.'

Ze beet op haar lip. 'Ben je geschrokken?'

Haar vraag diende als bevestiging. Als ze niet zwanger was, waar zou hij dan van moeten schrikken? Nadat hij zijn hoofd op zijn handen had laten vallen, begon hij zijn slapen te masseren.

'Rex?'

'Ik betaal de bevalling, de dokter, het ziekenhuis en alles wat je nog meer nodig hebt. En ik stuur je elke maand geld.'

Ze stak haar hand op. 'Ik wil niet dat je dat doet omdat je je daartoe verplicht voelt.'

'Dat is het niet. Ik wil er op een of andere manier wel deel van uitmaken.'

'Waarom?'

'Omdat ik het niet aan jou alleen wil overlaten,' antwoordde hij. Zacht vervolgde hij: 'En eigenlijk wil ik een goede vader zijn.'

Naast zijn werk moest hij ook ergens anders in slagen. Dat begreep ze. Misschien zou het vaderschap hem helpen te helen, hem helpen te begrijpen dat een ouder nog steeds van een kind kon houden dat fouten maakte, zelfs als dat ernstige fouten waren.

'Oké,' zei ze, en ze kuste hem op zijn hoofd.

Terwijl Eve ontbijt aan het klaarmaken was, kwam Ted langs. Ze aarzelde toen ze hem voor de deur zag staan, wist niet zeker of hij geen ruzie met Rex zou gaan maken, maar ze liet hem uiteindelijk binnen. Tenslotte kon ze een van haar beste vrienden niet wegsturen. Hij had bovendien net een aantal dagen, en waarschijnlijk een paar duizend dollar, gespendeerd aan het opsporen van Harriett Hatfields afstammelingen, waar haar B&B en andere historische gebouwen in de stad van zouden kunnen profiteren.

Toen hij de keuken in liep, hield ze haar adem in. Ze wilde hem waarschuwen dat hij aardig moest blijven, maar dat zou waarschijnlijk meer kwaad dan goed doen.

Gelukkig begroette Ted Rex met een knikje, en Rex deed, enigszins aarzelend, hetzelfde.

'Ik wist niet dat je bezoek had,' zei Ted. 'Waar is de Landrover?'

'Rex rijdt in een huurauto,' antwoordde Eve. 'Die staat verderop in de straat.'

Er bewoog een spiertje in Teds kaak. 'Ach, hij heet nu Rex?'

Eves hartslag versnelde. 'Dat is zijn echte naam.'

'Aha. En hij parkeert zijn auto verderop in de straat...'

Omdat ze de afkeuring kon voelen, grinnikte ze maar wat, in de hoop de spanning bij hem weg te kunnen nemen. Het contrast tussen wat ze op het punt stond te gaan zeggen en het bendelid dat

Rex vroeger was geweest, was best grappig. 'Hij is een beetje ouderwets.'

'Ik wil haar ouders niet in verlegenheid brengen,' verklaarde Rex fronsend.

Ted keek haar nadrukkelijk aan. 'Zij weten niet dat hij hier is?'

'O, zeker wel. Ze hebben ons zien komen en gaan. We hebben zelfs een paar keer naar ze gezwaaid en met ze gepraat.'

'Ik verberg me niet voor ze,' snauwde Rex. 'Ik wil hen gewoon niet met hun neus op het feit drukken dat ik met hun dochter slaap. Dat vind ik onbeleefd.'

Ted zette zijn handen op zijn heupen. 'Moet ik nu onder de indruk zijn van hoe attent je bent?'

'Ted!' riep Eve uit.

Hij wendde zich tot haar. 'Waarom is deze kerel hier nog steeds, Eve? Je weet dat hij tegen je heeft gelogen. Eerst heet hij Brent. Nu heet hij Rex? Is dat wél zijn echte naam?'

'Ja!'

'Maar als hij niet met je kan trouwen, niet het soort man en vader kan zijn die je wilt, waarom verspil je dan tijd aan hem?'

Rex schoof zijn stoel zo hard achteruit dat die tegen de muur aankwam. 'Misschien ben ik gewoon heel goed in bed.'

Er flitste woede in Teds ogen. 'Of misschien geef je niets om de schade die je aanricht, zolang je maar krijgt wat je wilt.'

Voordat Eve tussenbeide kon komen, liep Rex op hem af. 'Heeft iemand jou hier om je mening gevraagd?'

Eve had Ted nooit in contact zien komen met iemand die zo explosief leek als Rex op dit moment, maar, verrassend genoeg, hield hij zichzelf goed staande. 'Hou toch op! Eve is een van mijn beste vriendinnen.'

'Jongens, toe nou.' Eves hart bonkte uit angst dat deze confrontatie uit de hand zou lopen. 'Doe nou niet zo dom, alsjeblieft, allebei.'

Ted wendde zich tot haar. 'Je gaat je leven toch zeker niet aan deze vent vergooien?'

'Er zijn dingen die je niet weet. Kalmeer nou maar, alsjeblieft, en wees een beetje aardig,' zei ze, maar het was te laat om wat er was gebeurd nog te kunnen herstellen. Rex keek Ted een aantal lange seconden kwaad aan. Toen klapte hij zijn laptop dicht, pakte zijn sleutels van het aanrecht en liep naar buiten.

De klap waarmee de deur dichtviel, echode in de plotselinge stilte.

'Waarom doe je zo, Ted?' Eve begon achter Rex aan te lopen, maar hield daar al snel mee op. Ze wist dat het zinloos zou zijn, maar ze was bang dat Rex, hoewel er nog kleren van hem hier lagen, niet terug zou keren. Het zou zo gemakkelijk voor hem zijn om in zijn huurauto te stappen en te verdwijnen. Wat gaf het dat hij een paar spullen achterliet? In San Francisco had hij veel meer achtergelaten. Hoeveel keer was hij gedwongen geweest om opnieuw te beginnen? Hij was eraan gewend.

Toen Ted zag hoe erg ze van streek was, begon hij, met een gepijnigde uitdrukking op zijn gezicht, te ijsberen. 'Verdorie, Eve. Ik wil geen problemen tussen ons. Echt niet. Maar ik heb je vorig jaar vreselijk in de kou laten staan. Ik wil niet dat je een relatie met de verkeerde man krijgt. Het zou je leven kapot kunnen maken!'

'Hoe wéét je dat hij de verkeerde man is?'

'Dat meen je niet.' Hij staarde haar aan.

'Je kent hem niet,' beweerde ze. 'Niet zoals ik hem ken.'

'Wat ik over hem weet, is genoeg.' Hij draaide zich om naar het raam en zag Rex over de oprit weg benen.

'Ik ben al verliefd op hem, Ted,' zei ze. 'Er is niets meer wat je kunt doen om me daarvan te redden.'

Vloekend bonkte hij met zijn hoofd tegen het glas. 'Natuurlijk,' mompelde hij tegen zichzelf.

Eve haalde diep adem. 'Dat is het niet alleen. Ik ben... zwanger.'

'Wát?' Meteen draaide hij zich weer om, pakte een stoel en liet zich daarop zakken. 'Vertel me alsjeblieft dat dat niet waar is.'

'Rex is niet wie je denkt dat hij is.'

'Dat bedoel ik nou precies!' riep hij uit. 'Niemand van ons weet wie hij is! Sinds hij hier is aangekomen, heeft hij ons niets verteld wat ook maar een greintje waarheid bevatte.'

Omdat ze rook dat er iets aanbrandde, haastte ze zich naar het gasfornuis en haalde de pan waarin ze worstjes aan het braden was geweest, eraf. Ze was ze helemaal vergeten. 'Hij heeft een rotleven gehad, Ted. Hij verdient beter.'

'En jij denkt dat je hem dat kunt geven? Dat jíj hem kunt veranderen, hem kunt redden, terwijl niemand anders dat heeft kunnen doen?'

Het kon dan onrealistisch klinken, maar het enige wat Rex nodig had, was een kans om tot rust te komen, zich te settelen, het gevoel te hebben dat hij zijn fouten kon goedmaken. Met continuïteit en onvoorwaardelijke liefde kon hij dat bereiken. 'Iedereen heeft af en toe hulp nodig.' Terwijl ze tegen het aanrecht leunde, kruiste ze haar armen voor haar borst. 'Nou ja, iedereen behalve jij, natuurlijk. Jij hebt altijd alles goed gedaan. En dat is voor de rest van ons soms vrij irritant.'

Hij trok een gezicht naar haar. 'Met dat soort kletskoek hoef je bij mij niet aan te komen. Jij hebt nog nooit iets verkeerds in je leven gedaan. Tot nu.'

'Iémand moet hem liefde geven!'

'Ik weet zeker dat veel vrouwen dat hebben geprobeerd.'

'Hou op! Hij is een goede vent. Hij mag dan misschien fouten hebben gemaakt, maar zijn leven is een hel, en het wordt tijd dat dat ophoudt.'

'Hoe kun jij daarvoor zorgen?'

'Dat weet ik niet zeker, maar ik wil het graag proberen.'

'Je kunt niets doen als hij je niets over zijn echte situatie vertelt. Waarom is hij hier? Waar vlucht hij voor? Wie is naar hem op zoek?'

Eigenlijk wilde ze niemand anders over Rex' werkelijke situatie vertellen, omdat ze de noodzaak voor absolute geheimhouding begreep. Maar wanneer het op dit soort dingen aankwam, vertrouwde ze net zo op Teds discretie als op die van Cheyenne. 'Dat weet ik allemaal,' zei ze, en ze schonk zichzelf nog wat sap in, voordat ze ging zitten om het hem uit te leggen.

'Wat je me net hebt verteld, zou me gerúst moeten stellen?' riep Ted uit, toen ze klaar was. 'Het feit dat hij een ex-misdadiger is die een gevaarlijke bende achter zich aan heeft zitten? Dat je vermoord zou kunnen worden door alleen maar bij hem te zijn? Mijn god, Eve!'

'Hij was achttien toen hij in de cel terechtkwam, Ted. Achttien! Herinner je je nog hoe dom wij op die leeftijd waren? En er is iets gebeurd, iets dat hem zo'n pijn heeft gedaan dat hij er nog steeds niet over kan praten. Maar daardoor verloor hij compleet de controle over zichzelf en is hij aan de drugs gegaan.'

'Hij was een dealer!'

'Hij probeerde geld voor zijn eigen verslaving te verdienen. Het was de enige manier om zichzelf tegen de pijn te verdoven.'

'Pijn die veroorzaakt werd door een gebeurtenis waar je niets van af weet.'

'Dat zei ik! Hij wil me niet vertellen wat de oorzaak was. Maar kun je je voorstellen hoe moeilijk het moet zijn, als je je eenmaal op dat pad bevindt, om je leven weer op te bouwen? En toch is hij daarin geslaagd – in zoverre The Crew hem dat toestaat.'

Terwijl Ted nadacht over wat ze hem had verteld, trommelde hij met zijn vingers op de tafel. 'Weet hij dat je zwanger bent?' vroeg hij.

Ze ging ongemakkelijk verzitten. 'Ja. Ik heb het hem vanochtend verteld, vlak voordat jij binnenkwam.'

Hoofdschuddend vloekte hij zachtjes voor zich uit.

'Niet doen,' zei ze. 'Ga niet afkeurend een beetje voor je uit zitten mompelen. Wat gaat er precies door je heen?'

'Dat wil je niet weten.'

'Jawel.'

Zuchtend stond hij op. 'Ik denk dat het een wonder zou zijn als hij terugkomt, dus waar maak ik me in vredesnaam zorgen over?'

Toen ze ineenkromp, legde hij een hand op haar schouder. 'Het spijt me. Als je over mijn reis wilt horen en wie ik denk dat Little Mary heeft vermoord, bel me dan.' Toen vertrok hij.

Hoofdstuk 27

Hoewel Eve heel graag wilde weten wat Ted had ontdekt, was ze te trots om hem te bellen, vooral omdat Rex die dag niet terugkwam. Ze wist dat Ted zou vragen of ze iets van hem had gehoord. Dus probeerde ze niet te denken aan de moord waar haar B&B naar was genoemd. Waarschijnlijk had hij niets gevonden wat haar vragen definitief zou beantwoorden, anders was de waarheid wel eerder boven tafel gekomen.

Ze was altijd dol op Victorian Days geweest, meer dan op alle andere festiviteiten die aan Kerstmis voorafgingen. Maar ze kon er zich dit jaar niet aan overgeven. Op een of andere manier interesseerden de versieringen, het eten of de feesten – alles waar ze normaal gesproken van genoot – haar niet. En dat betrof niet alleen de feestdagen. Ze besteedde zelfs geen aandacht aan haar bezettingsgraad, iets wat ze normaal gesproken nauwlettend in de gaten hield.

Het enige wat ze wilde, was bij Rex zijn.

Om vijf uur dwong ze zich ertoe zich te verkleden, waarna ze naar de B&B vertrok. Daar had ze eigenlijk al veel eerder moeten zijn.

‘Wat is er aan de hand?’ vroeg Pam, toen Eve de keuken in liep.

Eve voelde zich vreselijk schuldig, omdat ze al het werk aan haar personeel had overgelaten, aangezien ze daar niet aan gewend waren. Normaal gesproken kreeg alles iets van haarzelf mee. De B&B was een paradepaardje, vooral rond Kerstmis. ‘Hoe bedoel je? Ik heb het vandaag heel druk gehad,’ zei ze een beetje chagrijnig om de onvermijdelijke vragen te voorkomen.

Cecelia kwam uit de voorraadkast met een schotel vol met hun beroemde suikerkoekjes in de vorm van sneeuwpoppen. ‘Aha, daar ben je dan! Wat is er aan de hand? In deze periode ben je altijd de hele dag hier om ons te helpen bakken. Ik heb geprobeerd je te bellen, maar ik kon je niet bereiken.’

Eve had wel gemerkt dat ze gebeld werd. Ze had de telefoontjes genegeerd, wat ze voor haarzelf had gerechtvaardigd door zich voor te houden dat haar werknemers het gemakkelijk hadden. Meestal was dat ook zo. Zelf werkte ze normaal harder dan wie dan ook, maar nu had ze hun in ieder geval enig idee kunnen geven van wanneer ze zou komen. 'Ik vertrouwde erop dat jullie het geweldig zouden doen.'

Pam en Cecelia wisselden een blik die aangaf dat dit niet de reactie was die ze hadden verwacht. Ze konden het gewoon niet geloven dat Eve niet aan het rondrennen was om de laatste puntjes op de i te zetten.

'Cheyenne is gisternacht bevallen,' zei ze, deels om onder het vergrootglas vandaan te komen waardoor ze haar leken te bestuderen.

'Echt?' riep Cecelia uit. 'Dat had ik nog niet gehoord.'

Tot nog toe had ze maar één hulp gehad tijdens Victorian Days om te voorkomen dat haar personeel overuren moest draaien in een periode waarin ze dat niet graag wilden. Cheyenne had altijd gratis gewerkt, omdat het voor een liefdadigheidsdoel was. Maar omdat haar hartsvriendin hoogzwanger was geweest, had ze Pam, Cecelia én Deb gevraagd, en nu was ze blij dat ze dat had gedaan. Vooral omdat het zo'n verrassing was geweest dat Cheyenne zo vroeg was bevallen.

Pam haalde het plastic van de koekjes. 'Wat is het geworden?'

'Een jongetje, van ruim vier kilo.'

Cecelia glimlachte. 'Wauw, dat is een grote baby.'

'Dus dáár was je,' zei Pam. 'Nou begrijp ik het. Hoe gaat het met haar?'

Eve vond het niet nodig te vertellen dat ze veel korter in het ziekenhuis was geweest dan ze aannamen. 'Geweldig. Met de baby gaat het ook heel goed. Ze blijft nog één nachtje daar –'

'Waarom?' onderbrak Cecelia haar. 'Er is toch niets mis?'

'Nee. Ze beviel midden in de nacht, dus ze is er nog niet eens vierentwintig uur. Haar verzekering dekt achtenveertig uur, en daar maakt ze gebruik van.'

'Goed idee. Misschien kan ze zo wat uitrusten,' merkte Pam op.

‘Mijn eerste kind had zo’n last van buikkrampjes dat ik nooit langer dan drie uur aan één stuk kon slapen.’

‘Hopelijk heeft kleine Kellan daar geen last van.’ Eve wenste Cheyenne echt het beste toe, maar ze had het moeilijk met zichzelf gehad, toen ze eerder die dag in het ziekenhuis was geweest. Ze had een plant en een kaart meegebracht en ze had beloofd iedereen op Cheyennes gastenlijst te bellen of te sms’en om ze te laten weten dat ze eerder bevallen was dan gepland en dat ze dit jaar geen kerstfeest zou geven. Het hele bezoek had maar een paar minuutjes geduurd, omdat ze was vertrokken met het excuus dat ze zich op Victorian Days moest voorbereiden.

Daarna was ze echter niet meteen naar de B&B gegaan. Ook niet naar huis, trouwens. Ze had doelloos rondgereden, langs Mrs. Higgins, Just Like Mom’s en alle andere plekken waar ze dacht dat Rex zou kunnen zijn, wat een verspilling van tijd was gebleken. Ze had geen spoor van hem kunnen ontdekken.

Het zou een wonder zijn als hij terugkomt, had Ted gezegd. Was hij echt voorgoed vertrokken?

‘Eve?’

Ze knipperde met haar ogen, toen Deb nog een schotel met koekjes onder haar neus hield. ‘Eh… moeten we deze niet gaan neerzetten?’

‘Zeker.’ Haar normale efficiënte houding aannemend, pakte ze de schotel en liep naar de voorkant. Gelukkig had haar staf het hele gebouw van boven tot onder schoongemaakt, en waren alle kerstlampjes aangedaan. De B&B zag er prachtig uit, zelfs zonder de extra aandacht die zij er normaal aan gaf. Ze hield van deze plek, hield van haar werk. En toch betekende dit alles niet meer wat het vroeger had betekend, voordat ze Rex had ontmoet.

‘Hier moet ik mee ophouden,’ mompelde ze tegen zichzelf.

‘Zei je iets?’

Eve draaide zich om van de plek waar ze het bord had neergezet. Sophia was binnengekomen. ‘Nee, sorry. Ik was gewoon… in mezelf aan het praten.’

'Ik dacht, ik ga even naar de B&B om te kijken of ik kan helpen. Nu Cheyenne in het ziekenhuis ligt, dacht ik dat je wel wat hulp kon gebruiken. De B&B is zo'n centraal punt tijdens Victorian Days.'

Sophia kon heel attent zijn. Dat moest Eve haar nageven. 'Heel aardig van je, maar volgens mij redden we het wel.'

'Ted heeft me over vanochtend verteld, Eve,' zei Sophia, op zachtere toon. 'Het spijt me. Hij voelt zich er vreselijk onder. Hij wil je niet ongelukkig maken, maar hij heeft het gevoel dat hij je moet beschermen.'

'Je bedoelt dat hij zich nog steeds schuldig voelt, omdat hij mij heeft gedumpt voor jou.'

Haar gezicht betrok. 'Dat woord moet je niet gebruiken. Hij heeft je niet gedumpt. Zo zie ik het in ieder geval niet.'

'O, echt?' Eve kruiste haar armen. 'Misschien kun je me dan uitleggen hoe jij het ziet. Dat heb ik me altijd afgevraagd.'

Sophia vouwde haar handen ineen. Sinds Ted en Sophia afgelopen Kerstmis bij haar langs waren gekomen om zich te verontschuldigen, deed Eve simpelweg alsof Ted en zij nooit een relatie hadden gehad. Maar dat maakte de hele situatie eigenlijk nog ongemakkelijker dan als ze de waarheid onder ogen zou zien.

'Ik denk dat Ted en ik... om een of andere reden voor elkaar bestemd waren, en ik ben je heel dankbaar dat je er niet moeilijk over hebt gedaan toen we beseften wat we voor elkaar voelden.'

'Ik betwijfel of het enig verschil had uitgemaakt als ik er wel moeilijk over had gedaan,' zei Eve met een grimmig lachje.

'Dat is niet waar. Jouw gevoelens deden er voor ons heel veel toe. Dat is nog steeds zo.' Ze legde een hand op Eves arm. 'Je was aardig tegen me toen ik niemand anders had, toen ik niet dieper kon zinken. Dat zal ik nooit vergeten.'

Impulsief omarmde Eve haar. Wat gaf het dat de onzekerheid van haar huidige situatie herinneringen opriep aan de afwijzing die ze had moeten meemaken? Het was egoïstisch om wat er in haar leven gebeurde, haar vriendschappen te laten beïnvloeden. 'Maak je geen zorgen om mij. Alles gaat goed. Ik ben alleen...'

'Zwanger?'

Sophia maakte haar zin af, toen Eve de woorden niet kon vinden om de angst en het verlangen uit te leggen waardoor ze zich zo ellendig voelde.

Even wierp Eve een blik over haar schouder, omdat ze niet wilde dat iemand anders dat hoorde. Ze moest er niet aan denken dat haar ouders het te weten kwamen, voordat ze het hun zelf had kunnen vertellen. Maar ze waren alleen, en Sophia had het zacht gezegd. 'Heeft Ted je dat ook verteld?'

'Ja. Ben je opgewonden, bang of –'

'Dat weet ik nog niet. Op dit moment is het een chaos in mijn hoofd en hart. Maar wat er ook gebeurt, het zal goed zijn.'

'Natuurlijk. En vergeet niet dat je hier niet alleen in staat. Ik zal alles doen om je leven makkelijker te maken. Zoals hier in de B&B helpen, met je naar de dokter gaan en oppassen wanneer de baby geboren is. Je hebt Cheyenne natuurlijk, maar nu zij net moeder is geworden, heeft ze misschien minder tijd, en ik wil dat je weet dat ik altijd voor je klaar sta.' Ze klonk heel oprecht.

'Dat is een heel genereus aanbod, omdat je waarschijnlijk zelf ook snel een kind wilt.' Eve dacht aan de opmerking die Ted had gemaakt, toen ze Cheyennes baby hadden voelen bewegen.

'Ik dacht dat we het maar een jaartje moesten uitstellen om eerst jou hier doorheen te helpen.'

De tranen sprongen in Eves ogen. 'Ik heb nog nooit iemand zoiets liefs horen aanbieden.'

'Na Skips dood heb je me gered, Eve. Dankzij jou ben ik veel gelukkiger en kan ik mijn dochter de veiligheid bieden die ze nodig heeft. Ik kan je niet zeggen hoeveel dat voor mij betekent. Ik doe alles voor je. Dat beloof ik je.'

'Vertel me dan maar waar Ted tijdens zijn reis achter is gekomen,' zei ze plagerig.

'Heeft hij je dat vanochtend niet gezegd?'

Eve trok een gezicht. 'Zover zijn we niet gekomen.'

'Harriett heeft het gedaan.'

'Wát?'

'Ja. Ted zei dat Johns afstammelingen een verhaal hadden dat verteld moest worden, niet die van Harriett. Johns achterneef, een man genaamd Patrick Hatfield, beweerde dat Harriett Mary heeft vermoord.'

Nadat ze zolang had geloofd dat John de dader was geweest, kon Eve dit nauwelijks bevatten. Harriett had haar zus verteld dat hij onschuldig was, maar dat had Eve niet echt geloofd. 'Waarom? Waarom zou een moeder zoiets doen?'

'Waarom doen moeders dat nu ook nog? Omdat ze depressief zijn? Krankzinnig? Extreem narcistisch? Uit woede?'

'Wat was de reden?'

'We hebben niet alle details. Het was puur geluk dat Ted erin is geslaagd Pat op te sporen.'

'Ik kan me niet voorstellen dat de familie van Mary op de hoogte is gebleven van wat er met de Hatfields is gebeurd. Dus hoe heeft hij dat gedaan?'

'Het is ingewikkeld, maar de man van een van Mary's nichten heeft samen met Pat een jaar op de universiteit gezeten. Ze speelden zelfs samen rugby in het weekend, maar beseften pas later dat ze familie van elkaar waren. Dus toen Ted Mary's familie sprak, verwezen zij hem door naar Pat. Wat het verhaal nog spectaculairder maakt, is dat Pat nu in Londen woont. Hij is getrouwd met een vrouw die daar is geboren. Maar hij is documentairemaker en was in Toronto voor een project. Dus heeft Ted hem gebeld of hij hem even kon ontmoeten en toen is hij naar Toronto gevlogen.'

'Wat kennelijk de moeite waard was.'

'Precies. Pat zegt dat Harriett nooit helemaal goed bij haar hoofd is geweest, dat John haar beschermde en jarenlang voor haar heeft gezorgd. Hij dacht dat hij geen alternatief had, omdat hij het idee van een vrouw in de gevangenis niet kon verdragen. In die tijd geloofden de meeste mensen niet dat vrouwen echt zo slecht konden zijn. En een krankzinnigeninstituut was in zijn ogen nog veel erger.'

'Ondanks wat ze had gedaan?'

'Kennelijk heeft ze hem geprobeerd te waarschuwen dat ze haar eigen kind niet mocht, dat ze jaloers was op zijn liefde voor Mary en dat ze Mary niet in huis wilde hebben. Hij dacht dat het gewoon een van die krankzinnige dingen was die ze soms zei, vermoedde absoluut niet dat ze zou doen wat ze heeft gedaan. Wanneer ze zichzelf was, was het een geweldige vrouw. Maar ze kon, afgaand op wat hij aan zijn broer heeft verteld, heel somber worden. Hoe dat kwam of hoe hij ervoor kon zorgen dat ze de hulp kreeg die ze nodig had, wist hij niet. In die tijd wist men nog niet veel af van depressie en psychische ziektes. Dus deed John het beste wat hij kon, hield haar bij andere mensen vandaan en zorgde ervoor dat ze niemand anders kwaad kon doen.'

'Geen wonder dat iedereen dacht dat hij de slechterik was. Hij nam compleet de controle over. Maar... er zijn getuigen die beweren blauwe plekken op haar gezicht en armen te hebben gezien wanneer ze heel af en toe wel naar buiten ging.'

'Waarschijnlijk was het soms moeilijk om haar onder controle te houden. Misschien probeerde ze ervandoor te gaan en moest hij haar met geweld tegenhouden. Of werd hij zo gek van haar gedrag dat hij zichzélf niet meer onder controle had. Ik zeg niet dat hij een heilige was. Maar hij was geen moordenaar. Uit wat Ted heeft begrepen, zou ze zichzelf misschien wel verwond kunnen hebben. Dat probeerde ze soms.'

'Waarom zou ze zijn treinset hebben verbrand?'

'Dat vroeg Ted zich ook af. Hij denkt dat het haar aan de kelder deed denken en aan wat ze had gedaan.'

'Wat tragisch.' Op een of andere manier vond Eve het erger om Harriett als de dader te zien dan John. Arme Mary!

'Ja, zeker.' Sophia was het met haar eens. 'Dat Harriett het kon doen, en dat John niet alleen moest zien om te gaan met zijn verdriet vanwege Mary's dood, maar ook moest zorgen voor een vrouw die de rest van haar leven geestelijk ziek was.'

'John heeft het zo lang voor zichzelf gehouden. Waarom heeft hij het uiteindelijk tegen zijn broer verteld?'

'Hij moest wel. Toen hij van de trap was gevallen en zijn heup had gebroken, wist hij dat hij haar waarschijnlijk niet veel langer kon bewaken. Als hij dood zou gaan, moest iemand anders voor haar zorgen en die moest weten dat ze niet alleen in de buurt van kinderen mocht komen.' Ze zweeg even. 'Willard, Johns neef, en zijn vrouw, Betsy, kregen het huis – onder voorwaarde dat ze voor Harriett zouden zorgen.'

'Ze is er dus vandoor gegaan, omdat ze bang was dat zijn neef haar niet goed zou behandelen?'

'Dat is heel goed mogelijk. Hij was veel jonger, en Betsy en hij waren net getrouwd. In ieder geval, dat is wat Ted denkt.'

'Wauw.' Eve schudde haar hoofd. 'Komt dit allemaal in Teds boek?'

'Ja. De puzzelstukjes vallen eindelijk op hun plek. Hij kan natuurlijk geen forensisch bewijs overleggen, maar hij zal alles doen wat hij kan om Johns naam te zuiveren – voor Patrick en Johns andere familieleden en ook voor Mary.'

Was dat waar Mary op had gewacht? Zouden de vreemde geluiden nu ophouden? Mary was net voor Kerstmis gestorven. Op een of andere manier klopte het wel dat de waarheid in het kerstseizoen eindelijk boven tafel was gekomen.

'Bedankt voor alles. En zeg Ted alsjeblieft hoezeer ik het op prijs stel wat hij heeft gedaan. Hoe treurig de waarheid ook is, dit verhaal kan nu min of meer afgesloten worden.'

Sophia knipoogde. 'Misschien kun je hem later even bellen en het hem zelf vertellen.'

Toen Eve knikte, gaf Sophia een kneepje in haar handen en vertrok.

Met een grote kan glühwein in haar handen kwam Pam de keuken uit lopen. 'Ik hoop dat er vanavond veel mensen komen,' zei ze.

Omdat er tranen in haar ogen prikten, vanwege Mary en de vriendschap die Sophia haar net had getoond, wendde Eve haar gezicht af, en ze deed alsof ze het tafellaken gladstreek. 'Vast wel.'

'Het is de afgelopen tijd zo hectisch geweest, dat ik er niet echt van heb kunnen genieten,' merkte Pam op. 'Maar vanavond ben ik helemaal in de kerststemming.'

Daar kon Eve mee instemmen, hoewel haar ogen vochtig waren en ze Pam dus niet kon aankijken. Deze avond zouden ze geld ophalen voor kinderen die anders met Kerstmis niets zouden krijgen. Dat, plus Johns opoffering lang geleden voor zijn geesteszieke vrouw te zorgen en Sophia's opoffering om het krijgen van een kind uit te stellen, ook al zou Eve haar dat nooit hebben gevraagd, was waar het met kerst om draaide.

Van een afstandje keek Rex naar Eve. Het grootste gedeelte van de avond had ze in de voorkamer van Little Mary glimlachend en knikkend warme wijn en koekjes geserveerd. Dat wist hij, omdat het gebouw aan alle kanten met kerstlampjes verlicht was, zodat hij haar, leunend tegen zijn huurauto, rond had kunnen zien lopen. Haar ouders waren er ook een tijdje geweest. Nu het laat werd, en er niet veel mensen meer over waren, was ze naar buiten gekomen om zelf van de kerstmarkt te kunnen genieten. Arm in arm met Callie, die hij in de wachtkamer van het ziekenhuis had ontmoet, liep Eve van kraampje naar kraampje.

'Hé.'

Verrast om ineens een stem zo dichtbij hem te horen, draaide Rex zich om. Een van Eves vele vrienden stond achter hem. Tijdens Cheyennes bevalling had hij zoveel mensen ontmoet dat hij niet meer wist hoe deze man heette. 'Hoi.'

'Waarom sta je hier zo in je eentje in het donker?'

'Ik wacht op Mrs. Higgins. Ik heb haar een lift gegeven en moet haar weer naar huis brengen.' Sommige verkopers begonnen in te pakken. Volgens hem zou het niet lang meer duren, voordat Mrs. Higgins klaar was om te vertrekken.

'Ik ben Kyle.' De man stak zijn hand uit. 'We hebben elkaar gisteravond ontmoet.'

'Ja, dat weet ik nog.' Rex schudde zijn hand, waarna hij weer tegen zijn auto aan leunde.

'Mijn ex-vrouw heet Noelle Arnold.'

Dat was een naam die Rex niet gauw zou vergeten. 'Aha,' bromde hij.

'Ik kan merken dat je haar kent,' zei Kyle grinnikend.

'Klopt.'

'Ze liet vallen dat jij en Eve, eh... elkaar in Sexy Sadie hebben ontmoet, maar ik wist niet dat jullie... je weet wel, echt iets hadden tot ik jullie gisteren samen zag.'

Hadden ze iets met elkaar? Rex wist het niet. Wat hij wel wist, was dat hij haar eigenlijk met rust zou moeten laten, maar dat hij niet bij haar weg kon blijven. 'Ik blijf hier niet lang.'

'Eve is al drie keer niet op ons wekelijkse koffieochtendje op komen dagen. Ik heb het gevoel dat ik niet meer weet wat er in haar leven speelt.'

'Ons koffieochtendje? Je bedoelt met jou en Noelle?'

'Nee. Eve en ik maken deel uit van een groep vrienden die elke vrijdag in de Black Gold samenkomen.'

Rex knikte. Het moest prettig zijn om zo'n netwerk te hebben. Tegenwoordig bleven mensen niet vaak hun hele leven op dezelfde plek wonen, dus zoiets was zeldzaam. 'Dat kan alleen in Whiskey Creek.'

Kyle leek niet te weten hoe hij die opmerking moest opvatten. 'Vind je het niet leuk hier?'

'Jawel. Het is hier net een... sneeuwbol.' Zo zag hij dit stadje echt.

'Sta je daarom hier gewoon alleen maar naar de mensen te kijken?' zei Kyle lachend.

Dat was inderdaad zo, vooral omdat hij hier niet thuishoorde. Bovendien wilde hij de levens van de mensen die hier wel thuishoorden niet overhoopgooien. 'Ik wil niemand in de weg lopen.'

'Op de kerstmarkt?'

Hij wilde Eve niet in de weg lopen, wilde alles waar ze naar uit kon kijken niet voor haar verpesten. Toen hij voor het laatst uit San Francisco was weggereden, was hij van plan geweest maar één of twee nachtjes te blijven, net lang genoeg om wat kleren te kopen en een nieuwe computer aan te schaffen. Maar hij had Mrs. Higgins voor de hele maand december huur betaald. Gegeven het feit dat hij krap zou kunnen komen zitten, totdat hij zijn bedrijf weer had kunnen opzetten, had hij geconcludeerd dat hij zuinig met zijn geld om moest gaan. Maakte het uit of hij nu vertrok of na Kerstmis?

'We zijn niet zo onvriendelijk tegen buitenstaanders als het misschien lijkt.' Rex bij de schouder pakkend, trok Kyle hem mee uit de schaduw, de markt op.

Rex rook de alcohol in Kyles adem en vermoedde dat hij een beetje aangeschoten was. Maar hij was niet ladderzat, en Rex voelde zich onwillekeurig opgelucht dat iemand aardig tegen hem was.

'Wat denk je van een lekker drankje?' zei Kyle.

Ze stopten bij een bierverkoper, maar voordat Rex kon bestellen, zag Kyle Eve staan en riep: 'Hé, Harmon! Kijk eens wie ik gevonden heb.'

Nadat Eve had opgekeken, zei ze iets tegen Callie, die knikte en Kyle naar zich toe wenkte. Even later liepen ze samen weg, zodat Rex en Eve alleen achterbleven.

'Ik vroeg me al af of je vanavond zou komen,' zei ze.

Hij schonk haar een scheef glimlachje. 'Mrs. Higgins wilde er niet van horen dat ik thuis zou blijven en de pret zou missen.'

Eve keek om zich heen. 'Waar is ze?'

'Ik heb haar hiernaartoe gereden, maar zodra ik de auto had geparkeerd, is ze uitgestapt en weggelopen om te gaan helpen met een of andere quilt voor een weeshuis of zo. Daarna heb ik haar niet meer gezien.'

'Die quilt is voor ons project Help de Kerstman. Zij en de andere leden van de historische vereniging maken er elk jaar eentje.'

'Wat goed.'

'Ja.' Vanwege de kou wreef Eve in haar handen. 'Dus je zit weer bij haar?'

'Voorlopig.'

'Omdat...'

'Het is beter zo, Eve. Dat weet je.'

'Dit was het dan?'

'Beter nu dan later. Dan wordt het alleen maar moeilijker.'

Ze keek hem een paar tellen indringend aan. Toen zei ze: 'Vertel eens.'

Een beetje onwillig beantwoordde hij haar blik. 'Wat?'

'Komt het werkelijk door The Crew dat je vlucht? Of komt het doordat ik een kind van je krijg?' Ze begon weg te lopen, maar hij pakte haar bij de arm.

'Ik stuur je echt geld, als dat het probleem is.'

'Dat is absoluut níét het probleem. Ik wil je geld niet eens.'

'Waar beschuldig je me dan van?' vroeg hij. 'Ik ben zesendertig. Denk je dat ik, op deze leeftijd, bang ben voor de verantwoordelijkheid van het hebben van een kind?'

Ze trok zich los. 'Ik denk dat je bang bent om een te hechte band met mij of met iemand anders te krijgen. Dat je gelooft dat je je vader, je moeder, je broers, Laurel, bijna iedereen die echt iets voor je heeft betekend, teleur hebt gesteld, en dat je bang bent dat weer te doen. Dus heb je je hart achter slot en grendel gestopt en wijs je alle liefde die mensen je proberen te geven, af.'

'Probeer nou geen psychoanalyse op me uit te voeren.'

'Durf je eerlijk te zeggen dat ik het mis heb? Heb je je ooit afgevraagd waarom je iedereen op een afstand houdt? Altijd aan de zijkant blijft staan, zodat je er snel vandoor kunt gaan? Zelfs de vrouwen met wie je naar bed gaat? Die zeg je altijd dat ze niets van je moeten verwachten.'

'Dat hoef ik me niet af te vragen. Het feit dat mijn huis net volkomen is vernield, beantwoordt die vraag. De situatie met The Crew – dat is geen spelletje, Eve. En ik ben niet bang dat míj iets overkomt!'

'Jawel. Misschien ben je niet bang voor kogels. Dat heb je bewezen. Maar je bent bang voor andere dingen. Als je dat niet was, zou je de naam Brent Taylor aanhouden en hier blijven.'

'O ja?'

Ze stak haar kin in de lucht. 'Ja. Eigenlijk wil je dat heel graag, anders zou je al weg zijn. Je weet dat Whiskey Creek goed voor je is, waarschijnlijk de beste plek die je de laatste paar jaar bent tegengekomen. Maar je wilt je nergens settelen, omdat je vindt dat je dat niet verdient.'

'Kletskoek,' zei hij grommend.

'Is dat zo? Vertel me dan eens. Waarom zouden Phoenix of Portland of Seattle beter voor jou zijn dan Whiskey Creek? Die plaatsen zijn gewoon verder weg. Dat is alles.'

'Daar kan ik veel beter mijn brood verdienen!'

'Wat jij doet om je brood te verdienen, levert je het risico op weer gevonden te worden. Je hebt toegegeven dat ze je daardoor deze keer waarschijnlijk hebben gevonden. Je moet je werk opgeven en opnieuw beginnen, écht opnieuw beginnen.'

'En wat zou ik dan moeten doen?'

'Je bent slim genoeg om iets te verzinnen.'

'Dus jij wilt dat ik hier blijf? Wilt dat ik... wat? Een relatie met je begin? We hebben elkaar pas drie weken geleden leren kennen!'

Vol afschuw schudde ze haar hoofd. 'Daar draait het om? Wat we voelen, doet er niet toe, want het is nog maar zo recent?'

'Het is niet veel om een relatie op te baseren.'

'En als het aan jou ligt, krijgen we de kans niet om dat uit te bouwen. Daar zorg je wel voor.'

'Ik heb geen keus!'

'Ja, die heb je wel. Vecht voor wat we zouden kunnen hebben, voor de kans om vader te worden. Ik geloof dat je dat zou doen als je dacht dat je dat verdiende. Maar je vertrekt, en je zult elke keer vertrekken wanneer je iemand ontmoet die iets voor je zou kunnen betekenen, tot... wanneer? Wanneer houdt het op?'

'Stop,' zei hij. 'Ik kan niet van je houden, Eve. Dan zou je weer iemand worden die ik zou kunnen verliezen. Waarom zou ik mezelf in die positie brengen?'

'Waarom heeft Virgil zichzelf in die positie gebracht?'

Toen hij niet antwoordde, gaf ze zelf het antwoord. 'Omdat het hebben en houden van iemand het risico waard is. Maar als je tegen jezelf blijft liegen, jezelf blijft voorhouden dat het door The Crew komt waarom je je op geen enkele manier wilt vastleggen, dan zul je de rest van je leven alleen blijven.'

Hoofdstuk 28

Wat ze had gedaan, was terecht, zei Eve tegen zichzelf. Rex moest de waarheid horen, en zij moest die ook onder ogen zien. Maar ze durfde niet naar huis te gaan uit angst dat ze de hele nacht aan hem denkend naar het plafond zou liggen staren. Dus reed ze naar het ziekenhuis.

'Hoe was Victorian Days?' vroeg Cheyenne, zodra Eve haar kamer was binnengelopen.

Dylan zat in een schommelstoel naast Cheyennes bed, met de slapende Kellan in zijn armen en die liefdevolle blik in zijn ogen waarmee bijna alle ouders naar hun pasgeboren baby staren.

'Leuk.' Eve dwong zich ertoe te glimlachen en vroeg of ze de baby mocht vasthouden.

Na een paar minuten liet Cheyenne haar weten dat ze zich echt niet door het gepraat over koetjes en kalfjes om de tuin liet leiden. 'Wat is er mis?' vroeg ze.

'Niets,' antwoordde Eve met klem.

Cheyenne keek haar man smekend aan. 'Liefje, zou je even met Kellan door de gang kunnen gaan wandelen?'

Terwijl Eve Kellan vasthield, streek Dylan met zijn vinger over het perzikzachte donshaar van zijn zoontje. Het was duidelijk dat hij niet echt had geluisterd, want hij knipperde met zijn ogen en zei: 'Wat?'

Cheyenne grinnikte. 'Zo doet hij nu al de hele dag,' legde ze aan Eve uit. 'Het zou prettig zijn als je onze zoon een paar minuten mee naar buiten zou kunnen nemen. Ik wil graag even alleen met Eve praten, als je het niet erg vindt.'

'Geen probleem.' Met een trotse maar ook een beetje beschaamde glimlach nam hij de baby van Eve over en hield hem vast alsof hij van kristal was gemaakt.

'Je hebt een prachtige zoon,' zei ze tegen hem, toen hij vertrok. Daarna wendde ze zich tot Cheyenne. 'Papa ziet er erg gelukkig uit.'

'Ik wil dat hij... voluit van dit kind kan genieten. Je begrijpt wat ik bedoel, hè?' Ze doelde op de manier waarop ze zwanger was geworden.

'Ik begrijp dat je van hem houdt en dat je denkt dat dit het beste is voor Dylan. Maar ik kreeg bijna een hartaanval toen hij de baby naar Aaron vernoemde. Heb je dat niet geprobeerd tegen te houden?'

'Nee. Ik kon niets zeggen.'

'Waarom niet?'

'Omdat dat raar was geweest. Aaron is altijd het zwarte schaap van de familie geweest. Nu iedereen ouder aan het worden is, gaan ze makkelijker met elkaar om, maar Dylan wil ervoor zorgen dat het ook echt weer helemaal goed tussen hen komt.'

'Kon hij dat niet op een andere manier doen?'

Cheyenne zuchtte. 'Hij was zo blij toen hij dit had bedacht, dat ik het hart niet had om hem te vertellen dat Aaron er waarschijnlijk niet zo blij mee zou zijn.'

Of dat het hun altijd aan hun geheim zou doen herinneren, dacht Eve, maar dat zei ze niet.

'Hoe reageerde hij?' vroeg Cheyenne.

Even dacht Eve erover na de waarheid te vertellen: dat Aaron had gekeken alsof hij bijna stikte. Maar het was zinloos om Cheyenne van streek te maken. 'Hij leek er geen probleem mee te hebben. Ik weet zeker dat het over een tijdje makkelijker zal worden om... er niet meer aan te denken.'

'Ja.'

'En vergeleken met zijn broers zal dit jongetje een makkie voor Dylan zijn om op te voeden.'

'Dylan houdt evenveel van zijn broers als van deze baby,' zei Cheyenne. 'En zij houden van hem, anders... anders zou Kellan er niet zijn.'

'Dat weet ik.' Eve friemelde aan het hengsel van haar tas.

'Ga je niet zitten?'

'Nee, ik denk het niet. Ik wilde alleen even kijken hoe het met je ging.'

'Je gaat toch niet nu al weer weg?'

'Victorian Days duurt nog drie avonden. Ik moet vannacht goed slapen, zodat ik mijn hoofd er meer bij heb dan vandaag.'

'Waarom had je je hoofd er vanavond niet bij?'

'Moet je dat nog vragen?'

Cheyenne pakte Eves hand vast. 'Heb je Rex over de zwangerschap verteld?'

Eve knikte.

'En? Wat zei hij?'

'Niets. Vanaf het begin heeft hij het heel duidelijk gemaakt dat hij hier niet blijft. Door een kind zal hij niet van gedachten veranderen. Hij ondersteunt ons met geld, maar daar blijft het bij.'

'Heeft hij dat zo gezegd?'

Eve dacht na over de gesprekken die ze eerder met hem had gehad, en dat van vanavond. 'Ja.'

'Waar gaat hij dan nu heen?'

'Ik heb geen idee. En hij kan het me niet zeggen.'

'Het spijt me,' zei Cheyenne.

Er prikten tranen in Eves ogen, maar ze knipperde ze weg. 'Het is niet heel erg, denk ik. Ik kom wel over hem heen, toch? Dat is wat mijn moeder tegen me zou zeggen.'

'Misschien verandert zijn situatie, waardoor hij terug kan komen.'

'Ik betwijfel het. Hij loopt voor meer dingen weg dan The Crew.'

Geschrokken keek Cheyenne haar aan. 'Hoe bedoel je?'

'Hij probeert zichzelf te beschermen tegen de pijn die hij vroeger heeft geleden door alle mensen die van hem houden van zich af te duwen. Wat voor een leven heb je dan?'

'Dus is het misschien alleen maar goed dat hij vertrekt, Eve. Jij weet net zomin als hij of hij een goede vader voor je kind zou zijn. Hij heeft een hoop problemen.'

'Sommige mensen met problemen kunnen die achter zich laten. Kijk naar wat Presley met haar leven heeft gedaan, Chey. Kijk naar Aaron. Ben je niet blij dat je ze niet hebt opgegeven?'

'Ja, maar ik moet zeggen dat zij de uitzondering op de regel zijn.'

'Rex zou hetzelfde kunnen doen,' hield Eve vol.

Cheyenne schoof een tafel op wieltjes aan de kant, zodat ze het hoofdeinde van haar bed omhoog kon brengen. 'En The Crew? Whiskey Creek ligt niet zo ver van San Francisco.'

'Er is geen reden waarom ze hier zouden gaan zoeken. Niet als hij ander werk gaat doen.'

'Hij is midden dertig, Eve, en van beroep veranderen is makkelijker gezegd dan gedaan. Wat voor werk zou hij kunnen doen?'

'Dat weet ik niet. Maar ik zou liever hebben dat hij in een snackbar werkt dan dat hij voortdurend gevaar loopt. Het leven bestaat uit compromissen sluiten.'

'Heel filosofisch.'

De deur ging open, en er kwam een verpleegster naar binnen. 'Sorry dat ik u stoor, maar ik moet Mrs. Amos' bloeddruk meten.'

'Ik ga maar weer eens,' zei Eve tegen Cheyenne.

'Wacht,' zei Cheyenne. 'Wanneer ga je het je ouders vertellen?'

Meteen wist Eve dat ze op haar zwangerschap doelde. 'Nu nog niet,' antwoordde ze. 'Misschien na de feestdagen.'

De verpleegster deed de band om Cheyennes arm en begon die op te pompen.

'Alles komt goed,' zei Cheyenne. 'Je hebt mij, Dyl en de rest van onze groep.'

Dat had Sophia ook al gezegd. Ze zou zich in ieder geval geen zorgen hoeven maken dat ze al haar vrienden achter moest laten. En de B&B. En haar ouders. Als het er echt op aan kwam, wist ze niet eens zeker of ze dat wel zou kunnen. 'Dat weet ik. Bedankt.'

'Waarom ben je weer terug?' vroeg Cecelia, de nachtmanager, verbaasd. Het was na elven.

'Ik ben te hyper om te kunnen slapen,' antwoordde ze. 'Dus besloot ik om hier nog maar een paar dingen te gaan doen.'

'Maar je zag er al doodop uit toen je vertrok, en dat is nog steeds zo.'

Eve haalde haar schouders op. 'Zoals ik al zei...'

'Gaat het wel goed met je? Je lijkt de laatste paar dagen niet jezelf.'

Dat was ze inderdaad niet. Ze was verliefd op een man die werd achtervolgd door een gevaarlijke bende en ze was zwanger van hem. Nu vertrok hij en dan zou ze waarschijnlijk nooit meer iets van hem horen. Dat niet alleen, maar het nieuws van haar zwangerschap zou de hele stad op zijn kop zetten. Haar ouders zouden de reis die ze voor deze zomer hadden gepland, moeten uitstellen, zodat ze er konden zijn wanneer hun kleinkind werd geboren. En ze zou regelingen moeten treffen, zodat ze kon blijven doorwerken nadat haar kind was geboren, in ieder geval vanaf het moment dat het kind een beetje ouder was en rond ging lopen.

'Ik heb veel aan mijn hoofd,' mompelde ze.

'Natuurlijk. Je bent nu peettante.'

Na de zomer zou ze moeder zijn! 'Cheyenne heeft een prachtig kind gekregen,' zei ze, voornamelijk om van onderwerp te veranderen.

'Geen wonder dat je zo hyper bent. Ik kan niet wachten om hem te zien.'

Ze kletsten een paar minuten over Kellan en zijn trotse vader Dylan. Toen keerde Cecelia terug naar de keuken om met haar aandeel in de voorbereidingen voor het ontbijt en de high tea te beginnen, wat ze elke avond deed.

Eve bleef waar ze was. Ze had net een sms van Ted binnengekregen. Hij reageerde op een bericht dat ze hem eerder had gestuurd, tijdens de drukte van Victorian Days, waarin ze hem bedankte voor het feit dat hij haar probeerde te beschermen en dat hij zoveel moeite had gedaan – en geld had uitgegeven – om het mysterie van Little Mary's dood op te lossen.

Hij had geantwoord: Af en toe ben je onuitstaanbaar, maar ik ben er altijd voor je.

Daar moest ze om glimlachen. Wil dat zeggen dat je mijn verontschuldigingen accepteert?

Was dat een verontschuldiging? vroeg hij weer.

Het was een vredespijp.

Ik was niet boos op je. Alleen bezorgd.

Weet ik.

Komt het goed?

Wat er ook gebeurt, ik overleef het wel.

Toen ze haar mobiel in haar tas had gestopt en op weg naar het kantoor was, ging de deurbel. Voor de veiligheid kon niemand na elven naar binnen, tenzij hij of zij ingecheckt was en een sleutel had of een van de medewerkers van de B&B de deur opende. Cecelia had de bel ook gehoord en stak haar hoofd uit de keuken, maar Eve was dichter bij de deur en wuifde haar weg. 'Laat maar, ik ga wel,' zei ze.

Af en toe kwam er nog een late gast langs op zoek naar een kamer. Dankzij Victorian Days zaten ze deze avond bijna vol, maar er was nog één kamer vrij. Eve zou die graag hebben willen vergeven, maar zodra ze de deur had geopend, wist ze dat ze de vier mannen op de stoep niet naar binnen wilde laten. Ze stonken naar drank, zaten onder de afschuwelijkste tatoeages en hun gelaatsuitdrukking gaf aan dat hun houding niet aantrekkelijker zou zijn dan hun uiterlijk.

'Wat kan ik voor jullie doen?' Haar glimlach, hoopte ze, was heel professioneel.

'Wat denk je?' antwoordde de kerel die het dichtst bij haar stond. 'Dit is toch een B&B?'

De anderen gniffelden.

'Wilde je misschien de bruiloftssuite boeken voor jezelf en voor wie van deze mannen dan ook maar je partner is? Hebben jullie iets te vieren?'

De man keek woedend toen zijn vrienden harder lachten om haar grap dan die van hem. 'Nee, verdomme. Geef ons gewoon een paar kamers.'

Bijna had ze gezegd dat ze vol zat. Ze betwijfelde of haar huidige gasten zich op hun gemak zouden voelen als ze met deze mensen hun onderdak moesten delen. Maar toen ze haar mond opende om dat te zeggen, zag ze de tatoeage op de hand van de man die had gesproken. De letters waren zo versierd, dat het even duurde voordat ze begreep wat er stond. Maar toen dat woord tot haar doordrong, stokte de adem in haar keel. Het stond er echt: C-R-E-W.

Moeizaam slikkend, deed ze een stap achteruit. 'Ik ben bang dat we niet veel beschikbaar hebben.'

'Wat wil je daar verdomme mee zeggen?'

Hoewel ze het liefst had gezegd dat ze moesten vertrekken, dat ze anders de politie zou bellen, werd ze tegengehouden door het idee dat ze dan gewelddadig zouden kunnen worden. Net als door de gedachte dat het slimmer was om te weten waar deze mannen waren dan ze weg te sturen.

'Dat we, vanwege Victorian Days, nog maar één kamer vrij hebben.'

Degene die gesproken had, keek haar even aan. Toen gaf hij de kerel achter hem een por. 'Geef me die foto.'

Tot dat moment was het haar niet opgevallen, maar de andere man had een grote envelop in zijn handen. Hij gaf hem aan de eerste man, die er een grote glanzende foto uithaalde en hem naar haar uitstak.

'Heb je deze vent ooit gezien?'

Eves hart bonkte zo luid in haar oren dat ze nauwelijks iets hoorde. Terwijl ze haar handen in bedwang probeerde te houden zodat ze niet trilden, pakte ze de foto aan, al wist ze voordat ze ernaar had gekeken, dat ze Rex zou zien.

Het was inderdaad een foto van Rex die een kantoorgebouw uit kwam. De foto was een beetje bewogen, maar het was overduidelijk wie erop stond. Zijn blonde haar, zijn prachtige gelaatstrekken en slanke, gespierde lichaam zou ze uit duizenden herkennen. Maar ze fronste alsof ze geen idee had wie het was en schudde haar hoofd. 'Nee. Het spijt me. Is hij een vriend van je?'

'Het is mijn broer die ik al tijden niet meer heb gezien en die ik vreselijk mis.'

De anderen lachten weer.

'Weet je zéker dat je hem niet herkent?'

'Absoluut,' antwoordde ze. 'Als hij hier in de buurt woont, zou ik het weten. Ik woon hier al mijn hele leven.'

'Hij woont hier niet. Hij is op doorreis.'

Bijna had ze eruit geflapt dat er nog een B&B in de stad was. Ze was zo nerveus dat er van alles uit haar mond kon komen. Maar ze was bang dat de Russo's, de eigenaren van A Room with a View, of een van hun werknemers, Rex in de stad hadden gezien en niet wisten dat ze daar hun mond over moesten houden. 'In ieder geval verblijft hij niet hier. Zo'n gezicht zou ik me wel herinneren.'

'Natuurlijk. Pech dat de rest van hem nogal vies tegenvalt.'

Helaas wist zij beter.

Ze gaf hem de foto terug. 'Dus... willen jullie de kamer boeken? Ik betwijfel of je zo laat ergens anders in deze stad nog plek vindt.'

'Waarom niet?' zei hij. 'Asshole en Dickhead kunnen in de auto slapen.'

'O, mán!' riep Asshole of Dickhead uit. 'Dat is kut!'

'Hé, wie noem je hier Asshole?' vroeg de andere vent.

Degene die de leiding leek te hebben, draaide zich om en wierp hun een boze blik toe, waarop het geklaag stopte.

'Ik heb wel een identiteitsbewijs en een creditcard nodig,' zei ze.

'Ik betaal contant,' zei hij snel, alsof de zaak daarmee was afgedaan.

Terwijl ze haar nagels in haar handpalmen drukte, maande ze zichzelf kalm te blijven. 'Je kunt contant betalen, als je dat wilt, wanneer je uitcheckt, maar ik moet een creditcard hebben om de kamer te boeken. En ik heb ook een identiteitsbewijs nodig als bewijs dat de creditcard echt van jou is. Het is niet persoonlijk bedoeld, maar het is gewoon de standaardprocedure die tegenwoordig in bijna alle hotels en motels wordt gevolgd.'

'Stomme trut,' mopperde de man, waarna hij zijn portemonnee tevoorschijn haalde.

Hoofdstuk 29

'Dat was een geweldige avond, toch?' zei Mrs. Higgins.

De afgelopen twee uur hadden ze allebei geprobeerd te slapen, maar op een of andere manier waren ze in de zitkamer terechtgekomen, zij met een kop thee in haar handen, terwijl hij alleen maar naar de kerstverlichting staarde.

'Ik ben altijd dol op Victorian Days geweest. Al vanaf mijn jeugd was het een traditie hier,' voegde ze eraan toe.

Het was moeilijk voor Rex om het tumult in zijn hoofd lang genoeg stil te leggen om te kunnen reageren. Maar hij dwong zichzelf ertoe omdat hij Mrs. Higgins echt graag mocht. Ze was traditioneel ingesteld en eenzaam na het verlies van haar man en zoon, maar ze was ook gemakkelijk in de omgang, behulpzaam en aardig. Het voelde bijna alsof hij bij zijn oma woonde.

Hij strekte zijn benen en legde zijn handen op zijn buik. 'Heeft u hier uw hele leven gewoond?'

'Inderdaad.'

'En u bent nog steeds dol op deze plek.' Dat was geen vraag maar een observatie.

'Natuurlijk. Het is mooi, stil en er wonen fantastische mensen.' Ze zette haar kopje thee neer, zodat ze op kon staan om een van de ornamenten te verplaatsen, waarvan ze kennelijk het gevoel had dat die niet goed stond. 'Waarom zou ik willen verhuizen?'

'Hoe weet u dat u niets beters zou kunnen vinden? De wereld is groot.' Dat was in ieder geval wat hij zichzelf voorhield. Hij moest het aantrekkelijk voor zichzelf maken om voortdurend te verhuizen, omdat hij geen andere optie had.

'Oost west, thuis best,' zei ze volkomen overtuigd.

Hoe vaak had hij dat cliché niet gehoord? Op een of andere manier klonk het deze keer niet zo banaal. Door het concept 'thuis' voelde hij zich een eeuwige zwerver.

Kon hij dat geheel aan The Crew wijten? Misschien, zoals Eve had gezegd, reageerde hij zoals hij deed, vanwege iets anders dan alleen een fysieke bedreiging. Misschien wijdde hij zich geheel aan zijn werk, omdat hij alleen daar zijn eigenwaarde uit kon halen, en het hem een gevoel van zelfvertrouwen gaf dat niet zomaar zou verdwijnen. Hij was goed in wat hij deed, wist dat hij zijn klanten niet zou teleurstellen. Ondanks de gevaren die zijn baan met zich meebracht, gaf dat op een bepaalde manier een gevoel van veiligheid.

Mrs. Higgins trok haar kamerjas strakker om zich heen. Met de krulspelden in haar haren en de roze slippers aan haar voeten deed ze hem denken aan de oude vrouw op van die grappige briefkaarten, alleen was ze kleiner en dikker.

'Ik hoor dat je een oogje hebt op die knappe dochter van Adele,' zei ze.

'Wie heeft je dat verteld?' vroeg hij.

'Als je al niet gewaarschuwd was, er gebeurt hier bijna niets in de stad wat niet iedereen te weten komt.'

Hij grinnikte. 'Dat is een reden, volgens mij, om te verhuizen.'

'Geen enkele plek is perfect. Je moet gewoon de plek vinden waar je thuishoort.'

Stel nou dat hij nergens thuishoorde?

Ze schraapte haar keel. 'Een week nadat hij me had ontmoet, vroeg mijn man me ten huwelijk.'

Met een wantrouwige blik keek Rex haar aan. 'En wat wilt u me daarmee precies vertellen?'

'Het hoeft geen maanden te duren om te weten dat je iemand hebt ontmoet met wie je de rest van je leven wilt doorbrengen.'

Dat maakte zijn beslissingen er niet gemakkelijker op. Hij kon hier niet blijven, en hij kon Eve niet uit Whiskey Creek weghalen. Niet eens als ze dat zelf zou willen. Wat kon hij haar bieden? Wie zou de B&B overnemen? En stel dat er iets met haar – of met de baby – zou gebeuren, ondanks alles wat hij deed om hen te beschermen? Hoe zou hij dan nog met zichzelf kunnen leven?

Terwijl hij een goede reden probeerde te verzinnen waarom hij moest vertrekken, kwam er een auto de straat in rijden. Zodra hij de lichten zag, sprong hij op. Dit was een stille straat met heel weinig verkeer, zeker op zo'n laat tijdstip. Hij werd nog ongeruster toen dezelfde auto voor de deur stilstond.

Werd dit een herhaling van wat er in San Francisco was gebeurd?

'Verwachtte u bezoek?' Hij kon zich niet voorstellen hoe The Crew hem hier had opgespoord, maar het laatste wat hij wilde was Mrs. Higgins of iemand anders in Whiskey Creek in gevaar brengen.

'Nee,' zei ze. 'Ik heb geen idee wie dat zo laat kan zijn. Mijn hemel, het is na enen!'

'Ga naar achteren. Snel. En blijf weg van de ramen.' Hij wilde zijn pistool gaan pakken dat in de slaapkamer lag, maar voordat hij twee stappen had gedaan, opende de bestuurder zijn portier, en vanwege het binnenlicht van de auto herkende Rex de man die uitstapte.

Eve veegde haar zweterige handpalmen af aan haar spijkerbroek, terwijl ze bij Teds huis wachtte totdat Ted met Rex terugkeerde. Toen die leden van The Crew bij haar B&B waren verschenen, had ze niet geweten waar ze naartoe moest, bij wie ze hulp moest zoeken. De politie kon ze niet bellen. De mannen die naar Rex op zoek waren, hadden niets verkeerds gedaan, in ieder geval niets wat ze kon bewijzen. Tot nog toe, tenminste. En ze was bang dat als ze rechtstreeks naar Rex toe ging, hij meteen zou vertrekken om ervoor te zorgen dat niemand iets aan werd gedaan, en dat ze hem dan nooit meer zou zien.

Zelfs met het plan dat zij en haar vrienden hadden bedacht, wist ze dat hij nog steeds moest vertrekken. Maar als het plan slaagde, zou hij het verleden eindelijk achter zich kunnen laten.

'Heb je zin in koffie?' riep Sophia, haar gedachtegang onderbrekend.

Nadat Ted en zij het telefoongesprek met Kyle hadden beëindigd, en Ted was vertrokken, was Sophia in de keuken koffie gaan zetten. Maar daar had Eve geen behoefte aan. Ze liep naar haar toe, zodat ze haar stem niet zou hoeven te verheffen, omdat ze Alexa niet wakker wilde maken. Die lag vermoedelijk boven te slapen in de kamer die Ted en Sophia hadden laten aanbouwen nadat ze waren getrouwd. 'Nee hoor, dank je.'

Sophia schonk haar een medelevende glimlach. 'Maak je geen zorgen, oké? Ik ben blij dat je hierheen bent gekomen. Je kent Ted. Als hij kan helpen, dan doet hij dat.'

Eve was liever als eerste naar Dylan gegaan. Maar Kellan was net geboren, en Dylan verdiende het om de eerste dagen met zijn zoon door te kunnen brengen zonder lastig te worden gevallen door haar en haar problemen.

Bovendien had Ted andere talenten en bronnen. Ze betwijfelde of Dylan met dezelfde oplossing zou zijn gekomen, en ze geloofde dat dit echt zou kunnen werken, met Kyles hulp tenminste.

'Ik zou je niet zo laat zijn komen storen, als het niet zo belangrijk was.'

'Dat weet ik.' Sophia pakte drie bekers uit het keukenkastje.

De minuten leken zich voort te slepen. Zou Rex bij Ted in de auto stappen? Of was hij, na hun gesprek tijdens Victorian Days, al op weg de stad uit?

Toen Sophia's telefoon op het aanrecht zoemde, hield Eve haar adem in.

'Hoi.' Sophia keek haar aan terwijl ze praatte, en Eve kon aan de toon van haar stem horen dat ze haar man aan de lijn had. 'O ja? Mooi... De koffie staat klaar... Zie je zo.'

'Wat zei hij?'

'Kyle komt eraan.'

'En heeft Ted Rex weten te vinden?'

'Ja. Zij komen er ook aan.'

Langzaam blies Eve haar adem uit. Dat betekende dat ze in ieder geval de mogelijkheid kregen om hun plan uit te leggen. Maar zou hij ermee instemmen?

Hij zou gek zijn als hij het niet deed, hield ze zichzelf voor.

'Hopelijk maken we Alexa niet wakker,' zei ze. 'Het is al erg genoeg dat ík jullie kwam storen.'

Sophia lachte. 'O, maak je geen zorgen. Een aardbeving zou Alexa nog niet wakker krijgen. Ze slaapt met haar iPod op haar hoofd. We kunnen haar nauwelijks uit bed krijgen als de wekker al een kwartier naast haar hoofd staat te loeien. Maar ze is toch niet thuis.'

'Logeert ze bij een vriendin?'

'Nee, haar grootouders – Skips ouders – hebben haar mee naar Disney World genomen.'

'Dat is een flink kerstcadeautje.'

'Je kent ze. Alles moet groots en overdadig, ook al hebben ze daar niet langer het geld voor. Ze hadden Alexa dit al beloofd, maar ze zeiden toen tegen ons dat ze het niet konden betalen. Dus hebben wij haar vlucht en hun hotel betaald.'

'Weet ze dat?'

'Nee. Het had geen zin om dit te doen als we haar eerst van streek zouden maken.'

'Is ze daar met Kerstmis ook?'

'Nee hoor. Ze komt op de drieëntwintigste terug, en dat is...' Ze checkte de kalender op haar telefoon. 'Dat is zondag al.'

'Ik hoop dat ze het naar haar zin heeft.'

'Het lijkt er wel op. Ze sms't me regelmatig.' Sophia maakte het aanrecht schoon. 'Wil je een glas water? Of wijn om je te helpen ontspannen? O, wacht even, ik vergat de baby helemaal. Dat is nog even wennen.'

'Je meent het.' Eve schudde de spanning uit haar handen. Dit was zo'n krankzinnig jaar. 'Maar ik wil heel graag wat water.'

De deurbel ging, op het moment dat Sophia een glas wilde pakken. 'Ik doe wel open,' zei Eve.

Kyle stond op de stoep. 'Bedankt dat je gekomen bent,' zei ze tegen hem. 'Dat stel ik heel erg op prijs.'

Zijn haar stond aan één kant rechtovereind; het bewijs dat ze hem ook uit bed had gehaald. 'Als het iemand anders was geweest, zou ik er niet over na hebben gedacht,' plaagde hij, maar ze wist dat dat niet waar was. Voor al zijn vrienden zou hij doen wat hij kon.

'Dus waar is de ex-misdadiger?' vroeg hij, toen ze hem had binnengelaten en hij zag dat er niemand in de woonkamer was.

'Hou op! Hij kan hier elk moment zijn.'

Hij gaf haar een tikje onder haar kin. 'Je bent zo gespannen dat je op het punt staat te ontploffen. We hebben dit onder controle, oké? Rustig aan.'

Ze knikte en ging een kop koffie voor hem halen.

Kort nadat ze daarmee terug was gekomen, liepen Ted en Rex naar binnen. Rex' blik ging eerst naar Kyle en toen naar Eve. Zijn wenkbrauwen gingen omhoog, en Eve wist dat hij reageerde op het feit dat ze Ted, Sophia en Kyle bij zijn zaken had betrokken. In zijn gedachten bracht dat meer risico met zich mee wat The Crew betrof, maar Ted had hem kennelijk niet verteld dat vier leden van The Crew in de stad waren en in Little Mary verbleven. Ted had ermee ingestemd om daar niets over te zeggen, totdat ze hun idee voor een oplossing met hem hadden kunnen bespreken.

'Wat is er aan de hand?' vroeg Rex, toen ze niets zei.

'We denken dat we een oplossing hebben voor jouw... probleem,' antwoordde Ted.

Eve gebaarde naar de bank. 'Ga zitten, dan kunnen we het erover hebben.'

Even aarzelde Rex, maar toen nam hij plaats.

'Eve heeft de situatie uitgelegd,' zei Ted. 'En we willen helpen.'

'Jullie kunnen niets doen. Het zou dom zijn om het zelfs maar te proberen.'

'Wat we willen voorstellen, houdt bepaalde risico's in, maar ik denk dat we die kunnen beperken.'

Rex vernauwde zijn ogen. 'Waarom zou jij iets willen doen om te helpen? Je hebt Eve vanaf het begin af aan tegen me gewaarschuwd.'

'Kun je me dat kwalijk nemen? Wat zou jij hebben gedaan als ze al haar hele leven lang een van jouw beste vriendinnen was?'

Die vraag beantwoordde Rex niet, maar hij ontdooide merkbaar. 'Dus wat stellen jullie voor? En waarom moeten we dit midden in de nacht bespreken?'

'Je maatjes zijn in de stad,' antwoordde Ted.

'Mijn maatjes?'

'Vier leden van je voormalige bende.'

Rex verstijfde. 'Hoe weet je dat?'

'Ze kwamen ongeveer anderhalf uur geleden naar de B&B,' zei Eve. 'Ze lieten me een foto zien van jou en vroegen of ik je ooit had gezien. Ik zei nee, natuurlijk, maar als ze die foto aan andere mensen in de stad laten zien, zal iemand op een gegeven moment ja zeggen. Je hebt gegeten in Just Like Mom's, getankt bij de Gas-N-Go en een paar drankjes gehad in Sexy Sadie. De hemel verhoede dat ze het aan Noelle vragen. Zij stuurt ze recht naar mij toe.'

'Maar... hoe hebben ze me gevonden?' Het was duidelijk dat hij echt had gedacht veilig te zijn.

'Geen idee, ik kon het ze niet vragen. Ik heb ze alleen een kamer gegeven.'

Rex sprong overeind. 'Wát?'

'Eerlijk gezegd had ik nog maar één kamer vrij, dus twee van de vier – Asshole en Dickhead – slapen in de auto.'

'Asshole en Dickhead,' herhaalde hij ongelovig.

'Zo noemde de man ze. Degene die hun vertelde dat ze de kamer niet zouden krijgen.'

'Binnen een bende krijgt iedereen een bijnaam, maar Asshole en Dickhead zijn duidelijk beledigingen, dus... die twee hebben niet veel te vertellen.'

'Die indruk kreeg ik ook. De andere twee hadden absoluut de leiding. Vooral die ene. De naam op zijn creditcard was Eric Gunderson.' Het leek een heel onschuldige naam voor zo'n man. Ze vroeg zich af wat zíjn bijnaam zou zijn.

'Die naam ken ik niet, maar hij maakte misschien nog geen deel uit van The Crew toen ik erbij zat.' Rex pakte haar arm vast om te benadrukken wat hij ging zeggen. 'Je had ze moeten vertellen dat je vol zat!'

'Ik dacht dat het slimmer zou zijn om te weten waar ze waren.'

'Dat was ook heel erg slim,' zei Ted. 'Daardoor zijn wij in het voordeel.'

'Dat zijn we helemaal niet,' wierp Rex tegen. 'Zij hebben wapens. Een paar dagen geleden hebben ze mijn huis totaal vernield en mijn auto aan flarden geschoten. Eve heeft de beelden gezien. Ze schieten míj aan flarden, als ze me kunnen vinden. En als jullie in de weg lopen, gaan jullie er ook aan.'

'Dus we moeten je dit gevecht maar in je eentje laten voeren?' vroeg Eve.

'Dat is precies wat je zou moeten doen.'

Ted brak in. 'Wij willen liever iets anders proberen.'

'En dat is?' Rex richtte zijn volgende opmerking tot Eve. 'Deze kerels zijn gevaarlijk. Je wilt niet eens in de buurt van ze komen.'

In een verzoenend gebaar stak Ted zijn handen in de lucht. 'Dat snapt ze. Dat snappen we allemaal. Maar nadat we hadden overlegd, zijn we tot de conclusie gekomen dat we je een unieke kans kunnen bieden.'

Rex fronste geïrriteerd, omdat ze niet naar hem luisterden. 'Ik kan niet naar de politie gaan, dus probeer me niet over te halen om –'

'Dat wilden we ook niet doen,' onderbrak Ted hem. 'Hoewel de politie er wel bij betrokken zal worden. Net als de brandweer.'

'De krant krijgt ook een sleutelrol,' voegde Kyle eraan toe. 'Ook al zullen ze zich daar niet van bewust zijn.'

Dit leek Rex zo te verwarren dat hij zich weer op de bank liet zakken. 'Ik begrijp het niet.'

Ted glimlachte. 'Opgroeien in een klein stadje heeft zo zijn voordelen.'

'Zoals?'

'In het algemeen ken je de juiste mensen.'

'Vóór?'

‘We hebben je identiteitsbewijs nodig,’ zei Kyle, waarna hij het plan uitlegde.

Toen Kyle klaar was, keek Rex verbijsterd van hem naar Ted en daarna naar Sophia. ‘Waarom doen jullie dit?’

Ted stond op en stak zijn hand uit. ‘Dit is iets wat vrienden voor elkaar doen.’

Hoofdstuk 30

Eve arriveerde tegen zonsopgang bij de B&B.

'Je ziet er moe uit,' zei Pam, zodra ze haar zag. Om vier uur 's ochtends loste Pam Cecelia altijd af.

'Het was een korte nacht.' Ze had nauwelijks drie uur geslapen, maar dat kwam niet doordat Rex met haar naar huis was gegaan. Hij had haar even omhelsd, en was toen naar Mrs. Higgins teruggegaan om haar te vertellen wat er aan de hand was, zodat hij haar hulp kon inroepen om daarna te wachten tot ze had ingepakt.

Pam wees naar Eves ogen. 'Kijk nou eens naar die wallen! Je had langer moeten slapen.'

Dat was onmogelijk geweest. Ze wilde getuige zijn van het moment waarop die Crewleden naar beneden kwamen, en ze had geen idee wanneer dat zou zijn.

Gelukkig stond hun gedeukte auto nog op het parkeerterrein toen ze was aangekomen. Ze wist dat die van hen was, omdat Asshole en Dickhead erin lagen te slapen. Dat ze er echt nog steeds waren, gaf haar een beetje rust. 'Het gaat prima met me. Ik heb gisteren niet veel geholpen met Victorian Days. Dus dacht ik vandaag maar eens vroeg te beginnen.'

'Wauw, jij geeft je echt helemaal, hè?' Pam legde de spullen op de receptiebalie recht. 'CeCe zei dat er gisteravond laat nog nieuwe gasten zijn aangekomen.'

'Klopt.'

'Ze heeft niet opgeschreven wat voor een ontbijt ze wilden.'

'Dat is mijn fout. Ik heb ze ingecheckt, maar ik ben het vergeten te vragen.' Daar was ze veel te overstuur voor geweest.

'Wat moeten we nou doen?' vroeg Pam, alsof dat het einde van de wereld was.

Eve glimlachte geruststellend. In aanmerking genomen wat haar vrienden en zij aan het doen waren, zou háár wereld aanzienlijke schade kunnen oplopen, maar dat zou geen invloed hebben op haar werkneemsters. 'Ik handel het wel af.'

'Oké.' Pam haalde haar schouders op en ging terug naar de keuken, terwijl Eve naar het kantoor liep.

Na een blik op Cheyennes lege bureau legde ze haar tas neer en pakte haar telefoon, zodat ze Ted kon sms'en. Zijn Rex en Mrs. Higgins veilig vertrokken?

Ze zouden bij Ted blijven tot de kust veilig was. Ja. Ze zitten in het gastenhuis. Mrs. Higgins heeft de grote kamer. Ik neem aan dat ze slapen, want ik heb ze nog niet gezien. Hoe gaat het daar? Zijn je 'gasten' er nog?

Gelukkig wel. Ze moeten lang genoeg blijven om te horen dat Rex in de stad is.

Verander je verhaal over die foto niet. Dat zou verdacht over kunnen komen.

Doe ik niet. Ik laat iemand anders Rex herkennen.

Hoe meer mensen die schoften vertellen dat hij in de stad is, hoe meer ze ervan overtuigd raken dat ze hem hebben gevonden. Dat is wat we willen. Dat was waar, maar het wachten zou niet gemakkelijk worden.

Denk je dat ze Mrs. Higgins' huis binnenvallen?

Nee, haar samen met Rex verhuizen was een voorzorgsmaatregel. Maar heel weinig mensen wisten dat hij daar verbleef. En niemand, behalve Sophia, Kyle, jij en ik, weet dat ze hier zijn. Dat maakt het cirkeltje nog een stuk kleiner.

Zijn geruststellende woorden namen haar angst iets weg, maar ze had toch nog steeds een paar zorgen. Als die kerels horen dat hij bij Mrs. Higgins verbleef, geloven ze dan dat hij naar Kyle is verhuisd?

Haar telefoon ging. Het was Ted. Kennelijk was hij het beu om berichtjes te moeten typen.

'Waarom zouden ze niet geloven dat hij naar Kyles huis is verhuisd, als daar zijn lijk wordt gevonden?'

'Niemand zal hem met Kyle in verband hebben kunnen brengen.'

'Dat doet er niet toe. Ze zullen denken dat ze zijn huis hebben vernield in de periode dat hij bij Mrs. Higgins was en naar het huisje op Kyles landgoed verhuisde.'

'Hm.' Maar het hielp haar om hun plan te bespreken. Haar zenuwen kwamen iets tot rust. 'Ik wil alleen maar dat alles nú gebeurt. Ik vind het geen prettig idee dat ze in de stad zijn, laat staan in mijn B&B.'

'Whiskey Creek is niet zo groot. Iemand zal hun vertellen dat hij hier ergens verblijft. Daarna zal het allemaal heel snel gaan.'

Dan zou The Crew absoluut in Whiskey Creek blijven, en dan zou Kyle het huis in de fik steken. 'Als ze naar beneden komen voor het ontbijt, kan ik misschien voorstellen dat ze vanavond naar Sexy Sadie gaan,' zei ze. 'Als Noelle aan het werk is, geeft ze hun vast de informatie die ze willen.'

'Als je de kans krijgt om met ze te praten. Maar dring niet te veel aan. Je moet niet opvallen.'

Ze ijsbeerde door het kantoor. 'Denk je echt dat ons dit lukt, Ted? Ik bedoel... iemands dood in scène zetten is iets wat alleen in films gebeurt.'

'Skip heeft het geprobeerd, toch?'

Ted had het over Sophia's overleden echtgenoot. 'Moet ik je eraan herinneren dat hij bij die poging echt is omgekomen?'

'Stop met je zorgen te maken. Het is allemaal onder controle.'

'Heb je met commissaris Bennett gesproken?' Dat was een essentieel onderdeel van hun plan.

'Ja. Ik heb hem een kwartier geleden op het bureau gesproken. Ik ben nu onderweg terug naar huis.'

'Wil hij helpen?' Eve moest toegeven dat ze een beetje verbaasd was. Ted genoot veel respect in deze stad, maar de commissaris zou zich nu wel op heel glad ijs gaan begeven.

'In het begin was hij sceptisch, maar ik heb hem de naam gegeven die jij op die creditcard hebt gezien, dus kan hij de leider van die bendeleden checken. En ik heb hem de naam doorgegeven van een man van het getuigenbeschermingsprogramma die ik van Rex had gekregen en die zijn verhaal kan bevestigen. Bennett zei dat als alles klopt, hij zal doen wat hij kan doen om te helpen.'

'Zonder hem werkt ons plan niet.'

'Hij doet echt wel mee. Trouwens, Rex denkt dat hij weet hoe The Crew hem heeft gevonden. Heeft hij je dat verteld?'

Ze hadden elkaar niet meer gesproken. Eve wist niet zeker of ze dat op dit moment ook wel wilde weten. Het enige wat ze hoopte, was dat The Crew uit zijn leven zou verdwijnen. 'Nee.'

'Zijn assistente is hoogstwaarschijnlijk de schuldige.'

'Wát?'

'Zij dacht dat hij in Arizona zat. Dus heeft ze al zijn bodyguards verteld dat hij naar Whiskey Creek was vertrokken. In een poging zijn geheim juist niet weg te geven.'

'En een van hen heeft zijn mond voorbijgepraat?'

'Niet per se. Een klant of iemand anders die opbelde, kan hetzelfde verhaal gekregen hebben.'

'Verdorie. Dus het was gewoon domme pech?'

'Ja. Waarschijnlijk heeft ze Whiskey Creek gezegd, omdat ze wist dat hij hier eerder was geweest. Het was het eerste wat bij haar opkwam.'

Eve dwong zichzelf te gaan zitten en te proberen zich te ontspannen. 'Ik hoop dat ons plan lukt.'

'Het gaat lukken.'

'Bedankt, Ted. Echt, ik vind het heel lief van je.'

'Hopelijk vergeef je me voor vorig jaar, als dit achter de rug is.'

Ze hoorde de humor in zijn stem en lachte. 'Dat heb ik al gedaan.'

Rex belde, terwijl Eve in haar kantoor zat te lunchen. 'Hoi,' zei hij.

Ze kromp even ineen, omdat ze zich herinnerde hoe ze hem tijdens Victorian Days had geconfronteerd. 'Wauw. Kijk nou eens wie eindelijk wakker is.'

'Ik heb niets anders te doen. Dan kan ik net zo goed gaan slapen. Jullie hebben me verboden vandaag naar buiten te gaan, weet je nog wel?'

'Misschien zelfs wel twee of drie dagen,' reageerde ze. 'Je hebt ermee ingestemd, dus verwacht ik ook dat je je eraan houdt.'

'Dat doe ik ook.' Hij viel even stil. Toen zei hij: 'Gaat het goed met je?'

'Ja hoor. En met jou?'

'Ik maak me zorgen, eerlijk gezegd.'

'Waarover?'

'Je vrienden. Het is heel aardig dat ze willen helpen, maar... stel dat Kyle iets verkeerds doet wanneer hij dat huis in brand steekt en vast komt te zitten of zo?'

'Kyle weet echt wel wat hij doet.'

'En hij is bereid het huis op te geven?'

'Dat heeft hij je al verteld. Hij was sowieso van plan het te laten slopen, zodat hij zijn terrein met zonnepanelen kan uitbreiden. Eigenlijk wilde hij dat in het voorjaar doen, maar het kan geen kwaad om die plek al eerder vrij te maken.'

'Er zit geen huurder in?'

'Niet meer. Een van zijn werknemers, die midden in een scheiding zat, woonde er een tijdje. Kyle vroeg er niets voor, omdat hij hem gewoon wilde helpen. Maar toen begon het dak te lekken en daarom wilde Kyle de verantwoordelijkheid niet meer, vooral omdat de kinderen van die man er ook soms sliepen. Hij was bang dat er iemand gewond zou raken.'

'Dat snap ik.'

'Daarom hebben we Kyle gisteravond gebeld. We drinken elke week koffie met hem en hadden over zijn plannen gehoord, dus kwam het bij ons op dat we dat huis konden gebruiken in plaats van iets in de fik te steken wat waarde had.'

'Hebben jullie daar echt over nagedacht?'

Ze had haar eigen bungalow op willen offeren als ze hem daarmee had kunnen redden, maar ze zag niet in dat het nut zou hebben om dat toe te geven. De heftigheid van haar gevoelens voor hem zou hem alleen maar wegjagen. 'Totdat we beseften dat we in de cel konden belanden voor het oplichten van de verzekering als we de herbouw niet zelf zouden betalen.'

'Dat zou ik kunnen betalen.'

'Het is niet goedkoop om een huis in Californië te bouwen, dus denk ik dat je dan veel geld overhoudt om opnieuw te beginnen.'

Even zweeg hij weer, en toen vroeg hij: 'Wat verwacht je wanneer dit allemaal voorbij is, Eve?'

Instinctief ging haar hand naar haar buik, en haar hartslag versnelde. 'Ik verwacht niets, Rex.'

'Je doet dit allemaal... en je verwacht niets?'

'Precies. Ik zou nooit willen dat jij of welke man dan ook hier bleef uit een gevoel van verplichting. Ik hoop alleen maar dat je hierdoor een prettiger leven krijgt. Wat je daarmee doet, is aan jou.'

Pam klopte ineens op de kantoordeur. 'Eve?'

Eves borst voelde aan alsof er een gewicht van vijftig kilo op lag, waardoor ze nauwelijks kon ademhalen. Dit was geen goed moment voor een onderbreking. Maar ze vroeg Rex aan de lijn te blijven. 'Ja?'

Haar assistent-manager opende de deur en trok een gezicht. 'Er staat hier een kerel met een tatoeage van een geknevelde vrouw van wie de kleren van het lijf worden gerukt, en hij vraagt naar jou.'

Haastig bedekte Eve het luidsprekergedeelte van haar telefoon. 'Dat is een van de twee heren van kamer 4.'

'Je hebt hem een kámer gegeven?'

'Veroorzaakt hij moeilijkheden?'

'Nee, maar... de andere gasten voelen zich niet op hun gemak met hem in de buurt. Ik ook niet, trouwens.'

'Ik kom er zo aan.'

'Wat is er aan de hand,' vroeg Rex. 'The Crew?'

'Ja. Een van je oude vrienden vraagt naar me.'

'Wees voorzichtig.'

'Als we het plan gewoon volgen, komt alles goed.'

'Wat doe je vanavond na Victorian Days?' vroeg hij. 'Ik zou me bij jou kunnen verstoppen.'

'Ik hoop eindelijk eens wat slaap in te kunnen halen,' zei ze. 'Dat zou jij ook moeten doen. Misschien zie ik je morgen.'

Nadat ze had opgehangen, bleef Eve een aantal seconden naar de telefoon zitten staren. Het was niet gemakkelijk geweest om hem af te wijzen. Maar ze vond dat het nodig was, zodat hij zou weten dat ze het meende toen ze gezegd had dat ze geen verwachtingen had voor de toekomst. Ze wilde hem alleen als hij net zoveel voor haar voelde als zij voor hem voelde.

Eve streek het grote T-shirt glad dat ze over een legging droeg en haalde diep adem voordat ze het kantoor verliet. De man die gisteravond de kamer had geboekt, stond voor de receptie op haar te wachten. De anderen waren er niet.

'Je wilde me spreken?'

'Ja.'

'Is de kamer jullie bevallen?'

Zijn lippen krulden omhoog, terwijl hij naar alle kerstversieringen rondom hem heen keek. 'Dit is niet echt mijn soort plek.'

'Ik hoop niet dat dat betekent dat je uitcheckt.'

'Daar wilde ik met je over praten. Heb je voor vanavond ook een kamer voor mijn twee vrienden?'

'Kamer 3 zou om elf uur vrij moeten komen. Wil je die boeken?'

'Daarom sta ik hier toch?'

Zijn botheid negerend, riep ze de pagina die ze nodig had op in de computer. 'Dan zal ik die voor je reserveren. Mag ik je creditcard weer even?'

Met tegenzin haalde hij zijn creditcard en rijbewijs tevoorschijn die hem als Eric Gunderson identificeerden.

'Je staat geboekt,' zei ze, terwijl ze de spullen aan hem teruggaf. 'Maar je zult de sleutel later moeten ophalen.'

Hij reageerde niet. Toen hij zich omdraaide om weg te lopen, zei ze: 'Het ontbijt is inclusief, trouwens. Zijn jullie van plan dáár gebruik van te maken?'

'Nee, we hebben andere dingen te doen.'

'Oké, maar als jullie later trek krijgen, dan kan ik Just Like Mom's verderop in de straat aanbevelen. Daar kun je heel goed eten. En vanavond is er een groot kerstfeest in het centrum van de stad, waar iedereen naartoe gaat.'

'Dat wil ik niet missen,' zei hij grinnikend, waardoor Eve er zeker van was dat hij zou komen. Een betere plek om naar Rex te zoeken, was er niet.

Nadat hij was vertrokken, belde ze Ted. 'Rex' oude vrienden komen op het feest vanavond. Ik stel voor dat we al onze vrienden vertellen dat ze moeten zeggen dat ze Rex op de foto herkennen als ze ernaar wordt gevraagd. Weet je of Mrs. Higgins erheen gaat?'

'Ja. Ze moest aan een quilt werken, zei ze.'

'Mooi. Als zij toevallig tegen hen aan kan lopen, zou dat prachtig zijn. Ze zullen nooit vermoeden dat zo'n lieve oude dame in een complot zit. Ze kan hun zelfs vertellen dat Rex bij haar verbleef, totdat hij naar Kyles huurhuis verhuisde.'

'Geweldig idee!' zei Ted. 'Als het haar niet lukt, zal een van ons met hen een praatje moeten aanknopen.'

'Nu moeten we er alleen nog zeker van zijn dat commissaris Bennett doet wat hij moet doen.'

'Hij heeft me een paar minuten geleden gebeld. De naam die je me hebt gegeven... Eric Gunderson? Hij heeft een strafblad dat zo dik is als een telefoonboek. En iemand van de LAPD heeft bevestigd dat hij in een bende zit. Bennett wil dat soort personen niet in zijn stad hebben.'

'Dus zorgen we ervoor dat zij denken dat Rex dood is, en dan gaan ze weg.'

'Hoewel Bennett weet dat het schurken zijn, moet hij nog steeds iets van Rex' contact in het getuigenbeschermingsprogramma horen, voordat hij helemaal overtuigd is.'

'Laten we bidden dat die vent niet op vakantie is.'

Eve had kriebels in haar maag, toen ze ophing. Vanavond zou het gaan gebeuren. Ze belde Kyle en Rex om hen op de hoogte te brengen.

Hoofdstuk 31

'Kun je de stapel pakken?' vroeg Mrs. Higgins.

Rex bestudeerde de ruim twintig speelkaarten in zijn hand, op zoek naar een paar achten. Ze brachten de tijd door met canasta, een spel dat Rex niet kende, maar dat Mrs. Higgins vaak met haar man had gespeeld.

'Nee.'

'Dan moet je een kaart wegleggen. Een zwarte drie blokkeert de stapel.'

Hij had twee zwarte drieën, en omdat die verder in het spel niet nuttig bleken te zijn, gooide hij er eentje van op de stapel. Het beviel hem niets dat hij Mrs. Higgins uit haar huis had verdreven, en dat nog wel net voor Kerstmis, maar zij leek het niet erg te vinden. Ze hield van de opwinding en geheimzinnigheid van wat ze aan het doen waren en ook van het feit dat ze nu zijn volledige aandacht had.

'Precies. Snap je? Nu kan ík de stapel niet pakken.' Ze legde zes negens voor zich neer, waardoor hij dacht dat ze waarschijnlijk een betere hand had dan hij.

'Dat zijn veel negens,' zei hij, fronsend omdat ze het spel kennelijk bijna kon uitmaken. 'Dat voorspelt niet veel goeds voor mij, hè?'

Ze schonk hem een medelevende glimlach. 'Ik heb er nog maar eentje nodig voor een zuivere canasta, weet je nog? Waarschijnlijk win ik deze hand, vooral als jij niet uit kunt leggen.'

Het zou helpen als hij precies wist wat ze allemaal bedoelde. Hij kreeg het spel niet echt snel door, omdat hij te veel bezig was met het telefoontje dat hij net van Eve had gehad. Ze had hem verteld dat Eric Gunderson en zijn drie maten naar Victorian Days zouden gaan, en dat haar groep er tien mensen zou hebben rondlopen, in de hoop dat ze naar die foto zouden worden gevraagd. Zouden ze hun plan kunnen uitvoeren?

In theorie klonk het heel goed, moest Rex toegeven. Ted was een slimme vent, en Kyle leek zeker heel capabel. Maar stel dat het inderdaad werkte? Hoe zou hij zich dan voelen? Al acht jaar had hij voortdurend over zijn schouder lopen kijken. Vanaf het moment dat hij was vrijgelaten, was hij al zo op zijn hoede, en hij was op zijn achttiende in de gevangenis terechtgekomen. Zou hij wel weten wat hij moest doen zonder die voortdurende dreiging?

'Hoe kom je ook alweer uit?' vroeg hij aan Mrs. Higgins, naar het spel verwijzend.

Terwijl ze het uitlegde, schonk ze eerst nog een kop koffie in. Toen ze weer was gaan zitten en haar leesbril goed op haar neus had gezet, tuurde ze naar hem over de rand daarvan. 'Eve en haar vrienden zijn echt heel goede mensen, hè?'

Hij keek om zich heen in het gastenverblijf waar ze zaten. Het was niet groot, maar het had twee slaapkamers, twee badkamers en een kleine keuken annex zitkamer met een open haard. Alles wat Ted had, was mooi, maar vooral het grote huis waarin hijzelf woonde. 'Absoluut. Ted mag mij niet eens, en toch probeert hij te helpen.'

'Het is niet dat hij je niet mag. Hij mag iedereen. Hij heeft alleen een heel beschermende houding ten opzichte van Eve. Ze zijn samen opgegroeid. En jij bent gewoon iemand die zich nog niet heeft bewezen.'

'Doen ze dit soort dingen voor iedereen?' vroeg hij.

'Ik denk van wel, tenminste voor iemand die het waard is. Dus je hoeft je niet schuldig te voelen.'

'Ik voel me...' Hij had bijna 'klote' gezegd, maar slikte dat woord uit respect in.'Ik voel me vreselijk omdat er zoveel levens overhoop zijn gegooid, doordat ik hierheen ben gekomen. Vooral dat van ú.' De offers die er waren gedaan verdiende hij niet. Hij had deze mensen net ontmoet, en hij had de tijd waarin hij ze had gekend, doorgebracht met ze van zich weg te duwen.

'Ik vind het niet erg.' Nadat ze nog eens haar hand had bestudeerd, keek ze glimlachend naar hem op. 'Ik voel me nuttig doordat ik probeer je bezig te houden, terwijl de rest doet wat ze moeten doen.'

'Maar het is Kerstmis, en ik weet zeker dat u zich prettiger zou voelen in uw eigen huis.'

'Dit is toch waar het om gaat met kerst? Vrede op aarde en in mensen een welbehagen. Ik zou me thuis trouwens niet zo prettig voelen als die bende besluit me een bezoekje te brengen. Dan zit ik liever hier met jou,' zei ze met een lach.

'U gaat niet naar Victorian Days?'

'Jawel, ik moet die quilt afmaken. Ik ga erheen met Sophia.' Ze gooide een zeven neer. 'Kun je die kaart pakken?'

Rex hield drie zevens in zijn hand. 'Ja, dat kan ik.'

Eve probeerde een oogje op Eric Gunderson en zijn maten te houden. Maar ze werkte het grootste gedeelte van de avond in de B&B zonder hen ook maar één keer te zien. Ze begon net in paniek te raken en te denken dat ze niet rondliepen om mensen die foto van Rex te tonen, toen Ted binnenkwam.

'Hoe gaat het hier?' vroeg hij.

Ze wierp een blik op Deb, die de spullen aan het inpakken was die net waren afgerekend. 'Druk. En de rest van de festiviteiten?'

'Beter dan ooit. Elk jaar komt er meer publiek.'

'Hier zijn ook voortdurend mensen binnen komen lopen.'

Hij fluisterde in haar oor: 'Kan ik even alleen met je spreken?'

Ze gaf de klant die voor haar stond de tas met aankopen. Het was een vrouw die ze nog nooit had gezien, maar Victorian Days trok mensen uit de wijde omgeving aan. 'Kun je even zonder mij?' vroeg ze aan Deb. 'Ik neem een korte pauze.'

'Natuurlijk. Het is toch bijna tien uur. Het zal snel rustiger worden.'

Eve was blij, alleen wilde ze niet dat de avond zou eindigen voordat ze bereikt hadden wat zij wilde bereiken. 'Bedankt,' zei ze, waarna ze Ted voorging naar haar kantoor en de deur achter hen sloot.

'En? Nog nieuws van The Crew?' vroeg ze.

Hij fronste. 'Niet dat ik weet. Ze zijn hier niet teruggekomen?'

'Nee. Ik heb de hele avond naar hen uitgekeken.' Eve beet op haar lip. 'Heb je voor de zekerheid iemand langs Mrs. Higgins' huis gestuurd?'

'Kyle heeft het daar een paar minuten geleden gecheckt. Niets te zien.'

'Waar kunnen die schoften naartoe zijn?'

'Er waren vanavond een hoop mensen op de been,' antwoordde hij. 'Misschien hebben we ze in de drukte over het hoofd gezien.'

'Daar zijn ze veel te opvallend voor. Vooral hier.'

Ted ging in Cheyennes stoel zitten. 'Dat is waar. Het is echt frustrerend, omdat we de goedkeuring van commissaris Bennett hebben.'

'Dat heeft hij je toegezegd?'

'Ja. Hij heeft me eerder apart genomen en zei dat hij er niet heel blij mee is om iets te moeten rapporteren wat niet waar is, maar de man van het getuigenbeschermingsprogramma erkende dat Rex nu wel genoeg heeft doorgemaakt. Als we dit niet op een eerlijke manier kunnen stoppen, wordt het tijd om het op wat voor manier dan ook te stoppen.'

Ze wreef over haar slapen om de hoofdpijn te verlichten die achter haar ogen begon te ontstaan. 'Ik kan niet geloven dat we alles geregeld hebben, en dan gaan die idioten ineens niet meer door de stad lopen om die stomme foto aan iedereen te laten zien. Ik was er zo zeker van dat ze dat zouden doen.'

'Zoals ik al zei, misschien...' Ineens ging zijn telefoon, die hij in zijn hand had. 'Het is Sophia,' zei hij en hij nam op.

'Wat gebeurt er... Echt waar?'

Toen hij Eve weer aankeek, las ze de opwinding van zijn gezicht af. Ze nam aan dat iemand eindelijk Gunderson en consorten was tegengekomen, en ze balde haar vuisten uit spanning, nieuwsgierigheid en ongeduld.

'Waar... Wie zei dat... Wauw! Daar moet je ballen als kokosnoten voor hebben... Oké, ik ben in de B&B. Ik zal het haar vertellen en Kyle bellen. Jij moet meteen naar huis gaan en zeg dan tegen Rex dat hij goed op moet letten... Ik hou ook van jou.' Hij zuchtte, toen hij ophing.

'Zijn ze gespot?' vroeg Eve.

'Ze hadden het lef om commissaris Bennett te vragen of hij de man op de foto wel eens had gezien,' antwoordde Ted, ongelovig grinnikend.

'Néé...'

'Ja. Waarschijnlijk dachten ze dat als er iemand in de stad was die nieuwe gezichten in de gaten zou houden, het wel de politie zou zijn.'

'Maar... wat voor excuus gaven ze voor het feit dat ze naar Rex op zoek waren?'

'Ze zeiden dat hij Gundersons broer was. Sophia vertelde me dat commissaris Bennett dacht dat ze dronken waren.'

'Dus zijn ze waarschijnlijk bij Sexy Sadie geweest.'

'Grote kans, ja.'

'Heeft Bennett hun verteld dat hij Rex inderdaad heeft gezien?'

'Nee.'

'Waaróm niet?' riep ze uit.

'Hij dacht niet dat dat geloofwaardig zou zijn, en dat ben ik met hem eens. Een man in zijn positie zou dat soort informatie niet geven aan vier duidelijke bendeleden, die nieuw in de stad zijn en die bovendien dronken zijn. Maar hij heeft het aan Sophia verteld, die aan Mrs. Higgins heeft doorgegeven waar hij ze had gezien, en Mrs. Higgins gaat daar nu heen.'

'Denk je dat dat veilig is?'

'Ja. Ze bevinden zich niet in een donker steegje of zo, en ze hebben absoluut geen reden om haar iets aan te doen, omdat zij hun de informatie gaat geven die ze willen hebben.'

'Maar ze geeft ze geen routebeschrijving.'

'Nee, en dat geeft ons de paar minuten speling die we nodig hebben om ze voor te blijven.'

Eve beet op haar lip. 'Dat betekent dat het binnen een uur kan plaatsvinden. Je moet Kyle bellen.'

Hij was het nummer al aan het intoetsen.

Rex zat in Teds verduisterde woonkamer door het voorraam naar buiten te turen. Tegen deze tijd zou Mrs. Higgins waarschijnlijk in het gastenverblijf liggen slapen; Sophia was boven in de ouderslaapkamer. Hij kon het geluid van de tv uit dat gedeelte van het huis horen komen.

'Kom op, kom op,' mompelde hij. Met elke seconde die verstreek, werd hij zenuwachtiger. Kyle had nu al iets van zich moeten laten horen, maar dat was niet gebeurd. Natuurlijk, Rex had geen mobiel meer. Die hadden ze in het huis gelegd, zodat hij op hetzelfde moment in vlammen zou opgaan, net als hijzelf, zogenaamd. Maar Kyle kon ook op Teds vaste telefoon bellen.

Toen het telefoontje kwam, liet hij Sophia opnemen en wachtte met ingehouden adem af.

Het duurde een paar minuten, maar ze verscheen eindelijk boven aan de trap. 'Rex?'

'Ja?'

'Kun je even opnemen? Het is Eve.'

Heel erg opgelucht liep hij de keuken in en nam daar de telefoon op. 'Hallo?'

'Het is gebeurd.'

Hij kneedde zijn voorhoofd. 'En? Hoe is het gegaan?'

'Kyle belde net. Hij zei dat het echt een vuurzee was.'

'Waarom duurde het zo lang totdat iemand iets hoorde?'

'Hij moest wachten totdat het hele huis tot de grond toe was afgebrand, voordat hij het meldde. We wilden niet dat een of andere dappere brandweerman naar binnen zou gaan om jou te redden en daarbij omkwam.'

'Dus nu is de brand geblust?'

'Grotendeels. En commissaris Bennett is ter plekke, omdat Kyle heel duidelijk heeft gemaakt tegen de persoon van het alarmnummer dat jouw huurauto op de oprit staat.'

'De brand heeft verder niets beschadigd?'

Het was een gok geweest om de auto zo dicht bij te laten staan, maar ze vonden dat ze dat risico moesten nemen. Het zou raar zijn om hem zonder logische reden verder weg te parkeren.

'Nee. Het is zo nat geweest dat er geen gevaar was dat het vuur zich zou verspreiden.'

'Mooi.' Rex vroeg zich af hoe ze zich hield onder alle spanning. 'Hoe voel je je?'

'Voorzichtig hoopvol.'

'Ik ook,' zei hij. 'Heb je Gunderson gezien?'

'Nee. Ze zijn nog niet terug, wat me zorgen baart. Waar zouden ze kunnen zijn?'

Rex wist precies waar *hij* zou zijn, als hij nog steeds een van hen was. 'Ik denk dat ze naar de brand staan te kijken. Misschien keken ze zelfs even in mijn huurauto, terwijl verder iedereen aan het rondrennen is om het vuur te doven.'

'Dat zou goed zijn. Dan zien ze Rex Taylors naam op het huurcontract in het handschoenenkastje.'

'Daarom hebben we hem ook daar laten staan.'

'Ik blijf hier tot ze terugkomen en ik bel je voordat ik naar huis ga om te slapen.'

'Eve,' zei hij snel, voordat ze kon ophangen. 'Ik wil je graag zien.'

'Niet vanavond.' Daarna was ze weg.

Gunderson en zijn vrienden kwamen ongeveer een halfuur later binnen. Eve deed alsof ze iets bij de balie aan het doen was, maar ze was te moe om echt te kunnen werken. Terwijl ze op hen wachtte, was ze patience gaan spelen om wakker te blijven. Maar ze was blij dat ze gebleven was. Toen ze naar binnen liepen, rook ze de brandlucht om hen heen, waardoor ze precies wist waar ze geweest waren.

'Zijn jullie naar de Victorian Days-festiviteiten geweest?' vroeg ze, hun een warme glimlach schenkend.

Gunderson wierp haar een vuile blik toe. Ze dacht dat hij zonder te antwoorden naar zijn kamer zou gaan, maar hij stond stil en zei: 'Die kerel naar wie ik je vroeg?'

Onschuldig knipperde ze met haar ogen. 'Welke kerel?'

'Op de foto.'

'O, je broer... of zo.'

'Ja. Heb je hem echt niet gezien?'

'Nee, waarom?'

'Een heleboel mensen in deze stad wel.'

Ze fronste haar wenkbrauwen. 'Dus... dat is goed, toch? Je wilde hem toch vinden?'

'Ik zál hem vinden – als hij nog leeft.'

'Nog leeft?' herhaalde ze.

'Laat maar zitten.'

Toen hij en zijn vrienden naar hun kamers waren vertrokken, haastte ze zich terug naar het kantoor, deed de deur dicht en belde Kyle. 'Wat gebeurt er?'

'De brandweer is net vertrokken,' antwoordde hij.

'Wat is er over van het huis?'

'Niet veel. Een zwartgeblakerd karkas.'

'Dus je kunt het nu makkelijk slopen?'

'O ja. En het scheelt me een hoop tripjes naar de vuilstortplaats.'

'Bof jij even. Is commissaris Bennett er nog?'

'Nee.'

'Wil hij verklaren dat hij gelooft dat Rex Taylor in de brand is omgekomen? Dat is heel belangrijk, als we willen dat dit werkt.'

'We hebben even koffiegedronken, voordat hij vertrok. Hij zei dat hij niet graag wilde liegen. Maar als dat de enige manier is om iemands leven te redden... Je hebt juridisch juist en moreel juist, zei hij. De morele kant vindt hij het belangrijkst. Hij is een goede vent.'

'Dat is hij zeker. Heeft hij Rex' mobiel in de resten van het huis gevonden?'

'Nee. Op dit moment kunnen ze nog niet naar dat soort dingen zoeken. Alles is nog veel te heet. Maar Ed Hamilton heeft foto's genomen. Dit verhaal staat absoluut deze week in de krant.'

'Hoe wist hij ervan?'

Kyle grinnikte. 'Als journalist wordt hij geacht de politiescanner in de gaten te houden voor noodoproepen, maar hij was bij zijn schoonouders op de bank in slaap gevallen. Dus misschien heb ik hem gebeld.'

'Dat meen je niet.'

'Jawel. Ik zei dat hij zoiets als dit niet mocht missen. Stukken beter dan weer een artikel over de stadskerstboom.'

'Dat stelde hij vast op prijs.'

'Klopt. Hij zei dat zijn vrouw koekjes voor me zou bakken. Ik ga me heel schuldig voelen als ik die krijg.'

Te moe om hardop te lachen, glimlachte Eve slechts. 'In het echte verhaal zou hij nog veel geïnteresseerder zijn.'

'Daar zal hij en niemand anders ooit iets over te horen krijgen.'

'Heb je Eric Gunderson en zijn maatjes daar gezien?' vroeg ze.

'Nee, maar dat betekent niet dat ze er niet waren. Ik had het te druk met ervoor te zorgen dat alles volgens plan verliep.'

Half verdoofd staarde ze naar de muur. 'Ik kan niet geloven dat we dit hebben gedaan.'

'Ik ook niet,' bekende hij. 'Ik heb nog nooit iets in de fik gestoken. Wacht, dat neem ik terug. Als tiener heb ik mijn opa ooit eens geholpen met het verbranden van onkruid. Maar dit... dit was iets heel anders. Een oud huis gaat echt snel in vlammen op. Ik ben nog steeds een beetje van de kook door de felheid van de brand, maar ook opgelucht dat het precies is gegaan zoals gepland.'

'Bedankt voor alles, Kyle. Uit het diepst van mijn hart. Je bent een echte vriend.'

'Graag gedaan. Je vindt het geen probleem dat je, zelfs na alles wat we hebben gedaan, nog steeds niet met Rex samen kan zijn? Ik bedoel, hij kan hier niet blijven. Niet nadat heel veel mensen zich zoveel moeite hebben getroost om zijn dood in scène te zetten.'

'We hebben een identiteit laten omkomen, een identiteit die niet eens bestond.'

'Toch moet hij nog steeds op een andere plek opnieuw beginnen, Eve.'

Dat wist ze. Maar in ieder geval zou dat de laatste keer moeten zijn. 'Natuurlijk. En ik heb er geen probleem mee.' Dat wist ze echter niet zeker. Ze was als verdoofd en onzeker over wat de toekomst zou brengen, of ze hier echt zo heelhuids uit zouden komen als ze hoopten. Ze vroeg zich ook af of Rex haar zou missen, en of hij voluit gebruik zou maken van de kans die ze hem probeerden te geven.

'Hij houdt afstand van mensen, is bang zich open te stellen,' zei Kyle. 'Maar dat is begrijpelijk onder de omstandigheden. Ik mag hem wel.'

'Kyle?'

'Wat?'

Ze sloot haar ogen, vechtend tegen de effecten van alle adrenaline in de afgelopen dagen. 'Ik krijg een kind van hem.'

Er viel een lange stilte. Toen zei Kyle: 'Weet hij dat?'

'Ja.'

'Ik snap het. Nou, het komt allemaal goed. Daar zorgen we wel voor.'

Ze rechtte haar rug. 'Niemand heeft betere vrienden dan ik.'

Ze had veel om dankbaar voor te zijn, zei ze tegen zichzelf. Als ze in de toekomst aan Rex dacht, zou ze zijn leven in ieder geval kunnen voorstellen zonder de constante dreiging van The Crew. En dan zou ze weten dat zij en haar vrienden hem daarvan hadden verlost.

Hoofdstuk 32

De volgende paar dagen waren een marteling voor Rex, omdat hij bijna niets anders kon doen dan wachten, via de e-mail met Virgil kletsen en met Mrs. Higgins in het gastenverblijf kaarten.

Eve had het zo druk met haar werk dat hij haar nauwelijks zag. Maar ze belde hem, toen ze Gunderson en de andere bendeleden de dag na de brand tijdens het ontbijt had horen praten over of hij nu wel of niet daarbij was omgekomen. Daarna werd hij door Kyle gebeld, toen The Crew bij hem langs was geweest met de foto om te bevestigen dat Rex inderdaad de persoon was die het huis had gehuurd dat in vlammen was opgegaan. En op zaterdagochtend kreeg hij een telefoontje van commissaris Bennett, nadat Gunderson en consorten op het politiebureau waren verschenen met de vraag of een man met de naam Rex Taylor was overleden.

Commissaris Bennett had The Crew verteld dat de brand zo fel was geweest dat er niet veel resten over waren gebleven, maar dat het weinige wat ze hadden gevonden naar het lab was gestuurd om op DNA te testen, en aangezien niemand sinds de brand Rex Taylor had gezien of iets van hem had gehoord, was hij hoogstwaarschijnlijk de overleden persoon. Dat leek hen tevreden te stellen, want toen Eve hem weer belde, was het om te zeggen dat ze waren uitgecheckt.

Dus het was pas op zondagochtend, toen Eve en Kyle bij Teds huis verschenen met de Gold Country Gazette, dat Rex zich realiseerde dat de afgelopen acht jaar – die heel duistere periode van zijn leven – echt voorbij was. Niemand was werkelijk bij de brand omgekomen, maar de man die hij vroeger was geweest, was figuurlijk gestorven. Nu had hij de kans om te worden wie hij wilde.

'Wat denk je ervan?' vroeg Ted.

Ze zaten met zijn allen in de keuken, terwijl Sophia een laat ontbijt voor hen klaarmaakte.

Rex keek even op, maar moest plotseling tegen de emoties vechten die hem overvielen. Daarom richtte hij zijn aandacht weer op de voorpaginafoto van de verkoolde resten van het huis dat Kyle vroeger verhuurde. Het onderschrift luidde: MAN VERMOEDELIJK OMGEKOMEN BIJ BRAND DOOR DEFECTE BEDRADING. 'Dit ziet er geloofwaardig uit,' zei hij. 'Volgens mij gaat niemand daar vragen over stellen.'

Ted stak zijn glas sinaasappelsap uit om met Rex te proosten. 'Succes.'

Rex glimlachte. Hij was Eve, Kyle, Ted, Mrs. Higgins en Sophia allemaal heel dankbaar. Maar wat Eve betrof, voelde hij iets meer dan dankbaarheid. Hij kon zijn ogen niet van haar afhouden.

'En nu?' vroeg Kyle. 'Waar ga je heen?'

'Ik heb een vriend die aan de oostkust woont. Ik blijf bij hem, totdat ik mijn nieuwe identiteit heb gecreëerd.'

'Hoe ga je dat doen?' vroeg Ted.

'Als je in de gevangenis hebt gezeten, kom je meestal wel te weten wie je een vals identiteitsbewijs kan bezorgen.'

'Eentje dat goed is?' Dat was Kyle weer.

'Niet van echt te onderscheiden.'

'En deze persoon heeft geen contact met The Crew?'

'Nee. Absoluut niet.'

'En daarna?' vroeg Sophia.

'Dat weet ik nog niet.' Oorspronkelijk waren Virgil en hij op verschillende plekken gaan wonen om het moeilijker voor The Crew te maken hen te vinden, maar nu Rex dood geacht werd te zijn, hoefde hij zich niet langer zorgen te maken over het feit dat hij Virgil en zijn gezin in gevaar bracht. Dus zou hij daar gewoon kunnen blijven.

'Virgil heeft ook een beveiligingsbedrijf,' legde Eve uit. 'Dus kan Rex meteen aan het werk.'

'Je vriend geeft je een baan?' vroeg Kyle.

Rex knikte. 'En die neem ik aan, totdat ik mijn zaakjes financieel op orde heb. Ik heb besloten om mijn eigen bedrijf aan mijn werknemers over te doen, omdat ik, als dode man, het moeilijk kan verkopen. Ik heb iets op schrift gesteld dat Eve naar mijn assistente zal sturen – voor de zekerheid gedateerd op de dag waarop ik hier terugkeerde.' Hij had al zijn geld met zich meegenomen naar Whiskey Creek, dus had hij voorlopig voldoende, maar het was niet genoeg om een nieuw bedrijf op te starten. Het zou al heel fijn zijn als het genoeg was om zijn nieuwe identiteit op te bouwen. Hij moest sparen. Maar in ieder geval zou dit de laatste keer zijn dat hij weer helemaal opnieuw moest beginnen.

'Wanneer vertrek je?' informeerde Kyle.

Het zou natuurlijk beter zijn om zo snel mogelijk te vertrekken. Virgil had een vliegticket voor hem gekocht. Maar vanwege de feestdagen kon Rex pas met de nachtvlucht op kerstavond weg. 'Morgenavond laat.'

'Blijf je in het gastenverblijf tot dan?'

'Helaas kan dat niet,' zei Ted. 'Alexa komt morgen terug van Disney World, en we willen niet hoeven uit te leggen wie hij is en waarom hij hier is geweest. Beter om een jong iemand niet met zo'n groot geheim op te zadelen.'

'Heb je een slaapplek nodig?' Kyle leunde achterover, zodat Sophia een omelet op zijn bord kon scheppen. 'Want je zou bij mij kunnen slapen.'

'Geen sprake van,' zei Ted met klem. 'Hij mag niet eens in de buurt van je huis komen. Stel dat een van je werknemers hem ziet? Die komen voortdurend langs.'

'Zo vaak zijn ze er nou ook weer niet. En ik woon alleen. Bovendien is het maar voor vierentwintig uur. Waar zou hij beter kunnen verblijven?'

'Bij mij,' zei Eve. 'Na het ontbijt gaat hij met mij mee. De B&B is de vierentwintigste en vijfentwintigste dicht, dus ik ben thuis.'

'Dat is mooi. Dan hebben jullie twee nog wat tijd met elkaar, voordat hij moet vertrekken. Maar hoe zit het met je ouders?' vroeg Kyle. 'Die wonen heel dichtbij.'

'Ik heb het ze moeten vertellen,' antwoordde ze. 'Mijn moeder was vreselijk overstuur toen ze dacht dat Rex dood was. Ik vond het niet eerlijk ten opzichte van hen, en ik weet dat ze het nooit door zullen vertellen.'

'Ik zou hetzelfde hebben gedaan,' gaf Ted toe. 'Maar we kunnen het aan niemand anders vertellen. Daar zijn we het allemaal over eens, toch?'

'Absoluut,' zei ze.

'Heb je je nieuwe naam al gekozen?' vroeg Sophia, terwijl ze de pan naar het fornuis terugbracht.

'Ik heb tegen Eve gezegd dat zij hem mocht kiezen.'

'En?' wilde Ted weten. 'Wat is het geworden?'

Eve nam een slokje sap. 'Ik vind Lincoln wel leuk.'

'Als voor- of als achternaam?' Kyle leek niet onder de indruk.

'Als voornaam.'

'En als achternaam?'

'McCormick. Lincoln McCormick. Sexy maar toch chic, niet te oud of te jong.'

'Het klinkt als de naam van een advocaat,' merkte Sophia lachend op, terwijl ze ging zitten. 'Wat vind jij er zelf van, Rex?'

Hij liet zijn blik op Eve rusten. 'Ik vind hem wel mooi.' Met een grijns voegde hij eraan toe: 'In ieder geval heeft ze me niet Sue genoemd.'

'Er zijn inderdaad ergere namen,' beaamde Kyle.

'Ik wou dat je nog een dag of twee hier kon blijven,' zei Sophia. 'Kerstavond in een vliegtuig vieren is niet ideaal.'

'De vluchten zaten allemaal vol. Ik kon niet anders dan deze boeken. Maar dankzij jullie zal dit de beste Kerstmis worden die ik ooit heb gehad.'

Aan de ene kant was dat waar. Maar aan de andere kant zou het niet gemakkelijk zijn om Eve achter te laten.

Eves laatste dag en nacht met Rex voelden aan als een huwelijksreis. Ze had nog nooit zo vaak de liefde bedreven in zo'n korte tijd. Zelfs wanneer ze niet de liefde bedreven, bleven ze in bed liggen praten. Elke keer als ze op de klok keek en zich realiseerde hoe snel de minuten weg tikten, werd ze treurig.

'We hebben nog maar een paar uur over,' zei ze, terwijl ze op maandagmiddag tegen elkaar aan lagen. 'En op dit moment lijken die uren wel seconden.'

'Ik zou je met me meenemen als dat kon.'

Ze wist niet zeker of hij dat wel meende. Op dit moment was hij niet in de positie om met iemand te trouwen. En het zou voor haar vreselijk moeilijk zijn om Whiskey Creek achter zich te laten. Zonder haar inkomsten was ze er niet eens van overtuigd dat ze het financieel zouden redden. In ieder geval niet in het begin.

Toen het moment was aangebroken om Rex naar het vliegveld te brengen, had ze echter het gevoel dat ze alles kon opgeven behalve hem. 'Word gelukkig,' zei ze, terwijl hij uitstapte.

Hij pakte zijn weekendtas waarin alles zat wat hij bezat – zijn computer en de kleren en toiletspullen die hij na San Francisco had gekocht – en liep om de auto heen naar haar kant toe.

Ze stapte uit om hem te kussen.

'Het spijt me dat ik je moet achterlaten.' Hij liet zijn hand over haar buik glijden, alsof hij zich ineens herinnerde dat zij niet de enige was die hij achterliet. 'Ik zal je bellen om je te laten weten hoe het met me gaat. En ik zal meer geld voor de baby sturen.'

Knipperend met haar ogen om de tranen tegen te houden, knikte ze. Ze had zichzelf beloofd dat ze hun afscheid niet nog moeilijker zou maken door te gaan huilen.

Voordat ze zich wanhopig aan hem zou vastklemmen, dwong ze zichzelf ertoe hem te laten gaan. 'Vergeef je familie. En vergeef jezelf, voor wat het dan ook is dat je verkeerd hebt gedaan en dat zo'n invloed op je leven heeft gehad.' Ze wilde in haar auto stappen, maar hij trok haar terug in zijn armen.

'Ik heb mijn kleine broertje aangemoedigd om... om in een meer te springen waardoor hij is gestorven,' fluisterde hij in haar oor. Toen liet hij haar los, en zonder haar verder aan te kijken, hing hij zijn tas over zijn schouder en liep naar de ingang van de terminal.

'Hoe oud was je?' riep ze hem achterna.

Na een korte aarzeling draaide hij zich weer naar haar om. 'Zestien.'

'Hoe oud was hij?'

Er vertrok een spiertje in zijn wang, en zijn stem klonk verstikt toen hij uiteindelijk antwoordde. 'Twaalf.'

Uit de blik waarmee hij haar aankeek, begreep ze dat hij verwachtte dat ze hem zou veroordelen, maar ze voelde niets anders dan medelijden. 'Was het je bedoeling dat er zoiets zou gebeuren?'

De pijn op zijn gezicht verscheurde haar hart.'Natuurlijk niet!'

'Stop er dan mee jezelf daarvoor te straffen. Ik meen het, Rex. Genoeg boetedoening. Laat het eindelijk los.'

Zijn ogen vulden zich met tranen, maar ze bleef niet staan om te zien of de tranen ook over zijn wangen zouden rollen. Ze wist dat hij een trotse man was, dat hij niet in aanwezigheid van haar of wie dan ook in wilde storten, en ze wilde niet dat hij zich zou schamen doordat hij na zoveel jaar een poging had gedaan zijn pijn te uiten. Dus liet ze hem zijn waardigheid behouden door in de auto te stappen en weg te rijden.

Toen eerste kerstdag aanbrak en Eve haar ogen opende, zag ze een bleek zonnetje door haar raam over het matras schijnen. Meteen dacht ze eraan hoe het was geweest toen Rex daar de afgelopen paar dagen had gelegen.

Hoelang zou het duren voordat hij aan de naam Lincoln McCormick gewend was, vroeg ze zich af. Als je zoiets wezenlijks van je identiteit veranderde, moest dat vreselijk moeilijk zijn. Voor haar was het zelfs heel moeilijk om aan hem te denken, terwijl hij weer een andere naam had.

Haar telefoon ging, en ze klom het bed uit om de mobiel uit de oplader te pakken. Ze hoopte dat het Rex was om haar te laten weten dat hij veilig op zijn bestemming was aangekomen. Maar het was haar moeder.

'Vrolijk kerstfeest!' riep Adele, zodra Eve had opgenomen.

Eve liet zich weer op het bed vallen. Opstaan leek op dit moment een onmogelijke taak. 'Vrolijk kerstfeest,' zei ze geeuwend en zich uitstrekkend, waarna ze weer hulpeloos naar dat kleine straaltje zonlicht bleef liggen staren. Ze moest hier doorheen zien te komen, zei ze tegen zichzelf. Op een of andere manier zou ze zichzelf bij elkaar rapen en doorgaan, voor haar kind, haar ouders en haar vrienden. Anders dan Rex had zij altijd veel hulp en ondersteuning gehad.

'Heb je Rex veilig op het vliegveld afgezet?'

Eve herinnerde zich de tranen in zijn ogen en besefte opnieuw hoeveel het hem had gekost om die pijnlijke geschiedenis met haar te delen. 'Ja,' antwoordde ze, maar ze kon niet bij Rex blijven stilstaan, want dan zou ze in tranen uitbarsten. 'Wanneer willen pa en jij cadeautjes gaan uitwisselen?'

'Hoe sneller, hoe beter, wat ons betreft.'

'Je klinkt echt heel vrolijk.'

'Ben jíj dat dan niet? Jij en je vrienden hebben iets geweldigs gedaan en jullie hebben Rex een kans op een nieuw leven gegeven. Dat is het perfecte kerstcadeau.'

Vrólijk was niet echt het woord waarmee ze haar stemming op het moment zou omschrijven. 'Ja, daar ben ik blij om.'

'Kun je je klaarmaken en nu hierheen komen?'

Eve blies haar adem zo zacht uit dat haar moeder de zucht niet kon horen die het anders geweest zou zijn. Ze wilde het huis niet uit, wilde geen kerst vieren. Maar ze kon de feestdagen voor andere mensen niet verpesten.

'Natuurlijk.' Ze deed haar best om haar stem enigszins energiek te laten klinken. 'Geef me een uurtje, oké?' Hopelijk zou een heel warme douche haar in beweging krijgen, want ze had zich nog nooit zo sloom gevoeld.

'Haast je een beetje,' zei haar moeder. 'Ik wil weten wat je van mijn cadeau voor jou vindt.'

Wat het ook was, het deed er niet toe. Het zou de zon of de maan kunnen zijn, maar nog zou het niet genoeg zijn om de kille leegte te vullen die Rex had achtergelaten. 'Ik vind het vast prachtig,' zei ze.

Op een of andere manier was Eve erin geslaagd zich te douchen en aan te kleden. Nadat ze die zware taak achter de rug had, sjokte ze de oprit af.

'Is het geen prachtige kerstochtend?' vroeg haar vader, toen ze naar binnen liep. Hij zat in zijn gemakkelijke stoel naar het football te kijken. 'Het lijkt wel zomer.'

In haar hart was het absoluut winter. 'Ik heb wel mooiere meegemaakt,' mompelde ze, maar ze zei het doelbewust zo zacht dat haar vader haar niet hoorde. Toen hij zijn wenkbrauwen optrok om aan te geven dat hij haar niet had verstaan, beaamde ze dat het inderdaad een prachtige kerstdag was.

'Ik heb zelf *eggnog* gemaakt,' kondigde haar moeder aan. 'Kom mee naar de keuken, dan schenk ik je een glas in.'

'Oké.' Ze legde de cadeautjes die ze had meegebracht onder de boom, waarna ze haar moeder gehoorzaam volgde. Daar was ze al gauw dankbaar voor. Het leven werd op een of andere manier gemakkelijker, wanneer ze aan de keukentafel zat en zich kon koesteren in de liefde en warmte van haar moeder. Hoeveel kerstdagen had ze al niet doorgebracht in dit huis, terwijl haar moeder in de keuken druk bezig was en haar vader van een goede footballwedstrijd in de woonkamer zat te genieten?

'Gaan we de cadeautjes na het ontbijt openmaken?' vroeg ze.

'Ik dacht ervoor,' antwoordde haar moeder.

'Nú?'

'Nadat ik de kalkoen in de oven heb gestopt. Ik heb hem net gekruid. Zoals je weet, hou ik ervan om hem op een heel lage temperatuur lang te garen.'

Eve stond op om de zware pan voor haar op te tillen – iets wat haar vader normaal altijd deed – en deed de ovendeur toen dicht.

'Zullen we naar de woonkamer gaan?' stelde haar moeder voor.

Eve was een beetje opgewonden over de robotstofzuiger die ze voor haar moeder had gekocht. Die was een stuk duurder geweest dan de portemonnee voor haar vader, maar het was het ideale cadeau voor hen allebei, vond ze. Tegenwoordig stofzuigde haar vader waarschijnlijk vaker dan haar moeder, dus zou hij er ook voordeel van hebben. 'Tuurlijk.'

Eve gaf de cadeautjes aan haar ouders die ze voor hen had gekocht, maar ze legden ze opzij in plaats van uit te pakken.

'We willen je eerst ons cadeau geven,' zei haar moeder. 'Maar dan moet je je ogen dichtdoen.'

'Je hebt het niet ingepakt?' vroeg ze plagend.

'Daar was het veel te groot voor.' Door de manier waarop haar vader grijnsde, begreep ze dat het iets heel bijzonders was. Maar toch was ze absoluut niet voorbereid op wat er daarna gebeurde. Toen ze haar ogen had gesloten, hoorde ze de gangvloer kraken. Dat was haar moeder, dacht ze. Toen klonk er nog meer gekraak, en in plaats van dat haar moeder iets voor haar neerzette, trok ze haar omhoog.

'Mag ik mijn ogen openen?' vroeg ze.

'Nog niet,' antwoordde een mannelijke stem, en haar gezicht werd omvat door twee grote handen, voordat Rex haar kuste.

Toen hij zijn hoofd ophief, staarde ze hem aan, te geschokt om hem zelfs maar te vragen wat hij hier deed.

'Ik kon je niet achterlaten,' verklaarde hij. 'Toen ik in Phoenix was aangekomen, heb ik Virgil een vlucht terug laten boeken. Ik wil niet naar New York. Zonder jou wil ik nergens naartoe.'

Haar hart klopte als een razende, gevuld met hoop, ondanks alles wat er door haar hoofd ging. 'Maar je kunt hier niet blijven! Iemand zou je kunnen herkennen.' Er lag echter geen echte overtuiging in die woorden, omdat ze meer dan wat ook wilde dat hij háár zou overtuigen dat het wel kon.

'Niet hier.' Zijn duimen streken zachtjes over haar wangen. 'Maar als ik mijn naam verander, een ander soort bedrijf begin en mijn uiterlijk een beetje aanpas – mijn haar knip en een baard laat staan – zouden we in Jackson, Placerville of Sutter Creek kunnen gaan wonen. Die stadjes liggen zo dichtbij dat je makkelijk je familie kunt bezoeken en zelfs in de B&B kunt blijven werken. Het enige verschil zou zijn dat je aan het eind van de dag terugkeert naar mij.'

Als hij die dingen deed, zou iemand uit Whiskey Creek die hem toevallig tegenkwam, Lincoln McCormick waarschijnlijk niet in verband brengen met de Rex Taylor die zogenaamd was omgekomen. En het risico daarop zou naarmate de jaren voorbijgingen, sterk afnemen.

'Maar... je houdt van je werk,' zei ze. 'Dat wil je toch niet opgeven?'

'Het wordt er wel tijd voor. Ik weet nog niet hoe ik dan mijn brood ga verdienen, maar ik verzin wel iets.'

Ze deed een stap achteruit om haar ouders aan te kijken, die stonden te stralen.

'Een beter kerstcadeau bestaat toch niet?' Haar moeder klapte in haar handen uit pure vreugde.

'Klopt,' zei Eve. 'Ik heb nog nooit zoveel van iemand gehouden of zo erg naar iemand verlangd.'

Rex – Lincoln – ging naar de boom en pakte een klein cadeautje onder de andere stapel cadeaus vandaan. 'Ik had dit voor je achtergelaten. Ik had het online besteld en naar Teds huis laten sturen. Maar omdat ik nu hier ben, wil ik graag je gezicht zien wanneer je het openmaakt.'

Alles voelde voor haar als een droom aan. Was dit echt? Bleef hij bij haar? Gingen ze samen een leven opbouwen?

Ze had er geen moeite mee om naar een andere stad te verhuizen als die dicht bij Whiskey Creek was en ze haar familie en vrienden kon blijven zien wanneer ze dat wilde. 'Maar ik heb niets voor jou gekocht,' protesteerde ze.

Hij glimlachte. 'Je hebt me genoeg gegeven.'

Iedereen keek toe terwijl ze het papier van het cadeau afhaalde. Het was een klein fluwelen doosje, met daarin een gouden ketting en als hangertje een engel.

Hij hoefde niet uit te leggen waarom hij dat voor haar had uitgekozen. Ze begreep het.

'Dank je. Ik vind het prachtig,' zei ze. Toen besloot ze dat dit een goed moment was om haar ouders over de baby te vertellen.

Epiloog

Lincoln kon niet stil blijven staan, terwijl Eve en hij zich op de stoep voor zijn broers chique bungalow in Valencia bevonden.

'Ontspan,' mompelde ze, een kneepje in zijn hand gevend. 'Het komt goed.'

Op een of andere manier, met Eve in de buurt, zou alles inderdaad goed komen, want dat was tot nog toe steeds het geval geweest. Dat moest hij voor ogen houden. Hij was nog nooit zo gelukkig geweest als in de afgelopen vier maanden, sinds ze samen waren gaan wonen en hij zijn bedrijf in landschapsarchitectuur was begonnen. Maar het was zo lang geleden dat hij zijn broers en vader voor het laatst had gezien. Ze wilden hier vanavond zijn vaders verjaardag gaan vieren. Lincoln zou niet gegaan zijn, als Eve er niet op had aangedrongen dat hij Mikes uitnodiging accepteerde. Hoewel zijn broers wisten dat hij weer van identiteit was veranderd en een nieuw leven was begonnen, waren ze enigszins sceptisch, dus had hij niet meer dan dat verteld.

Maar misschien werd het tijd voor meer openheid, tijd om zijn best te doen hen van gedachten te laten veranderen...

De deur ging open, en zijn oudste broer stond in de hal. 'Kijk aan,' zei hij, terwijl zijn blik van Lincoln naar Eve ging. 'Jullie lijken het goed te maken.'

Lincoln hief de hand op waarmee hij die van Eve vasthield. 'Mike, dit is Eve, mijn vrouw.'

'Je e-mailde een paar maanden geleden dat je zou gaan trouwen, maar je hebt me niet verteld dat ze zo mooi was.'

Lincoln had het ook niet over de baby gehad, maar Eve was nu vijf maanden zwanger, en dat was te zien. Hij wist dat het zijn broer was opgevallen, toen zijn blik naar haar buik ging, voordat hij haar weer in de ogen keek.

'Welkom in Los Angeles, Eve.'

Ze verraste Lincoln, en Mike waarschijnlijk ook, door Mike te omhelzen. 'Ik ben zo blij je eindelijk te ontmoeten,' zei ze.

Lincoln was niet van plan om ook maar iemand anders dan Eve te omhelzen, dus was hij verdomde blij dat hij het cadeautje voor zijn vader in zijn hand had. Maar ook dat, hoopte hij, zou uiteindelijk anders worden. 'Is pa er?'

'Ja. En hij kijkt ernaar uit om je te zien,' antwoordde Mike. 'Kom binnen.'

Lees meer van de *Whiskey Creek*-serie van bestsellerauteur Brenda Novak

WORLD of ROMANCE

Voor meer informatie: **www.harpercollins.nl**

HarperCollins Holland @harpercollins_holland